LA TERRE PEUT BIEN SE FISSURER

W0284778

DU MÊME AUTEUR

La terre peut bien se fissurer, Gaïa, 2007.
Le Cercueil de pierre, Gaïa, 2008 ; Babel noir n° 33.
La Princesse du Burundi, Gaïa, 2009.
Le Cri de l'engoulevent, Gaïa, 2010.

Titre original :
Jorden må rämna
© Kjell Eriksson, 2000
Publié avec l'aimable autorisation de Ordtfronts Förlag, Stockholm
et de Leonhardt & Høier Literary Agency aps, Copenhague

© Uppsala Tourism, pour la carte de Suède

© Gaïa éditions, 2006
pour la traduction française
ISBN 978-2-7427-9314-3

KJELL ERIKSSON

LA TERRE PEUT BIEN SE FISSURER

roman traduit du suédois
par Philippe Bouquet

BABEL NOIR

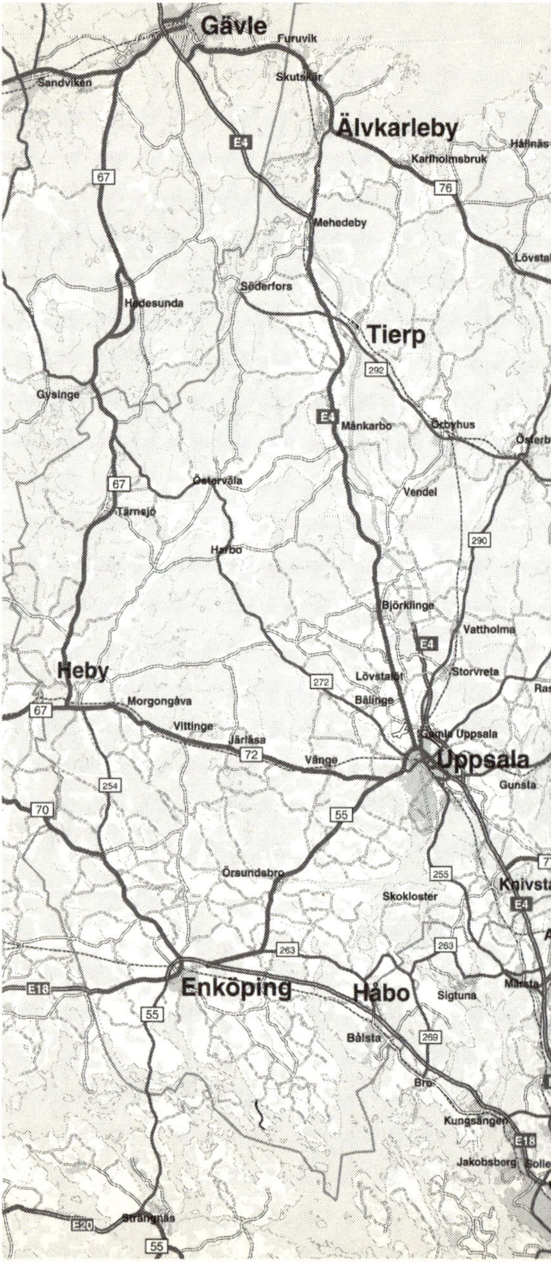

Gävle
Furuvik
Sandviken
Skutskär
Älvkarleby
Hållnäs
Karlholmsbruk
E4
67
76
Mehedeby
Lövstabruk
Söderfors
Hedesunda
Tierp
292
Gysinge
E4
Månkarbo
Örbyhus
Österbybruk
67
Östervåla
Tärnsjö
Vendel
290
Harbo
Björklinge
Vattholma
E4
Heby
272
Lövstalöt
Storvreta
Rasbo
67
Morgongåva
Bälinge
Vittinge
Gamla Uppsala
Järlåsa
72
Vänge
Uppsala
Gunsta
254
70
55
77
Örsundsbro
255
Knivsta
Skokloster
E4
263
263
Märsta
E18
Enköping
Håbo
Sigtuna
55
Bålsta
269
Bro
Kungsängen
E18
Jakobsberg
E20
Strängnäs
55

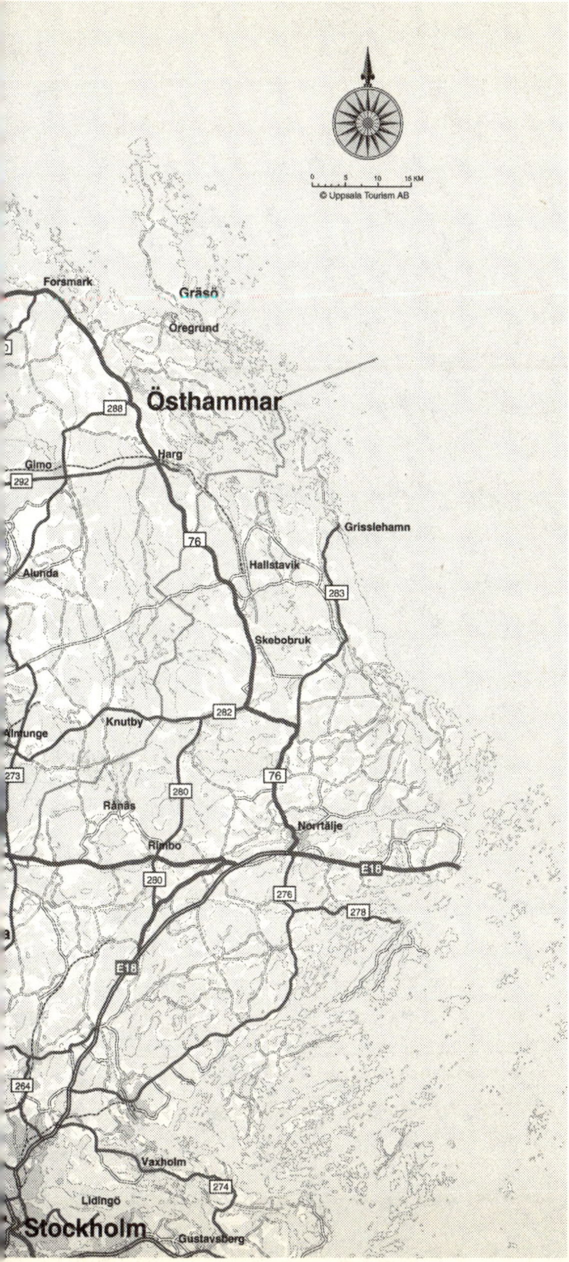
0 5 10 15 KM
© Uppsala Tourism AB
Forsmark
Gräsö
Öregrund
Östhammar
288
Harg
Gimo
292
76
Grisslehamn
Hallstavik
Alunda
283
Skebobruk
282
Knutby
Almunge
273
76
280
Rånäs
Norrtälje
Rimbo
E18
280
276
278
E18
264
Vaxholm
274
Lidingö
Stockholm
Gustavsberg

1

S'il y avait quelque chose qu'il détestait, c'était qu'on le dévisage. Il ferma les yeux pour tenter d'oublier la femme qui se trouvait en face de lui et penser à Mari, qu'il n'avait pas vue depuis deux ans. Il serra son bagage un peu plus fort encore entre ses jambes.

Que dirait-elle ? Elle serait furieuse, naturellement, mais ensuite… Car c'était quelqu'un de bien, aucun doute. Elle avait toujours été là et constitué son unique point fixe dans l'existence. Il sourit intérieurement et ouvrit les yeux. La bonne femme l'observait toujours. Il croisa son regard et esquissa un sourire. Elle détourna le sien et le braqua vers le paysage qui défilait à travers la vitre. Il l'imita et essaya de fixer son attention sur un détail quelconque, au dehors.

Mari. Son unique sœur et sa seule véritable famille, à part Chris. Ce dernier mot était horrible, d'ailleurs. Il faisait penser à "crise". Comment pouvait-on affubler quelqu'un d'un prénom pareil ? Eva avait dû mal bouffer, le jour où elle avait déclaré sa naissance. Il ne l'avait appris qu'un mois plus tard. Pour lui, jusque-là, ce gamin avait toujours été "le petit". Quant il était sorti du centre de cure, c'était un fait accompli et on ne peut pas changer le nom d'un enfant parce qu'il ne vous plaît pas. Comme toujours, il avait dû s'adapter à la situation. Cela faisait plusieurs mois qu'il ne l'avait pas vu. Mais maintenant, il allait remédier à cela.

Entre ses jambes, le sac était ballotté par les cahots du train de banlieue. Il était lourd, solidement planté sur le sol, et prenait tellement de place que personne ne pouvait s'asseoir en face de lui.

Le paysage ne lui disait rien. Il lui piquait seulement les yeux, avec sa lumière, sa verdure, ses maisons, ses petites cabanes à outils, ses tas de bois, cette cloche qui tintait frénétiquement à un passage à niveau non gardé, cet enfant qui faisait de grands gestes de la main et ce mât de la Saint-Jean pas encore dressé. Il cligna des paupières, sous le choc de ces images qui se succédaient à une vitesse affreuse, et les larmes lui vinrent aux yeux. Impossible d'enregistrer autant de choses à la fois. Il fut pris d'un sentiment de désespoir. "Un voleur reste un voleur, se dit-il. Suis-je dans mon élément, ici ?" Il observa l'ensemble du wagon, ces gens tellement ordinaires et pleins d'espoir. La Saint-Jean.

Il pensa rapidement à Chris, de nouveau, mais chassa cette idée de son cerveau aussi rapidement qu'elle y était entrée. Pas encore, pas encore. Autour de lui, les gens devisaient gaiement. Quelques semaines auparavant – voire quelques jours – un tel spectacle l'aurait fait vomir. "Je vous déteste, bon sang ! Un voleur reste un voleur. Et un drogué, un drogué. Allez, allez, arrête ton char". Il se mit à fredonner intérieurement et regarda défiler les maisons, les tas de bois et même un troupeau de vaches noires et blanches. "Tout ça me fait l'effet d'être en rut, bon sang, pensa-t-il. C'est l'enfer. Un voleur reste un voleur."

Il sortit discrètement un comprimé de la poche de sa veste et le dissimula dans sa main pour le porter à sa bouche. La bonne femme le regarda faire. Il eut un sourire, déglutit et sourit à nouveau. Elle détourna les yeux. “C’est moi qui suis le plus fort, pensa-t-il, pas toi ! Tu peux bigler autant que tu veux, espèce de grosse loche !

J’arrive, Mari. Je pourrais te donner quelques biffetons, mais tu poserais tellement de questions à la noix. Tu tiens ça de ta mère, cette façon de toujours te mêler de tout. Si seulement tu acceptais un peu de fric, dix ou vingt mille, quoi, en disant “Formidable ! Juste ce dont j’avais besoin ! T’es sensas, tu sais.” Si seulement tu reconnaissais mes qualités, mes capacités en matière d’attaque de bureaux de poste. J’aimerais te donner quelque chose, pourquoi pas trente billets ? Tu pourrais voyager, emmener ton petit prof à Majorque.”

Il eut un sourire à cette pensée et sentit le calme et la paix monter en lui. Peut-être était-ce l’effet du comprimé, ou simplement le sentiment d’en avoir pris un, ou encore le contact du gros sac sur ses pieds. Nouveau sourire. “Faut que je fasse gaffe ! Pas me mettre à éclater de rire comme un cinglé de camé. A quoi est-ce que je pourrais penser ? A Storgrind, peut-être ? Ça fait combien de temps que je ne suis pas allé là-bas ? Au moins dix ans”. “Ils l’ont démoli”, avait-elle dit au téléphone, quand il avait proposé de dormir dans l’appentis.

— Il était pourri, de toute façon, avait-elle ajouté.

Il avait eu l’impression qu’elle était un peu triste, en prononçant ces paroles. Il n’empêche que c’était l’endroit où ils jouaient toujours, étant enfants. Maintenant, ils utilisaient le bois pour faire du feu dans le poêle de faïence.

De plus en plus fatigué, il ferma de nouveau les yeux et se serait endormi si un sentiment sournois d’inquiétude ne l’avait taraudé, tapi dans la région de son estomac, prêt à frapper à tout moment. Il fallait qu’il soit sur ses gardes, maintenant qu’il était si près du but.

Le train freina brusquement, comme si le conducteur de la locomotive s'était brusquement rappelé qu'il devait s'arrêter à Bålsta.

Quand il y descendit, à 13h04, avec trois cent vingt-neuf mille couronnes dans un sac de sport, le soleil perça les nuages. C'était le jour de la Saint-Jean et il ne devait pas pleuvoir, cet après-midi-là. C'est lourd, trois cent vingt-neuf mille couronnes. Mari le vit arriver d'un pas chancelant, par le passage souterrain, son bagage à la main droite. Il donnait l'impression de marcher de travers et scrutait les environs du regard. Un sourire fugace s'afficha sur son visage quand il la vit, debout près de la voiture. Son jean usé, son pull trop large et ses sandales dont l'une avait été réparée avec de la ficelle, tout cela – ajouté à cette démarche particulière – la fit penser à un malade ou à un SDF. Elle en fut chagrinée, mais aussi émue par son petit sourire en coin.

— Frangin, lui dit-elle quand il fut près d'elle.

— Salut, répondit-il à voix basse, comme s'il n'avait pas le sentiment très net de la portée de sa voix.

Elle vint lui caresser la joue et il lâcha son sac.

— Mon petit frangin. Barbu et crasseux.

Il ne put que hocher la tête.

— Comment ça va ?

Cette fois, il ne fut pas capable de la moindre réponse.

— Contente de te voir. J'ai été vachement surprise, quand Konrad m'a dit que tu avais appelé.

— Il n'avait pas l'air enchanté.

— Il faut que tu saches qu'on va avoir des invités. Il a sans doute pensé qu'on serait un peu à l'étroit. Mais je lui ai dit qu'il y avait de la place dans la remise.

— C'est dommage, l'appentis.

— C'est vrai, mais ça aurait coûté trop cher de le réparer.

Il eut un regard de côté en direction du sac.

— Tu as l'air plus content que la dernière fois, dit Mari en lui caressant à nouveau la joue.

Ils parcoururent en silence la petite dizaine de kilomètres. A l'église d'Yttergran, ils bifurquèrent et Mari évoqua la question du boulot. Il répondit en parlant vaguement d'une firme de livraison qui aurait proposé de l'embaucher.

— De livraison ? demanda Mari en lorgnant dans sa direction.

— Tu te souviens de Martin, celui qui vivait dans la baraque et qu'on appelait Trippan ?

Mari secoua la tête.

— Celui dont la mère était folle.

— Ah oui.

— Il est chef d'entreprise, maintenant.

— Ah bon. Et tu pourrais travailler pour lui ?

— Je l'ai rencontré à Stockholm.

Ils ne se dirent rien d'autre avant d'arriver à Storgrind, la ferme que leurs parents avaient achetée au début des années soixante et que Mari avait reprise. C'était là qu'elle vivait, avec son Konrad, pendant une partie de la saison estivale. Elle était laborantine assistante et son mari professeur de suédois et d'histoire.

Le dernier tronçon traversait un bois de sapins qui avait été planté dans les années vingt, quand les petites parcelles avaient été abandonnées les unes après les autres par les métayers qui les cultivaient. C'était ce qui expliquait que les arbres soient si bien alignés. Pourtant il trouvait l'ensemble mal entretenu. Certains des arbres avaient l'air malades, avec leurs branches grises et leur tronc d'un brun jaune dont l'écorce s'écaillait.

Puis la forêt s'ouvrit aussi brusquement qu'elle s'était refermée sur la route et il put voir jusqu'au bord de l'eau, par-dessus des prairies et des champs de céréales.

— Arrête-toi une seconde !

Il descendit de voiture, s'avança jusqu'au fossé, qu'il enjamba d'un bond, et alla placer ses mains sur les pointes rouillées des barbelés, en haut de la clôture. Dans le bouleau au triple tronc un merle chantait. En direction du lac, le paysage était divisé en plusieurs parties : d'abord la pâture des génisses, avec son herbe rase et anémique, le prunellier sauvage et la fière silhouette des genévriers, puis un espace un peu plus vaste coloré en vert par la mer des épis de blé, auquel faisait suite le tapis émeraude de la prairie littorale, avec ses touffes de laîche des sables, et enfin, sur la grève, un champ brun doré couvert de roseaux parmi lesquels une buse se promenait à pas lents. Elle prit ensuite son essor au-dessus de l'eau et s'éleva, portée par les courants ascendants, avant de disparaître. Il sentit le contact rugueux et rouillé des barbelés et il sut l'odeur qu'auraient ses mains quand il les porterait à son visage. Le chant du merle ne cessait de redoubler d'intensité.

Mari restait assise dans la voiture, alors qu'elle aurait dû se hâter de regagner la maison pour préparer le repas. Elle observait la silhouette de son frère, qui semblait prendre profondément sa respiration. Sa fatigue n'était plus aussi évidente que dans le béton gris du passage souterrain de la gare de Bålsta. "Pourquoi vient-il ici ?" se demanda-t-elle. Konrad avait râlé un peu, mais il n'avait rien à dire, en fait : ses deux frères étaient déjà installés dans la maison pour fêter la Saint-Jean. L'arrivée – même inopinée – de son unique frère, à elle, n'était rien en comparaison de l'invasion à laquelle la ferme était exposée du fait de la venue de Kalle et de Kenneth avec toute leur petite famille.

Il tourna la tête et sourit à Mari, qui lui répondit de même. Il avait vraiment l'air assez fatigué. Quand il était sorti du foyer de désintoxication pour vivre à Uppsala avec Eva et Chris, il paraissait encore en assez bonne forme. Il en avait fini avec les piqûres et les comprimés. Cinq ans plus tard, sa peau était devenue sèche et ridée, ses cheveux s'étaient raréfiés et avaient perdu leur éclat, ses épaules s'étaient affaissées et il avait perdu une partie de son arrogance. Ce n'était que trop évident et pénible à voir. Pourtant, il était toujours vivant et se tenait là, les mains sur le fil de fer barbelé, à observer la buse. Peut-être pleurait-il ? Non, il lui en fallait plus que cela.

Mari ouvrit la portière de la voiture et demanda à son frère s'il voulait gagner la maison à pied, à travers l'enclos. Il acquiesça. "Quel beau sourire il a", pensa-t-elle, presque transportée d'allégresse.

Il regarda la voiture s'éloigner sur l'étroite route en terre battue où le sillon vert du milieu était toujours aussi fourni. Sur les bermes, les fraises des bois étaient en fleurs. Cela sentait bon la reine-des-prés, qui poussait en touffe, sur le bord du fossé, derrière un fourré de merisiers partiellement dévoré par des bêtes quelconques. Cela faisait des années qu'il n'avait pas respiré un tel parfum.

Que ressentait-il, en cette Saint-Jean de 1999, dans le plus bel endroit qu'il connût, cette terre qu'il pensait avoir oubliée ? De la mélancolie, bien entendu. La pensée de Chris, mais aussi d'Eva – jadis la plus belle de toutes les femmes – lui fit serrer le barbelé, de désespoir, au point de se faire mal. Il lâcha prise, enjamba l'obstacle et pénétra sur le territoire des génisses. Il crut apercevoir quelques silhouettes brunes, entre les genévriers. Elles l'avaient sûrement entendu et venaient satisfaire leur curiosité.

Etant enfant, il avait couru là, sur ces buttes. Dans ces bosquets et jusque dans cette ceinture de roseaux il y avait des sentiers qu'il avait empruntés, le plus souvent seul, car nulle autre ferme ne se trouvait à proximité, en tout cas où il y eût des enfants. Naturellement, il se souvenait des noms de Båttorpet et de Gläntan, et, plus loin dans la forêt, de Ryssbacken et de Lillstugan. C'était la terre cultivée de l'Uppland, l'une des plus riches qui soient pour un garçon. Si quelqu'un l'accompagnait, c'était Mari ou un camarade venu de la ville passer quelques jours ou une semaine à la ferme. Surtout Klasse, parfois Tord, exceptionnellement Tommy. Il suivait le sentier des génisses, qui descendait vers le "Fortin". Il aurait aimé crier un peu, hurler comme un Indien, mais il marchait lentement et en silence, car il n'était qu'un Blanc et, s'il braquait le regard vers l'horizon, c'était Stockholm qui s'y trouvait, à une cinquantaine de kilomètres. Le soir et la nuit, il discernait les lumières de la métropole, qui formaient une sorte d'auréole dans le ciel. Là-bas, il n'était personne, il arpentait les rues comme un voleur, suivi par les autres petits filous, les drogués et les prostituées. Dans l'enclos, au contraire, il avait pour seule compagnie les génisses, qui couraient derrière lui. Il éclata de rire à l'idée du contraste : ce matin encore, il était chez Charlie, à Ropsten, dans la banlieue, et ce soir au milieu d'un pâturage. En plus de la mélancolie, il éprouvait donc de la joie et de la reconnaissance envers sa sœur. Elle n'avait pas dit un mot sur le pourquoi et le comment. Pas la moindre question déplacée ! Elle s'était contentée de lui caresser la joue.

L'argent ! Il se mit à courir comme un dératé, sautant par-dessus le tas de pierre pour éviter les prunelliers, et il eut le temps de se dire que la pâture avait été mal faite. Après avoir contourné une langue de trembles dépassant de l'enclos, il vit la ferme et, dans la cour devant la vieille grange, la voiture de Mari. Il aperçut également diverses personnes, aux alentours, et continua à se hâter.

Le sac de sport était posé près de la voiture et brillait au soleil : bleu, blanc et rouge. De loin, on aurait dit un drapeau tricolore jeté nonchalamment par terre. Personne ne l'avait vu sauter par-dessus la clôture en bois. Il se tapit derrière la voiture et ouvrit prudemment le sac. Sur le dessus se trouvait un exemplaire du *Dagens Nyheter*, qui annonçait en première page son attaque à main armée, puis des vêtements et une serviette. Tout paraissait être resté en place. Avec la main, il sentit, en dessous, les sacs en plastique contenant cette multitude de billets. "Je suis riche", marmonna-t-il en caressant ces liasses si pleines de promesses. De la vapeur montait de son corps en sueur. Il passa une dernière fois la main avant de tirer rapidement la fermeture.

Sans faire de bruit, deux enfants s'étaient approchés de la grange pour observer l'inconnu, près de la voiture de Konrad. Il prit soudain conscience de leur présence et leur fit brusquement face. Sans rien dire, ils prirent leurs jambes à leur cou, comme d'un commun accord, et disparurent au coin de la grange.

— Bon Dieu, grommela-t-il en donnant un coup de pied dans son sac, avant de le saisir et de se diriger vers la maison.

La table avait été dressée dans la cour, devant le bâtiment. Les deux frères de Konrad étaient assis, chacun sur une chaise longue, une bière à la main. Il y avait des années qu'il ne les avait pas vus, mais il reconnut aussitôt le visage étroit de Kalle, avec sa barbe en pointe virant au gris. Le second, Kenneth, un peu rondouillard et chauve, faisait plus penser à Konrad. Ils avaient déjà commencé à boire.

— Le frère égaré, *I presume*, dit Kalle en se levant et lui tendant la main. Ça ne date pas d'hier !

Il hocha la tête, saisit la main qu'on lui tendait, et sentit la sueur perler sur son front. Kenneth, lui, l'examina de plus près, avant de s'extraire péniblement de sa chaise et lui tendre une main potelée.

— Heureux de te voir, se contenta-t-il de dire.

— Une bière ? demanda Kalle.

— Je veux bien.

Il sentit son inquiétude laisser la place à quelque chose d'autre, en buvant au goulot une de ces bières fortes que Kalle avait sorties d'un seau rempli de glace. Ce seau en inox, il le reconnaissait. Le goût légèrement amer de cette boisson réfrigérée, sa propre présence en cet endroit et la présence de cet endroit en lui, ainsi que le fait qu'il avait trois cent vingt-neuf mille couronnes dans un sac, à ses pieds, tout cela lui inspirait une confiance qu'il n'avait pas ressentie depuis des années. Il était heureux, simplement, sourit à Kalle et avala une nouvelle gorgée.

— Et qu'est-ce que tu fais, comme ça, maintenant ? demanda Kenneth.

— Je suis dans la récupération, se contenta-t-il de dire en pensant : "Je ne vais pas me laisser avoir par toi, mon salaud. Je suis à la tête de trois cent vingt-neuf mille balles et je vais récupérer ma vie."

— La récupération ?

— Oui, c'est ça, je récupère les canettes dans le métro.

Kalle éclata de rire.

— Excellent ça, la récupération. Te voilà recyclé, quoi. Ambassadeur de l'écologie souterraine.

Kenneth sourit lui aussi et lâcha sa main.

Il s'installa dans la remise. Après avoir sorti ses vêtements et sa brosse à dents, il passa le sac par la fenêtre de derrière et le glissa dans le vide sanitaire. Maintenant, il pouvait fêter la Saint-Jean en paix ! Debout contre le mur de la remise, il avait l'impression que le bonheur s'était emparé de lui. Il ferma les yeux et prêta l'oreille au chant des insectes qui bourdonnaient autour de lui. L'un d'eux, de couleur vert foncé, était posé sur une feuille de saule et se délectait de la verdure luxuriante de cette époque de l'année. Il s'amusa à le toucher légèrement et il se déplaça posément, mais sans se laisser perturber outre mesure et en se contenant de faire vibrer un peu ses antennes. Jadis, il aurait capturé ce scarabée, l'aurait tué à l'éther et l'aurait épinglé sur un tableau quelconque. Mais on aurait dit que l'animal savait que ce temps était révolu et qu'il n'avait rien à craindre. Il faisait étalage de sa splendeur, de son corps solide et étincelant, levant certaines de ses pattes velues et pivotant lentement pour pouvoir se trouver face à face. Ils s'observèrent et conclurent un pacte avant que l'insecte ne soulève ses élytres émeraude et ne prenne son envol.

Il se retrouva assis près de sa sœur, à la table bien garnie. Les autres l'observaient attentivement, épiant ses mouvements, enregistrant les brèves réponses qu'il consentait à faire à leurs questions et tentant de deviner ce qui avait pu ramener le fils prodigue au bercail. Personne ne lui demanda comment allaient Eva et Chris, s'il avait vu son fils ces derniers temps ni ses projets d'avenir. Ce n'était pas faute de curiosité, mais parce qu'ils étaient convaincus qu'il n'avait pas vraiment d'avenir. Peut-être ne voulaient-ils pas le gêner par des questions indiscrètes, aussi. Quoi qu'il en soit, il eut le sentiment qu'ils étaient contents qu'il n'ait pas l'air trop mal en point. Ils s'étaient attendus à voir un rebut de la société et pourtant il pouvait être des leurs, en cette journée d'été, sans causer d'ombre au tableau. Konrad constata la joie que ressentait sa femme d'avoir son frère près d'elle. L'espace d'un instant, il éprouva une pointe de jalousie, en voyant sa main se poser tendrement sur son bras et les regards affectueux qu'elle lui lançait. Il crut aussi lire dans les yeux de Mari un certain sentiment de revanche, pour l'avoir défendu durant des années et lui avoir trouvé des excuses, même aux pires moments. Et voilà qu'il se trouvait parmi eux, certes un peu amaigri, mais souriant et faisant apparaître sur son visage des fossettes qui ressemblaient à celles de Mari. Konrad chercha sur ses traits les traces de la drogue, de l'alcool et de l'accident de camion qui avait failli coûter la vie à son beau-frère, et fut obligé de reconnaître qu'il n'avait pas vilaine allure, malgré tout. Peut-être avait-il changé véritablement de vie, comme il l'avait dit à Mari dans la cuisine, s'était-il rangé et avait-il dit adieu à la drogue et à la rapine. Ce n'était pas impossible, Konrad avait entendu parler de miracles de ce genre, et pourtant il n'avait pas confiance en un intoxiqué d'aussi longue date. Il s'efforça pourtant de ne rien laisser paraître de ses doutes et de ses réticences. Il entendait se garder de toute provocation, ne sachant que trop comment cela risquait de se terminer.

Il avait bu trois pauvres petits verres d'alcool, quelques bières mais pas de vin, ah ça non, bon sang ! Seule la bière était à son goût et la chance voulait que Konrad ait fait d'abondantes provisions en la matière. Il but de façon régulière au cours de la soirée mais fut cependant capable de danser un peu avec les enfants autour du mât décoré. Il nota les regards que lui adressait sa sœur et lut dans ses yeux les espoirs qu'elle nourrissait. A un moment, il se faufila derrière la remise, pour soulager un peu la pression. Le sac était toujours là. Lourd, vachement lourd, plein à ras bords de magnifiques billets. Il décida alors de ne plus boire. Il le voyait dans les yeux de Mari et dans ceux de Konrad. Il préleva quelques billets et les fourra dans la poche de son pantalon.

Konrad le dévisagea, surpris, quand il lui tendit ces quelques centaines de couronnes.

— Pour la bière, dit-il en s'efforçant de paraître sobre.

— Pas question, répondit l'autre.

— Pour la bière, répéta-t-il, et pour la bouffe. C'était drôlement bon !

— Arrête.

— Tu comprends, dit-il en faisant un pas de plus vers son beau-frère, c'est vachement bien que j'aie pu venir ici, je ne veux pas être un parasite, je veux vous faire honneur.

Konrad regarda son beau-frère, le jaugea et, après avoir hésité un peu, prit les trois billets. “Parasite, tu l'as été toute ta vie”, pensa-t-il sans le dire. Et il empocha l'argent de façon aussi négligente qu'il lui avait été donné.

— On aime bien ne pas être à la charge des autres, répéta l'autre, avant de se taire brusquement au souvenir de la façon dont il s'était procuré cet argent.

— Parfait, dit Konrad, mais ne bois pas trop, simplement. Je ne veux pas de bagarre.

— Qui est-ce qui voudrait la bagarre, bon sang ?

— Qu'est-ce que tu mijotes, au juste ?

Il éclata de rire, haussa les épaules et se contenta d'avoir l'air extrêmement content.

— Je veux dire : pour te pointer comme ça ? Tu as besoin d'emprunter de l'argent ?

Pour toute réponse, Konrad eut cette fois droit à un immense éclat de rire, dont l'auteur lui-même fut surpris de l'intensité. C'était un bruit étranger qui s'était emparé de lui et il y mit fin brusquement.

— Non, dit-il, je n'ai pas besoin d'argent. J'ai l'intention de me comporter en vrai Svensson, qui a déjà emprunté ce qu'il lui faut. Mais ça, c'est mes oignons.

Konrad encaissa. Leur hôte crut discerner un soupçon de mépris, peut-être même de dégoût sur ses traits.

— Tes oignons, répéta-t-il en hochant la tête, comme pour souligner ce qu'il pensait des possibilités d'un drogué en ce domaine.

— Oui, mes oignons ! Et maintenant, je vais au bord de l'eau, tu peux jouer à la course en sac, pendant ce temps-là.

Konrad le regarda s'éloigner, le dos légèrement de travers, de cette démarche nonchalante encore accentuée par l'ivresse qui le faisait trébucher et par ses bras dont les mouvements ne suivaient pas exactement le rythme du reste du corps. Il y avait quelque chose de pitoyable dans cette allure vacillante, comme si l'assurance dont elle prétendait témoigner n'était qu'une profonde impuissance face à la vie, une vie sur laquelle il n'était jamais parvenu à avoir la moindre prise. Et voilà qu'il partait s'occuper de "ses oignons". Konrad secoua la tête à cette idée. Dans la cour devant la maison se déroulaient les habituels "jeux olympiques" familiaux. Konrad, qui faisait fonction de Samaranch, alla veiller à leur bon déroulement. Jusque-là, tout s'était bien passé. Le frère de Mari avait gardé son calme et le temps était resté assez beau.

Il traversa la pâture à grandes enjambées sans voir aucune des génisses. La mine qu'avait affichée Konrad et l'ironie de ses propos avaient failli lui faire perdre patience et oublier sa détermination de garder profil bas. Il pensa intensément au sac, dans sa cachette, et caressa une fois de plus, par la pensée, les billets qu'il contenait. Il l'avait déjà fait longuement, la veille au soir, avec un sentiment de plaisir et de pouvoir. "Je suis fort", se dit-il, et cette idée nouvelle réchauffa étrangement ses membres engourdis. Il accéléra l'allure. "Je suis plus fort que Konrad", poursuivit-il à mi-voix en riant à ce que cela pouvait avoir de ridicule. Une génisse l'observa, étonnée, de derrière un fourré de genévriers.

Une légère brise ridait la surface de l'eau, apportant une odeur de barbecue qui se mêlait à celle de boue de la grève, sur laquelle des poteaux à moitiés pourris, enfoncés dans la vase, témoignaient qu'il y avait jadis eu un ponton. Un bruit de musique montait du lac, en provenance de l'île d'Arnö, peut-être, voire de Häggeby. Par ailleurs, tout était calme. Il n'y avait pas une seule barque et on percevait seulement le bruit d'une voiture de temps en temps. Une grande partie du bois qui s'étendait de l'autre côté de l'eau avait été coupée depuis sa dernière visite et la belle maison blanche de son propriétaire brillait d'un éclat véritablement princier. "C'est là que je voudrais vivre, pensa-t-il. Près du lac, pour pouvoir me baigner, aller pêcher et avoir un bateau pour me promener sur l'eau. Oui, c'est l'endroit rêvé."

Il s'assit, le dos appuyé contre un aulne déraciné dont le tronc pourri fourmillait d'insectes et d'araignées. Il s'amusa à toucher le bois vermoulu, dans lequel divers scarabées noirs s'enfonçaient plus profond encore. Il se rappelait les pièges qu'il confectionnait jadis au moyen de morceaux de viande de porc et de trognons de pomme, ainsi que l'excitation qui s'emparait de lui le matin, quand il allait voir le résultat. Il y avait souvent de la brume, quand il faisait le tour de la douzaine de pièges qu'il avait disposés en divers endroits, certains dans l'enclos, d'autres au bord de l'eau et à l'orée de la forêt, près de la vieille ferme. Il avait déjà épinglé pas mal de spécimens sur son tableau et souvent les boîtes ne contenaient que des fourmis mais, parfois, il lui arrivait de trouver une espèce sortant de l'ordinaire qui venait enrichir sa collection. Ce dont il se souvenait surtout, c'était de l'odeur d'éther, ces effluves enivrants qui s'élevaient de la petite boule de coton du "bocal meurtrier". Il se rappelait qu'il hésitait parfois à pousser l'animal dedans et le sentiment d'avoir le droit de vie et de mort qu'il éprouvait quand il le projetait sur la boule blanche au moyen d'une légère pichenette, avant de refermer le couvercle et d'observer sa brève agonie à travers la paroi de verre. Il avait souvent mauvaise conscience, surtout au début, mais le désir d'ajouter une nouvelle espèce à sa collection l'incitait à aller jusqu'au bout. D'un autre côté, il ne mettait jamais à mort une espèce qu'il possédait déjà. Il lui rendait toujours la liberté, dans ces cas-là.

Le plus dur restait cependant la perforation. Souvent, les élytres ne cédaient pas facilement sous la pression de l'épingle et cette résistance était encore plus désagréable que la mise à mort. L'éther masquait la dureté de la chose, cela sentait même bon, c'était légèrement enivrant et excitant. L'épingle, elle, était cruelle. Il lui fallait parfois cinq à dix minutes avant de parvenir à l'enfoncer dans l'élytre droit. Il dissimulait ses hésitations en faisant mine de choisir la taille de l'épingle, alors qu'il savait tout sur ce sujet. Il y avait parfois des papillons, aussi, et, dans ces cas-là, il fallait d'autres épingles.

"Comme c'est loin, tout ça, bon Dieu !" pensa-t-il. Dire que mon père et ma mère étaient de la partie et sont allés à Stockholm avec moi pour acheter une sorte particulière d'épingles. Mari devait en être, elle aussi, à moins qu'elle n'ait été chez grand-mère. La famille "épingles". Je me demande ce que mon père en pensait, lui qui se souciait des papillons comme d'une guigne. Mais je suppose qu'il les trouvait beaux, une fois cloués sur le tableau, les ailes déployées et maintenues en place, au début, au moyen de petits morceaux de papier gras. Le corps des papillons était plus facile à transpercer, il n'y avait pas à hésiter. Il avait souvent repensé à ces épingles par la suite, dans les squats, quand elles s'étaient changées en seringues, et il n'était plus question d'hésiter, alors.

Il avait emporté deux bouteilles de bière et ouvrit la première avec un sourire, un petit sourire en coin, comme pour les scarabées. La Vieille Ville de Stockholm. Le musée de la Poste. Les seringues. Les voyages par le train. Il engloutit la bière avec volupté, ah comme il aimait cela. Son paternel et ses principes. Sa première dose, il l'avait prise à Bergsbrunna, la suivante à Alsike. Et ensuite toute la litanie. Il jeta la bouteille vide, avant de regretter son geste et de patauger dans l'eau peu profonde pour la repêcher. Puis il alla s'adosser à son tronc d'arbre et ouvrit la seconde. Il s'était mouillé les jambes jusqu'aux cuisses. Il aurait fallu que Regina soit là, pour baiser tranquil-lement au bord du lac de son enfance ! Mais elle était lâche et n'osait pas quitter Flemingsberg. Les épingles. En achèterait-il jamais d'autres ? La boutique existait-elle même encore ? Aurait-il un jour l'occasion de faire un cadeau à Chris ?

2

Il donnait de puissants coups d'aviron. Le cri rauque du butor résonnait sur le lac, on aurait dit le bruit qu'on fait en soufflant dans une bouteille et cela le ramena à son enfance. C'était un signal qui lui parvenait d'une époque si reculée qu'il ne parvint pas, tout d'abord, à se rappeler où il l'avait entendu auparavant, simplement que c'était quand il était petit.

Puis le souvenir s'était précisé. Il se trouvait au bord du lac, à l'endroit où ils se baignaient toujours, avec son père, et ce dernier lui avait montré un oiseau volant en arc de cercle, effleurant maladroitement la surface de l'eau avant de disparaître à leur vue au bout de quelques secondes.

Ce qu'il avait surtout retenu, c'était l'excitation de son père. L'oiseau était trop éloigné pour qu'il puisse lui trouver quoi que ce soit de remarquable.

Chaque fois qu'ils entendaient ce bruit si particulier, depuis lors, son père l'avait regardé et lui avait dit, en hochant la tête : " Tu entends ? C'est celui qu'on a vu."

C'était devenu une sorte de code, entre le père et le fils, pour signifier qu'ils étaient seuls à avoir vu cet oiseau. Sa mère et sa sœur n'étaient pas de la partie. Il leur arrivait d'entendre le farouche volatile, de temps à autre, mais elles ne l'avaient jamais vu.

Il cessa d'actionner les avirons et ouvrit les yeux et les oreilles. Une légère brume matinale planait sur l'eau, dans la direction d'Arnö, mais elle se dissipait peu à peu sous l'effet du soleil levant. Il n'y avait pas un souffle de vent, c'était le calme parfait. Les gouttes d'eau s'écoulaient lentement de la pale de la rame et venaient troubler légèrement la surface mate et sombre de l'eau, avant de se propager en cercles concentriques qui se dissolvaient l'un après l'autre pour être remplacés par de nouveaux.

Il s'était réveillé de bonne heure, était descendu au bord de l'eau, avait pris la barque de Lundmark sans lui demander la permission et avait franchi la ceinture de roseaux pour parvenir jusqu'à l'eau libre.

Le couple de balbuzards planait très haut, semblable à deux points noirs dans le ciel. Un chevreuil leva la tête pour observer la surface de l'eau. Il approcha de lui à coups de rame très prudents, jusqu'à se trouver à une trentaine de mètres de lui. Le regard tendu de l'animal lui fit passer une sorte de frisson dans le dos mais il baissa ensuite la tête et continua à brouter l'herbe drue de la grève. Derrière lui, là où les grands chênes semblaient encore plus noueux que d'habitude, se trouvaient d'autres spécimens de cette espèce animale.

L'un des énormes arbres avait perdu pied et s'était abattu sur le sol. Pourtant, certaines de ses branches étaient encore vertes, comme en une ultime tentative, alors que la plupart des autres étaient blanches et avaient perdu leur écorce, à la manière d'ossements de géant.

Le chevreuil leva de nouveau les yeux. Il eut l'impression de croiser son paisible regard et hocha la tête pour le saluer. L'animal fit quelques pas prudents parmi les touffes de laîche puis dressa une fois de plus la tête. Il y vit comme une réponse à son salut, légèrement distante mais non exempte de révérence et de bonne intelligence.

Il fit pivoter la barque d'un quart de tour au moyen d'un simple coup d'aviron et poursuivit sa route à une allure toujours modérée. Ce paysage tout juste éveillé baignait dans une paix qui n'était pas sans susciter en lui une certaine attente doublée de confiance. Chris ne tarderait pas à être avec lui, sur cette grève et sur ce lac, et il ne fallait pas qu'il oublie d'acheter un petit gilet de sauvetage. Ils iraient pêcher et poser des filets, puis ils partiraient à la rame à cette heure du matin pour les relever. Il apprendrait au garçon comment tuer une perche en lui enfonçant le pouce dans la gueule et tirant vers l'arrière, et à extraire une brème ou un brochet d'un filet. Ils pourraient aussi prendre des sandres à la traîne.

Cette promenade en barque ne faisait qu'en préparer d'autres. Il s'entraînait, dans l'espoir d'assumer comme il le fallait son rôle de père.

La pêche a un effet apaisant sur l'être humain. C'est ce que Lundmark lui avait dit un jour où ils étaient sortis ensemble. Et c'était sans doute vrai. Le bonhomme disait pas mal de choses auxquelles il n'avait pas pensé. Il était content d'avoir Lundmark comme plus proche voisin. Mari, elle, trouvait qu'il parlait trop ; pourtant, il savait aussi se taire quand il le fallait. Il l'avait observé dans son atelier de menuisier, tandis qu'il maniait ses outils avec des gestes assurés et évidents, et dans son jardin, où il travaillait de façon un peu moins précise. Ou encore quand il évoquait quelque chose qui s'était passé à la ferme, en moulinant des bras.

Mari ne prêtait attention qu'à son bavardage et il était exact qu'il pouvait prendre beaucoup de place, dans ces cas-là. Mais, pour sa part, il avait vu bien d'autres choses.

Lundmark lui était venu en aide sans poser de questions, simplement en se contentant d'être celui qu'il était. Il ne savait pas jouer un rôle, le bonhomme, il était trop vieux pour cela.

Des sternes vinrent examiner la barque de près en poussant de grands cris d'inquiétude. Elles en firent le tour à plusieurs reprises puis disparurent aussi vite qu'elles étaient arrivées.

Il regagna le ponton. Pour cela, il dut rentrer les avirons et se laisser glisser sur son erre jusqu'au but.

Tandis qu'il attachait l'amarre à un vieux piquet enfoncé dans la vase, il entendit tousser derrière lui. C'était Lundmark.

— Quelle matinée, dit-il en bloquant l'embarcation avec le pied et la maintenant à une légère distance du bord.

— Je t'ai emprunté ton bateau. Tu en avais peut-être besoin ?

— Non, tu as bien fait.

— J'ai entendu le butor.

— Oui, il niche en face, fit Lundmark en désignant Arnö de la main.

Il écopa un peu, puis monta d'un bond sur le ponton. Les deux hommes restèrent à regarder le lac sans un mot.

— J'ai oublié de te dire que tu as de la visite, dit ensuite Lundmark.

— Quoi ?

— Il y a une voiture, là-bas, près de chez toi. J'ai compris que tu étais venu par ici. Je l'ai vue qui fouinait.

— Qui ça ?

— Je ne sais pas. Une femme.

Cinq minutes plus tard il était près de chez Lundmark et voyait sa ferme. Tout d'abord, il ne remarqua pas la voiture rouge garée près du bûcher, car elle était à peu près de la même couleur. Il se dépêcha de rentrer et, en approchant, il constata que quelqu'un était assis dans le fauteuil de jardin, près du pignon. C'était Maggan ! Il se figea sur place, se demandant s'il devait se réjouir ou être déçu. Cela aurait pu être Eva et Chris. C'était en tout cas ce qui l'avait incité à revenir aussi vite.

Maggan l'avait vu et se leva pour lui faire signe de la main.

— Tu es bien matinal, lui dit-elle une fois qu'il fut près d'elle.

Il s'arrêta à quelques pas, mais cela n'empêcha pas la femme d'approcher et de venir le serrer dans ses bras.

— Toi aussi. Ça ne date pas d'hier. Comment as-tu fait pour trouver le chemin ?

— Je suis déjà venue chez Mari et tu m'as dit que tu habitais à quelques centaines de mètres de là.

Maggan, qu'il connaissait depuis autant de temps qu'Eva, avait passé quelques jours dans la résidence d'été de sa sœur, plusieurs années auparavant. C'était avant l'arrivée de Chris. Maggan, Eva et lui y étaient venus ensemble, tous les trois en période d'abstinence, surtout la première, qui n'avait sûrement pas touché à la drogue depuis une dizaine d'années.

Eva et elle étaient amies depuis le début de leur adolescence.

— Quelle heure est-il ? demanda-t-il.

— Dix heures, à peu près.

— Ça fait quatre heures que je suis parti, alors.

— Qu'est-ce que tu as fabriqué, pendant ce temps ?

— J'ai ramé sur le lac, parlé avec un chevreuil et vu des balbuzards tournoyer dans le ciel.

— Tu as parlé avec un chevreuil !

Maggan éclata de rire en lui prenant la main.

— Oui, dit-il d'une voix traînante. Les animaux. C'est curieux, mais on dirait que les oiseaux et les insectes sont mes bons amis. Je n'en ai pas d'autres, sauf Lundmark, là-bas, ajouta-t-il en désignant l'endroit. A part lui, ce n'est pas terrible.

— C'est parfait parce que, les amis, c'est uniquement source de problèmes.

— Peut-être bien.

— Je veux dire que, si tu es capable de les laisser derrière toi et de fréquenter les animaux, c'est excellent. Tu as l'air bronzé et en bonne santé. Je ne t'ai jamais vu en pareille forme.

— L'été a été beau.

Maggan hocha la tête en regardant le pâturage.

— Je ne sais pas comment te dire ça, reprit-elle soudain en le dévisageant de près.

— Quoi donc ?

Elle baissa les yeux.

— J'ai parlé à Eva.

Elle s'assit dans le fauteuil de jardin.

— Ah bon ?

— Tu ne veux pas t'asseoir, toi aussi ?

— Qu'est-ce qu'elle a, Eva ? Vas-y, accouche !

— Elle a recommencé ses conneries.

— Quelles conneries ? demanda-t-il, quoique connaissant la réponse.

— Tu le sais très bien !

— Qui c'est ?

— Un type. Pas vraiment recommandable. Je crois qu'il est iranien.

Il s'assit lourdement sur l'autre fauteuil, les yeux dans le vide.

— Et Chris ?

— Il est chez Britt-Marie.

— Merde ! Elle pourrait pas se tenir tranquille, un peu. Pourquoi faut-il qu'elle aille baiser avec n'importe qui ?

— Calme-toi. Chris est très bien, chez Britt-Marie.

— Qu'est-ce que je dois faire ?

— Rien.

— Mais c'est mon fils, à moi aussi !

— Tant que l'enquête est en cours, il vaut mieux que tu restes tranquille. Qu'est-ce que tu pourrais faire d'autre ? Aller chercher le gamin ne servirait qu'à envenimer les choses. Tiens-toi tranquille et ça s'arrangera, tu sais comment elle est.

— Oui, je le sais, répondit-il sèchement, mais elle devrait penser au gamin.

— Tu peux le prendre ?

— Qu'est-ce que tu veux dire, bon sang ?

— Tu es assez fort pour ça ?

— Mais c'est mon gosse, enfin quoi, Maggan !

Il se leva rapidement du fauteuil et s'éloigna de quelques pas en lui tournant le dos pour regarder ce paysage qui lui paraissait si apaisant et plein d'espoir, un ins-tant auparavant. “C'est mon garçon” se répéta-t-il à voix basse.

Un merle approcha en sautillant. Son bec jaune et pointu oscillait énergiquement entre les branches mortes des groseilliers mal entretenus. Lundmark avait suggéré qu'ils plantent de nouveaux arbustes et, pour la première fois de sa vie, il avait envisagé de travailler un peu dans un jardin. “Les groseilles, c'est plein de vitamines”, avait fait remarquer Lundmark.

Il se retourna brusquement. Maggan le regarda et il eut le vague sentiment que c'était avec des yeux étrangers et peut-être légèrement réprobateurs, comme si elle n'avait pas confiance en lui. Ce regard, cette méfiance, il les connaissait. Ce ne fut pourtant qu'une pensée très fugitive. En dehors de Mari, Maggan avait été la seule à se soucier de lui.

Elle resta assise sans rien faire, détourna les yeux et eut l'air de se contenter de profiter de la chaleur de l'après-midi. On aurait dit qu'elle attendait qu'il se découvre, qu'elle voulait le forcer à parler. Il la regarda à son tour. Elle n'avait pas beaucoup changé, surtout en comparaison d'Eva. Elle avait toujours eu l'air d'être en forme. Elle avait ôté son chandail et sa mince chemise laissait voir la pointe de ses seins. “Elle est vachement belle”, se dit-il. Elle s'était laissée glisser sur son fauteuil et était maintenant à moitié allongée, les bras ballants et le visage tourné vers le soleil.

Elle ouvrit les yeux, croisa son regard et sourit.

— On va se baigner ? demanda-t-il en désignant le lac d'un signe de la tête.

Elle répondit par un sourire et en secouant lentement la tête. “Ce qu'elle peut être raisonnable, bon sang”, pensa-t-il.

— L'eau est très bonne.

Elle se redressa.

— Si tu veux prendre Chris chez toi, il faut que tu trouves un autre endroit où habiter. C'est trop isolé, ici.

— Comment ça, isolé ? J'ai une voiture, non ? Je peux emmener Chris n'importe où. En dix minutes, un quart d'heures au plus, on est à Bålsta.

— Un enfant a besoin de petits camarades.

— Elle va vraiment mal, Eva ?

— Oui, vraiment. Mais Chris va très bien, lui, se hâta-t-elle d'ajouter.

— On ne peut pas aller faire trempette ?

— Il faut que tu viennes habiter en ville, si tu veux avoir une chance de le reprendre. C'est trop, ici.

— Trop quoi ?

— Tu n'ignores pas de quel œil les bonnes femmes des services sociaux voient un ancien drogué qui vit dans une ferme isolée au fin fond de la cambrousse.

— Ce n'est pas un squat ou un repaire de voleurs, ici !

— Je sais, mais pas elles.

— Je ne me suis jamais aussi bien porté. Et puis j'ai Lundmark.

— Qui c'est, ce Lundmark ?

— Un vieux bonhomme qui a toujours vécu ici. Il était déjà là quand j'étais gosse. C'est un chic type.

Maggan se leva et il comprit qu'ils n'iraient pas se baigner. Il était en colère contre lui-même de la désirer à ce point. Il la vit s'éloigner d'une dizaine de mètres et poser la main sur les pointes blanches des piquets de la clôture. Comme il avait envie d'une femme ! De la chaleur d'un autre être humain, de sa peau, de sa poitrine. Mais il savait qu'elle n'allait pas tarder à repartir et qu'il se retrouverait seul à nouveau. Le calme de ce matin au bord du lac, le chevreuil, les gouttes d'eau qui s'écoulaient des pales et les oiseaux de proie dans le ciel, cela lui faisait maintenant l'effet d'une illusion et c'était Maggan qui avait rompu le charme. Elle lui avait fait parvenir un message de la ville et des services sociaux. Mais il se doutait qu'Eva était encore plus mal en point que Maggan ne l'avait laissé entendre. Et quant à aller vivre ailleurs… !

Il s'avança vers elle et posa les mains sur ses épaules. Elle sursauta, comme s'il lui avait asséné un coup.

— Non, dit-elle.

3

Les coups de feu se suivirent à très bref intervalle, à tel point que l'horloger retraité Roos put affirmer qu'il s'agissait d'une arme automatique. Il était bien placé pour le dire, en tant que membre de la réserve territoriale. D'un autre côté, un second témoin, une femme sortant du magasin ICA de Svamptorget, déclara que cela avait "claqué comme des coups de fouet."

Quelle qu'ait été l'arme, l'effet fut dévastateur : deux morts et un terrier blessé. Tout laissait penser que la maîtresse de celui-ci le tenait dans ses bras et que la balle qui avait brisé sa patte avant droite avait également blessé mortellement Veronika Hirmanen.

C'est Wild et Beckman qui furent les premiers sur les lieux. Quand ils tentèrent de se remémorer le déroulement des événements, c'est surtout les hurlements du chien et ses bonds affolés, un peu partout dans la maison, qu'ils trouvèrent gravés dans leur mémoire. Quand l'alerte était parvenue au PC, à 17 h 38, ils avaient quitté Gottsunda pour Eriksberg. Ils arrivèrent sur place à 17 h 45, soit sept minutes après l'alerte et pas une de plus après les meurtres eux-mêmes, puisque l'horloger avait appelé sitôt qu'il eut entendu les coups de feu.

Diverses personnes s'étaient déjà attroupées. L'une d'entre elles prit Beckman par le bras.

— Il est parti par là, dit-elle en désignant la direction de la forêt.

— Il a tiré par la fenêtre, je l'ai vu, compléta un autre témoin, très choqué. A travers les carreaux !

Le chien continuait à hurler. Wild sentit quelque chose crisser sous la semelle de ses chaussures. La pelouse, déjà mal en point après la sécheresse de l'été, était jonchée de pommes de pin formant une sorte de tapis agrémenté de barbillons. Les gémissements du chien se firent de plus en plus pitoyables et Wild s'aperçut qu'il avait dégainé son pistolet sans y penser. Il entendit la voix de son collègue, sur le trottoir, et celles, très émues, des voisins. "Ils ne pourraient pas fermer leur gueule", pensa-t-il en approchant de la fenêtre restée éclairée. Un cactus avait été renversé et gisait sur le rebord de celle-ci et ses fleurs roses paraissaient presque obscènes dans un contexte aussi dramatique.

Le pistolet pesait très lourd entre ses mains. L'espace d'un instant, il repensa à ce qui s'était passé à Malexander et il se recroquevilla de plus en plus au fur et à mesure qu'il approchait de la maison. Puis il se redressa, le pistolet braqué devant lui. Une pomme de pin tomba sur le sol. Eugen Wild hésita quelques secondes avant de faire les quelques pas qui le séparaient de la fenêtre. Les bords acérés de la vitre brisée brillaient de façon menaçante et un pan de rideau oscillait au vent. Le chien hurlait toujours. Le policier se pencha en avant pour regarder par-dessus le bord de la fenêtre. Le spectacle qui l'accueillit ne contribua pas à le redresser, on eut au contraire l'impression qu'il avait pris un coup, ou plutôt une masse, sur les épaules.

Le mari avait reçu une balle dans la tête et il ne restait presque plus rien de celle-ci. Il y avait des traces de sang et de matière cérébrale jusque sur le mur. Il gisait juste à gauche d'une porte dont Wild pensa qu'elle donnait sur un bureau. Il eut le temps de noter la présence de papiers, éparpillés sur le sol, et d'un dossier ouvert près des pieds de l'homme – avant d'être pris de nausées.

Au même moment, son collègue lui cria quelque chose. Il ne put distinguer quoi mais il leva la main en un geste de mise en garde. Beckman ne sut comment interpréter ce signe, tout ce qu'il comprit fut qu'il s'était passé quelque chose de grave et cela accéléra encore le rythme de son pouls. Wild cracha par terre et Beckman vit son visage blêmir. Les voisins s'étaient tus et observaient son collègue avec horreur.

— Personne ne peut venir en aide à Tootsie ?

— Quoi ?

— Personne ne peut secourir le chien ?

— Merde alors ! Qu'est-ce que c'est que ça ? Est-ce que..., eut-il le temps de crier avant que Wild n'interrompe son collègue.

— Des renforts, une ambulance, la scientifique, tout le bazar... bon Dieu, quel spectacle !

Il s'approcha pour mieux voir et c'est alors qu'il aperçut la femme assise sur le canapé. Elle avait glissé au point que seule sa tête était visible par-dessus le meuble. Elle était morte, Wild en était persuadé. Le chien gémissait maintenant de façon pitoyable mais Wild ne parvenait pas à déterminer où il se trouvait.

Une fois le premier choc passé, Wild reprit le contrôle de ses actes. En dépit de l'âcre goût de vomi qu'il avait dans la bouche et, malgré le sang et les jambes nues de la femme qui dépassaient de la table basse, il réussit à se faire une première idée de la pièce. A part les deux corps, rien ne laissait présumer qu'il s'y était passé quelque chose de violent, sinon les papiers éparpillés sur le sol et la tasse à café renversée dont le contenu s'écoulait goutte à goutte sur le tapis blanc. Et pourtant la violence était bel et bien là, l'odeur de la violence et de la haine, l'odeur de mort. Il avait horreur de cela ! Il frissonna. Les gémissements du chien faiblissaient de plus en plus.

De la main, il fit signe qu'il allait pénétrer dans la maison. Beckman acquiesça de la tête, sans cesser de parler dans son portable. Les curieux ne cessaient d'affluer. Un grand calme s'empara de Wild lorsqu'il posa la main sur la poignée de la porte. Celle-ci s'ouvrit sans difficulté et il fut accueilli par l'odeur du café. L'entrée était plongée dans la pénombre et cette quiétude le perturba. On n'entendait même pas le tic-tac d'une horloge ou le bruissement d'un conduit d'aération. Après avoir fait deux ou trois pas, il perçut un bruit, une sorte de raclement. A ce moment, le chien se remit à hurler. Y aurait-il quelqu'un dans la maison ? Il vérifia de nouveau qu'il avait ôté le cran de sûreté de son arme. Lorsqu'il passa la tête dans la salle de séjour, la première chose qu'il vit fut la main de la femme sur le coussin du canapé. Elle bougeait lentement, grattant avec ses ongles la surface lisse du cuir. Le chien était à moitié allongé sur la femme et lui léchait le visage en poussant de petits cris. Médusé, Wild fixa des yeux la main couverte de sang, dont les doigts étaient agités de tremblements nerveux. Il se précipita, écarta la table basse et s'agenouilla. Les paupières de la femme battaient légèrement.

— L'ambulance arrive, parvint-il à articuler.

Puis il tenta de l'installer un peu plus confortablement, sachant pertinemment que cela ne changerait pas grand-chose à son sort. Sa cage thoracique était entièrement couverte de sang et celui-ci s'écoulait toujours, goutte à goutte, de son corps. Il prit sa main mais ne put sentir le pouls sur son poignet. Ses paupières battaient toujours et sa main tremblait. Il la prit dans la sienne, la gauche, et, de la droite, écarta le chien pour mieux constater les plaies de la femme. C'est alors qu'elle ouvrit les paupières et le regarda. Elle avait les yeux bruns et Wild eut le temps de penser qu'il n'en avait jamais vu d'aussi beaux.

— L'ambulance arrive, répéta-t-il et, comme pour confirmer ses propos, on entendit soudain un bruit de sirène qui approchait.

— Ça va aller, insista-t-il, tout en se rendant compte que la femme était en train de mourir.

Elle bougea les lèvres comme pour dire quelque chose, mais il n'en sortit rien d'autre que du sang. Un mince filet rouge foncé se mit à couler de sa bouche sur son menton puis sur son cou. Wild eut un hoquet en forme de sanglot. Les yeux de la femme se fermèrent à nouveau et son corps tressaillit. Wild accentua la pression sur sa main. Le bruit de la sirène était maintenant tout proche. Des voix excitées montaient de la rue et on entendait des voitures qui freinaient en faisant crisser leurs pneus. Une bulle de sang et de glaires se forma sur les lèvres blêmes de la femme aux yeux bruns et s'agrandit peu à peu pour finir par ressembler à une coupole de couleur. Soudain, elle éclata.

— Kkk…, entendit-on faiblement, avant qu'un caillot de sang ne jaillisse.

— Qui ? demanda Wild, le visage contre sa bouche. Vous l'avez reconnu ?

La femme ouvrit les yeux et ceux-ci n'avaient plus un éclat aussi mat. Elle eut l'air de découvrir sa présence et le fixa du regard. Wild s'éclaircit encore un peu et renouvela sa question.

— Qui ?

Cette fois on entendit un gargouillis en provenance de la poitrine de la femme. Il vit qu'elle faisait de son mieux pour dire quelque chose et il eut le sentiment qu'elle avait reconnu celui qui l'avait criblée de balles. Il fut aussitôt persuadé qu'elle savait comment il s'appelait.

— Kkk..., entendit-on de nouveau.

— C'est son nom ?

Il crut lire dans ses yeux une réponse affirmative. La porte d'entrée s'ouvrit, des bruits de pas et des voix retentirent.

— On arrive, dit quelqu'un.

Les yeux de la femme s'éteignirent alors. On aurait dit qu'une main douce était venue se poser sur son visage pour le fermer, mais elle implorait toujours Wild du regard. Comme elle aurait voulu pouvoir prononcer ce nom !

Le chien policier releva immédiatement une piste et se lança sur les traces de l'assassin. Il s'était écoulé environ vingt-cinq minutes depuis les coups de feu. Une activité fébrile avait débuté dès que la police avait compris qu'un double meurtre venait d'être commis et un groupe d'intervention spécialement constitué était maintenant sur les lieux. Ces nombreux véhicules, ces visages fermés au-dessus de gilets pare-balles, ces armes et ces gyrophares créaient une atmosphère de guerre ou de siège.

Les chiens suivirent la trace et disparurent vers l'école du quartier de Malma. Il ne resta plus sur place qu'une dizaine de policiers. Les assauts des curieux étaient maintenant contenus par les rubans de couleur délimitant un périmètre sur lequel il était interdit de pénétrer. Des membres de la sécurité publique s'étaient mis en devoir de relever systématiquement le nom des personnes présentes et de recueillir des informations importantes : comment était habillé le meurtrier ? Quel était son âge ? Sa taille ? Ou encore n'importe quel élément susceptible de faciliter la chasse maintenant ouverte sur une zone de plus en plus vaste des quartiers ouest d'Uppsala.

Beckman apprit à la radio la nouvelle de l'arrivée de renforts. Cinq voitures étaient en route sur Vårdsätravägen et Dag Hammarskjölds väg.

— On va le pincer, dit-il à Wild qui s'était effondré sur le trottoir, adossé à une clôture basse.

Celui-ci ne répondit pas immédiatement.

— Elle a vécu encore pendant quelques minutes, finit-il par lâcher.

— Vraiment ?

Wild hocha la tête avec lassitude.

— Elle a dit quelque chose ?

— Elle a essayé, j'ai eu l'impression qu'elle voulait prononcer un nom.

— Tu n'as pas entendu lequel ?

Beckman s'accroupit et posa la main sur le bras de son collègue. Voyant à quel point il était choqué, il s'agenouilla et plaça ses bras sur ses épaules.

— C'était aussi affreux que ça ?

Wild leva des yeux dans lesquels se lisait un désespoir que son collègue n'avait encore jamais vu.

— Qu'est-ce qu'on fait, bon sang ? dit-il.

— On va le pincer.

— On se croirait aux Etats-Unis. C'est un vrai massacre !

— On va le pincer, tu entends ce que je te dis ?

Beckman nota un mouvement de l'autre côté de la rue. Une personne en civil se dirigea vers Wild et lui, toujours assis sur le trottoir.

— Reprends-toi. Voilà Lindell, de la crim'.

Wild ne réagit pas et ne fit pas le moindre effort pour se lever.

— Il est mal en point, dit Beckman. C'est lui qui a été le premier sur les lieux.

Ann Lindell hocha la tête et regarda un instant Wild, avant de balayer des yeux le terrain sur lequel était bâtie la maison.

— Il y a deux victimes, c'est un vrai massacre, reprit Beckman en utilisant les mots de son collègue. Un homme et une femme. Et puis le chien.

— Le chien ?

— Il y avait un chien, aussi. Il a été blessé, mais on s'occupe de lui.

Lindell parut se désintéresser de l'animal et s'apprêta à enjamber la petite clôture.

— La femme a survécu quelques instants, ajouta Beckman.

L'inspecteur Lindell se retourna.

— C'est Eugen qui me l'a dit.

Lindell retira sa jambe et se pencha sur Wild.

— C'est vrai ? Elle a pu parler ?

Wild hocha la tête.

— Elle a essayé de prononcer un nom, bredouilla-t-il en s'appuyant sur une latte de la clôture pour se relever.

Une fois qu'il fut sur pied, Lindell put se rendre compte de sa taille. Il mesurait au moins un mètre quatre-vingt-quinze et avait des épaules à l'avenant.

— Je *crois* qu'elle a essayé de prononcer un nom… Je l'ai lu dans ses yeux, ajouta-t-il avec un profond soupir. On sait ce que c'est, hein ?

Lindell acquiesça. Elle n'avait jamais vu un agonisant et encore moins lu quoi que ce soit dans ses yeux, mais elle pensait comprendre ce qu'il en était et était désireuse d'encourager son collègue à continuer.

— Je crois qu'elle a reconnu son assassin et a tenté de me dire son nom.

— Comment était-ce ?

— Cela commençait par un K. Elle a dit "kkk" ou quelque chose comme ça, précisa-t-il en tentant d'imiter le bruit qu'avait fait la femme.

Ann Lindell l'observa de près.

— Qu'est-ce qui te fait croire qu'elle l'a reconnu ?

— Ses yeux, parvint à dire Wild avant que sa voix ne s'étouffe dans un sanglot.

Au même moment, Ryde, du service scientifique, vint requérir l'attention de Lindell.

— On reparlera de ça par la suite, fit-elle rapidement en donnant une tape amicale sur le bras d'Eugen Wild.

Beckman eut l'impression qu'elle caressait une bête énorme et qu'elle en était enchantée et pourtant un peu effrayée, également.

"Soyez les bienvenus chez Toiwo et Veronika" était-il marqué sur un petit carreau de céramique accroché de façon un peu précaire sur la porte d'entrée. "Bon, pensa Lindell, il n'y a plus qu'à l'enlever". Il suffirait d'ailleurs qu'elle claque la porte assez fort pour qu'il tombe sur le béton des marches et soit réduit en miettes. Elle résista à l'envie de le décrocher elle-même et Ryde remarqua qu'elle observait un temps d'arrêt.

— Il y a quelque chose ?

— Non, répondit-elle, mais ça va tellement vite.

Ryde se contenta d'un "hum" pour toute réponse.

Toiwo gisait les bras écartés, comme un crucifié. La tapisserie jaune sale était couverte de sang et de matière cérébrale ainsi que de petits bouts d'os crânien qui étaient venus s'incruster dedans. Ryde resta un instant à observer le visage du mort, ou plutôt ce qu'il en restait. On aurait dit qu'il baissait la tête pour prier ou, au moins, qu'il consacrait au cadavre quelques instants de réflexion, comme s'il désirait lui prêter une certaine valeur humaine avant d'être obligé de le considérer d'un point de vue strictement professionnel.

Il se retourna rapidement, examina la fenêtre criblée de balles puis à nouveau le corps, avant de promener le regard sur les papiers épars et le dossier, puis vers le bureau.

Ryde était détesté de bon nombre de ses collègues mais Lindell estimait que c'était lui le meilleur. Elle pensait qu'ils s'attachaient à des détails, dans leur condamnation catégorique de cet agent de la police scientifique. Il sentait certes un peu bizarre et il avait de longues touffes de poil qui lui sortaient des oreilles. Il était en outre assez trapu et avait la mine triste. Il n'avait rien d'un charmeur, en effet, ne faisait jamais le moindre commentaire personnel et n'exprimait que très rarement la bonne opinion qu'il avait des autres. Il semblait même faire son possible pour se conformer à l'image communément répandue de ce que doit être un technicien de la police et de la façon dont il faut qu'il se comporte.

Pour sa part, Lindell était debout, les bras ballants. Elle tourna lentement la tête et examina les deux corps ensanglantés, sur le sol. Par la suite, elle s'étonna de son manque de réaction. Elle avait déjà vu des gens assassinés, mais rien qui ressemblât à un tel massacre. Le choc ne survint que par la suite. Au cours de ces premières minutes passées dans la maison, elle resta parfaitement calme et enregistra tout d'un œil froid. Elle voyait aussi son collègue de la scientifique sous un autre jour. Son visage, d'habitude inexpressif, était pour une fois assez animé. Les muscles de ses joues étaient agités de tics et la grimace de ses yeux alliait le dégoût à la peur, face à cet horrible spectacle : les deux morts, le sang, cette violence au milieu d'une salle de séjour aussi douillette.

— Foutu bazar, dit-il à voix basse.

Le silence régnait. Le brouhaha en provenance de la rue s'était lui-même calmé et le seul bruit qui persistait était celui de la pompe de l'aquarium, qui continuait à tourner comme si de rien n'était. Ryde se retourna et étudia, l'espace de quelques secondes, les beaux poissons de toutes les couleurs qu'il contenait. Lindell suivit son regard. Ryde fit alors le tour de la pièce à pas prudents, gagna le canapé, se pencha sur la femme et examina son corps souillé de sang.

— Il y en a pour des heures, dit-il.

— Qui a pu faire une chose pareille ?

Ryde se redressa.

— Difficile à dire. Je crois que c'est le mari qui a été abattu en premier.

— Qu'est-ce qui te fait dire ça ?

— Je t'expliquerai, lança-t-il avec un regard à sa montre-bracelet, dans trois heures et demie, c'est-à-dire à dix heures. Je te remettrai un rapport complet.

Lindell savait qu'elle ne lui en arracherait pas plus pour le moment.

— Je vais jeter un coup d'œil, dit-elle en pénétrant dans le bureau.

Elle examina l'étagère à livres, le bureau et ses tiroirs, dont aucun n'était fermé à clé. Elle pianota sur le clavier de l'ordinateur, qui n'était pas de la même marque que celui qu'elle avait dans son propre bureau. C'est alors que son portable sonna pour annoncer l'arrivée d'Allan Fredriksson et de Haver. Sammy Nilsson les rejoindrait dans quelques heures. Il y aurait ainsi quatre policiers sur les lieux le premier soir, davantage s'il le fallait.

Elle était une nouvelle fois chez de parfaits étrangers. Jamais plus les Hirmanen n'entreraient là. Pour sa part, elle pourrait feuilleter leurs albums de photos, leurs dossiers d'assurances, leurs contrats d'achat, voire lire leurs lettres d'amour, soigneusement rangées et oubliées depuis des décennies ou de fraîche date, pleines de désir mutuel et bien conservées, alors qu'elles auraient dû être détruites aussitôt après avoir été lues. Parmi tous ces papiers, elle trouverait peut-être une petite indication qui présentait un intérêt particulier, un numéro de téléphone noté dans un carnet d'adresses, dans le classeur resté ouvert sur la table, ou encore inscrit négligemment sur un bout de papier ou dans la marge d'un ticket de caisse. Peut-être la solution de l'énigme était-elle entre les murs de cette pièce. Lindell ne put s'empêcher de pousser un grand soupir.

Ces deux morts – étaient-ils le fait du hasard, l'œuvre d'un dément passant simplement par là ? Lindell soupesa cette idée mais ne l'estima pas très crédible. Les meurtres étaient rarement fortuits ou perpétrés par une personne totalement inconnue de la victime. Elle passa la tête par la porte et vit Ryde, penché en avant, auquel Larsson était venu se joindre. Leurs dos et leurs épaules témoignaient de l'ardeur qu'ils mettaient à la tâche. Elle résista à l'envie de les en féliciter et posa les yeux sur le défunt, à la place. Cet homme avait-il été un bon mari ? C'était impossible à dire, désormais. Quel timbre avait sa voix ? Etait-il gentil et prévenant, ou était-ce un sale type, un macho ? Lindell se trouvait face au problème d'une vie qu'il s'agissait de reconstituer, d'une image à se faire sans pouvoir s'aider d'un visage. Le spectacle de la femme était encore plus difficile à supporter, malgré le fait que ses blessures étaient moins spectaculaires. Ses traits à elle étaient à peu près intacts mais sa posture, sur ce canapé, avec ses yeux éteints et ses jambes écartées sous la table basse qui avaient fait remonter sa jupe sur ses grosses cuisses, mirent Lindell presque en fureur, en plus de la révolte qu'elle éprouvait. Elle réprima ce sentiment qui s'obstinait à ressurgir dès qu'elle braquait le regard vers cette femme. On aurait dit qu'elle rendait la mort plus obscène encore qu'il n'était nécessaire. Il y avait trop de peau nue, trop d'intimité exposée. Ecœurée, Lindell détourna les yeux.

Si ce n'était pas le fait du hasard, qui était visé en premier ? Lui ou elle ? Ou les deux ? Lindell comprit qu'ils se trouvaient devant un immense puzzle. Dans deux semaines, ce sera Noël, se dit-elle, non sans un rien de satisfaction. Pour sa part, elle n'était pas tellement pressée de voir arriver cette date. Ses vieux parents, à Ödeshög, estimaient évident qu'elle viendrait les voir. Edvard, lui, avait exprimé l'idée de fêter Noël et le nouveau millénaire chez lui, à Gräsö. Elle hésitait, inquiète à l'idée d'Edvard et elle dans un pareil tableau de famille. Supporteraient-ils cette épreuve ? Il était ridicule de s'inquiéter de la sorte, elle le comprenait bien. Cela faisait deux ans qu'ils se fréquentaient et il commençait à être temps de prendre une décision quant à l'avenir. Elle ne parvenait pas à saisir d'où pouvait provenir le sentiment qu'elle éprouvait. Edvard n'avait jamais évoqué l'avenir, il ne disait d'ailleurs pas grand-chose. Commencerait-elle à se lasser ? Pas vraiment, mais alors : pourquoi cette incertitude ?

Il était inutile de se mettre martel en tête pour quelques jours sans grande importance, et pourtant l'inquiétude ne la lâchait pas. En fait, elle préférait travailler, comme elle l'avait fait tout l'automne. Ce double meurtre était le prétexte idéal pour raccourcir son congé.

Elle se força à regarder de nouveau la femme. On lui donnait la cinquantaine, elle présentait un léger surpoids, était sans doute originellement blonde mais avait maintenant les cheveux courts et légèrement roux. Elle portait une grosse bague en or à l'annulaire gauche et, autour du cou, une mince chaîne en argent à laquelle pendait une pierre de couleur rouge. Elle ressemblait à une politicienne que Lindell avait vue à la télévision quelques jours auparavant. La différence était que cette femme-ci ne ferait pas les gros titres des journaux par sa vie mais par sa mort. La presse était déjà à l'affût, dans la rue, et elle apercevait la voiture de la quatrième chaîne de télévision, entre les troncs des pins. Quant à celle de radio Uppland, elle ne devait pas être très loin non plus.

Les voisins les avaient informés que Veronika et Toiwo Hirmanen n'avaient pas d'enfants, ce dont Lindell remercia le ciel. Veronika avait seulement une sœur qui vivait en ville et on s'activait pour trouver son nom et son adresse.

Le couple vivait dans le quartier depuis les années soixante-dix. On les voyait à peine, avait cependant précisé leur voisin le plus proche. Il leur arrivait de prendre le café ensemble, au cours de l'été, mais les Hirmanen ne fréquentaient personne d'autre dans la rue.

Veronika travaillait au service social de la municipalité et avait donc affaire aux "cas sociaux". Toiwo venait de Lovisa, en Finlande, croyait savoir le voisin. Il était resté au chômage un certain temps et venait de retrouver du travail chez un comptable. Il était un peu plus âgé que sa femme, très discret et cependant “vraiment charmant”.

C’était tout ce que Lindell avait pu savoir sur le couple. Ce n’était pas trop mal, en l’espace de quelques minutes. Les contours de ces deux personnes étaient encore un peu flous mais, d’ici un ou deux jours, ses collègues et elle auraient le temps de les préciser. Il n’y avait plus qu’à se mettre au travail.

Allan Fredriksson se tenait dans l’embrasure de la porte et, derrière lui, Haver. Ryde leva rapidement les yeux, sans guère prêter d’attention à ses collègues de la criminelle. Fredriksson parcourut la pièce du regard, salua Lindell de la tête et se pinça pensivement le nez, geste pour lequel cet homme taciturne était maintenant bien connu de tous. Puis il fit un pas en avant.

Lindell savait que Haver avait du mal à supporter la vue des cadavres et ne s’étonna pas de le voir s’attarder dans l’entrée.

— Merde alors, dit Fredriksson. Qui est-ce ?

Il alla se pencher sur Veronika Hirmanen et ce qu’il vit le fit se recroqueviller comme un animal effrayé. Ce dos courbé et le visage blême de Haver furent pour Lindell l’image même de l’horreur et du dégoût, mais aussi de la tristesse de voir qu’on avait pu soumettre un être humain à un pareil traitement. En réalité, ces deux hommes n’étaient pas faits pour les circonstances auxquelles ils étaient appelés à faire face dans l’exercice de leurs fonctions. Ils se forçaient à regarder et à enregistrer, alors qu’ils n’avaient qu’une idée : fermer les yeux et partir. Loin de là.

Lindell leur expliqua ce qu’elle savait. Cela n’allait pas très loin et paraissait encore moins dans sa bouche.

Haver osa s'avancer de quelques pas et examiner de près le visage déchiqueté du mari en marmonnant quelques paroles inaudibles.

Les trois policiers se partagèrent la maison. Lindell poursuivit son travail d'investigation dans le bureau, Haver fut affecté à la cuisine puis à la cave, tandis que Fredriksson se consacrait aux deux chambres. Samuel Nilsson appela pour dire qu'il arrivait. Pour rien au monde il n'aurait manqué un double meurtre.

4

L'itinéraire de l'assassin traversait la zone pavillonnaire de Valsätra. Il courait à moitié, le pistolet glissé sous la ceinture de son pantalon. Des flocons de neige tombaient sur ses épaules et sa tête. Son haleine formait une sorte de nuage autour de lui. Il ralentit l'allure, s'arrêta et écouta le bruit rageur des sirènes, avant de reprendre sa course, penché en avant. Il avait l'impression que sa cage thoracique allait céder sous la pression et que son cœur ne résisterait pas à l'épreuve. A la fenêtre des maisons brillaient des étoiles de l'avent et des bougies, un sapin était même illuminé dans l'un des jardins, répandant son air de fête. Il fut obligé de s'arrêter à nouveau. Du coin de l'œil, il vit un homme descendre de voiture, se retourna, hésita un instant, revint sur ses pas de quelques mètres et pénétra par l'entrée de garage. L'homme, qui venait de refermer la portière de sa voiture, eut juste le temps de noter l'haleine pantelante du meurtrier et de faire volte-face avant de recevoir un coup sur le côté de la tête, juste au-dessus de l'oreille gauche, d'être projeté contre sa voiture et de s'effondrer lentement, adossé à celle-ci. Puis il bascula vers l'avant et tomba sur le sol, le visage contre l'asphalte humide.

En s'échappant de ses poumons, l'air produisit une sorte de sifflement. La lueur de l'éclairage public se refléta dans le filet de sang rouge foncé qui se mit à couler sur la surface glacée de l'entrée de garage. L'assassin le regarda se frayer un chemin en zigzaguant. Puis il tira l'homme en train de gémir vers la haie qui entourait le terrain, avant de lui asséner un coup de pied dans la tête. Il perdit alors conscience, serrant convulsivement ses clés de voiture dans sa main, et ses gémissements cessèrent.

Le meurtrier lui ouvrit la main de force et, une demi-minute plus tard, la Volvo s'engageait dans Valsätravägen. Elle tourna à gauche à vive allure, en direction de Dag Hammarskjölds väg, puis à droite et disparut vers le sud. Il était 17h45. Sept minutes s'étaient écoulées depuis que Toiwo Hirmanen avait perdu la vie, alors que celle de sa femme devait encore se prolonger quelques instants. Pour l'assassin, cependant, ce délai n'avait guère d'importance. Justice avait été faite.

Pour commencer, il outrepassa nettement la limitation de vitesse mais ralentit en voyant le panneau imposant le 50 à l'heure à l'entrée de Sunnersta. Ne venait-il pas d'abattre un homme et de voler sa voiture, très facile à identifier ? Il comprenait maintenant que c'était une énorme bêtise. Il n'avait hélas pu faire autrement. S'il avait continué à courir comme un fou, ils auraient fini par le prendre. Il maudit son amateurisme et s'en voulut de s'être laissé emporter par ses sentiments. Il n'avait pas eu l'intention de tuer les Hirmanen. Il voulait simplement reconnaître les lieux et les personnes. Mais, quand il avait vu le visage laid et adipeux de la femme, la façon dont elle jouait avec son chien en le levant à bout de bras comme s'il s'agissait d'un bébé, la colère l'avait emporté. A ce moment précis le mari était entré dans la salle de séjour et s'était mis à rire de quelque chose qu'elle lui avait dit. Elle avait tourné la tête vers lui et éclaté de rire elle aussi. Le chien, lui, frétillait de sa petite queue. Toutes ses bonnes intentions avaient alors fondu comme neige au soleil et ses projets avaient été réduits à néant. La fenêtre avait volé en éclats sous ses coups de feu et leurs rires s'étaient éteints.

Désormais, il était obligé d'improviser. Or, il détestait cela. Il traversa la localité à la vitesse prescrite en tentant de trouver rapidement un itinéraire qui lui permettrait de s'enfuir le plus discrètement possible. Mais il n'était pas familier de ces parages. Il ne se souvenait pas d'être venu à Sunnersta depuis l'époque de l'école, où il allait faire du ski et de la luge dans la carrière. Il passa devant cet endroit et comprit qu'il allait se retrouver à Flottsund, sur l'ancienne route de Stockholm. Ce n'était pas indiqué. La police ne tarderait pas à y dresser des barrages. Il se rangea donc sur le côté de la voie. La Volvo était un peu grande pour lui et il n'était pas à son aise. En outre, elle sentait le neuf. Il fallait qu'il réfléchisse. C'est alors qu'il s'avisa que, juste avant le pont, il y avait une route sur la droite en direction de "Skaris" – plus exactement Skarholmen. Les souvenirs lui revenaient à l'esprit : il était allé y danser avec Eva. Il reprit la route et bifurqua peu après en direction de l'ouest. En prenant par là, il pourrait rentrer chez lui en suivant les petites routes passant par Uppsala-Näs et Dalby. Il croyait savoir qu'il pourrait ainsi retrouver la route d'Enköping. Car il fallait à tout prix qu'il rentre chez lui !

Ses mains se mirent à trembler. Il avait assassiné deux personnes. Il chercha la manivelle d'ouverture de la fenêtre sans parvenir à la trouver et comprit soudain que la voiture était sûrement équipée de lève-vitres électriques. Il trouva le bouton de commande et l'air frais s'engouffra dans l'habitacle.

Au loin, on entendait des sirènes. Ses mains tremblaient un peu moins et il se vit soudain au volant d'une Volvo flambant neuve en train de traverser les quartiers cossus d'Uppsala. Au loin, entre les grands chênes et les fourrés de trembles, il apercevait les eaux noires d'un coin du lac Mälar.

Une dizaine de kilomètres plus loin, après avoir emprunté diverses routes en terre battue à l'ouest de la ville, il se retrouva sur la nationale 55. La radio locale ne cessait de parler des recherches que menait la police. Depuis qu'il avait emprunté le pont de Lurbo, il n'était question que de ces deux morts, d'un "double meurtre perpétré dans des conditions d'une rare sauvagerie", de "barrages routiers" et de "renforts de police". A un moment, il avait vu un hélicoptère, dans le ciel. Bien que tout danger ne fût pas écarté, il se sentait assez en sécurité. A Örsundsbro, il quitta de nouveau la nationale et se sentit alors pleinement rassuré. Il avait réussi. Il s'arrêta et lut un panneau indiquant la direction de Björnarbo – la Tanière de l'ours – sur sa droite. "Je suis plutôt un loup, pour ma part, pensa-t-il en prenant à gauche. Mais non, en fait : les loups chassent en bande, alors que moi je suis seul."

Son grand chagrin menaçait de s'emparer de lui. Il serra fortement le volant entre ses mains en se répétant à voix basse : "Chris, Chris, Chris", comme pour conjurer un sort. Si seulement il pouvait oublier ! Non, impossible. Il ne le fallait d'ailleurs pas. "Tu dois accepter cela", avait-elle dit.

“Tu ne le penses peut-être pas pour l’instant mais, plus tard, tu comprendras que c’était une bonne solution.” Que sait-elle de l’avenir, cette sale bonne femme ? Moi, je sais tout de ce qui le concerne. Désormais, je n’en ignore plus rien. Elle mentait, malgré ses sourires, comme toutes celles de son espèce. Maintenant, elle est morte. Il trembla comme sous l’impact d’un choc. “En fait, je suis plutôt un tigre, un tigre solitaire et cannibale.”

Pendant la traversée d’Örsundsbro, il veilla à ne pas dépasser la limite de vitesse. A la station-service où il lui était arrivé de faire le plein, deux hommes étaient en train de discuter, en regardant passer la Volvo. Il détourna le visage pour ne pas qu’ils puissent le reconnaître. En parcourant les derniers kilomètres, il s’efforça de faire le point. Il était maintenant au volant d’une voiture volée, alors que la sienne était garée sur Västertorg, à environ un kilomètre du lieu du crime. Il maudit son imprévoyance. Il aurait dû faire preuve de beaucoup plus de maîtrise de soi, procéder au repérage qu’il était venu effectuer et rentrer chez lui pour mettre ensuite son plan à exécution de façon beaucoup plus réfléchie. Qu’allait-il faire de cette voiture neuve, maintenant ? L’espace d’un instant, il envisagea de revenir en ville, l’abandonner quelque part et aller chercher la sienne. Il écarta aussitôt cette idée comme trop risquée. La ville devait grouiller de forces de police, maintenant, en particulier dans ses quartiers ouest.

Il parvint à regagner la ferme sans éveiller l’attention et rentra aussitôt la voiture dans l’ancienne grange, où elle tenait juste. Au moment où il longea la haie de lilas, le déplacement d’air effraya un vol d’oiseaux.

Une grande lassitude s’empara de lui. Une fois à l’intérieur, il s’effondra près de la table, en reconnaissant cette odeur familière. Alors qu'auparavant il n'avait jamais maltraité personne, et encore moins blessé ou tué, il avait maintenant des vies sur la conscience. Il était devenu un assassin, il avait commis le pire crime qui soit, celui de mettre fin à une vie humaine. Et pourtant, il n'éprouvait pas de remords, uniquement cette grande lassitude.

Il entendit alors du bruit sous l'évier et comprit qu'il était capable de tuer des êtres humains, mais pas de détruire une ou deux souris. Il se versa une bière, observa la mousse puis porta lentement le verre à sa bouche et but comme quelqu'un qui n'aurait pas vu de boisson depuis des jours. Puis il ouvrit une seconde bouteille, sortit son arme, qui lui parut encore chaude, et la posa sur la table.

L'ivresse s'empara de lui et ses membres lui semblèrent soudain très lourds.

Il resta longtemps assis dans le noir. Par la fenêtre de la cuisine, il voyait de la lumière chez Lundmark.

Le brave vieux avait travaillé au manoir pendant toute sa vie, il y était même né. Maintenant, ce n'était plus qu'un vieillard voûté et à la peau flétrie, qui venait de plus en plus souvent le voir. Au début, cela le contrariait, mais il avait fini par s'habituer et, en fait, Lundmark lui manquait, les jours où il ne venait pas. Pourtant, cela faisait un certain temps qu'il ne l'avait pas vu et il commençait à s'inquiéter. La lumière qui brillait à sa fenêtre constituait ainsi un signe de vie rassurant. Il eut à moitié envie d'aller le trouver, car l'ivresse lui inspirait un certain désir de compagnie. Il avait besoin de parler avec quelqu'un, mais de quoi ? Lui dire qu'il venait de tuer deux personnes ? Ce serait un peu trop fort de café pour un vieux comme Lundmark.

Il se leva lentement et alluma la lumière au-dessus de l'évier. La lampe répandit un doux éclat sur le désordre qui régnait dans la cuisine. Sans trop de conviction, il se mit à ranger des tasses et des soucoupes, de vieux emballages et des bouteilles vides. Il était décidé à ce que sa maison, aussi modeste fût-elle, n'ait pas l'air d'un squat. Le contact de la vaisselle et des couverts, ainsi que tous ces bruits quotidiens, le rassuraient aussi. Il rinça les assiettes, vida les restes de nourriture dans la poubelle et fit couler de l'eau chaude dans l'évier. La tête appuyée contre un élément, il lava tout ce qu'il avait sali ces derniers jours. Le bruit, ainsi que l'odeur du produit à vaisselle, lui firent du bien et il se mit à fredonner une vieille chanson des Beatles.

Par ailleurs, le silence régnait, tant dans la maison que dans la cour et dans la forêt. Soudain, et de façon tout à fait inattendue, il fut repris de son vieux désir, son manque. “Un camé reste un camé”, pensa-t-il en ouvrant une bière de plus et sortant dans le noir.

En prêtant l'oreille attentivement, on aurait pu discerner le bruit des pas prudents des chevreuils descendant vers le lac. C'était un soir d'hiver, de petits nuages flottaient sous la voûte du ciel et, malgré la chute de la température, les étoiles brillaient d'un éclat terne et sans vigueur. Il devait faire moins quinze au cours de la nuit et la glace devenait de plus en plus solide au fil des heures. Il eut l'impression qu'il l'entendait presque épaissir, dans cette âpre nuit de décembre. Il savait maintenant comment il allait résoudre le problème de la voiture volée.

Le froid chassa les restes de l'ivresse de son corps. Il se sentait las et solitaire mais se dit aussitôt qu'un assassin devait être seul. Qui se soucie de la solitude d'un meurtrier, d'ailleurs ? Il n'avait plus que lui-même et sa vengeance. C'était elle qui lui insufflait la force de faire la vaisselle, de se laver les dents, de parler avec Lundmark et, une fois par semaine, d'appeler Mari au téléphone. La vengeance n'avait rien de doux et son existence était exempte de toute douceur. Pourtant, elle lui donnait un sens.

Lentement mais sûrement, il allait détruire ceux qui les avaient détruits, Chris et lui.

Qui s'entretiendrait avec un assassin ? Avec qui pourrait-il échanger des confidences ? A partir de maintenant, il serait dans l'obligation d'acheter les relations qu'il aurait avec les autres, d'acheter leur confiance et leur chaleur. Il devrait même acheter leurs services jusque sur le plan sexuel, qu'il s'agisse d'hommes ou de femmes.

Chez le voisin, l'éclairage avait changé. La lumière était éteinte au rez-de-chaussée et allumée à l'étage. Il estimait que le vieux avait du courage de continuer à vivre seul dans sa maison, entretenir celle-ci, se faire à manger et le reste. Supporter la solitude, aussi. Quand il avait évoqué le sujet avec lui, il avait été fier de répondre : “J'ai toujours été seul. Je me suis toujours tiré d'affaire par moi-même.” Mais c'était faux. Il avait eu une femme, ou une concubine, longtemps auparavant. Il ne savait pas combien de temps elle avait vécu là et ne désirait pas poser la question. Mais c'était une grande femme qui détestait les rares enfants qu'il y avait dans le voisinage. Sans doute avait-elle fini par détester Lundmark aussi, et elle était allée vivre à Bålsta.

Si son voisin avait été plus jeune, ils auraient pu se rendre en ville pour boire un coup ou, pourquoi pas, prendre un charter pour les Canaries. S'il avait été une femme, ils auraient pu baiser, après avoir bu un verre de cognac. Mais c'était un vieil homme qui allait bientôt dire au revoir à la vie. Et alors la lumière s'éteindrait pour de bon, à sa fenêtre.

Il resta debout dans la cour jusqu'à être transi de froid. Un oiseau de nuit prit son envol d'un sapin et il entendit un léger bruissement. Une chouette ? Il tenta de percer le rideau des ténèbres mais ne vit rien. Lundmark éteignit sa lumière.

Il attendit encore trois heures, allongé sur le canapé de la cuisine, en laissant marcher la radio et prêtant l'oreille à ces absurdités dont on abreuvait le pays. Mais rien, dans tout cela, ne le concernait.

A une heure et demie du matin il se leva, regarda le thermomètre et but un verre de rhum. Le givre rendait l'herbe légèrement sonore, lorsqu'il sortit, de même qu'il avait paré de blanc la porte du garage. Il pilota lentement la voiture vers le lac, passant au large de quelques maisons plongées dans le noir, et, au bout d'un quart d'heure, il se retrouva sur le pont, ou plutôt la digue, menant à Arnö. Là, il arrêta le véhicule, poursuivit à pied et descendit presque aussitôt sur la glace. Les roseaux s'écartèrent devant lui et la mince glace superficielle craqua sous ses pieds. Il oscilla le corps, mais le reste de la couche ne céda pas et il lui fallut parcourir cent ou cent cinquante mètres avant de noter un léger changement dans le bruit que faisaient ses pas sur la glace.

Au bout de quelques minutes, il fut sûr de son fait et se repéra à la lumière de la lune. Sous ses pieds, la glace était maintenant tellement mince qu'elle était élastique. Il avait trouvé l'endroit convenable. Il observa la surface glacée du lac et vit l'île d'Arnö se détacher sous la forme d'une masse sombre tandis que retentissait, au loin, le grondement diffus d'un poids lourd.

De retour à la voiture, il ôta ses bottes et sortit du coffre un sac contenant des vêtements et une couverture. Puis il mit les gaz et la Volvo s'élança à toute allure sur la glace. Il y eut un choc qui lui fit perdre un instant le contrôle du véhicule, mais il le reprit bien vite et aperçut les silhouettes effilées des arbres qui lui servaient de repères.

Quelques secondes plus tard, il sentit la voiture se mettre à tanguer puis pencher vers la droite. Il ouvrit brusquement la portière et se jeta à l'extérieur. Il s'éloigna ensuite du trou dans la glace en roulant sur lui-même et laissa la voiture s'enfoncer lentement dans l'eau. Il ne put alors retenir un éclat de rire. Une grosse bulle d'air creva en arrivant à la surface puis lc silence se fit.

La couverture sur les épaules, il rentra chez lui. Il n'eut pas besoin de suivre la route, cette fois, et put couper en suivant la berge du lac. Il apercevait presque la maison de sa sœur, entre les bois de Båttorpet et de Gläntan. Comme il connaissait chaque touffe d'herbe du chemin, il n'eut pas de mal à enjamber le fil de fer barbelé de clôtures à moitié recouvertes par la végétation. “Mari, ma sœur”, marmonna-t-il. Personne n'aurait pu deviner qu'il louerait un jour une ferme si proche de leurs souvenirs estivaux communs. Et s'il avait pu vivre là avec Chris ! Mari serait alors devenue “tante Mari”. Et ils n'auraient pas eu loin à aller pour lui dire bonjour.

Le ciel était totalement dégagé. Il était assez heureux, du moins jusqu'à ce qu'il se souvienne que Chris ne serait jamais là avec lui.

5

Ann Lindell appela Edvard Risberg depuis sa voiture. Il était onze heures et quart, en ce soir du 10 décembre. Il répondit dès la première sonnerie. Elle lui parla du double meurtre et lui dit qu'elle allait avoir du pain sur la planche, qu'elle ne pourrait sans doute pas venir à Gräsö pendant le week-end, qu'elle était très fatiguée et qu'elle détestait son boulot.

Edvard avait entendu cela auparavant et était sûrement en état d'apprécier ces propos à leur juste valeur. Depuis qu'ils s'étaient rencontrés, plus de deux ans auparavant, à l'occasion d'une enquête criminelle, leur relation avait pris un tour tel qu'ils se considéraient eux-mêmes, et étaient considérés par leur entourage, comme formant un couple stable, bien que vivant à cent kilomètres l'un de l'autre.

Edvard avait quitté sa femme et ses deux garçons adolescents pour aller s'établir sur la côte de l'Uppland. Lui qui avait été ouvrier agricole, les deux pieds solidement plantés dans la glèbe de cette province, respirait désormais à pleins poumons l'air de la mer. Il gagnait sa vie comme intérimaire dans l'agriculture et comme manœuvre dans une entreprise de pose de poêles de faïence. Il travaillait là où on avait besoin de lui, mais les occasions étaient de plus en plus nombreuses au fur et à mesure que son réseau de relations se développait dans le nord de cette région connue sous le nom de Roslagen.

Edvard avait divorcé et n'entretenait que des rapports assez sporadiques avec Marita et ses enfants. Il leur était arrivé de venir le voir sur son île et pourtant il n'y avait plus de véritable intimité entre eux. Les idées racistes de ses fils, combinées avec le meurtre de même nature qui avait eu lieu à Ramby, leur village, et la découverte du cadavre d'un immigré dans la forêt, avaient créé entre eux une faille qui semblait ne pouvoir être refermée. L'aîné de ses enfants, Jerker, avait maintenant quitté l'école et travaillait comme gardien d'immeuble. Jens, le cadet, était en dernière année de collège et désirait devenir électricien.

Edvard était triste, à la pensée de ses enfants, bien plus qu'il ne l'admettait devant Marita ou Ann. Il maintenait l'attitude inflexible qu'il avait adoptée depuis que ceux-ci avaient pris part à la chasse au Péruvien assassiné. Ils n'étaient pas coupables au premier degré mais Edvard les considérait comme complices du fait qu'ils s'étaient lancés sur la piste de ce réfugié, l'avaient traqué comme une bête dans la forêt et l'avaient frappé. Les tentatives auxquelles ils s'étaient livrés, par la suite, en vue d'expliquer ce comportement ne pouvaient contrebalancer le souvenir qu'avait Edvard du cadavre gisant sous un sapin. Cette image le poursuivait depuis lors et il savait qu'il ne parviendrait jamais à s'en débarrasser.

Il avait du mal à comprendre comment Ann pouvait tenir le coup. Elle avait parlé de l'assassinat d'un couple marié, sans plus de précisions. Il partageait son sentiment mais savait également qu'elle ne quitterait jamais la police.

Ann rentra lentement chez elle, au volant de sa voiture. Comme tant de fois auparavant, elle aurait aimé qu'Edvard habite en ville, ou du moins non loin d'elle, pour qu'elle n'ait pas à retrouver un appartement désert et silencieux. Il lui était arrivé d'avoir peur, dans la cage d'escalier ou sur le parking mal éclairé. Pourtant, c'était le plus souvent un sentiment de solitude qu'elle éprouvait, surtout lorsque son travail mettait en relief les pires aspects de l'humanité.

Elle avait vraiment besoin de la chaleur d'Edvard. En particulier un soir comme celui-là. Les deux cadavres, aux traits déformés ou inexistants, le sang mêlé à de l'urine et à des excréments qui s'écoulait de ces corps mutilés, l'éclairage impitoyable dans lequel ils baignaient, comme toujours, pour les besoins de la photo… Tout cela exigeait un contrepoids de chaleur humaine pour équilibrer les plateaux de la balance. Or, ceux-ci penchaient sans cesse du côté du mal et de la violence. Elle était donc contrainte d'avoir recours à des rites personnels pour surmonter le sentiment d'impuissance qui venait perturber la paix de son existence. Bien entendu, elle pouvait parler avec ses collègues et c'était d'ailleurs ce qu'ils faisaient de plus en plus souvent, lui semblait-il. Ils étaient cependant forcés de s'en tenir à ce qui avait trait à leur métier, pour ne pas exposer trop clairement leurs faiblesses. Ann estimait que l'ardeur au travail et l'engagement étaient une bonne chose car ils affûtaient l'esprit, mais il ne fallait pas qu'ils leur fassent perdre de vue leur rôle premier : celui d'enquêteur. Elle sentait confusément que se laisser par trop aller aux sentiments risquait de leur brouiller la vue.

L'un de ces rites, dont elle n'avait que tardivement compris le risque, était de boire un peu de vin, à son retour du travail. Dans ces cas-là, elle se laissait tomber dans le fauteuil de la salle de séjour, un verre à la main. Parfois, elle allumait la télévision, le plus souvent la télécommande à portée de la main pour éviter de se voir confrontée aux nouvelles du vaste monde. Assise dans la pénombre, elle se remémorait les événements de la journée. Puis elle s'efforçait de penser à autre chose qu'à son travail. Elle avait cependant de plus en plus de mal à y parvenir. La restructuration de la police d'Uppsala avait tourné au fiasco et c'était le chaos total, parmi eux, pour l'instant. Elle n'avait certes pas cherché à changer d'emploi en faisant figurer son nom dans l'énorme annonce que ses collègues avaient publiée à cette fin dans la presse locale, mais clle n'en partageait pas moins les critiques visant la nouvelle organisation et sa direction. C'était pénible à supporter et elle voyait que pas mal d'entre eux étaient sur les genoux.

En dépit de la mauvaise conscience à laquelle elle savait qu'elle s'exposait, elle se servit un verre de vin. "Si on ne peut pas s'en offrir un après un double meurtre, quand le pourra-t-on, alors" se dit-elle non sans légèreté. Chaque soir elle trouvait une bonne excuse de ce genre, ce qui ne faisait qu'alimenter la mauvaise conscience en question.

Elle laissa le vin couler dans son corps, en fermant les yeux, pour revoir la scène de la maison. Ce qui lui venait en premier à l'esprit, c'était la haine qui se dégageait de ce spectacle, une haine dense, compacte. Elle était certaine que ces meurtres n'étaient pas le fait du hasard. L'assassin avait tiré par trois fois. A en croire Ryde, le premier coup de feu avait atteint le mari en pleine face et avait été mortel. L'arme avait ensuite été braquée vers la femme, qui avait été touchée à deux reprises, la première par un projectile qui lui avait effleuré le cou sur le côté droit sans la blesser grièvement, la seconde par une balle qui lui avait perforé le côté gauche de la cage thoracique. Ryde était persuadé que celle-là avait sectionné une artère et causé rapidement son décès par hémorragie, en plus du choc.

Ryde avait beau ne pas être médecin, Ann avait toute confiance en lui. Il en avait tellement vu qu'il ne risquait plus guère de se tromper.

Lequel des deux époux avait été visé ? A supposer que ce ne fût les deux ? Elle comprit vite, pourtant, que ce genre de supputations ne la mènerait pas très loin. Elle s'efforça donc d'élaborer une explication de l'affaire en se basant sur l'idée que c'était le mari qui était la cible et que c'était la raison pour laquelle il avait été tué en premier. La femme n'aurait été abattue qu'ensuite pour qu'il n'y ait pas de témoin. D'une certaine façon, l'idée d'un homme dans le rôle de victime principale paraissait plus vraisemblable. Mais qui pouvait désirer tuer cet immigrant finlandais, ce Toiwo apparemment bien sous tous rapports, malgré son côté très effacé, et qu'on aurait dit sorti de la série de livres sur Moumine le troll ? Les voisins avaient dit qu'il travaillait dans une agence de comptabilité et elle en avait eu confirmation dans les papiers qu'elle avait trouvés dans son bureau, en particulier sous la forme d'un bulletin de salaire de chez Runing. Il semblait que c'était le premier qu'il percevait et au titre du mois de novembre. Cela cadrait d'ailleurs très bien avec les autres déclarations des voisins, selon lesquelles il avait été au chômage pendant un temps assez long et venait seulement de retrouver un emploi. “Et pan, voilà qu'il se fait assassiner", pensa-t-elle sans trop de respect envers les morts.

Elle décida de confier à Haver le soin d'enquêter sur cet aspect et de trouver à qui la victime avait pu avoir affaire au cours des semaines écoulées.

Et si cela n'avait pas trait à son travail ? Etait-ce une question d'argent, de relations amoureuses, de vieilles rancœurs, de querelles de voisinage, de dettes de jeu, de politique ou pour d'autres raisons encore ? La liste des possibilités était longue.

Sans compter qu'on ne pouvait exclure le hasard. Un dément de passage qui s'offusquait d'une fenêtre éclairée et de deux personnes qui avaient le culot de prendre une tasse de café dans une maison bien chauffée. Impossible d'exclure cette éventualité, même si le petit nombre des coups de feu ne plaidait pas en sa faveur.

Ann se versa un autre verre de vin. Le dernier de la soirée ! Elle ne promettait pas de cesser de boire du vin, uniquement d'arrêter de lire la rubrique œnologique du journal l'incitant à profiter de telle "offre exceptionnelle" qu'elle avait toujours l'intention de mettre de côté pour plus tard mais qu'elle ne pouvait s'empêcher de consommer presque immédiatement.

Il était minuit et demie quand elle se coucha. Elle était épuisée et un peu étourdie par le vin, et pourtant elle fut très longue à trouver le sommeil.

6

L'atmosphère fut assez lourde, au cours de l'assemblée du matin. Apparemment, Lindell n'était pas la seule à avoir mal dormi. Peut-être était-ce aussi les ténèbres hivernales qui donnaient si triste mine à la dizaine de policiers qui prenaient part à cette séance de prières. Ann pensait pour sa part que c'était dû à la proximité de Noël. La plupart redoutaient que cette enquête ne vienne empiéter sur leurs congés et elle avait peur que ce ne soit le cas, en effet.

Elle observa ce groupe mal réveillé. Son plus proche voisin, Allan Fredriksson, plongeait dans sa tasse de café un gâteau au gingembre qu'il perdit presque aussitôt, ce qui l'incita à marmonner un juron inaudible. "Dire qu'il ne comprendra jamais", pensa-t-elle. Sammy Nilsson, lui, était encore debout et en train de parler avec le nouveau, Sixten Wende. Ils s'étaient bien entendus dès le début et Lindell les laissait volontiers travailler en équipe. Ola Haver se faisait attendre, comme d'habitude. Forsman, Svensson et Riis étaient assis à leur place, en silence. Lundin – surnommé "le bacille" pour sa manie de la propreté – était sûrement en train de se laver les mains.

Le "brain trust", pensa Lindell. Au même moment, Fredriksson leva les yeux et leurs regards se croisèrent. Elle s'efforça de sourire mais ne réussit à produire qu'une grimace. Fredriksson continua à tenter de repêcher son gâteau. C'est alors que plusieurs autres firent leur entrée : Beatrice Andersson, Gösta Norrman et Karl-Erik Berglund. Ces derniers étaient les anciens du groupe et Beatrice la plus jolie. Sammy cessa aussitôt de s'intéresser à Wende et prit le bras de la nouvelle venue. Lindell le vit lui chuchoter quelque chose à l'oreille et elle lui répondre avec un air de conspiratrice avant de poursuivre son chemin. Curieusement, elle se dirigea vers Riis, le bonnet de nuit de la bande, et lui posa la main sur l'épaule avant de lui lancer un gentil "bonjour". "On me cache des choses, on dirait", pensa Lindell, qui allait devoir prendre le commandement de ce groupe. En voyant Haver se faufiler discrètement dans la pièce, elle décida d'ouvrir la séance. Il était 8 h 02.

— Que savons-nous de la voiture ?

Forsman plongea le nez dans ses papiers avant de répondre.

— C'est une Volvo rouge S70, presque neuve. Elle a été vue sur Dag Hammarskjölds väg peu après le meurtre. D'une part par l'une de nos voitures, d'autre part par un témoin, un certain Nkala, qui nous a appelés au téléphone pour nous dire qu'il avait vu une Volvo rouge passer devant le cimetière de la forêt en direction du sud, précisa Forsman après avoir consulté une fois de plus ses papiers.

— Pourquoi l'a-t-il remarquée ? demanda Riis sur un ton qui avait tout d'un reproche.

— Elle a failli l'écraser. Il était en train de courir le long de la rue, il faut dire que c'est un coureur de marathon, et…

— C'est un Kenyan ? coupa Svensson.

Forsman ne se laissa pas démonter et continua à dire que, d'après ce Nkala, une Volvo rouge roulant à vive allure avait failli le renverser, l'obligeant à faire un bond de côté, avant de revenir sur la chaussée aussitôt après.

— Le conducteur était seul.

— "Kenya" être su' de ça ? demanda Riis, dont la tentative de plaisanterie tomba à plat.

— En tout cas, il a simplement distingué une personne. Mais n'oublions pas qu'il faisait noir.

Lindell en vint à penser à la fameuse plaisanterie sur cet Africain nageant dans la mer Noire par une nuit sans lune et faillit interrompre Forsman.

— Il a l'air digne de foi, poursuivit ce dernier, dont le visage eut un tic singulièrement expressif.

— Il est sûr que c'était une Volvo ? demanda Lindell.

Forsman hocha la tête, en donnant l'impression de chercher à maîtriser ses traits.

— Il n'y a qu'à lui demander d'en identifier une parmi dix autres de couleur sombre, en cachant la marque, à la même heure et au même endroit. Comme ça on saura ce qu'il en est, dit Sammy Nilsson, approuvé par Lindell.

— Très bien, ajouta-t-elle. Pour te punir, ce sera à toi de t'en charger. Dès ce soir.

— Il vient du Zimbabwe, crut bon de rectifier Forsman.

— C'est parfait, répondit Lindell, le Zimbabwe est la terre d'élection des amateurs de Volvo.

Mais, pour sa part, elle n'aurait pas juré qu'elle serait capable de reconnaître une S70.

Et ensuite ? s'interrogea Lindell, en creusant sa cervelle très fatiguée. Elle n'avait plus Lundkvist pour lui renvoyer la balle. Après le meurtre du Péruvien et l'enquête qui avait suivi, la faille entre eux deux n'avait cessé de s'élargir. Il était encore resté six mois à la brigade avant de donner sa démission, vendre sa maison et partir pour le Halland. Quelqu'un affirmait l'avoir vu à Tylösand pas plus tard que l'été dernier. Quoi qu'il en soit, Lindell n'était pas sans regretter ce vieux réac toujours de mauvais poil.

— Qui était visé ?

Elle fit part de ses réflexions de la veille au soir. Elle était persuadée que chacun des membres de l'assistance en avait nourri d'analogues mais se disait que ses propos feraient office de gymnastique cérébrale et de catalyseur pour l'ensemble du groupe. Elle était bien placée pour savoir que le fait de répéter des épisodes connus pouvait enclencher un mécanisme incitant l'un ou l'autre à apporter une nouvelle pièce au puzzle. Même s'il ne s'agissait que d'un ou deux mots proférés sans trop y réfléchir, cela pouvait déclencher une avalanche.

Il n'y en eut hélas pas la moindre et elle ne vit que des paires d'yeux fatigués braqués vers elle. Du moins de la part de ceux qui se souciaient de la regarder, car la plupart avaient le nez plongé dans leur carnet de notes pourtant vide de tout élément intéressant.

— Je ne crois pas que ce soit un dément, fit Lundin à voix si basse que personne ne l'entendit.

— Tu ne crois pas que ce soit un dément, répéta Lindell en bonne maîtresse d'école. Pourquoi ?

— Le coin dans lequel ça s'est passé. Les fous ne sont pas très nombreux à Norby, au moins du genre à se balader avec des armes à feu. Dans le centre de la ville ou dans un bistro quelconque, ce serait différent. Là, n'importe quel camé peut avoir l'idée de faire un carton.

— Le fait qu'il a pris la fuite… commença Forsman.

“C'est reparti”, pensa Lindell.

— Il semble qu'il l'ait prise sous le coup de la panique, coupa le nouveau, Sixten Wende.

— Précisément, reprit Forsman. S'il avait prémédité son coup, l'assassin n'aurait pas eu besoin d'abattre un retraité et de lui piquer sa voiture.

— Ce n'était pas un retraité, rectifia Lundin, Il a cinquante-six ans.

— Comment va-t-il ? en profita pour demander Sammy.

— Fracture du crâne.

Lindell se rendit compte qu'ils risquaient d'avoir une troisième victime sur les bras.

— S'il avait prémédité son coup, reprit Forsman, il se serait arrangé pour avoir une voiture à proximité. Même s'il s'agissait d'un véhicule volé, il l'aurait attendu quelque part. Or, il a pris un risque. Et si ce presque retraité avait été champion de karaté ?

— Ou membre de la police, lança Beatrice.

Comme personne ne parvenait à saisir le sens de cette réflexion le silence s'installa un instant.

— D'accord ! Il connaissait donc Toiwo et Veronika Hirmanen et avait des raisons de tuer l'un d'entre eux ou les deux, mais il s'y est pris comme un amateur. Vous êtes d'accord avec moi ? demanda Lindell.

— Il n'a tiré que trois coups de feu, objecta Forsman.

Lindell l'observa. Peut-être pourrait-il servir à lui relancer la balle à la place de Lundkvist.

— C'est un bon tireur. Une balle droit dans la trogne du Finlandais puis deux dans la vieille, une dans le vide mais l'autre en plein dans le mille, fit Berglund.

— Et le chien ? demanda soudain Haver.

Après une bonne heure d'échanges de ce genre, la répartition des tâches se fit sans trop de difficultés. Jadis, plusieurs des membres du groupe, parmi lesquels Haver, Sammy et surtout Riis, avaient de nombreuses doléances à présenter. Ce n'était plus souvent le cas. Lindell pensait que cela avait plutôt été une façon de la mettre à l'épreuve. Ce n'était certes pas une sinécure que d'être la seule femme parmi ces jeunes coqs et autres vieux de la vieille. Ajouté à cela qu'elle était extrêmement jeune, quand elle avait été nommée à leur tête. Elle avait maintenant trente-six ans et la plupart voyaient en elle une enquêtrice et chef de groupe compétente, en conséquence de quoi elle n'avait plus à imposer son autorité.

Mais les rapports assez tendus avec Lundkvist, encore compliqués par l'affaire Enrico, les avaient mis à rude épreuve, elle et la cohésion du groupe. Il y en avait qui étaient d'avis qu'elle n'avait pas mené l'enquête d'une main suffisamment ferme, qu'elle s'était laissé égarer par l'une des personnes impliquées et avait omis d'en arrêter une autre, le frère de la victime et son probable assassin.

Cela avait été un rude moment à passer pour elle et toute la brigade. Pendant un ou deux mois, elle avait hésité à donner sa démission, mais elle avait bénéficié de l'appui du patron et du timide Allan Fredriksson, qui s'était pincé le nez un bon millier de fois au cours de cette période difficile. Lentement mais sûrement, elle avait réintégré le groupe et retrouvé ce sens du travail en commun indispensable pour mener leur tâche à bien. Parfois, cependant, la cohésion restait encore un peu fragile, et elle avait l'impression de devoir marcher sur des œufs. Elle était persuadée que cela ne tenait pas au groupe lui-même, plutôt à la pression qui s'exerçait sur lui venant de l'extérieur : l'excès de travail et cette restructuration catastrophique.

Or, Beatrice Andersson l'avait rejointe au sein de cette "bande de bébés et de vieux chnoques" et Lindell en était extrêmement heureuse, même si Beatrice et elle étaient très différentes.

Lindell escalada quatre à quatre la moitié d'étage menant au bureau d'Ottosson. Le patron de la brigade était plongé dans le tas de papiers posé sur son bureau, mais il l'écarta du geste en la voyant entrer.

— Alors ? demanda-t-il.

Elle s'assit. Ottosson sentait la sueur et une autre odeur indéfinissable. Il arrivait à Ann de penser qu'il buvait en cachette, dans son bureau.

— Nous n'en savons pas très long, soupira-t-elle en ouvrant la chemise qu'elle avait posée sur ses genoux.

Elle expliqua les réflexions auxquelles ils s'étaient livrés tout en se rendant compte à quel point le métier de policier était marqué par les bavardages. Ces éternels rapports, résumés et exposés de la situation. Ottosson ressemblait un peu à un cochon d'Inde, même si ses yeux paraissaient un peu plus aimables lorsqu'il les posait sur Lindell. Il suivait les mouvements de sa bouche comme s'il était sourd et caressait la barbe qui menaçait d'envahir sa figure. Lindell se dit qu'elle aurait aimé avoir une feuille de salade à lui donner à grignoter.

— Ça me paraît raisonnable, finit-il par dire, et Lindell en conclut que l'idée d'un meurtre prémédité, certes accompli de façon assez maladroite mais motivé par des raisons précises, emportait la conviction de son chef.

— Qu'est-ce que tu as l'intention de faire ?

— J'emmène Fredriksson pour aller jeter un nouveau coup d'œil sur la maison.

— La voiture est sûrement un élément important.

Lindell approuva de la tête et de la voix. Mais elle était déjà à Norby par la pensée.

— Oui, bien entendu, la voiture, fit-elle.

Les rubans délimitant le périmètre de sécurité voltigeaient au vent. Une poignée de curieux étaient assemblés sur le trottoir opposé. Les grands arbres oscillaient légèrement et on entendit tomber une pomme de pin. Lindell leva les yeux. Cela lui donnait presque le vertige de porter le regard vers ces cimes imposantes derrière lesquelles défilaient les nuages. Fredriksson et elle examinaient les lieux comme des badauds, mais on aurait dit que le mot "policc" était gravé sur leur front. Le groupe, en face, les observait avec grand intérêt. Lindell traversa la rue et il se recroquevilla comme une partie quelconque du corps recevant une piqûre, avant de lui tourner le dos.

— Excusez-moi, dit-elle. Je suis l'inspecteur Lindell et j'aimerais vous poser une question.

Le groupe la dévisagea avec des mines dubitatives.

— A quelle heure passe le courrier ?

Personne ne répondit.

— Le facteur, répéta-t-elle. A quelle heure passe-t-il ?

Un homme d'un certain âge fit un pas de côté, la regarda et lui dit, après s'être éclairci la voix :

— Vers neuf heures et demie.

Il s'étira et Lindell eut le sentiment qu'il lui faisait le salut militaire.

— Savez-vous s'il est déjà passé, aujourd'hui ?

— Non, pas encore.

Ses yeux brillaient de curiosité mais il se garda de poser la question qui lui brûlait les lèvres. Lindell regarda sa montre.

— Merci du renseignement, dit-elle.

Fredriksson était en train de parler à l'agent qui montait la garde devant la maison. Lindell pensait parfois que son collègue avait plus de facilité qu'elle à s'entretenir avec les membres de la sécurité publique. Elle adressa un signe de tête à l'agent et fit signe à Fredriksson d'entrer dans la maison.

— On va jeter un coup d'œil. Après, j'aimerais dire un mot au type de la poste. Il ne va pas tarder.

Le carreau de céramique portant le nom des Hirmanen avait l'air encore plus lugubre que la veille et Lindell le trouva laid. Peut-être était-ce Veronika Hirmanen qui l'avait fabriqué elle-même pendant ses loisirs.

— Est-ce que tu mettrais ça sur ta maison ? demanda-t-elle à Fredriksson en tapant dessus avec l'index.

— Oh non, répondit-il.

A ce moment, le carreau se décrocha et alla se fracasser sur le béton. Ils se regardèrent. Fredriksson eut l'air un peu surpris, comme s'il pensait que Lindell l'avait fait tomber exprès. Dans la rue, l'agent s'était retourné et le groupe de braves citoyens avait dressé l'oreille.

— Merde, ne put s'empêcher de lâcher Lindell. Mais tant pis, il était vraiment moche.

Elle ne savait pas trop ce qu'elle s'attendait à trouver et erra à l'aventure dans la maison tandis que Fredriksson pénétrait dans le bureau.

— Toiwo jouait de la vielle, l'entendit dire Lindell.

Elle avait observé elle aussi le diplôme qui l'attestait. Pour sa part, elle entra dans la cuisine. C'était Haver qui s'en était chargé, la veille au soir, et il avait déclaré n'y avoir rien trouvé d'intéressant. Pourtant, Lindell avait le sentiment que la cuisine était souvent l'endroit le plus important d'une maison qu'on passait au peigne fin. C'était là qu'on recevait les coups de téléphone, on y gribouillait souvent des noms et des numéros, et on fixait des pense-bêtes sur la porte du réfrigérateur ou sur le tableau des courses à faire. Elle partait du fait que, comme les gens passaient beaucoup de temps dans leur cuisine, cela laissait forcément des traces.

Elle examina donc de près le tableau. Elle y trouva les habituelles indications d'heures de rendez-vous chez le docteur, des listes de courses à faire et des numéros de téléphone, que ce soit celui de la pizzeria la plus proche ou du médecin soignant. Elle nota ce dernier mais ne trouva rien d'autre qui puisse constituer un indice.

Sur le plan de travail, juste à côté, étaient posées diverses brochures, réclames et publications, y compris un journal de mots croisés, une invitation à la fête de Noël de la société finlandaise, une demi-douzaine de quotidiens, un rouleau de papier-cadeau et un coupon-réponse d'un club du livre. Veronika Hirmanen avait eu l'intention de commander le dernier roman de Kerstin Ekman. Lindell scruta tous ces papiers, à l'affût de la moindre annotation dans la marge ou au crayon. Mais non, rien.

Elle passa alors à la petite étagère contenant des livres de cuisine et des recettes détachées. La cuisine italienne était le volume le plus utilisé, à en juger par son état. Il y avait aussi des manuels végétariens et un bel album sur la nourriture chinoise. Elle prit l'ensemble pour aller le poser sur la table. Il en tomba un certain nombre de feuilles volantes qu'elle scruta de près. Que s'attendait-elle à trouver ? Elle n'aurait su le dire et c'est d'un œil un peu désespéré qu'elle observa tout cela avant de le reposer sur l'étagère. Qui s'en chargerait ? Comme toujours, elle eut un léger scrupule de conscience à l'idée de fouiller dans les affaires personnelles des gens.

— Tu as trouvé quelque chose ?

C'était Fredriksson qui lui posait cette question depuis le pas de la porte.

— Non.

— Voilà le facteur qui arrive.

Lindell sortit de la maison et alla couper le chemin du préposé avant qu'il ne quitte ce petit bout de rue.

— Bonjour, je suis l'inspecteur Lindell, de la police criminelle. Pouvez-vous me consacrer quelques instants ?

— Bien sûr, répondit le facteur en essuyant la sueur qui perlait sur son front et crachant un énorme chewing-gum.

— C'est dur, ce boulot ?

— Non, fit-il modestement. C'est bon pour la forme.

— Vous connaissez les Hirmanen, naturellement. Vous savez, ceux qui ont été assassinés hier soir.

Le facteur reprit aussitôt un air grave et hocha la tête.

— J'aimerais savoir ce qu'ils recevaient comme courrier. Ils en avaient beaucoup ?

— Pas particulièrement.

— Des lettres personnelles ?

— Un certain nombre, surtout de Finlande, je crois.

— Vous n'avez pas remarqué d'envoi bizarre, ces derniers temps ?

Le facteur eut l'air de réfléchir mais finit par secouer la tête.

— Des paquets ? demanda-t-elle quoique connaissant déjà la réponse.

— De temps en temps, de Finlande, et puis les envois du club du livre.

— Des mandats ?

— Il y a longtemps que ça ne se fait plus. Tout est viré directement, maintenant.

— C'est justement pourquoi vous pourriez l'avoir remarqué.

— Non, je ne me souviens d'aucun.

Lindell le regarda. Il avait les yeux bleus d'un innocent et ses cheveux coupés court se dressaient sur sa tête, non pas du fait d'une quelconque gelée capillaire mais à cause de la sueur. "Il va attraper une fluxion de poitrine, s'il continue comme ça" pensa Lindell. Elle s'apprêtait à le remercier et à retourner à la maison quand elle l'entendit toussoter.

— Oui ?

— Je pense à une chose. Il y a un mois, ils ont reçu une enveloppe matelassée qui était assez rebutante.

— Comment ça ?

— Ça sentait la merde, tout simplement, dit-il en reniflant involontairement.

— La merde ?

— Oui, les excréments humains, ou peut-être de chien, je ne sais pas, mais en tout cas aucun doute sur la nature. J'ai d'abord cru que c'était du fromage. Parce que le fromage, ça pue, parfois, hein ?

Lindell ne put qu'approuver de la tête.

— Et puis il y en a eu une autre voici deux semaines.

— Même contenu ?

— Pire encore. Et d'ailleurs, c'est les copains du tri qui ont été les premiers à réagir.

— Pas de mention d'expéditeur ?

— Non.

— Et c'était une enveloppe matelassée ordinaire ?

— Oui.

— Mais pas en provenance de Finlande ?

— Non, c'était le genre sur laquelle il suffit d'apposer une étiquette payée à l'avance, vous savez.

Lindell voyait très bien de quoi il s'agissait. Elle en avait utilisé une pour envoyer un livre à son père, en cadeau de Noël, quelques jours auparavant.

— Vous les avez mises dans leur boîte toutes les deux ?

Le facteur opina du bonnet.

— Les Hirmanen vous ont-ils fait une réflexion ?

— Non, rien.

— Comment vous appelez-vous ?

— Allan Mörth.

— Vous êtes de Linköping ?

— Non, de Boxholm. Pourquoi ça ?

— Je suis originaire d'Östergötland, moi aussi, fit-elle d'un air distrait, ayant déjà perdu tout intérêt pour le lieu d'origine de ce facteur.

Celui-ci poursuivit sa tournée au petit trot. Il avait sûrement perdu le rythme et désirait le retrouver le plus rapidement possible.

Fredriksson se tenait devant la maison, en train de lever les yeux vers les pins. On aurait dit que ceux-ci attiraient le regard vers le ciel. Lindell le vit se pincer le nez. Il eut l'air de sentir sa présence et se retourna vers elle avec un sourire.

— C'est bientôt Noël, dit-il, l'air très content.

Elle hocha la tête en observant la fenêtre, maintenant obstruée par un morceau de plastique. “C'est là qu'il se trouvait quand il a tiré, pensa-t-elle. Je vais le traquer, le suivre pas à pas, tenter de prévoir la moindre de ses pensées et le moindre de ses mouvements, de scruter chacun des fils de la toile qu'il a tissée autour de lui et de ses deux victimes." Mais elle fut aussitôt frappée par ce qu'il pouvait y avoir d'absurde dans sa tâche. Elle adressa un sourire à Fredriksson, malgré la lassitude qu'elle éprouvait. Et elle ressentit soudain le besoin de la présence d'Edvard, à la façon d'un frisson dans son corps.

— Est-ce que le porte-à-porte a donné quelque chose ?

— Rien jusqu'ici, répondit Fredriksson. On a commencé hier soir et on a fait toute la rue. Mais il y a encore deux personnes qui n'étaient pas chez elles.

— Qu'en disent les gens ?

— Que les Hirmanen étaient discrets et ne se faisaient pas remarquer. Il semble qu'ils ne fréquentaient personne. Je crois que leurs voisins les trouvaient un peu bonnets de nuit, peut-être même prétentieux. Personne ne l'a vraiment dit, mais personne n'a été très élogieux à leur égard non plus.

— Rien dans un sens ni dans l'autre, quoi. Tu veux prendre une tasse de café ?

— C'est pas de refus.

Ils se rendirent dans leur salon de thé favori, le Savoy, qui date des années cinquante. Ils prirent chacun une tasse de café et une brioche de Noël, Lindell s'en offrant également une autre, plus ordinaire.

— Qu'est-ce que tu fais pour les fêtes ? demanda-t-elle une fois qu'ils se furent assis.

Fredriksson continua à mâchonner posément sa brioche.

— On avait pensé aller chez le frangin de ma femme à Ludvika, finit-il par dire en regardant pensivement Lindell.

— Elle est Dalécarlienne ?

Fredriksson secoua la tête en détournant les yeux vers la fenêtre.

— D'Alunda.

Ann pensa à cette petite localité qu'elle avait traversée sur la route de Gräsö et se souvint qu'Edvard avait dit qu'il n'y avait que des "ploucs", là-bas. Que faisait-il, lui, en ce moment ?

Ils gardèrent le silence. Ann palpa sa seconde brioche, sur sa soucoupe, sans faire mine de la manger. Elle n'avait pu s'empêcher, soudain, de repenser à ces lettres au contenu malodorant.

7

Edvard se réveilla en sursaut, en entendant un bruit. Le store était noir mais une faible lumière passait à travers les lames. Avait-il rêvé ? Puis le bruit retentit de nouveau. C'était Viola, la vieille femme dont il était le locataire, qui faisait du remue-ménage, à l'étage au-dessous. Comme toujours, elle était très matinale.

Pour sa part, il pouvait rester couché. Il n'avait rien à faire pendant quelques jours. Au cours des mois d'octobre et de novembre il avait trimé dur pour aider à restaurer deux ou trois baraques dans la région d'Östhammar. Le temps avait été doux et il n'y avait pas eu beaucoup de neige. Le travail avait donc progressé plus vite que prévu. Gottfridsson, à qui il servait de manœuvre depuis plus d'un an, avait été content. Il était facile d'être à son service. C'était le fils d'un pêcheur de Hållnäs ou de Gårdskär et il était doté d'une force herculéenne. Il paraissait connaître tout le monde, le long de la côte du nord-est de l'Uppland, et cela lui valait une foule de commandes. Edvard avait ainsi pu travailler presque à temps complet pendant la durée de l'année. Il désirait maintenant se reposer un peu.

Noël n'était plus loin et peut-être – mais seulement peut-être – Jens et Jerker, ses fils, viendraient-ils passer quelques jours chez lui. Il pensait à eux chaque jour et ils lui faisaient l'effet de coques de noix flottant dans une baignoire qui n'était autre que lui-même, comme des fragments de vie dans une bouillasse huileuse et noirâtre. Ses fils, son amour. Ils étaient imprégnés de cette mélasse noirâtre. De temps en temps, il repêchait ces copeaux, sentait l'odeur qu'ils dégageaient, les portait contre sa joue, embrassait leur bois et sentait les gouttes d'eau lui couler entre les mains. Son amour. Puis ils retombaient dans le liquide avec un petit "plouf" et se mettaient de nouveau à flotter dans la baignoire. La solitude.

Il se retourna lourdement dans son lit. Au loin, des corbeaux croassaient. Quelle solitude, bon Dieu. Il resta couché, les mains sous la tête, à fixer le plafond des yeux, comme tant de fois auparavant. Bien sûr qu'il aimait cette île et cette baraque, qu'il était ému par les attentions de Viola à son égard et que son cœur se réchauffait à la vue de sa maigre silhouette sur le perron, quand il rentrait en voiture. Mais ses fils lui manquaient, même s'il ne parlait jamais d'eux à personne. Il sentait qu'il les avait perdus, qu'ils grandiraient sans pouvoir bénéficier de son aide et de son affection. La tristesse le faisait parfois se retourner dans son lit et se mettre à cogner contre le mur avec les poings et débiter des bribes de phrases incohérentes. On aurait dit que s'ouvrait en lui un gouffre impossible à combler. Il se trouvait d'un côté, Marita et les enfants de l'autre. Il avait appris à vivre avec cela, mais il ne serait jamais satisfait du tour qu'avait pris sa vie.

Ceci, c'était pendant les périodes noires. Quand Ann était là, ou au cours d'une épuisante journée de travail, il était en état de dominer son inquiétude et ses tourments intérieurs. Pourtant, cela entamait encore un peu plus ses forces de toujours tenter de dompter ainsi la tristesse et la solitude.

Le travail occupait une bonne part de sa vie, les journées qu'il passait avec Gottfridsson le fatiguaient, gonflaient ses muscles, accrochaient son nom dans le paysage et donnaient un sens à ses allers et retours vers le bac. Mais il lui arrivait de plus en plus souvent de sortir de la route et de rester planté là, ses outils à la main. Il quittait parfois sa voiture, au cours de la brève traversée entre Öregrund et Gräsö, dans l'espoir de parler à quelqu'un, ou à la rigueur pour observer le bras de mer et faire semblant de partir en voyage. Dans ces cas-là, Gräsö ne suffisait plus et il aurait souhaité que la traversée fût bien plus longue, que le bruit monotone et agressif du moteur l'emporte loin de là, en le berçant, sur une mer chaude où il n'aurait plus à avoir froid.

Il ferma les yeux et se remémora le visage de ses enfants. Il ne pourrait jamais se libérer de l'emprise qu'ils exerçaient sur lui. Pourquoi avait-il si mal ? Etait-ce à cause de son sens du devoir, de cette paternité qu'il n'avait pas exercée, à la différence d'Albert et d'Erik, son père et son grand-père paternel ? Il avait pourtant ressenti très fort les espoirs qu'on plaçait en lui pour qu'il transmette le témoin. Il avait estimé que c'était un devoir qui avait la clarté de l'évidence. Il était né dans une famille de gens de la terre qui avaient suivi leur petit bonhomme de chemin, les uns à la suite des autres pendant des générations, dans la calme assurance d'une continuité naturelle, du devoir – imposé à tous par la vie et le destin – d'être fidèle. Fidèle au travail de la glèbe et à la famille. C'était un sentiment collectif, renforcé par l'engagement de son grand-père pour la cause des travailleurs de la terre. Ce sentiment lui disait qu'ils devaient lutter pour se faire une place dans le monde et en être fiers. Cela les faisait valoir en tant que classe et qu'individus et donnait du sens à leur existence.

Et maintenant il se trouvait au bord de la mer, en marge de cette collectivité. Il avait abandonné ses enfants, son lieu de travail, sa place. C'était un déserteur. Comment pourrait-il jamais faire valoir ses droits, puisqu'il y avait renoncé de lui-même ? Qui l'écouterait ? Surtout pas ses propres enfants. Et à combien de personnes pouvait-il parler ? Le syndicat n'existait plus sous la forme qu'il lui avait connue et le sens du bien collectif avait disparu. Les images de la télévision et les reportages mensongers des journaux ne parlaient pas sa langue, puisqu'il n'y en avait plus que pour tout ce qui touchait à la vie privée.

Ses enfants. Quel héritage leur transmettrait-il ? Lui qui n'avait même pas légué à ses deux fils quelque chose de solide et de sensé à quoi s'accrocher ? Quelle forme de fierté pourraient-ils jamais ressentir ? Ils étaient devenus pour lui des étrangers qui voyaient son univers avec mépris. Ils n'étaient d'ailleurs même pas capables de l'imaginer. A qui la faute ? A lui et à personne d'autre ? Mais la collectivité n'était-elle pas aussi responsable du fait que deux adolescents étaient devenus, sinon des racistes, du moins des xénophobes incapables d'empathie, voire de comprendre si peu que ce fût le monde de leur père, de leur grand-père et de leur arrière-grand-père ?

Le contact entre eux était rompu et les deux garçons étaient partis pour un voyage dont nul ne connaissait le but. Ils menaient une vie dépourvue de l'espoir d'autre chose que d'une richesse acquise rapidement et facilement, d'un bonheur éphémère, au jour le jour. Edvard sentait le vide de cette existence, comme si toutes les valeurs avaient été réduites en miettes.

Albert, son grand-père, avait pris une grande importance à ses yeux, après sa mort. Il rêvait d'une autre vie, lui, Edvard l'avait compris en lisant le journal intime qu'il avait laissé. Il avait été témoin de la libération de son existence et de celle de sa classe, à laquelle il avait assisté avec les yeux du syndicaliste. Le bonheur personnel était alors si intimement lié à l'effort commun et à la réussite de la collectivité qu'il était impossible de séparer l'un de l'autre. C'était cela qui avait été à l'origine des congés payés, des allocations familiales, de la gratuité des soins et de la scolarité, des retraites. Et cette lutte avait duré un demi-siècle.

Albert avait nettoyé les porcheries et brandi l'étendard de son syndicat avec la même joie. Or, ce drapeau était maintenant sous clé, dans un placard de la Maison du Peuple, on ne le sortait plus et on ne lui permettait plus de se déployer au vent.

Edvard se souvenait de ce drapeau à l'époque de son enfance et de sa jeunesse. Albert le conservait au fond de la penderie, dans un étui en cuir spécialement conçu à cette intention. La hampe, avec cette partie métallique qui maintenait le tissu en place, était vernie et de couleur brun clair.

Ce monde n'existait plus ! Un siècle de lutte, quatre-vingts ans de syndicalisme, tout cela avait été balayé.

En quoi résidaient maintenant le bonheur personnel et celui de la communauté ? Quelle part de culpabilité avait-il, lui ?

Edvard Risberg l'attendait comme tant de fois, debout à la fenêtre, d'où il avait vue aussi bien sur la mer que sur la sinueuse route en terre battue. C'était la position qu'il avait adoptée dès les premiers mois, depuis qu'il était parti vivre à Gräsö et qu'elle venait le voir de façon assez régulière. Cela ne signifiait pourtant pas qu'il était sûr de lui ni de ses sentiments. En particulier après la solution de l'énigme du meurtre d'Enrico. Ann n'avait jamais accepté véritablement l'idée que ce dernier avait été tué par son propre frère, Ricardo, l'homme au regard de feu qui détenait le secret de leur histoire, ainsi que celle de leur famille, exterminée dans les villages et dans les prisons de la police et de l'armée péruviennes.

Ann avait été très choquée par cette histoire, qui avait peut-être été plus importante à ses yeux, finalement, que l'enquête elle-même. Quand il s'était avéré que la source de ce récit était un fratricide, celle-ci avait été en quelque sorte souillée.

Au fur et à mesure que le temps passait et qu'elle revenait sur ce qu'avait dit Ricardo et sa propre réaction, Ann était parvenue à accepter l'idée que c'était ce dernier l'assassin. Elle avait chassé de son esprit l'entomologiste Rosander, en qui elle avait vu un possible meurtrier par jalousie. Les faits parlaient toujours contre lui mais son intuition lui disait autre chose. Edvard et elle avaient passé pas mal de soirées à évoquer cela. Il connaissait Rosander depuis de nombreuses années et estimait peu probable qu'il ait étouffé Enrico Mendoza, ce jeune homme qu'il avait accepté de cacher pour lui permettre d'échapper à la police et à l'office des immigrés.

On aurait dit que ces discussions autour de ce meurtre avaient entamé leur amour et leur attirance mutuelle. Edvard était de moins en moins sûr qu'il continuerait à voir la voiture d'Ann arriver en suivant les méandres de la petite route. Pourtant, il était resté posté là tous les soirs, même ceux où il savait qu'elle ne pouvait venir. Il ne se sentait pas sur son terrain, le paysage dans lequel il avait grandi et qu'il avait fait sien était les terres agricoles de l'Uppland, à la limite de la plaine et des forêts, des rochers et des landes plus au nord. Gräsö était plus diverse, avec ses collines rocheuses qui se jetaient sur une terre un peu étriquée, grêle et torturée. Il aimait bien ce qu'elle avait de récalcitrant. Ce sol ne promettait rien d'autre que de la résistance et cela aurait donc dû constituer pour lui un défi séduisant, en tant que travailleur de la terre. Au lieu de cela, il se réjouissait de la voir si impénétrable, de son refus de se laisser dompter par autre chose que par les museaux du bétail, qui en avaient jadis fait une joie pour l'œil.

Il était également capable de distinguer les traces du passage de la faux entre les rochers et les buttes. Ici, on ne pouvait rien laisser perdre. L'herbe jaune pâle de l'année passée dressait ses touffes et il tentait de se représenter ce que c'était que de cultiver ce sol. La question qu'il se posait de plus en plus souvent était celle de savoir dans quelle mesure cela avait façonné les êtres humains.

Il avait élaboré une sorte de théorie sur l'influence du paysage sur l'homme et sur la façon dont les différents types humains reflétaient la contrée dans laquelle ils vivaient. La bonne terre agricole de Ramnäs, son lieu d'origine, où il avait travaillé pendant vingt ans dans la plus grande ferme, aurait dû modeler des êtres riches, généreux et larges d'idées, tandis que les habitants des îles au sol rude seraient renfermés et maussades. Mais les théories ne résistent pas toujours à la diversité humaine. Une seule chose était certaine : il ne pouvait être heureux que parmi des êtres simples ayant passé leur existence au contact de la terre et des animaux. Le reste était secondaire. Il n'ignorait pas que ce genre de raisonnement consistait à faire de nécessité vertu. Or, il n'avait rien d'autre sur quoi édifier sa future vie. Il avait fui la plaine pour se réfugier sur la côte. Ne désirait-il pas aller un peu plus loin encore, maintenant ? Au-delà de Gräsö, il n'y avait plus que la mer.

Il gagnait maintenant sa vie avec les tâches qu'il pouvait trouver çà et là. Pendant le temps où il avait travaillé dans cette ferme, il avait eu l'occasion de faire un peu de tout et il n'y avait plus grand-chose qui lui était étranger.

Le travail, pour lui, c'était du repos. C'étaient au contraire les heures creuses et passives qu'il passait chez lui qui laissaient libre cours à ses pensées. C'étaient à ces moments que Marita, les enfants et son ancienne vie lui revenaient à l'esprit, et que le visage d'Enrico se présentait à lui.

Un jour, alors que cela faisait un certain temps qu'il vivait chez Viola, il était allé chercher une barre à mine dans la cabane à outils et était parti dans la prairie abandonnée. Il marchait lentement, scrutant attentivement le sol. Puis il s'était arrêté, avait visé soigneusement, brandi la barre à deux mains et l'avait plantée de toutes ses forces dans le sol rocheux de l'île. Cela avait résonné très fort, la violence de son attaque s'était répercutée dans ses mains et dans ses bras et il avait eu l'impression d'être électrocuté. Il avait fermé les yeux et avait posé les mains sur la surface fraîche de la barre, à sentir l'énergie qui résidait dans cet outil forgé par la main de l'homme, dans ce prolongement de son corps vers le sol. Viola l'observait par la fenêtre et voyait ce corps légèrement voûté brandissant une nouvelle fois la barre et la plantant dans le sol, un peu plus profond cette fois. Elle admirait ce beau tableau : la fermeté des gestes, la prise des mains et la coordination des mouvements. “C’est un drôle de type, pensa-t-elle, mais quant à manier une barre à mine, ça il s’y entend.”

Il frappa deux, trois fois encore, faisant osciller la barre dans le trou comme pour tester la résistance de la terre, jauger sa souplesse. Puis il retira l’outil et le posa sur son épaule droite pour regagner la maison. Des feuilles de sorbier couraient sur le sol, recroquevillées par le premier givre de l’année, bordées de parties rouges et brunes, mortes et sclérosées.

— Je n’ai pas pu m’empêcher de tâter la terre, dit-il à Viola quand il revint dans la cour.

Elle hocha la tête.

— Il y a beaucoup de rocher, ajouta-t-il en se dirigeant vers la cabane.

— J’ai mis le café à chauffer, si tu en veux, lui lança-t-elle quand il fut à une certaine distance.

Il se retourna et regarda un instant la vieille femme.

— C’est vraiment gentil de ta part, tu sais !

Il la regarda regagner la maison. Elle marchait penchée en avant et légèrement inclinée vers la droite, comme si le haut de son corps supportait un fardeau. Ses jambes incroyablement minces, dans leurs grosses chaussettes brunes et boudinées, s’enfonçaient dans des bottes de caoutchouc dont la tige avait été coupée et dont la semelle bâillait.

Chaque jour il languissait après Ann, mais il avait appris à se dominer et il ne lui en avait jamais touché mot. Il avait peur qu’elle ne prenne la fuite, si elle se rendait compte à quel point il dépendait de sa présence et de l’espoir de la voir à tout moment arriver au volant.

Il avait aussi cru s'apercevoir qu'elle avait peur de l'amour qu'il lui portait – chaque fois qu'ils parlaient du futur et qu'il laissait échapper une allusion à un avenir commun, elle faisait machine arrière. Il évitait donc le sujet, pour ne pas provoquer des pensées désagréables d'un genre ou d'un autre. La contrariété que cela suscitait en elle ne lui avait pas échappé et elle le punissait en retardant sa visite suivante à l'île. Désormais, il faisait très attention à ses propos. Cela en valait la peine.

Et voilà qu'elle arrivait ! Il entendit Viola mettre le café à chauffer, ou plutôt il déduisit des bruits qu'il perçut qu'elle rinçait la cafetière, la remplissait et la posait sur le poêle : puis elle refermait le placard, ôtait le couvercle de la boîte et la refermait au bout de quelques secondes. Il savait maintenant que la vieille était à la fenêtre, comme lui. Serait-elle aussi dépendante d'Ann qu'il l'était lui-même ?

Elle sortit un sac de la voiture : c'était bon signe, cela indiquait qu'elle avait l'intention de rester tout le week-end. Il avait appris le double meurtre dans le journal et lui en avait parlé une ou deux fois au téléphone. Il savait donc que l'enquête s'avérait difficile. Elle leva les yeux vers la fenêtre et lui adressa un petit signe de tête. Il sentit aussitôt la chaleur monter en lui et l'envahir et, sans s'en rendre compte, il pressa le corps contre le siège placé devant la fenêtre. En bas, dans la cour, Viola papotait. Quelle différence avec la première fois ! Cette fois-là, Ann avait été traitée en intruse, comme si elle constituait une menace contre la présence d'Edvard au premier étage. Car la vieille s'était attachée à lui, il l'avait rapidement compris. En la personne d'Ann, c'était ainsi une rivale qui se présentait, quelqu'un qui était susceptible de le faire revenir en ville. Mais, avec le temps, la menace s'était atténuée.

Sans doute Ann appréciait-elle aussi la chaleur et la prévenance de la vieille femme, même si elle se plaignait de son bavardage. En ce moment, elle avait l'air heureuse, souriait et écoutait. Cela faisait trois ans qu'ils se connaissaient et, dès le premier instant, ils avaient senti qu'il se passait quelque chose entre eux. A la fin de l'enquête sur le meurtre d'Enrico, elle était venue le rejoindre à Gräsö. Il était bien décidé à se construire une nouvelle identité et elle était lasse de l'enquête, du tour qu'elle avait pris et de la solitude. Elle en avait assez de devoir se priver de tout et désirait avoir certaines envies, au contraire. Après s'être plus ou moins entendu intimer l'ordre de se mettre en congé de maladie, elle avait pris sa voiture pour aller chez ses parents, à Ödeshög, mais s'était arrêtée au bout de quelques kilomètres et avait mis le cap sur Gräsö et sur Edvard, à la place.

Ses bras et ses mains l'avaient toujours fasciné. Ses petites mains larges et ses bras musclés semblaient faits pour pétrir le pain. Il imaginait très bien ses doigts dans la pâte, ses bras couverts de farine jusqu'à une certaine hauteur et ses mains en train de malaxer énergiquement. Il voyait même les mouvements de la pâte sous ces doigts et aurait aimé être à sa place. Il prit celle de ses mains qui était posée sur le bord du canapé, la porta à sa bouche et mordit doucement ses phalanges. A la télévision c'était l'heure des informations, mais il n'y prêta aucune attention.

— Chut ! dit-elle, bien qu'il n'eût rien dit.

Il mordit un peu plus fort.

— Hum, fit-elle, absente, en fixant le plafond.

Il alluma une cigarette, quoique sachant parfaitement qu'elle n'aimait pas cela.

— Comment va l'enquête ?

— Hum, répéta-t-elle.

— Pas beau à voir ?

— Oh non, vachement pas. Heureusement, il n'y avait pas de parents ni d'enfants à qui aller annoncer la nouvelle. C'est le pire, en général.

— Vous avez des pistes ?

— Non, pas la moindre, en fait. Le meurtrier a comme disparu sous terre.

— Mais pourquoi ?

— Oui, pourquoi tue-t-on deux citoyens sans reproche ? On dirait qu'il a voulu s'en prendre à l'idée même de vie. Deux personnes assises dans leur salle de séjour, en train de boire le café et s'apprêtant à regarder un album de photos. Puis survient la mort et, en un instant, tout est couvert de sang.

— Etait-ce prémédité ?

— Je crois que oui. Je ne pense pas que c'était un dément qui s'est simplement trouvé passer par là.

Ils se turent et il observa son visage. Il crut voir qu'elle déployait des efforts pour tenter de comprendre ce qui était arrivé. Il l'admirait pour cette faculté qu'elle avait de se glisser sous la surface de l'événement et de dégager de faits apparemment irrationnels un faisceau d'indices pouvant permettre de résoudre l'énigme. Il avait constaté cela suffisamment de fois au cours du temps qu'ils avaient passé ensemble pour comprendre qu'elle était un bon policier.

— Pourquoi pas le fils inconnu revenu tuer ses parents ?

Ann lui lança un rapide regard et il crut discerner un sourire sur ses lèvres.

— Elle n'a jamais eu d'enfant.

— Mais lui ?

— Qu'est-ce que tu veux dire ?

— Il a peut-être été père.

Elle écarquilla les yeux.

— Je n'y ai pas songé ! s'exclama-t-elle. C'est la seule chose qui m'a complètement échappé.

— Le meurtrier revient pour mettre fin aux jours d'un mauvais père qui l'a abandonné et sa femme y passe par la même occasion.

Ann se mit sur son séant.

Elle était couchée et lui tournait le dos. La colonne vertébrale, avec la saillie de ses pointes, dessinait une ligne riche de promesses qui descendait vers la courbure des hanches. Il posa la main sur l'une de ses fesses et la caressa doucement. Sa peau douce et chaude lui fit l'effet d'une motte de terre lisse qui s'animait sous ses doigts et qui avait été créée pour cet instant, uniquement pour lui. "Que c'est banal, se dit-il, affreusement banal, et pourtant il en est ainsi : elle a été créée précisément pour cet instant. " Une vague de désir brûlant balaya son corps et il glissa la main entre les deux fesses pour pétrir ce muscle bien rond, se pencha en avant pour embrasser ses épaules et promena sa langue sur sa peau duveteuse, tout en se répétant intérieurement son nom.

Elle tendit l'une de ses jambes, releva le derrière et poussa un cri qui ressemblait à celui d'un animal. Sa langue à lui poursuivit son chemin le long du dos tandis que sa main allait se poser sur son sexe.

Ann remuait lentement, au rythme de sa douce jouissance. La lumière mate des bougies se reflétait sur la trace de salive qu'il avait laissée sur son dos. Il se serra contre elle et elle tourna le haut du corps vers lui, prit sa tête entre ses mains et l'approcha de la sienne. Elle lui dit quelque chose qu'il ne comprit pas et il l'embrassa en lui mordant légèrement la lèvre inférieure et en caressant lentement son sexe avec un doigt. Il la mordit à nouveau, promena la pointe de sa langue sur son visage, entre les lèvres et l'oreille, qui brûlait de fièvre, aspira le lobe de celle-ci et pressa son corps encore un peu plus contre le sien. A l'extérieur de la maison, le vent du nord-est sifflait et il crut percevoir le bruit de la mer, sous la forme du choc des vagues contre les rochers. Il se représenta la grève balayée par les lames, comme si elles n'en avaient jamais assez. L'haleine d'Ann lançait de petites exclamations muettes. L'odeur de sexe accrût encore son désir à lui, et il la mordit prudemment mais très tendrement, cette fois à la base de la nuque, avant de lui chuchoter des mots doux, serré contre elle.

Elle répondit de façon confuse et inaudible, les yeux fermés et la bouche en forme de plaie.

Autour d'eux, le ciel de Gräsö était constellé d'étoiles, dans la nuit noire de décembre. Sur la mer nocturne planait une certaine angoisse, les vagues qui entouraient les îlots venaient se briser les unes après les autres sur les hauts-fonds et les rares oiseaux hérissaient leur plumage, se tapissaient dans leur propre corps et attendaient avec stoïcisme la lueur de l'aube. Pour l'instant, c'était le plus noir de la nuit, les lumières s'éteignaient les unes après les autres dans les maisons d'habitation, seuls quelques éclairages extérieurs persistaient à répandre leurs rayons, tandis que le phare projetait son pâle faisceau blanc qui balayait le ciel à intervalles réguliers.

Edvard et Ann s'étreignaient passionnément. Il n'était plus capable de dire quels membres étaient à lui et lesquels étaient à elle. Ils s'affranchissaient du monde, de la lumière et des ténèbres, de la mer déchaînée et de la terre gelée qui se refermait autour des fermes, des tas de pierre et des prairies. L'espace de quelques instants, plus rien de tout cela n'exista, rien que l'odeur de deux corps en sueur et le son de leur haleine et de leurs cris, comme s'ils appelaient à l'aide. Edvard caressait les seins d'Ann et les pétrissait tandis qu'elle pressait ses mains contre les siennes pour lui dire : ne me quitte pas, aime-moi aussi fort et d'aussi belle façon que tu le peux. Ils s'unirent en un vertige, une convulsion de douleur commune et de vie entrelacée. Epuisés, ils s'affaissèrent l'un contre l'autre, lui toujours en elle et elle les mains sur son dos, en une sorte de clé, et les jambes en ciseaux autour des siennes. Il embrassa son cou, sur lequel le goût du sel se mêlait à son odeur.

Edvard alla se placer près de la fenêtre pour permettre à la chaleur du radiateur de monter le long de son corps nu. La cour était calme et paisible, uniquement éclairée par la lampe extérieure. En observant attentivement à travers les arbres, il pouvait voir la lumière de la maison de Victor. S'il tournait le regard vers la mer, il n'y avait plus que des ténèbres compactes. C'était là qu'il avait choisi de venir vivre et maintenant il était au bord de la mer. Il n'habitait pas sur l'île depuis bien longtemps et pourtant ce paysage lui était déjà familier. Un peu comme si ceux de son enfance et la maison dans laquelle il avait vécu avec Marita et les enfants s'étaient effacés de son esprit. La ferme de Ramnäs, avec sa cour, son étable, son grenier, son silo, ses bûchers, son atelier et ses appentis lui faisait l'effet d'un territoire étranger qu'il ne reverrait jamais plus. Il n'y était pas retourné très souvent, ces deux dernières années, et il regardait maintenant son ancien lieu de travail avec les yeux de quelqu'un qui n'avait rien à y faire. Une vie était enterrée là. Il essayait de faire ressurgir certains souvenirs, une chaleur, sans y parvenir. Il avait certes échangé quelques brèves paroles avec Bengt Ramnäs, mais ce n'était qu'une façon d'être poli envers quelqu'un qu'il rencontrait fugitivement. Alors qu'ils avaient travaillé ensemble et que Bengt l'avait remplacé jusque dans les bras et le lit de sa femme. Il n'en éprouvait aucune amertume, à peine de la mélancolie. C'était terminé, rien d'autre.

— Et si on allait à Ödeshög pour Noël ?

La question d'Ann vint mettre fin à ses pensées.

— Rien qu'un jour ou deux ?

— Je ne sais pas, répondit-il en se retournant.

Il voyait la tache blanche de son corps, dans la pénombre. Elle était couchée sur le côté, tournée vers lui. Ses seins faisaient penser à des fruits.

— Il est temps que tu fasses la connaissance de mon père et de ma mère.

— Oui, dit-il innocemment.

— Ils aimeraient bien te connaître, eux.

Edvard se tourna à nouveau vers la fenêtre, chercha des doigts le paquet de cigarettes qu'il avait posé sur le rebord et en alluma une nouvelle.

— Ils sont curieux de savoir qui est l'homme qui empêche leur fille de venir les voir plus souvent.

— Tu es rentrée chez toi à Noël dernier, non ?

Il tira une longue bouffée de sa cigarette et se retourna. Il avait le sentiment d'avoir déjà eu cette discussion avec elle, pas exactement sur le sujet de Noël et d'Ödeshög mais de façon générale. Et, soudain, il eut une sensation de gêne. Qu'est-ce qui remontait ainsi du fond de son passé ? Il dut faire un effort sur lui-même pour ne pas avoir l'air mal à l'aise devant elle.

— Maman m'a appelée, l'autre jour, et nous avons évoqué l'idée que je vienne les voir la veille et le jour de Noël. Ce serait bien si tu m'accompagnais.

La chaleur du radiateur lui chauffait maintenant les fesses. Il tira vers lui le fauteuil en rotin, s'y assit, écrasa sa cigarette et la regarda.

— Je vais venir. Tout le monde sera content.

Il perçut son étonnement. "Pas de Noël avec les enfants", eut-il le temps de penser. Il fallait qu'il les appelle. Peut-être pourraient-ils venir pour le nouvel an alors, celui du changement de millénaire. Mais sans doute avaient-ils d'autres projets en tête que d'aller s'enterrer sur une île presque déserte.

— Je pensais à mes fils, Jerker et Jens, ajouta-t-il comme s'il y avait d'autres possibilités. Ils auraient peut-être souhaité venir ici.

— Tu leur en as parlé ?

— Un peu.

— Ce serait vraiment moche envers eux de modifier ces projets ?

Edvard secoua presque imperceptiblement la tête.

— Il y a beaucoup de choses qui ont changé, dit-il de façon un peu énigmatique.

Ils n'avaient pas souvent l'occasion d'aborder le sujet de sa vie antérieure et de ses enfants. Edvard n'avait pas la force et surtout pas l'habitude d'évoquer sa vie avec Marita et ses fils. De son côté, Ann avait préféré ne pas s'aventurer sur le train glissant que constituait Ramnäs. Elle s'efforçait de ne plus lier Edvard au meurtre d'Enrico, à la vie dans cette ferme, son mariage et son divorce, c'est-à-dire à tout ce qui avait trait à son passé. Edvard était maintenant purement et simplement un homme vivant sur cette île et partageant son existence, fût-ce à distance.

— Viens te coucher près de moi, dit-elle.

Il se glissa dans le lit, la prit tendrement dans ses bras et ils restèrent quelques minutes ainsi. Il sentit la fatigue l'envahir et des crampes dans les muscles de ses jambes. Et puis son odeur, à elle, et son haleine régulière.

Parfaitement éveillée, au contraire, Ann entendit Edvard s'enfoncer dans le sommeil. Elle lui caressa le dos avec douceur et sentit la cicatrice sur son omoplate. "Est-ce que je désire que ce corps me fasse un enfant ?" se demanda-t-elle. Elle avait maintenant trente-six ans et, au cours des mois écoulés, elle avait de plus en plus souvent pensé à la question de la progéniture. "Il va falloir que je me décide : ou bien je cesse de prendre la pilule et je suis enceinte dans un an, deux au maximum, ou alors je quitte Edvard. A supposer, encore, que je puisse en avoir, qu'Edvard en veuille d'autres et qu'il désire en avoir de moi."

Elle avait constaté qu'il s'acclimatait de plus en plus sur l'île et qu'il en faudrait sûrement beaucoup pour l'inciter à quitter la maison de Viola. Et si elle venait vivre ici ? La question lui avait traversé l'esprit environ un an auparavant et s'y présentait de nouveau chaque fois qu'elle prenait le bac mais aussi quand elle allait faire des courses à Öregrund, quand elle était avec Viola dans sa cuisine et quand ils faisaient du bateau. Pourrait-elle obtenir un poste à Östhammar, quitter ses collègues de la crim' à Uppsala ? Elle ne connaissait pas la réponse à ces questions, sinon qu'elle désirait vraiment un enfant. C'était aussi simple que cela : elle voulait un enfant. Elle faillit réveiller Edvard.

Puis elle écarta ces pensées, se dégagea de son étreinte et se leva sans faire de bruit La lumière de la salle de bains l'aveugla et elle l'éteignit aussitôt. Elle se lava et regarda son visage à la lueur du rai de lumière qui filtrait de la salle de séjour. “Edvard, Edvard”, marmonna-t-elle en se passant la main sur la joue, écartant une mèche de cheveux et se plaçant contre la glace, comme si la réponse à ses questions se trouvait dans le reflet de son image.

Edvard s'était mis sur le dos et ronflait. Ann l'observa un instant avant d'enfiler ses vêtements, d'emprunter sa grosse pelisse en peau de mouton, de descendre l'escalier sans faire de bruit et de sortir dans la cour.

Il était minuit, en cette nuit du 11 au 12 décembre. Les images défilaient dans son cerveau. Elle pensa à Allan Fredriksson, ce collègue si fragile dont la mince carapace résistait à peine à la plus légère pression. Elle l'avait constaté une nouvelle fois près de la maison de Norby. Il avait des difficultés, comme la plupart d'entre eux, mais peut-être plus encore. Pour sa part, elle parvenait à trouver un certain sens à son travail même dans les moments les plus durs. Et quoi de plus pénible qu'un double meurtre aussi sauvage que celui-ci, qui révélait tant de mal, tant de choses qui n'allaient pas ? Pourtant, la pression qui s'exerçait sur elle la libérait en quelque sorte de ces piles de rapports de routine sur des cas de violences, de viols, de menaces et de vols à main armée qui s'entassaient sur son bureau et sur ceux des autres.

Une voix s'élevait au-dessus des autres parmi tous ces papiers, ces dossiers, ces enregistrements, ces photos, ces rapports d'enquête et ces notes prises à la hâte sur une foule de cahiers : celle de la vengeance. Le désir de justice de ceux que la vie avait ébouriffés. Derrière chaque visage, chaque annotation, chaque main qui frappait, il y avait le besoin d'une sorte d'ordre perverti. Le fait que cet ordre-là ne cadrait pas avec le sien, à elle, ou celui de la société était une autre chose. Elle avait le sentiment de tenir un journal de toutes les saloperies qui remontaient à la surface. Mais elle aurait eu du mal à dire si elle était satisfaite ou non de ce rôle.

Pourtant, elle ne se contentait pas de ce travail de comptable ou d'archiviste. Elle intervenait aussi de façon active dans ces processus et cisaillait les fils qui pendaient hors du corps social. Elle était le correctif d'un monde si plein d'impératifs et tellement complexe que peu de gens, si même il en existait, étaient en mesure de voir la face cachée de l'ensemble, de distinguer une ligne directrice et d'apporter des remèdes. Elle donnait ses coups de ciseaux, les fils tombaient et étaient évacués. Pourtant, elle avait le sentiment qu'ils étaient liés les uns aux autres, quelque part. Dans le domaine politique, bien entendu ! La politique, l'école, le fait de lire et d'écrire, de trouver sa place, de se forger une langue. Cela pouvait dépendre d'un poste de psychologue scolaire, du prix d'un équipement de hockeyeur, de la façon dont les quartiers et les logements étaient conçus, des postes de travail qui étaient offerts. C'était de cet écheveau sale et embrouillé que sortaient tous ces fils. Et elle, elle tirait dessus et coupait.

Elle était entrée dans la police par désir de justice. Elle n'hésitait pas, en effet, à employer d'aussi grands mots pour évoquer ses motifs. Ce n'est qu'au cours de l'année précédente, et donc au bout d'une quinzaine d'années, que la réalité avait fini par la rattraper véritablement. Il ne suffisait pas de couper des fils, Fredriksson l'avait compris depuis longtemps. La question était de savoir combien de temps il tiendrait, à ce régime. Et combien de temps elle tiendrait, elle ?

S'engager dans la vie politique, alors ? Tenter d'aller parler dans les écoles ? Elle avait déjà participé à un débat, sur la chaîne de télévision locale. Au cours de l'émission, il lui était venu à l'idée qu'elle devrait travailler un peu plus près de la source, encore. Le débat portait sur la violence, le bizutage et la drogue à l'école, et elle avait eu du mal à se défendre face au politicien de droite qui attaquait l'école communale, lui reprochait sa permissivité et l'abandon des valeurs. Elle avait pris la parole en tant que membre de la police, en insistant sur son rôle profes-sionnel et sur la responsabilité collective de la société. Mais cela avait uniquement fait le jeu de son adversaire, qui militait en faveur des écoles privées. Il lui était alors venu à l'idée les mots de "réserves" et de "milieu protégé", en se gardant bien de les prononcer. Par la suite, elle l'avait regretté. Après l'émission, l'homme de droite avait tenté de la prendre dans ses bras en lui disant qu'elle était la bienvenue dans une de ses réunions pour poursuivre la discussion. Elle avait réussi à lui échapper, sans avoir pu éviter de penser à son père, Einar Lindell, social-démocrate convaincu qui détestait la droite.

Elle erra un moment dans la cour, sans trop s'éloigner de l'éclairage extérieur, cependant. Non par peur, mais parce qu'elle se demandait si Viola n'était pas aux aguets, malgré l'heure tardive. Elle se réveillait à n'importe quel moment, sous l'effet de ses douleurs, et faisait souvent un tour dehors, dans ces cas-là. Ann ne voulait pas l'inquiéter en s'éloignant trop du cercle de lumière.

"Toiwo et Veronika", ces deux mots ne cessaient de lui venir à l'esprit, à la manière d'une ritournelle. Elle essaya d'imaginer un peu leur vie. La sœur de Veronika n'avait pas eu grand-chose à leur apporter, car elles ne se voyaient guère. A la question de savoir si Veronika n'aurait pas eu des relations de "main gauche", comme on disait jadis, son interlocutrice avait presque éclaté de rire, avant de se fâcher. "C'est exclu", avait affirmé de façon très péremptoire cette vieille fille. Elle avait aussi répondu par la négative quant à l'éventualité d'un autre homme dans la vie de Veronika avant l'arrivée de Toiwo. "Je n'en connais pas, en tout cas", avait-elle déclaré avant de se souvenir d'un amour de jeunesse prénommé Erland, qui lui avait échappé. Lindell avait alors décidé de changer de sujet. Veronika Hirmanen ne donnait pas l'impression d'une femme à la vie amoureuse tumultueuse, mais "on ne sait jamais", s'était-elle dit à mi-voix dans le noir. Il convenait aussi de ne pas perdre de vue l'idée qu'avait eue Edvard, à savoir une paternité préalable de Toiwo, même si rien, dans les papiers dont ils avaient pris connaissance, ne venait la corroborer.

Le problème, en l'occurrence, était que ce couple avait l'air trop banal, trop peu marqué par quoi que ce soit pour justifier un meurtre. Les voyous de tout poil présentaient moins de difficultés. Dans leur cas, il y avait toujours de vieilles querelles, des dettes impayées, des offenses de longue date, qui constituaient autant d'incitations à la haine et la violence. Dans le cas présent, tout ce qu'on avait c'était un couple d'âge mûr vivant paisiblement dans une maison payée depuis longtemps. Peut-être un peu bonnet de nuit, pas particulièrement sociable ni porté aux confidences, mais honnête et sans histoires.

La rampe du bac s'abaissa avec un bruit sec. Sans doute était-ce sa dernière rotation normale de la journée. Une île, c'est un morceau de terre détaché de celle que l'on qualifie de ferme et qui donne même l'impression d'avoir rompu les amarres afin de partir en voyage, en l'occurrence au large de la côte d'Uppland, dans ce bras de mer séparant la Suède de l'archipel d'Åland. Avec Edvard à son bord.

Et si elle s'embarquait, elle aussi ? Quel genre de vie cela impliquerait-il, pour elle ? Elle se sentit soudain très seule. La lampe de la chambre d'Edvard projetait un rectangle de lumière, dans la cour. Elle alla s'y poster et se laissa baigner. Elle sentait que Viola était là, tout près, quelque part, et elle leva les yeux vers le ciel. "Suis-je en train de devenir un de ces hurluberlus qui scrutent le ciel comme Edvard ?" se demanda-t-elle. Elle se souvenait qu'au début de leur relation, il lui était arrivé de l'emmener dans le noir, à l'extérieur, et de lui montrer les étoiles et les constellations. Elle lui avait demandé comment les autres cultures voyaient "nos" constellations. Sous quel nom les Inuits désignent-ils la Grande Ourse, par exemple ? Edvard ne connaissait pas la réponse.

Sans doute lui avait-elle consacré plus d'attention qu'aux étoiles, surtout en cachette. Et elle pensait que c'était là, au cours de ces moments où ils braquaient leurs regards vers la voûte du ciel, que son amour pour lui était né. Il faisait meilleure figure en dehors des murs d'une maison, avait-elle constaté, que ce soit de jour ou de nuit. Fouler en sa compagnie les prairies de Gräsö, enjamber des clôtures branlantes, suivre les chemins de jadis, passer devant de vieilles granges tombant à moitié en ruine, c'était vraiment un acte d'amour, en sa compagnie.

Une fois arrivé au bord de la mer, il se taisait. Il n'avait plus de mots. Il lui arrivait parfois de désigner quelque chose du geste, d'identifier tel ou tel oiseau, mais par ailleurs c'était le silence. L'été, il partait parfois à la nage sur des distances pouvant atteindre un kilomètre. Elle avait d'abord pensé que c'était pour lui en mettre plein la vue mais, un jour où elle était arrivée sans prévenir, Viola l'avait emmenée jusqu'à la grève et le lui avait montré au loin. Il était debout sur un rocher plat, avec l'eau qui venait lui lécher les chevilles. La distance et l'aspect de ce rocher lui avaient donné l'impression qu'il marchait sur l'eau. Elle avait crié son nom, il s'était retourné et lui avait fait signe de la main. Elle avait alors vu qu'il était nu. La distance qui le séparait de sa vie à elle était plus longue que ces cinq cents mètres environ. En le voyant revenir à la nage d'une façon qui n'était pas jolie, avec ces lourdes gerbes d'eau qu'il projetait, mais efficace en terme de rapidité, elle avait décidé de rester quelques jours. C'était en 1998, pendant leur premier été. Elle l'avait traité de Johnny Weissmuller, ce qui lui avait seulement fait esquisser un de ses rares sourires avant de sortir de l'eau et de la prendre dans ses bras. Il était frigorifié et n'avait pas tardé à commencer à grelotter. Dix-sept degrés. Il était resté une demi-heure sur ce rocher. “Il y avait du soleil, là-bas”, avait-il dit pour s'excuser.

Ann commençait à avoir froid, elle aussi, et entreprit de faire quelques pas à vive allure, dans la cour, pour se réchauffer. Où était l'assassin, en ce moment précis ? C'était la question à laquelle il lui fallait trouver réponse. Le reste était secondaire. Elle éprouva le désir de rentrer chez elle, à Uppsala, pour retrouver sa table de travail et la compagnie de Fredriksson, dans la voiture. Le lendemain était un samedi. Ils avaient décidé de laisser certains d'entre eux au repos, afin de digérer les informations de ces derniers jours, et de se retrouver le dimanche matin.

Chacun était impatient. Il fallait le pincer avant Noël.

8

Anton Lundin mourut le 7 décembre, à l'âge de soixante et onze ans. C'est un de leurs amis communs au sein de l'ancien bureau du syndicat qui les appela pour les avertir.

Edvard n'en fut pas particulièrement surpris. Lundin avait un cancer des poumons depuis deux ans. On avait dû lui en enlever un et l'autre était en très mauvais état. “On ne pouvait guère s'attendre à autre chose”, dit Allan, au bout du fil. Edvard garda le silence quelques instants et revit l'image d'Anton, jardinier, éleveur de tomates et syndicaliste. Et un bon ami, en plus.

— Merde alors, se contenta-t-il de lâcher.

— Oui, c'est drôlement triste, dit Allan, en ayant pour une fois recours à de grands mots pour dissimuler son émotion.

— Quand est-ce que c'est arrivé ?

— Il y a quelques jours de ça, le 6 je crois.

Edvard fut très contrarié de n'en avoir encore rien su. Ce ne serait jamais arrivé dans le temps jadis.

— Qu'en dit Asta ?

Allan renifla.

— J'ai l'intention d'aller la voir ce soir. Tu veux venir ?

Ann était repartie le matin et Edvard en avait profité pour descendre jusqu'au bord de l'eau, enjamber les galets et regarder la mer. La glace n'avait encore déposé qu'un liseré blanc au fond de la baie.

De petits glaçons flottaient d'avant en arrière au rythme d'une légère houle. Au nord, les rochers pentus étaient recouverts d'une cuirasse de neige et de glace d'une blancheur presque aveuglante. Un couple de morillons tournoyait dans le ciel, plongeait soudain dans l'eau et remontait un mètre plus loin. Edvard s'amusa à tenter de deviner où ils allaient réapparaître. Un cygne solitaire planait autour de Båtudden, dans le désir manifeste de susciter l'admiration mais en faisant surtout étalage de sa solitude. Il avait l'air égaré et nu. Edvard se dirigea vers les morillons, qui s'écartèrent en direction des roseaux, peu désireux de compagnie. Le cygne effectua un virage sur l'aile.

Edvard poussa un grand soupir et s'efforça de fixer son regard sur quelque chose qui soit susceptible de détourner ses sombres pensées de son esprit, mais le paysage était trop lourd, trop mélancolique, par un jour pareil. Il régnait un calme trop pesant sur cette scène aquatique, tout simplement. Un oiseau de mer arrivait à tire d'ailes, le cygne avait disparu, il ne restait plus que ces glaçons qui flottaient posément à la surface de l'eau.

— Lundin, notre vieille figure de proue, toi qu'on appelait Anton-la-Tomate, dit Edvard à mi-voix, en sortant son portable, composant le numéro d'Allan et confiant à son répondeur qu'il l'accompagnerait volontiers chez Asta.

Anton et elle existaient depuis autant de temps que les souvenirs d'Edvard remontaient. Il appartenait à la génération de son père, ils étaient camarades de syndicat et avaient tous deux été à l'école du grand-père d'Edvard.

Celui-ci se baissa pour ramasser de petits cailloux et les laissa tomber un à un de sa main. Il s'avisa alors du grand nombre de gens intelligents, hommes et femmes, qu'il avait rencontrés dans sa section. Mais ils avaient fini par perdre contact, certains étaient morts, d'autres partis vivre ailleurs. La plupart étaient toujours là, pourtant, isolés les uns des autres et privés du lieu de rencontre naturel que constituait "la 47". Cette intelligence lui manquait. Il en était résulté un vide qui ne faisait que croître. Il sentait presque physiquement qu'ils perdaient leurs forces, comme si une toile d'araignée était venue se poser sur cette contrée dont les villages, les fermes et les lieux de travail les réunissaient. Edvard avait conscience que cette vision des choses était un peu idéalisée. Il y avait toujours eu des accrocs, dans cette belle toile. Et pourtant, Anton Lundin, les Risberg, Allan, Stark, Wallin et Vera avaient entretenu des relations qui défiaient toute idée de pouvoir. Elles avaient une signification et c'était celle-ci : ils s'affirmaient dans leur travail, leur dignité, leur place sur terre et dans le pays en s'efforçant de préserver un ordre démocratique, en s'unissant entre égaux. Un oubli propice leur avait longtemps permis de continuer à exister mais, au cours de la dernière décennie du millénaire, une simple pichenette avait suffi à les propulser vers le haut, les condamnant à la passivité et au silence.

Et maintenant ? Qu'était-il devenu, personnellement ? Un réfugié sur une île ! Avait-il seulement encore quelque chose à dire ?

Viola avait mis le café à chauffer. Ils étaient assis l'un en face de l'autre, dans la cuisine. Edvard trempait son pain dans sa tasse. Viola dit quelque chose, à propos des poules, qu'Edvard ne saisit pas, et garda ensuite le silence.

— Je vais en ville, répondit-il en ajoutant ce qui était arrivé à Anton.

Viola l'écouta sans faire de commentaire. "Est-ce ainsi que nous devons vivre, pensa-t-il, isolés les uns des autres comme dans de petites réserves individuelles. Chacun dans sa cuisine en train de siroter son café, de tremper son pain, d'écouter une radio sur laquelle on entend de plus en plus rarement des voix qui aient quelque chose d'important à dire ? Viola et moi sommes comme deux soldats d'une armée en déroute." Elle leur servit une seconde tasse.

— Elle a l'air bien fatiguée, Ann, reprit la vieille femme en se rasseyant.

Edvard la regarda.

— Je l'ai vue hier soir, ou plutôt cette nuit, dans la cour. Je m'étais réveillée un petit moment.

— Ah bon.

— Je crois que c'est son travail.

— Sans doute.

— Elle devrait venir vivre ici.

— Je ne crois pas qu'elle le souhaite.

— C'est grand, là-haut, il y a de la place. Et puis on peut enlever certaines vieilleries, pour qu'il y en ait encore plus.

Edvard ne répondit pas et se contenta de reprendre un petit pain.

— J'ai pensé faire de toi mon héritier, dit soudain Viola.

— Quoi ?

— Je n'ai personne d'autre à qui transmettre ça.

— Qu'est-ce que c'est que ces bêtises ? Et Justus ?

Justus était un petit cousin vivant à Sollentuna et qui venait sur l'île quelques fois par an, surtout pour garder un œil sur l'héritage qu'il guettait, selon Edvard.

— Ce freluquet ! Il n'aura pas un fifrelin ! Si, une chose. Je lui léguerai l'horloge de la salle.

— C'est une délicate attention de ta part, Viola, mais...

— Mon testament est déjà rédigé, coupa la vieille femme, et comme ça tu sais ce qu'il en est, maintenant. On n'en parlera plus. Simplement : pas un mot à Justus.

Edvard posa la main sur celle de Viola, sur la table. Elle lui fit l'effet d'être froide. Leurs yeux se croisèrent et elle eut un petit sourire en coin. Ses fausses dents débordaient un peu de sa bouche mais, d'un rapide mouvement de la mâchoire, elle remit le dentier en place.

— C'est comme ça, Edvard, dit-elle en posant son autre main par-dessus la sienne.

On aurait dit une pile de crêpes fripées qui auraient été posées directement sur la toile cirée. L'horloge sonna alors une heure, comme pour sceller cette alliance et entériner le legs à Justus-de-Sollentuna.

Il prit le bac de trois heures, en se disant qu'il allait passer par Ramnäs avant de se rendre chez Asta. Il y avait trois mois qu'il n'avait pas rendu visite à la ferme où il était né et où il avait passé les quarante premières années de sa vie.

Il connaissait le chemin par cœur. Près de la boutique ICA maintenant fermée, que son ex-beau-père avait tenue pendant des décennies, il croisa une vieille connaissance qu'il fit semblant de ne pas reconnaître : Widegren.

Près de l'ancienne école, il ralentit. Eva-Lena Vitros, celle qu'ils appelaient "la rose blanche" à cause de son nom, avait vendu et quitté l'endroit. Il n'y aurait donc plus jamais d'exposition de textiles dans le grand verger. L'apiculteur qui était jadis son voisin était toujours là, bien entendu, et Edvard dut faire un effort sur lui-même pour nc pas s'arrêtcr ct allcr salucr lc couplc. Il savait à quel point le vieux et son Alice seraient contents, mais il avait aussi pu lire dans leurs yeux leur réprobation de le voir quitter le village et sa famille. La fois précédente, il y avait un an de cela, ils avaient pris sa visite pour le signe d'un prochain retour au pays et il ne voulait pas être une nouvelle fois témoin de la déception lisible dans leur regard.

Il faisait déjà nuit quand il vint se ranger près de l'étable. L'éclairage que Bengt Ramnäs avait mis près de quinze ans à installer était hors d'usage et l'appareillage pendait de travers. Edvard était à peu près sûr que le paysan l'avait embouti avec un de ses engins.

Il y avait de la lumière dans son ancien logement. Il resta un instant au volant à observer la façade bien connue et voir le panache de fumée grise monter lentement de la cheminée. Marita avait fait abattre l'ancien W-C extérieur dont il avait jadis fait son observatoire. Sans doute ne pouvait-elle en supporter la vue. A part cela, rien n'avait changé et il aurait pu croire qu'il était simplement allé faire une course et rentrait maintenant dans la cour de chez lui.

La fenêtre du bureau de Bengt Ramnäs était éclairée, elle aussi. La dernière fois qu'Edvard l'avait vu, il lui avait paru être fatigué et avoir triste mine. Il avait mis cela au compte d'un rhume, mais Edvard avait jugé que c'était plus grave que cela. Le propriétaire de l'exploitation n'avait encore embauché personne pour le remplacer et se contentait de main-d'œuvre intérimaire pour faire face aux gros travaux du printemps et de l'automne. Quant aux bêtes, il s'en occupait lui-même. Marita vivait toujours dans le logement de fonction. Edvard avait d'abord trouvé assez drôle qu'elle n'ait pas envie de quitter les lieux, mais Marita avait dit que c'était à cause des enfants. "Tiens, mon œil", avait-il pensé. Il savait parfaitement que ni Jerker ni Jens n'étaient très attachés à Ramnäs. Quelque part au fond de lui, il ressentait donc un pincement au cœur à l'idée qu'elle veuille rester habiter près de Bengt Ramnäs. Ils avaient eu une liaison alors que Marita avait à peine vingt ans et tenait le ménage de Bengt, mais Edvard pensait que, maintenant, elle ne voudrait plus rien avoir à faire avec cet homme qui avait deux décennies de plus qu'elle. L'une des premières fois où il était revenu à la ferme après son départ pour Gräsö, Bengt Ramnäs se trouvait précisément dans son ancien logement. Il avait eu l'air un peu gêné et Marita nerveuse, mais elle l'était chaque fois qu'il venait. Le propriétaire des lieux avait naturellement de bonnes raisons de se trouver là. N'étaient-il pas voisins et chez lui, en plus ? Quand même. Les soupçons d'Edvard s'étaient aussitôt réveillés et il avait cherché des indices. Il avait observé Marita de près et n'avait rien pu lire d'autre sur ses traits que son habituelle froideur.

Bengt avait meublé le silence, sans réussir à avoir l'air plus à l'aise et en ne cessant de reculer vers la porte.

"Elle loge peut-être là à titre gracieux", pensa-t-il en regrettant aussitôt cette idée. Telle qu'il connaissait Marita, il n'était pas question pour elle de se vendre. Mais l'amour, ou plutôt les braises de celui-ci, ainsi que la nostalgie, les scrupules et le souvenir de tout ce qu'ils avaient connu là entraînaient ses pensées sur de curieux chemins qui n'avaient rien de rationnel.

Il resta assis dans la voiture. Quant à savoir si Marita l'avait vu, il n'aurait su le dire, mais c'était assez probable. Dans ce cas, elle ne risquait pas de sortir. Pas plus que les enfants, s'ils étaient à la maison. Il se surprit à penser aux vaches, le pis gonflé de lait, dans l'étable, qui attendaient la traite du soir, et il constata qu'elles lui manquaient, elles aussi. Lui qui détestait jouer les remplaçants, ne voilà-t-il pas qu'il était prêt à aller faire un tour parmi elles ? Cela ne manquerait pas de paraître bizarre, voire débile.

Il baissa la vitre et laissa un peu d'air frais pénétrer dans la voiture. Il demeura ainsi pendant une dizaine de minutes, avant de faire demi-tour et de quitter la ferme. Il avait presque les larmes aux yeux sans pouvoir dire si c'était à cause de Marita ou de ce qu'Ann avait dit à propos de Noël et d'un dimanche plus triste et fertile en événements que les autres. Il préférait d'ailleurs ne pas se poser la question.

Il traversa lentement le village dans l'autre sens. En arrivant au croisement vers Getberget et chez Rosander, il ralentit l'allure et s'engagea non sans hésitation sur la route en terre battue, glissante comme un fossé envahi par l'eau et pris par le gel.

Il avança très lentement, veillant à ce que sa roue droite morde sur le petit cordon de neige qui bordait la route. Elle avait ainsi prise sur l'herbe de l'année précédente et sur ce qui était tombé des sapins. Une fois parvenu à la coupe claire, il changea à nouveau d'avis et parvint sans trop de peine à faire effectuer un demi-tour à la voiture.

Allan Frisk l'accueillit dans la cour et vint vers lui la main tendue. Il le salua avec une chaleur qu'Edvard ne lui avait pas connue depuis longtemps. Il conduisait maintenant un tracteur dans une ferme, au sud de la ville. Par la fenêtre, on apercevait sa femme.

La table avait été mise pour trois et il y avait du ragoût d'élan. Allan avait éteint le lustre et allumé des bougies. Edvard trouva qu'il avait bien fait, car il régnait ainsi une certaine pénombre autour de la table. Au début, ils mangèrent en silence, mis à part de brefs commentaires de la part des deux hommes quant à la qualité de la nourriture. Mona, elle, resta silencieuse.

Une fois qu'ils eurent fini de manger, ils restèrent à table. Mona servit le café et ils se mirent prudemment à parler d'Anton Lundin. Les deux camarades de section avaient le même âge et se connaissaient depuis la fin de leur adolescence. Lundin avait été pour tous deux un excellent ami, malgré son âge, un facteur de cohésion au sein de la section et plus que cela encore. Sa gentillesse et l'attention qu'il portait aux autres avaient fait de lui un homme de confiance auquel on s'adressait – peut-être pas comme à un oracle, mais au moins comme à une bouée de sauvetage à laquelle se raccrocher. Au cours de la période de son divorce, Edvard l'avait appelé maintes fois au téléphone. Il s'était parfois entendu gratifier de reproches mérités et en sentait encore la brûlure en lui, mais ils avaient surtout parlé de la façon dont il convient d'organiser sa vie et de se comporter en amour.

Lundin et Asta avaient vécu ensemble pendant cinquante ans, isolés dans une petite maison, sans enfant mais avec une foule de chiens.

Anton était un homme sage, une sorte de condensé de tout le bon sens que la terre peut porter, cette terre qu'ils considéraient tous deux comme étant leur. Etre privés d'une telle ressource était un coup dur, même si Allan et Edvard étaient tous deux très reconnaissants envers la vie pour leur avoir accordé la chance de le connaître.

Allan demanda à Edvard s'il se plaisait sur son île. Ce dernier se rendait compte que l'autre tournait autour du pot, attendant de pouvoir poser une autre question. On aurait dit qu'il y avait maintenant une musique différente, dans la voix de nombre de ses vieux amis. Edvard n'aimait pas cela, car il n'avait pas tellement changé. Il s'était certes séparé de Marita mais pas du reste du monde. Or, on aurait dit qu'ils n'étaient pas très sûrs que ce fût bien le vieil Edvard qu'ils avaient devant eux. Peut-être estimaient-ils qu'il était en train de s'éloigner d'eux et de ce qu'ils avaient toujours eu en commun. Le simple fait qu'il se soit mis en ménage avec un inspecteur de police devait leur paraître étrange. Peut-être certains étaient-ils un rien jaloux envers lui pour avoir ainsi osé se lever de table, remercier et partir. Quoi qu'il en soit, il avait fait quelque chose. Il ne restait plus qu'à savoir si c'était bien ou mal.

Ce qu'ils étaient surtout curieux de savoir, c'était ce qu'il avait perdu et gagné. Edvard s'efforça de l'expliquer mais ne réussit guère qu'à paraître triste et nostalgique. Il n'était pas facile de parler de la mer et de Viola, pas plus que de ce double sentiment de regret et de libération. Ils durent donc se replier sur un terrain plus sûr pour continuer à bavarder. Par exemple leur organisation. Même cela n'allait pas sans difficultés. Le Syndicat des travailleurs de l'agriculture qu'ils avaient à l'esprit n'existait plus.

La visite chez Asta fut aussi chargée d'affectivité qu'Edvard l'avait redouté. Les chiens aboyaient dans leurs niches et Allan se mit presque à pleurer, au point que ce fut Asta qui dut le consoler comme un enfant. Ils se tenaient sur la terrasse couverte, l'un contre l'autre, et Edvard voyait le visage d'Asta à la lueur de l'éclairage extérieur.

— Anton a souffert, à la fin, dit-elle.

Edvard faillit se mettre à pleurer à son tour.

— Le cancer du poumon, c'est affreux, parvint-il à articuler.

Allan se calma et entreprit de parler des tomates d'Anton. Puis ils entrèrent dans la maison et Asta mit le café à chauffer. L'enterrement aurait sans doute lieu le lendemain et on évoqua le nom de ceux qui seraient chargés de porter le cercueil. Edvard promit de trouver le drapeau et de l'apporter. Puis ils envisagèrent d'appeler la fédération, à Stockholm, et décidèrent finalement de n'en rien faire. Anton devait être enterré dans l'église d'Alsike.

— Et les chiens, que vont-ils devenir ?

— Je ne peux pas les garder, répondit Asta, c'est trop de travail.

Edvard comprit combien Asta allait être seule. Comme si elle avait pu lire ses pensées, elle leur dit alors que sa sœur devait venir le lendemain. Elle vivait seule, elle aussi, et pourrait rester passer Noël et le nouvel an. Allan s'était tu et tournait son café, le visage vierge de toute expression. Asta se leva brusquement et alla chercher un gâteau roulé dans le réfrigérateur. Elle en coupa rapidement quelques tranches qu'elle disposa sur un plat. Il était fourré à la framboise. Allan en prit un morceau en hochant lentement la tête.

Combien de fois n'avait-il pas été assis à manger le même genre de gâteau, des canapés et des pâtisseries ? Il regarda autour de lui comme s'il s'attendait à ce que Anton revienne du petit bureau qu'il avait installé dans une ancienne penderie, avec un dossier ou une circulaire à la main. Edvard entendait encore sa voix, sa façon un peu hésitante d'aborder les sujets, puis cet index puissant, souvent tâché de vert par les tiges des tomates, qui suivait les lignes d'un document qu'il venait de recevoir de la fédération.

Asta les raccompagna sur le pas de la porte. Les chiens se mirent à aboyer dans le noir mais se turent lorsque Asta les calma d'un mot. Le froid leur pinçait les joues. Ils restèrent une petite minute à entendre les chiens qui ne faisaient plus que grogner, maintenant. Les poteaux verts qui soutenaient le toit du perron couvert auraient eu besoin d'un coup de peinture, constata Edvard en passant la main sur le bois.

Dans la cour, le gravier crissait sous leurs pas. Les sapins, au nord, bruissaient comme ils l'avaient toujours fait. La lueur de la serre était elle aussi semblable à elle-même. Tout était comme avant, sauf sur un point.

En quittant la maison des Lundin, Edvard appela Ann sur son portable. Elle répondit aussitôt et ils décidèrent de se voir. Edvard désirait aller prendre quelque chose de léger, car le ragoût d'élan lui pesait un peu sur l'estomac. Ann venait précisément de faire du bouillon de pommes de terre et il y en aurait assez pour deux. Ils convinrent donc qu'il passerait chez elle.

Ann avait l'air un peu stressée mais, une fois qu'ils furent attablés, elle regarda Edvard, servit le potage et se mit à sourire. Le pain était frais, le fromage du Västergötland et la soupe excellente. Il n'était pas fréquent qu'Ann prenne le temps de préparer un plat sortant un peu de l'ordinaire, mais elle expliqua à Edvard qu'elle avait eu besoin de s'activer un peu dans sa cuisine pour dissiper ses sombres pensées et se concentrer.

— Ce n'est pas facile de faire les deux en même temps, hein ? demanda Edvard.

— Nous pensons avoir retrouvé la trace de la voiture, répondit Ann, en effet très concentrée. Nous disposons d'un témoin, à Örsundsbro, qui est à peu près sûr de l'avoir vue passer le soir du meurtre. L'heure est la bonne et il y a un détail qui nous confirme que c'est bien le véhicule volé.

Edvard haussa les sourcils. Ann parlait comme un rapport de police. Combien de gens parlaient de "véhicules" ? Elle se tut soudain, sentant qu'elle était en train de divulguer le secret de l'enquête. Si l'un de ses collègues avait parlé avec ses proches de la façon dont elle le faisait avec Edvard, elle se serait sûrement montrée critique. Pourtant, elle ne put s'empêcher de poursuivre.

— La Volvo portait sur le toit un coffre à l'aspect très particulier que ce type a remarqué.

— Il est digne de foi ?

— Je le crois. Il est vrai que c'est nous qui avons mentionné l'existence de cette voiture, dans l'espoir que quelqu'un se manifeste. Mais nous n'avons rien dit du coffre. Ce type travaille à la station-service d'Örsundsbro et connaît bien toutes les voitures qui passent par-là. Or, il n'avait encore jamais vu cette Volvo.

— Ce n'est pas ça qui manque, les Volvo.

— Oui, mais ce coffre est unique, lui, j'en suis à peu près sûre. En outre, le témoin a eu l'impression que le conducteur se penchait, en passant devant la station, comme pour dissimuler son visage.

— Il était peut-être en train de toucher à l'autoradio ou de ramasser quelque chose qu'il avait laissé tomber ?

— Non, le type de la station a tout de suite senti qu'il y avait quelque chose qui n'allait pas. Je l'ai rencontré aujourd'hui et il m'a paru très bien.

— Beau garçon ?

— Arrête. J'ai dit "très bien".

— Et l'arme ?

— Nous avons retrouvé les douilles, mais ça ne va pas très loin. Nous disposons aussi d'une plainte pour vol d'arme chez un tireur de compétition, au mois de septembre, qui peut s'avérer intéressante. Mais ce ne sont pas les flingues en circulation qui manquent, non plus.

— C'est toi qui parles de "flingues" ?

Ann eut un sourire.

— C'est l'expression de Fredriksson. Il trouve que c'est moins pénible que pistolet ou revolver.

— Un petit bruit gentil, quoi ?

— Oui, c'est ça.

— Et maintenant ?

— Si je le savais ! Où arrive-t-on, quand on a traversé Örsundsbro ? J'ai idée que le meurtrier a tenté de regagner Stockholm par une voie un peu détournée. Fredriksson, lui, croit plus à un type du coin.

— Un péquenot de Kulla ou de Hjälsta ?

— Tu connais bien la géographie de l'Uppland, je vois !

— C'est le métier qui veut ça. On avait souvent des réunions par là. La section de Bro était très active.

— On va faire du porte à porte au-delà d'Örsundsbro, dans l'espoir d'obtenir un tuyau. Les gens de la campagne sont plus observateurs que ceux de la ville.

Ann s'absorba dans ses pensées, la cuiller à la main, et tenta de la poser en équilibre sur les phalanges de sa main gauche. Edvard commença à débarrasser la table et à charger le lave-vaisselle.

— Le garage, s'exclama-t-elle soudain.

— Quoi ?

— Il n'est sûrement pas stupide au point de ranger cette Volvo bien en évidence devant sa baraque.

— Dans une grange, peut-être.

— Oui, une grange ou un hangar quelconque.

— Ce n'est pas ça qui manque non plus, par ici, commenta Edvard en finissant ce qu'il avait entrepris. On ne leur connaît pas d'attaches dans le coin, aux victimes ?

— Pas que nous sachions. Ils n'avaient pas de maison de campagne et allaient en Finlande tous les étés.

— Tu devrais te faire accompagner d'un membre d'une de ces associations qui s'occupent de la vie locale et du terroir, pour visiter les fermes les unes après les autres. Parler aux paysans, aux facteurs, aux infirmières, aux conducteurs de camions de lait et aux marchands de glaces ambulants.

— Excellente idée, dit Ann. Combien demandes-tu, pour ce tuyau ?

— Une récompense en nature, dit-il en posant les mains sur ses épaules.

"Si on faisait un enfant ? pensa-t-elle. Est-ce que j'aborde le sujet ?" Elle se leva, se retourna et le regarda. Il baissa les yeux, soudain gêné, comme s'il avait pu lire dans ses pensées inexprimées.

Au même moment, le téléphone sonna. Ils se dévisagèrent un instant, avant qu'elle aille répondre. "Est-ce le boulot ou Ödeshög ?" se demanda-t-il. Dès le premier mot qu'elle prononça, sur un ton soudain très net, il sut la réponse.

— Où ça ?

Puis elle resta sans rien dire pendant quelques secondes.

— Oui oui, je sais. J'arrive.

Elle resta debout, la main posée sur le téléphone.

— Des ennuis ? demanda Edvard sur un ton qui était autant celui de la constatation que de la question.

Ann hocha la tête.

— Un nouveau meurtre, dit-elle. Une jeune fille, cette fois.

La première pensée qui traversa l'esprit d'Edvard fut de se demander "Comment va-t-elle se tirer de là ?" Puis il éprouva de la colère mêlée d'un vague sentiment d'abandon, à l'idée qu'elle allait le laisser tomber. Il se rendait compte que c'était ridicule, mais il ne pouvait s'en empêcher.

— Tu veux que je reste ?

Elle ne répondit pas immédiatement et se tourna lentement vers lui en hochant la tête. Il leva la main comme pour la poser sur elle puis hésita, ne sachant pas si elle allait trouver ce contact de son goût, à cet instant précis. Son geste se réduisit donc à un vague mouvement du bras, comme pour renoncer.

— Oui, je désire que tu restes.

Puis elle partit, presque en courant, en prenant ses clés, son portable et son sac au passage.

— Sois prudente, dit-il. N'oublie pas que je t'aime. Beaucoup.

Elle hocha la tête.

— Je ne vais sans doute pas rentrer de bonne heure.

— Je t'attendrai.

Elle descendit l'escalier quatre à quatre en faisant claquer ses talons. "Derrière le centre commercial Migo", avait dit la personne de permanence. Dix minutes en voiture.

Sur la E4, il y avait eu un accident et, l'espace d'une seconde, elle s'imagina qu'une Volvo rouge y était peut-être impliquée. C'était en fait une autre marque, Lindell ne savait pas exactement laquelle mais ce n'était absolument pas une Volvo. La voiture était à moitié montée sur le trottoir et deux de ses collègues se tenaient près d'un homme d'un certain âge. "Oh non, pas lui", se dit-elle. Elle prit son portable et composa le numéro abrégé de Fredriksson. Elle avait horreur de l'appeler ainsi, car c'était toujours sa femme qui répondait. Elle commença donc par s'excuser et entendit quelqu'un, au bout du fil, qui posait le combiné sans lui dire un seul mot et en criant bien fort : " Allan, c'est elle ! ". Apparemment, cela lui aurait écorché la bouche de dire "Lindell", ou "Ann".

Il n'eut pas l'air surpris, seulement un peu las. "Qui ne l'est pas, bon sang ?" maugréa-t-elle intérieurement. Elle demanda à Fredriksson d'appeler deux ou trois collègues et l'informa que la victime s'appelait Veronica et avait vingt-six ans.

— Non, c'est tout ce que je sais, dit-elle en mettant fin à la communication et regardant sa montre : il était 21h31 en ce 12 décembre 1999. Au coin de Torkelsgatan et de Sankt Olofsgatan était garée une voiture de police et il y en avait deux autres sur le parking devant Migo. Elle aperçut aussi les rubans bleu et blanc délimitant le périmètre de sécurité. Un grand nombre de curieux s'étaient déjà massés, parmi lesquels beaucoup de jeunes. Elle s'engagea sur le parking et dut attendre que ces gens avides de sensations, qui bavardaient, montraient du doigt et allaient parfois jusqu'à rire, daignent lui laisser le passage. Elle sortit de voiture en claquant la portière.

— C'est marrant, hein ? ironisa-t-elle à l'intention des personnes les plus proches d'elle. Rentrez chez vous et regardez plutôt un match à la télé.

— Sale bonne femme, répliqua quelqu'un.

Espèce de conne de flic, renchérit un autre.

Elle se retourna, avança d'un ou deux pas vers eux puis fit demi-tour tout aussi brusquement et dirigea ses pas vers Kvarngärdet et le lieu du crime. Que s'attendait-elle à voir ? Elle ne le savait pas au juste mais s'en doutait un peu.

Sammy Nilsson était déjà sur place, ainsi que Haver. Lindell fut heureuse de les voir tous les deux. "Je n'aurais peut-être pas dû appeler Allan", pensa-t-elle.

— Alors ?

Elle observa les écrans qu'ils avaient mis en place. Samuel vint se placer près d'elle en secouant la tête et Lindell sut que ce ne serait pas beau à voir. Comme d'habitude. Comme toujours !

— Une jeune femme de vingt-six ans, Veronica Malmén, habitant – récemment encore – Liggargatan, tout près d'ici. Une demi-douzaine de blessures par balle, morte depuis une demi-heure. Ce sont des jeunes qui nous ont appelés et qui ont donné l'alerte, à 20h58.

Sammy la regarda, attendant manifestement d'autres questions qui ne vinrent pas. Lindell se contenta d'observer Haver qui longeait le mur du centre commercial, tête baissée, une lampe de poche allumée à la main. Il promena le rayon de celle-ci sur la façade du bâtiment et elle se dit que c'était sans doute pour avoir quelque chose à faire, éviter de voir le cadavre et pouvoir noter : ici un garage à bicyclettes avec deux vélos, ici un mégot, là des tessons de bouteille.

Elle approcha des panneaux. Ryde s'affairait déjà, penché sur le corps d'une femme.

Lindell vit d'abord ses jambes, qui portaient simplement des chaussettes de couleur brune et une paire de belles chaussures, peu adaptées à la promenade par un soir d'hiver. Ryde se redressa, l'air un peu courbaturé. La femme avait reçu plusieurs balles dans la poitrine et dans le visage. Aussitôt, Lindell fut prise de vomissements. Samuel passa le bras autour de son dos penché en avant. Le bouillon de pommes de terre était maintenant par terre, à ses pieds.

Elle pensa un instant à Edvard. Que faisait-il, en ce moment ? Etait-il en train de regarder un match à la télé, lui aussi ? Elle se redressa, toujours avec le bras de Sammy autour de ses épaules, et éprouva une immense gratitude envers son collègue.

— Excuse-moi, dit-elle en crachant.

Des flocons de neige se mirent à tomber et à voltiger à la lumière très vive des phares.

— C'est le même, dit-elle surtout à sa propre intention.

— Sans doute, répondit Sammy.

— Six balles dans le corps, presque à bout pourtant, déclara sèchement Ryde.

— Veronica, fit Sammy. Il les collectionne, ce salaud-là, ou quoi ?

Ce n'est qu'à ce moment que Lindell s'aperçut de la présence d'un groupe de personnes, à une vingtaine de mètres de là. Parmi elles il y avait Beatrice Andersson, qui s'entretenait avec des jeunes.

— Qui est-ce qui nous a appelés ?

Sammy désigna le groupe de la tête.

— Ils ont entendu les coups de feu, ont vu les flammes qui sortaient du canon et la victime tomber sur le sol.

Lindell se dirigea vers eux. Il y avait là une jeune fille d'environ dix-sept ans et deux garçons un peu plus âgés.

— Voici Ann Lindell, dit Beatrice en la désignant.

Les jeunes gens se retournèrent. Tous trois avaient l'air sérieusement choqués. L'un des garçons tenait la fille par la main.

— Est-ce que vous désirez parler à quelqu'un ?

Les jeunes eurent l'air de ne pas comprendre le sens de sa question.

— Quand Beatrice en aura terminé, je veux dire. Je me demandais si vous ne désiriez pas vous soulager un peu de ce que vous venez de voir auprès de quelqu'un qui sache vous écouter.

Ils ne répondirent pas.

— Vous habitez près d'ici ?

La jeune fille hocha la tête.

— Je vais vous faire raccompagner, dit Lindell.

Elle chercha dans sa tête le nom d'un prêtre, avant d'abandonner cette idée.

— Tu peux peut-être t'en occuper ? demanda-t-elle à Beatrice.

La patrouille canine était arrivée. Lindell échangea quelques mots avec le maître-chien, qui était cependant tellement absorbé par sa tâche qu'il ne répondit que par bribes de phrases inintelligibles. Sammy s'entretenait avec Ryde et Haver prenait quelque chose en note, toujours un peu à l'écart. Puis il leva les yeux en direction de Lindell et lui adressa un salut de la main. “Dire que j'ai vomi”, pensa-t-elle en sentant ce goût acre dans sa bouche. Munke, l'un des patrons de “la sécurité” s'approcha.

— On a eu une bagarre d'immigrés en ville, ce soir. J'ai demandé des renforts. Qu'est-ce qui se passe, ici ?

Munke s'exprimait par courtes phrases, toujours assez sèches. C'était un bon policier, en terme d'organisation, qui ne manquerait sans doute pas d'avoir un infarctus ou un ulcère d'estomac dans quelques années, selon Lindell. A moins qu'il ne trouve un autre boulot avant cela, mais ce n'était guère vraisemblable. Il adorait son travail et le corps auquel il appartenait. Il faut dire qu'il était le troisième de la famille en ligne directe à en faire partie.

— Cette fois, c'est une jeune femme. Peut-être le même type, c'est du moins ce que je pense. Et elle s'appelle Veronica, aussi, comme celle de Norby, mais avec un c au lieu d'un k.

Munke leva les yeux de son portable.

— Oh merde ! s'exclama-t-il en composant un numéro.

Lindell se dirigea vers Haver, qui était en train de ramasser un mégot.

— Tu fumes ?

— J'ai commencé, reconnut Haver un peu gêné. J'ai parlé à Ryde et il m'a donné son accord pour que je commence à passer au peigne fin le long du mur.

— Tu as trouvé quelque chose ?

— J'ai un peu l'impression qu'il l'a attendue là, dos au mur.

— Et qu'il savait qu'elle allait passer par là ?

— Oui, c'est ce que je pense. C'est un bon poste d'observation. Il y fait sombre et il n'y a pas beaucoup de passage.

— Cela voudrait dire qu'il la connaissait, ainsi que ses habitudes, et qu'il la suivait à la trace.

— Elle était allée faire des courses. Je suppose que tu as vu son sac à provisions.

Non, elle n'avait pas remarqué ce détail.

— Elle a acheté du lait long et de la margarine. Elle avait confiance en l'avenir, on dirait.

Il y avait en Haver quelque chose qui plaisait à Lindell tout en l'irritant. Peut-être était-ce sa sensibilité. Ainsi que sa vulnérabilité. Mais cela ne l'empêchait pas de réfléchir ! Il méditait dans son coin et essayait de faire de son mieux, sans chercher à se défiler, ce qui était l'essentiel.

— Est-ce qu'on a noté quelles voitures ont quitté le secteur ?

— Pas que je sache.

— Autre chose ?

— Gösta et Karl-Erik sont en train de rechercher son adresse et ses parents.

Excellent. Ces deux vieux chevaux de retour étaient scrupuleux et savaient comment parler aux gens. L'affaire était bien engagée.

— On se retrouve tous dans une heure, sauf contrordre, dit Lindell en rejoignant le groupe autour du corps.

— C'est un pistolet, on a trouvé cinq douilles, dit Ryde, le dos tourné vers Lindell. Même type d'arme que la fois précédente.

Elle sortit son portable de sa poche et appela Edvard pour lui dire qu'elle rentrerait en effet très tard, car elle en aurait sans doute jusqu'à la moitié de la nuit. Il lui fit l'effet d'être un peu endormi mais pas particulièrement déçu.

Elle raccrocha et se passa la paume des mains sur le visage. Elle resta quelques secondes dans cette position, en se demandant intensément : "Que faire ?"

Haver s'était débrouillé pour installer un projecteur et scrutait maintenant le sol de près, le long de la façade. Il arpentait le terrain à pas lents et mettait dans des sacs en plastique tout ce qu'il trouvait : mégots, boîtes diverses, serviettes en papier, tickets de caisse et autres rebuts qu'on trouve toujours près d'un centre commercial. Lindell observait, fascinée, son ombre projetée, sur le mur, telle la silhouette immensément agrandie d'un clochard en train de ramasser des détritus.

Beatrice Andersson la rattrapa avant qu'elle ait eu le temps de revenir auprès de Ryde et du photographe.

— Il semblerait que ce soit un homme seul, dit-elle. Les jeunes ne l'ont pas repéré avant les coups de feu, mais ils l'ont aperçu après. Ils se trouvaient à une vingtaine de mètres et ont vu la femme tomber, après la première détonation. Ils ont eu l'impression qu'elle levait les mains comme pour parer le coup de feu. Mais il a tiré plusieurs fois de suite.

Du coin de l'œil, Lindell vit un agent en uniforme entraîner les trois témoins à l'écart. La jeune fille jeta un dernier regard vers l'endroit où gisait Veronica Malmén.

— Il est droitier ou, du moins, il tenait son arme de la main droite, reprit Beatrice, qui s'était tue un instant pour suivre le regard de Lindell. Il a fait feu bras tendu, peut-être en le soutenant avec le gauche, légèrement de biais. Les jeunes ont trouvé qu'il était calme. Ils le qualifient de "déterminé".

— En d'autres termes, c'est une véritable exécution.

Beatrice opina du chef et continua à compulser ses notes.

— Il est parti en courant, mais au petit trot, vers les immeubles, là-bas, directement et sans se retourner. L'un des jeunes a voulu se lancer à sa poursuite mais les autres l'en ont empêché.

— Une voiture quelconque ?

— Ils n'en ont pas vu. Il a simplement disparu.

— Comment était-il habillé ?

— Un manteau assez court, peut-être en cuir, un jean, tête nue. Environ 1 mètre 80, carrure normale.

— Suédois ?

— Probablement.

— Diffuse ce signalement, il est un peu vague mais tant pis. Ajoute la Volvo rouge.

— Tu crois ?

— Il se peut que ce soit le même type et qu'il ait conservé la voiture, même si ce n'est pas très vraisemblable. Il n'est pas bête à ce point. Et puis je veux un barrage routier à Örsundsbro. Dans la ligne droite avant l'entrée dans la localité, là où il y a un champ sur la gauche, tu sais.

Elle se maudit de ne pas y avoir pensé plus tôt.

— Tu appelles la permanence ?

Beatrice hocha la tête, l'air résolu.

Elle aime ça, l'action, se dit Lindell en posant la main sur le bras de sa collègue. Elles se séparèrent et le portable de Lindell se mit à sonner. C'était Gösta Norman. Il était chez Veronica. Personne n'était venu leur ouvrir, mais ils étaient entrés avec les clés qu'ils avaient trouvées dans la poche de son manteau. Karl-Erik Berglund, lui, était en train de faire le tour des voisins pour rassembler les informations possibles sur la victime et savoir s'ils avaient vu quoi que ce soit d'inhabituel, s'ils avaient entendu un bruit de dispute, si Veronica avait un ami, bref tout ce qu'ils risquaient de savoir.

— Je n'ai vu qu'une seule brosse à dents, dans la salle de bains, répondit laconiquement Norman à la question de savoir si Veronica vivait seule.

Elle se fit communiquer l'adresse et dit qu'elle viendrait les rejoindre dès que possible. Avant cela, elle alla trouver Haver, qui avait maintenant rempli bon nombre de sacs. Il avait d'ailleurs le sourire aux lèvres.

— Je pars pour Liggargatan, dit-elle. Ce sera difficile de nous retrouver dans une heure, comme prévu, alors disons plutôt à minuit. Beatrice se charge de l'avis de recherche et Munke est en pleine forme. Est-ce que tu peux aller faire un tour dans le centre commercial, quand tu en auras fini ici ? Interroge les gens qui traînent par-là,les vendeurs de saucisses, etc.

Haver alluma une cigarette et Lindell souhaita soudain être fumeuse, elle aussi, pour effectuer en sa compagnie un geste qui n'avait rien à voir avec les meurtres et toute cette misère.

"Vingt-six ans", pensa-t-elle en approchant de l'immeuble de Liggargatan. Toutes les fenêtres étaient éclairées. Il y avait matière à commérages, en effet, et on n'allait pas s'endormir de bonne heure, ce soir-là. "A vingt-six, on a encore ses parents, en général, ou au moins des frères et sœurs", se dit Lindell. Elle tremblait d'avance à l'idée de devoir apporter à un père et une mère la nouvelle que leur fille avait été sauvagement assassinée près d'un centre commercial.

Sans doute était-ce à elle que reviendrait la tâche, dans ce cas. Elle se ferait accompagner de Gösta, alors, pour que Karl-Erik puisse continuer à fouiller l'appartement.

Elle frappa discrètement à la porte sur laquelle était apposé un morceau de papier portant la mention "Malmén". Il était d'ailleurs rédigé de façon très soignée, avec de belles roses entourant le nom. Lindell ne put s'empêcher de penser au carreau de céramique si laid des Hirmanen. Elle entra. Le hall était éclairé et contenait un portemanteau auquel étaient accrochés deux vestes, un imper et deux parapluies. Un pull vert olive avait été jeté sur une chaise. “Belle couleur”, pensa-t-elle.

— C’est moi, cria-t-elle vers le fond de l’appartement.

Gösta Norman passa la tête par une porte.

— Salut, dit-il, la mine grave. Je suis ici.

Lindell jeta un coup d’œil rapide dans la cuisine avant d’aller retrouver son collègue dans la chambre.

— J’ai trouvé un carnet d’adresses avec le nom d’une autre Malmén : Mathilda, peut-être une sœur. C’est un numéro local.

— Ses parents ?

— Ils habitent à Helsingborg, répondit Norman.

Ils gardèrent le silence, heureux d’échapper à la pénible besogne et de s’en décharger sur les collègues de là-bas. Voilà ce qu’ils pensaient tous les deux. Norman se gratta la tête et Lindell porta le regard vers le couvre-pieds bleu, soigneusement tiré sur un lit d’une personne. Il flottait une vague odeur de parfum, dans la pièce, et tout était très propre et bien rangé, agréablement meublé et avec goût. Un logement de jeune femme, quoi. Sur l’un des murs était posée une étagère à livres et Lindell s’en approcha. Il y avait plusieurs livres sur les chevaux, une vingtaine de romans, des albums de photos et des dossiers aux étiquettes soigneusement rédigées en lettres capitales. Son portable sonna. C’était Fredriksson qui était sur le lieu du crime. Il s’était entretenu avec le maître-chien. Viro avait flairé une piste qui s’était hélas brusquement arrêtée à Skruvgatan, tout près du lieu du crime. Ils échangèrent quelques mots. Lindell lui expliqua les dispositions qui avaient déjà été prises et lui dit qu’il pouvait venir la rejoindre à Liggargatan.

— Peut-être bien, répondit énigmatiquement Fredriksson avant de mettre fin à la communication.

"Qu'est-ce qu'il a pu faire, pour être aussi long ?" se demanda Lindell en entendant Norman tousser.

— Il semble qu'elle travaillait à l'hospice, dit-il.

Il était originaire de la province de Närke et disait "hospice", alors qu'à Uppsala on parlait toujours d'"hôpital".

— Au CHU ?

— Oui, en chirurgie. J'ai trouvé un tableau de service. Elle est infirmière. Enfin : était, corrigea-t-il.

— Est-ce qu'il n'y a pas une chanson de Cornelis* qui parle d'une Veronica ?

— Aucune idée, répondit Norman en se mettant à fouiller sur l'étagère.

— Qu'est-ce que tu en penses ? Tu crois que c'est le même type ? Je veux dire : qu'à Norby ?

Norman se figea sur place, un dossier entre les mains.

— Je ne sais pas. Il faut procéder systématiquement.

Dans ces propos, il y avait l'ombre d'une critique de la part d'un aîné, certes voilée, mais néanmoins réelle.Il désirait travailler de façon systématique, c'est-à-dire en examinant chaque dossier feuille par feuille, en regardant toutes les photos, celles des vacances, des copains, des membres de la famille et des chevaux, passer en revue les relevés de compte en banque.

Son visage était très concentré et Lindell prit garde de ne pas le perturber.

— Je te laisse travailler en paix, dit-elle, soudain très heureuse d'avoir un tel professionnel à sa disposition.

* Cornelis Vreeswijk (1937-1987), poète et chanteur suédois d'origine néerlandaise. *(Toutes les notes sont du traducteur.)*

Elle gagna la salle de séjour. En voyant l'ameublement, elle se dit que cette Veronica et elle se seraient entendues. Elle avait bon goût, ou du moins un goût qui correspondait au sien. Un canapé d'un jaune très chaud était placé derrière une table basse qui avait l'air d'être en bois de prix, peut-être en if, et sur le plateau était posé un vase bleu cobalt contenant un bouquet de fleurs, toutes dans des nuances s'harmonisant fort bien avec la couleur du vase. Le tapis, qui recouvrait la plus grande partie de la pièce, était crème. Par ailleurs, il n'y avait pas de meubles. Des chaises étaient placées le long d'une table qui pouvait se déplier pour en doubler la surface. Dansle coin de la fenêtre était placé un piédestal sur lequel une plante vieille de plusieurs années dépassait d'un pot de couleur claire. Aux murs étaient accrochés divers tableaux représentant des oiseaux. C'était soigneusement étudié. Soudain, pourtant, l'impression que Lindell retirait de cette pièce et de sa propriétaire changea du tout au tout. Au lieu de bon goût, elle en retenait maintenant le côté rigide, contrôlé. Cette salle de séjour n'était pas un lieu voué à la sociabilité mais un endroit témoignant de l'ascendant de sa propriétaire sur ce qui l'entourait. Un peu de désordre lui aurait conféré de la chaleur et un aspect plus humain. Sans nul doute, cela disait quelque chose au sujet de Veronica Malmén. Mais quoi ? Cela n'avait peut-être aucune importance. Pourtant Lindell ne le pensait pas. Si le cadavre avait été étendu là, l'effet aurait été vraiment dévastateur. Or il gisait sur un morceau d'asphalte, par une nuit de décembre balayée par un vent glacial, et c'était beaucoup plus normal, d'une certaine façon. "Qu'est-ce que c'est que ces conneries, pensa soudain Lindell, il faut que je me reprenne, je commence à être fatiguée."

Elle sortit de la pièce et gagna la cuisine. Un ordre impeccable régnait par là aussi. Il n'y avait pas une tasse ni une assiette qui traînait, l'évier était rutilant, tout était à sa place. Au mur était accrochée une ardoise portant divers pense-bêtes. "Appeler Madde", était-il marqué en haut. Puis, de façon bien moins soignée : "Appeler la police ! " Lindell compara les deux écritures et en conclut que c'était la même personne qui avait porté ces deux mentions. "Appeler la police", avec un point d'exclamation, en plus. Pourquoi ? Elle prit son propre portable et composa le numéro du central. C'est Friberg, qu'elle connaissait bien, qui lui répondit.

— Est-ce que tu peux vérifier dans le fichier si nous avons reçu un appel d'une certaine Veronica Malmén, ces derniers temps ?

Friberg lui demanda s'il s'agissait du "meurtre Migo". Tous les assassinats étaient très vite affublés d'un nom, de même que le coupable recherché. Ce soir, c'était donc le "meurtre Migo", et bientôt "l'assassin Migo" sans doute. Demain ou dans quelques jours, si un lien quelconque pouvait être établi entre Norby et Migo, comment se verrait appeler l'assassin ?

Lindell ouvrit sans conviction les tiroirs de la cuisine, les placards et le réfrigérateur. Tout était à sa place. Comparé au désordre régnant dans la cuisine et dans le bureau des Hirmanen, l'appartement de Veronica Malmén faisait figure de modèle d'ordre. "Appeler la police !" Mais pourquoi, ne cessait-elle de se demander. Se sentait-elle menacée ? S'était-elle fait dérober quelque chose ? Un de ses anciens amis l'aurait-il harcelée ? Elle alla rejoindre Norman, assis sur le lit en train de feuilleter un dossier.

— Est-ce que tu trouves trace d'un petit ami ?

— Peut-être, il y a un type qui revient souvent. Regarde ça !

Il lui tendit un album et désigna une des photos. Celle-ci montrait Veronica en compagnie d'un jeune homme, debout devant un mur blanchi à la chaux dont le sommet était hérissé de tessons de verre. Au-dessus, on distinguait un petit bout de ciel. Le couple était l'un près de l'autre, mais leurs corps ne se touchaient pas. Ils se tenaient bien droits et assez raides, le visage face à la lumière et les yeux légèrement plissés tournés vers l'appareil. La photo n'était pas particulièrement réussie.

— En vacances ? demanda Norman. Sur le bord de la Méditerranée ?

— On dirait. Il y en a d'autres ?

— Oui, en divers endroits, surtout des lieux de vacances. Celle-ci, par exemple, qui semble avoir été prise au Danemark, à en juger par l'enseigne.

Le couple était dans la même position, mais cette fois devant une boutique vendant de l'alcool. Ils étaient à l'ombre, un peu plus détendus et souriants. Lindell put ainsi constater que Veronica avait été une belle jeune femme, avant qu'une demi-douzaine de balles ne viennent la massacrer. Elle avait des cheveux blonds avec une raie au milieu bien marquée, de grands yeux maquillés, une large bouche et un franc sourire. On aurait cru qu'elle venait de dire quelque chose au photographe, qu'elle avait fait un geste ou émis une objection, mais sans perdre sa bonne humeur. “Un geste de refus ou de mise en garde”, pensa Lindell. L'homme avait à peu près le même âge qu'elle, il avait l'air suédois, les cheveux coupés court et le visage aplati, ce qui lui donnait l'air un peu renfrogné. Il avait les yeux un peu trop rapprochés, de même que le nez et la bouche, pour qu'on puisse dire qu'il était beau. Lindell observa son visage de près. Peut-être était-il un peu plus âgé qu'elle, en définitive, la trentaine environ. Il portait aussi une cicatrice qui courait sur quelques centimètres, de son front jusqu'à la racine de ses cheveux, et cela le vieillissait. Il y avait quelque chose d'expectatif dans son attitude et dans ses épaules tournées vers l'avant.

— Pas de nom ?

— Pour le type ? Non

— Mathilda Malmén saura sûrement qui c'est. Est-ce que quelqu'un est parti chez elle ?

— Je crois qu'on s'en occupe, se contenta de dire Norman.

Au même moment, le portable de Lindell se mit à sonner. C'était Friberg, Norman ne put s'empêcher de le constater tellement il parlait fort, comme d'habitude. Lindell l'écouta sans l'interrompre, le remercia et raccrocha.

— L'assassin est le même, lâcha-t-elle.

Norman leva les yeux.

— Veronica nous a en effet appelés il y une semaine. Quelqu'un lui avait expédié une lettre contenant des excréments humains. Et à trois reprises, encore.

— Bon Dieu !

— C'est le même, répéta Lindell. Quel genre d'homme peut expédier des excréments aux gens ?

— Quelqu'un de malade.

Lindell fit quelques pas dans l'entrée. Veronica Malmén avait sûrement été très perturbée d'avoir ce genre de matière dans sa boîte à lettres, dans son bel appartement et dans sa vie. Elle avait appelé à deux reprises. La première fois une semaine plus tôt, après le second envoi. Puis deux jours auparavant, après l'arrivée de la troisième lettre. La police, pour sa part, n'avait rien fait, du moins à ce que Friberg avait pu savoir. Elle avait dû être furieuse. D'où ce point d'exclamation sur son ardoise. Lindell passa dans la cuisine et regarda celle-ci de près, à nouveau. Aucun doute, elle était très en colère. Y avait-il un message quelconque, en plus, dans cet envoi ? Avait-elle compris de qui il s'agissait ? Il était assez probable que oui, ou du moins qu'elle s'en doutait, la troisième fois.

La réunion, un peu après minuit, fut assez brève. Lindell parla des lettres et du fait qu'ils avaient sans doute affaire au même meurtrier. Elle imaginait déjà la réaction de la presse et souligna que personne ne devait confier quoi que ce soit à un représentant des médias, sauf après accord préalable. Ils convinrent de tenir une conférence de presse le lendemain, au cours de laquelle ils rendraient publique l'information concernant l'envoi d'excréments. Peut-être cela mettrait-il la puce à l'oreille de quelqu'un qui aurait déjà reçu une lettre de ce genre. Cela commencerait à dessiner une certaine ligne, alors. Pour l'instant, ils n'en discernaient encore aucune.

Karl-Erik avait parlé à Mathilda Malmén, qui s'avéra être la sœur de la victime. Celle-ci s'était effondrée en apprenant la nouvelle et avait dû être transportée au service psychiatrique d'Ulleråker. Elle était accompagnée par son ami. Il avait pu leur donner le nom de celui de Veronica : il s'appelait Kristian Castillo et vivait dans le secteur d'Ekeby. Une patrouille s'était mise en quête de lui mais en vain. D'après ce que savait leur informateur, Veronica ne fréquentait personne, pour le moment. Elle vivait seule depuis sa rupture avec Kristian, six mois auparavant. Ils s'étaient séparés sans histoire, toujours d'après la même source, qui ne pensait pas qu'ils se voyaient encore. Il n'était d'ailleurs pas impossible que Kristian ait une nouvelle amie.

Les collègues de Helsingborg avaient informé les parents, Henry et Unni. Un bref silence s'établit dans la pièce lorsque Karl-Erik évoqua ce couple d'un certain âge qui venait de perdre son plus jeune enfant. Ils ne parvenaient pas à comprendre qui avait pu vouloir sa mort. Qui comprendrait le mal que recouvrait une exécution perpétrée de façon aussi préméditée ?

Une dizaine de membres de la brigade criminelle étaient donc là, en cette nuit de la Sainte-Lucie, assis autour d'une table en compagnie de leur patron, plus Munke, de la Sécurité publique, et Liselotte Rask, chargée de la communication. Ils étaient épuisés par tout le travail qu'ils avaient effectué, mais aussi le sang, la peine et la douleur humaine, le corps aussi lourd que l'âme, et ils s'efforçaient de réfléchir.

Norman informa les autres que Veronica était une passionnée de chevaux et qu'elle en possédait peut-être même un quelque part, certains indices le laissaient penser. Elle était infirmière diplômée et titulaire de son poste au CHU depuis plusieurs mois. Avant cela, elle avait travaillé à l'Agence pour l'emploi pendant un an. “Pour voir ce que c'était”, selon sa sœur, mais elle n'avait pas apprécié et était retournée à l'hôpital.

Ils s'interrogèrent un moment pour savoir s'ils devaient demander l'assistance de la brigade criminelle nationale. La décision serait prise le lendemain matin.

On aurait dit que la tension de ces dernières heures commençait à se faire sentir. Ils étaient tous las, le regard fixe, accaparés par leurs propres pensées. Lindell décida de mettre un terme à la séance. Le téléphone n'arrêtait pas de sonner. Elle observa Fredriksson, adossé au mur. Il était temps qu'il aille se coucher. La dernière pièce fut apportée par Haver, qui parla de ses "trouvailles" le long du mur. Mais personne ne fut très impressionné par le contenu de ses sacs en plastique, qui furent confiés à la scientifique. Sitôt que Haver se tut, chacun se leva.

— On se retrouve demain à huit heures, eut simplement le temps de dire Lindell, avant que la pièce ne se vide.

Il ne resta plus qu'une secrétaire qu'on avait fait venir, Rask, Svensson, Riis, Munke et quelques autres. Malgré l'heure tardive, il ne fallait pas que l'enquête et la collecte des renseignements s'interrompent.

Quand elle rentra chez elle, Edvard dormait du sommeil du juste. Il était couché sur le canapé de la salle de séjour et ronflait tout ce qu'il savait. La télévision était restée allumée pour rien et Ann l'éteignit. Elle contempla cet homme qu'elle considérait maintenant comme étant le sien. Il avait ouvert une canette de bière qui était restée sur la table, près du journal de télévision, déplié. Elle se garda de le réveiller. "Si je le tire de son sommeil, il ne pourra sûrement pas le retrouver", pensa-t-elle, mais, en fait, elle était surtout désireuse de ne pas avoir à lui parler. Ce qu'elle souhaitait, c'était le silence, le noir, un verre de lait et un lit frais. Edvard avait chargé le lave-vaisselle et lancé le programme, nettoyé les plans de travail et la table. La gazinière brillait comme un sou neuf. Puis il avait pris une douche. Ann tâta la serviette et renifla un instant le tissu-éponge bleu et humide.

Le réveil sonna à six heures et demie. En gagnant la salle de bains d'un pas mal assuré, elle entendit Edvard faire les bruits habituels de la matinée, derrière la porte fermée de la cuisine. Elle prit une douche et décida d'appeler Ottosson aussitôt après, ainsi que Fritzén, le procureur.

Edvard avait préparé du café. Ann se dirigea vers lui, posa la main sur son épaule, lui caressa la tête et déposa un petit baiser sur sa joue.

— Merci d'avoir fait le ménage.

— Je me suis empaffé, dit-il. A quelle heure es-tu rentrée ?

— Peu après une heure.

Elle versa le café, prit place à côté de lui et le regarda par-dessus la table. Il était mieux réveillé qu'on n'aurait pu le penser, après une nuit inconfortable passée sur un canapé.

— C'est le même type que la fois précédente. Il a descendu une jeune femme.

— Il y a un entrefilet là-dessus dans le journal local.

Ann tira à elle le quotidien et vit qu'on avait eu le temps d'insérer en première page la nouvelle du second meurtre. Il y avait même une brève interview de Munke, aussi étrange que cela paraisse. Mais il n'était ni plus loquace ni moins énigmatique qu'à l'accoutumée.

— Aucune piste ?

Ann secoua la tête. Edvard comprit qu'elle ne désirait pas parler. Il se leva et resta debout près du grille-pain, pendant que sa tartine chauffait.

— On dirait qu'il va faire beau, dit-il. Je crois que je vais retourner sur l'île, ce matin. Je vais aider Victor à réparer son chauffe-eau.

— Tu ne peux pas rester ?

— Je suppose que tu vas avoir pas mal à faire.

— Oui, ça va être boulot-boulot, comme dit Sammy.

Elle le regarda et il eut un petit sourire gêné, comme toujours quand elle l'observait.

— Ce serait magnifique de t'avoir ici deux jours de suite. J'ai besoin de toi, dit-elle après un petit silence, comme si elle avait pesé intérieurement le pour et le contre.

— Bon, dit-il, je peux rester jusqu'à demain, si tu veux. Je vais appeler Victor. Il faudra qu'il se contente d'eau froide un jour de plus.

— Je t'aime, dit-elle.

Sous la violence de ses propres sentiments, il se mit à rougir.

9

Vingt-quatre ans. 1 m 84. Cheveux cendrés. Le corps couvert de cicatrices suite à une collision avec un camion devant la gare centrale de Stockholm. Yeux bleus. Quatre-vingt-trois kilos. Il avait pratiqué le culturisme au centre de cure et cela se voyait. Par ailleurs des années d'abus de bière et d'alcool, ainsi que de *fast food*, avaient laissé des traces. Frère de Mari et père de Chris. Souvent mal rasé. Solitaire. Sans éducation ni formation professionnelle. Pas de dettes. 256 000 couronnes à la banque. Perdant au jeu de la vie. Voisin d'Arnold Lundmark, heureux que ce soit quelqu'un qu'il connaisse depuis toujours. "Il est bien", disait Lundmark à ceux qui lui posaient la question.

Ce dernier n'avait pas d'enfant et ne voyait pas d'objection à ce que ce voisin en tienne lieu. Il le lui avait d'ailleurs dit. La dernière fois, le 5 décembre, un dimanche où celui-ci l'avait invité à dîner.

Ils avaient mangé un pot-au-feu que le vieux Lundmark avait préparé lui-même. Il avait été très impressionné, car pour sa part il était à peine capable de confectionner la sauce bolognaise pour accompagner les spaghettis. Ils en étaient venus à parler du temps jadis. Lundmark aimait parler du frère et de la sœur à l'époque où ils vivaient à Storgrind et venaient de temps en temps le voir dans son atelier de menuiserie.

Pendant toute son existence, Lundmark avait exercé cette profession ou plutôt celle d'ébéniste, comme on disait dans les années trente, quand il avait commencé à travailler. Il avait alors passé quatre ans comme apprenti dans une ferme près de Bro, avant de venir au "manoir", à une vingtaine de kilomètres de là. Malgré la modestie de ce voyage, c'était le plus long qu'il ait effectué jusqu'à présent.

Depuis, il n'avait guère bougé non plus. Lundmark était resté fidèle à son petit coin de Suède pendant près de soixante ans. Le temps jadis était son sujet de conversation favori, celui sur lequel il était le plus prolixe. Ses souvenirs ne cessaient de croître avec le temps et son interlocuteur trouvait parfois qu'il en rajoutait un peu et se "souvenait" de choses qui n'étaient jamais arrivées ou n'avaient pu impliquer des membres de sa famille, au moins. Peu lui importait, il émettait rarement des objections et aimait bien, au contraire, le bavardage de Lundmark. Sur nombre de points, c'était une encyclopédie vivante de tout ce qui avait trait à la localité. Mais c'était aussi la limite de son savoir, il n'avait aucune idée de ce qu'était la vie à Stockholm, voire à Uppsala : ses visites en ville avaient été beaucoup trop brèves pour cela. Ce qu'on disait sur la capitale, il le qualifiait d'ailleurs de "foutaises", ne s'intéressant nullement à la vie urbaine et à ses problèmes.

Ils se tenaient devant la maison du vieux. La gouttière rongée par la rouille n'était plus très étanche et laissait passer l'eau de fonte du toit. Les gouttes tombaient avec force sur les soleils fanés des plates-bandes situées au-dessous, faisant penser à de méchantes petites bombes.

Heureusement, les fleurs, qui avaient déjà enduré les vents de l'automne et la neige du début de l'hiver, ne s'en souciaient pas. Leurs tiges brunes, presque grosses comme le pouce, résistaient vaillamment. Même noircies et tournées vers le sol, les corolles semblaient indifférentes aux attaques venues d'en haut. Les autres fleurs étaient encore solides au poste, elles aussi. Les capitules pointus du rudbeckia faisaient penser à des seins de jeune fille. Les frêles épis de la *Cimcifuga racemosa* hochaient légèrement la tête, avec leurs péricarpes noirs qui avaient l'air d'être alignés comme pour la parade. Les graines légères et laineuses de l'anémone d'automne restées prisonnières de buissons mal taillés ressemblaient à de petites boules de coton en route pour une destination inconnue. Les tiges broussailleuses de la *Ligularia* qui s'étaient dressées tels des phares orange au cours de l'été, auraient paru bien lépreuses s'il n'y avait eu l'étincelle des cristaux qui brillaient dans leurs replis desséchés.

Il ne restait plus rien des couleurs de l'été ni de l'automne, mais il avait tendance à les trouver encore plus belles maintenant.

— Ça, c'est un rudbeckia, dit Lundmark. J'aime bien les fleurs vivaces. Jadis, j'en avais encore plus. Quelles plates-bandes ! Cela illuminait le soubassement de la maison. Deux fois par an, j'épandais du purin que je ramenais de la ferme.

La présence de Lundmark le rassurait. Le vieux lui faisait faire le tour du propriétaire et tentait de redonner vie à la splendeur de jadis. Pourtant, il l'écoutait d'une oreille de plus en plus distraite. Il avait faim, n'ayant rien mangé depuis la veille.

Il avait tenté de prendre un petit déjeuner mais n'y était pas parvenu. Les images de la veille l'en empêchaient.

Cette jeune femme qui agitait les bras, devant lui, et l'implorait du regard. Bien entendu il avait vu ses yeux, même s'il avait tenté, par la suite, de se persuader qu'elle était morte instantanément. Il savait que ce n'était pas le cas. Elle n'avait cessé de vivre qu'au deuxième ou troisième coup de feu. Cela avait été encore plus moche que pour les deux Finlandais. Cette fois-là, il avait agi de façon violente et précipitée, sous le coup de la colère : la vitre qui volait en éclats, les aboiements du chien, les cris de la bonne femme, la fuite, le vol de la voiture, tout cela avait fait couler son adrénaline à flots.

La veille au soir, au contraire, il avait été obligé de suivre sa victime, l'attendre, sortir son pistolet et constater qu'elle le reconnaissait. C'était bien qu'elle sache pourquoi elle mourait, comme la Finlandaise, mais elle avait un autre regard dans les yeux, qui traduisait la surprise et la frayeur non dissimulées d'une jeune femme au moment où elle se rendait compte de ce qui allait lui arriver.

Cette fois, il avait mieux préparé son coup, malgré tout. Il avait garé sa voiture dans une rue latérale et planifié sa fuite en reconnaissant l'itinéraire au volant. Il était déjà sur la route d'Enköping avant que les flics aient eu le temps de réagir et avait pu rentrer chez lui tranquillement, sans céder à la panique. Il avait aussi évité de traverser Örsundsbro, en allant un peu plus loin sur la N 55 et bifurquant ensuite en direction de Hjälsta.

Il avait pris deux verres de rhum et s'était allongé sur le canapé, en écoutant la radio. L'alcool avait produit son effet et, vers trois heures, il s'était endormi. Il s'était réveillé à sept heures sous le coup de la fraîcheur.

La radio avait longuement évoqué l'affaire et établi un lien avec le double meurtre de Norby, soulignant que les deux femmes se prénommaient Veronica. Ils en avaient même interviewé une troisième, lui demandant si elle avait peur d'être la suivante sur la liste. Mais tout ce qu'elle avait eu à dire, c'était : "C'est affreux, d'être tuée à cause du nom qu'on porte." La police s'était refusée à commenter ces propos et on avait donné la parole à un psychologue. Il avait alors éteint le poste.

— Mais je ne regrette rien !

— Quoi donc ? demanda Lundmark.

— Rien, répondit-il rapidement. Je pensais simplement à quelque chose.

— Alors, on passe à table.

La maison du vieux sentait le renfermé, avec ses deux pièces et sa cuisine au rez-de-chaussée, et ses trois chambres à l'étage. Des pommes de terre cuisaient dans la marmite et des harengs salés étaient en train de frire dans la poêle. Les fenêtres étaient couvertes de buée jusqu'à mi-hauteur. Il faisait chaud et l'odeur de hareng chassait celle de renfermé, dans la pièce.

— J'adore le hareng salé en sauce ! s'exclama le vieux.

Il les servit avec des gestes vifs de petit garçon.

— On prend une petite goutte, hein, ajouta-t-il en sortant deux verres à digestif de son armoire d'angle.

Ils mangèrent d'abord avec application et seules les incitations empressées de Lundmark à finir le plat rompirent le silence.

"Serait-il plus difficile de tuer une jeune femme ?" pensa-t-il en pelant une troisième pomme de terre. "Elle était aussi coupable et j'ai vu qu'elle le savait."

Le vieux Lundmark lui tendit le plat. Il était maintenant largement rassasié et d'humeur bavarde.

— Je vais te confier un secret, dit-il, manifestement satisfait de voir la mine étonnée de son voisin. Il est grand temps que tu le saches. Tout le monde n'est pas capable de le croire. Ils se disent : le vieux Lundmark est devenu fou et se fiche de ma figure.

— Comment ça ?

— C'est une longue histoire.

"C'est ce que je craignais", pensa-t-il en repoussant son assiette. L'odeur de hareng était devenue presque insupportable.

— Cette ferme en a vu, je peux te le dire, commença le vieux. Ça fait des années que je bosse ici, comme tu sais, ajouta-t-il avec un sourire en coin, et j'en ai vu passer, des gens. L'un d'eux est célèbre.

— Ah bon, qui ça ?

— C'était un écrivain. Ou plus exactement : c'est, un écrivain.

Le vieux observa une pause, pour observer la réaction de son voisin, mais celui-ci ne laissa rien paraître.

— Jan Fridegård*, tu as entendu parler de lui, non ?

— Oui, peut-être.

Sans doute ce nom avait-il été mentionné devant lui pendant son enfance. Sa mère était une grande lectrice et, si Fridegård avait entretenu des rapports avec le secteur, il était probable qu'elle l'avait évoqué.

— Il venait souvent en visite ici, poursuivit Lundmark, même après être devenu célèbre. Tu vois, il n'a jamais fait des manières ni joué les personnages distingués comme tant d'autres. Il a passé l'été bien des fois dans une petite métairie non loin d'ici, pendant les années cinquante, comme hôte du vieux comte. Ça avait de l'allure.

* Membre de l'école prolétarienne suédoise dont la fin de la vie (1897-1968) fut marquée par le spiritisme. Voir : Philippe Bouquet, *La Bêche et la plume*, Plein chant, 1986, p.112-117.

Ils entretenaient de bons rapports, sur leurs vieux jours. Ils se respectaient mutuellement, malgré le fait que l'un avait du sang bleu et l'autre était fils de vacher. Naturellement, la célébrité de ses livres n'est pas étrangère à l'affaire, l'autre en profitait un peu. Et puis ce n'était plus le même personnage que dans les années trente. L'exploitation a été vendue juste avant la guerre. Le précédent propriétaire était fou à lier, c'était un vrai bourreau pour ses ouvriers.

Il se tut un instant, comme à bout de souffle, et parut méditer ses propres propos avant de lever son verre.

— Faut pas que ça nous empêche de trinquer !

— A la tienne !

Il faillit s'étouffer, toussa et repoussa sa chaise en s'égosillant, pris d'une affreuse quinte de toux.

— Eh bien quoi ?

Il se rassit.

— J'ai avalé de travers, s'excusa-t-il.

— Enfin bref, j'ai eu la visite de Fridegård. La première fois, c'est pendant la nuit de lundi à mardi. Je m'étais relevé pour pisser et je venais de me rendormir quand j'ai été réveillé par quelque chose qui raclait. Quand j'ai levé les yeux, il était là, devant moi, aussi vivant que toi, au bout du lit. N'oublie pas qu'il est mort depuis plus de trente ans, hein.

— Tu as rêvé.

— C'est ce que j'ai cru, et pourtant il avait l'air bien vivant. Il m'a regardé avec cet air malin qu'il avait parfois. Je crois qu'il était timide en fait, mais quand il s'agissait de gens qu'il connaissait, il avait l'air assez futé, si tu vois ce que je veux dire. Et tout le monde le trouvait très bien de sa personne, je crois qu'il n'avait pas de mal à trouver des femmes. Il m'a dit : “Ce n'est que moi". Il était toujours très modeste, du moins quand il était sur son terrain. Quant à savoir comment il se comportait parmi les autres écrivains, ça je n'en sais rien. Il a eu un de ses petits sourires charmeurs, sans que je sache pourquoi. Alors j'ai pris mon courage à deux mains, je me suis mis sur mon séant et me suis frotté les yeux. Cette fois, plus aucun doute : c'était bien Fridegård ! "Salut, Arnold", m'a-t-il lancé. Je lui ai rendu la politesse : "Salut, Janne." "Comment ça va, ici ?" m'a-t-il demandé. Qu'est-ce que je pouvais répondre ? "Comme ci, comme ça", que je lui ai dit. "Je suis venu faire un tour dans le secteur", a-t-il repris, avant d'ajouter qu'il était revenu voir les vieilles métairies, parce qu'elles lui manquaient beaucoup. "Elles ont disparu", lui ai-je confié. "Je vois ça", a-t-il fait. Il ne faut pas que je flanche, ai-je pensé, sinon il va ficher le camp, c'est un homme intelligent, un écrivain.

— Tu as rêvé, c'est tout.

Lundmark ne se laissa pas démonter. Il versa encore un petit verre d'alcool à chacun, avala le sien et poursuivit.

— Il m'a dit qu'il avait fait le tour du manoir. Au ton de sa voix, j'ai compris que ç'avait été une triste expérience. Puis il a levé la main et a prononcé un ou deux mots que je n'ai pas bien entendus, j'ai seulement compris qu'il allait partir. J'ai essayé de trouver quelque chose à dire mais je n'ai pas pu proférer quoi que ce soit, bon sang. Et il a disparu. C'est moche, hein ?

— Tu avais bu, la veille au soir, je suppose.

— Non, je te jure, j'étais tout ce qu'il y a de plus sobre. Il était devant moi ! Aussi vrai que je suis là.

— Les rêves donnent parfois une telle impression de réalité qu'on a la trouille.

— C'est ce que j'ai pensé le lendemain. Je me suis dit : les morts ne reviennent pas, bon Dieu !

— En effet.

Lundmark regarda par la fenêtre. Ses poils de barbe, tout blancs, brillaient étrangement dans le soleil du soir qui perçait difficilement les vitres embuées de gris. Il pianota légèrement sur le plateau de la table.

— Et puis, hier, j'ai eu la réponse. J'ai su ce qu'il en était, répéta-t-il solennellement.

Sa première idée fut que le vieux était en train de devenir fou. Il posa son verre de bière et repoussa sa chaise, mais Lundmark se leva et l'arrêta du geste.

— Attends une seconde !

Il resta assis à contempler son assiette à demi terminée, avec l'impression que, dans son ventre, les morceaux de hareng se mettaient à bouger et à grandir. "Ça sent drôlement mauvais", pensa-t-il. La sauce qu'il avait engloutie avec appétit, une dizaine de minutes auparavant, le dégoûtait maintenant, figée qu'elle était sur les pommes de terre. Il n'entendait plus vraiment ce que Lundmark lui disait, toute son énergie était mobilisée par les efforts qu'il déployait pour lutter contre la nausée.

— Tu m'écoutes ?

— Oui, oui. Mais je me sens pas bien. Qu'est-ce que t'as mis dans le hareng, dis-moi ?

Le vieux baissa les yeux vers sa propre assiette, dans laquelle il ne restait plus une goutte de sauce.

— En fait, ça doit pas être la faute du hareng, se hâta-t-il d'ajouter. J'étais déjà pas bien hier.

— Je l'ai trouvé très bon, moi, le hareng, salé juste comme il faut. As-tu pris de la sauce ? demanda le vieux en jetant un rapide coup d'œil sur l'assiette. Bois encore une petite goutte.

Il déclina l'offre d'un signe de tête.

— Continue, dit-il. Je suis curieux de savoir ce qui s'est passé.

L'autre ne se le fit pas dire deux fois.

— J'étais là, avec les chaînes de l'arrache-souches à la main – tu sais que Blommen est un peu maniaque, alors y avait du boulot pour le remettre en état – eh bien, pendant que j'étais en train de démêler tout ça, quelqu'un est entré. Il est venu se placer dans le chambranle de la porte de l'atelier de telle façon que son ombre se projetait sur l'établi. En la voyant, j'ai cru que Blommen était venu trop tôt. Alors je lui ai dit quelque chose et je l'ai entendu rire. "Qu'est-ce que tu fiches, avec cet arrache-souches", a-t-il lancé. J'ai reconnu sa voix, parce qu'elle est très belle. J'ai failli me trouver mal ! Mais j'ai repris mes esprits et je lui ai répondu que Blommen voulait me l'emprunter.

"C'est le fils d'Egon ?

— Le petit-fils.

— C'est vrai, le temps passe", a-t-il commenté en faisant un ou deux pas pour pénétrer dans l'atelier. Il a regardé autour de lui et a pris un ou deux outils. Je ne crois pas qu'il était très manuel ou très intéressé, il voulait être poli. J'ai entendu vanter ses bonnes manières. Il s'est assis à l'établi, s'est appuyé dessus et a ôté son chapeau. Puis il a regardé ses chaussures, des souliers de ville noirs un peu boueux. "Tu es allé au manoir ?" lui ai-je demandé. Il a hoché la tête, l'air un peu triste ou assez convaincu. "Je suis allé voir l'endroit où papa travaillait, jadis. Tout a bien changé – on ne peut pas empêcher ça, c'est dans l'ordre des choses – j'ai pourtant reconnu certains vieux objets. Je suis resté sur le pas de la porte à observer les gens, les filles en train de s'occuper des chevaux. Elles riaient et s'en tiraient avec succès. J'ai eu envie d'aller leur parler. Qui voudrait bavarder avec un vieux bonhomme, hélas ?" Il est resté silencieux un moment, je crois qu'il pensait à ces filles. "Je ne crois pas que les gens soient heureux", a-t-il repris soudain. "Le village ne vit plus comme avant et ceux qu'on voit ne sourient pas. On croirait que chacun sait où il va et pourtant pas. Tu comprends ce que je veux dire ? Comme si chacun d'eux était porteur d'une autre orientation."

— Il a toujours été un peu philosophe, tu sais, commenta Lundmark. Mais il était soucieux, ça se voyait.

La nausée s'était un peu atténuée. Il y avait quelque chose qui lui plaisait dans ce que racontait le vieux, et il s'était rapproché de la table en prenant soin, pourtant, d'écarter l'assiette afin de ne pas l'avoir juste sous le nez.

— Il a continué sur cet air-là : que les gens n'étaient pas heureux. Il a parlé de libération et moi je ne savais pas quoi lui répondre. On voyait qu'il avait réfléchi. D'ailleurs, c'était son boulot, aussi, de réfléchir aux choses et puis de mettre ça par écrit. "Je croyais au progrès, qu'on irait de l'avant en tirant les leçons du passé. Dans tout ce que j'ai écrit, je portais en moi ce manoir, la vie de mon père et de ma mère, je fouillais dans les vieilles tombes avec Pettersson, je lisais les épitaphes, je voulais faire valoir ma classe sociale, en quelque sorte, et tout le secteur. J'allais jusqu'à croire que la classe possédante, les propriétaires terriens et les industriels, participeraient à cette évolution. Que personne ne serait plus prisonnier, ni des autres ni de lui-même. Voilà ce que je me disais. Mais je ne suis plus sûr de rien, pas quand je rencontre les gens sur les routes ou que je regarde par leurs carreaux."

Lundmark se tut.

— Tu trouves que c'est des sornettes ? reprit-il.

— Je ne sais pas, je ne lis pas beaucoup.

— Il s'est excusé en disant qu'il n'était qu'un revenant, qu'il n'était pas capable de vivre la vraie vie, qu'il ne voyait pas comme les vivants et qu'il était obligé de tout observer de côté, en quelque sorte. Et puis que les anciens critères et mesures n'étaient plus adaptés.

Lundmark se tut. Dans son travail de menuisier, il avait toujours respecté les critères et mesures, quels qu'ils soient. Il avait donc apprécié ce que Fridegård disait même s'il n'était pas très sûr de ce qu'il avait derrière la tête. "Un pouce reste un pouce", avait-il failli objecter, avant de s'abstenir. Il avait peur que cela paraisse banal, tandis qu'il était là, dans son atelier, tenant toujours la chaîne de son arrache-souches à la main. Pourtant, les anciennes mesures étaient toujours valables, alors les critères aussi, sans doute.

— Qu'est-ce qu'on en sait, avec l'Union Européenne et tout le bazar ? dit-il pensivement.

La nausée était de retour. Il repensa à la veille. Ce dont il se souvenait le mieux, c'était le froid qui régnait derrière le centre commercial. Il n'était resté là que dix minutes mais il avait eu le temps de geler, avant de voir Veronica Malmén tourner au coin du bâtiment.

— Encore une chose, reprit Lundmark. Il a prétendu qu'il y avait des moments où il regrettait d'avoir écrit autant de livres. Il aurait peut-être mieux valu qu'il se consacre à la politique. Mais moi, je n'étais pas d'accord et je lui ai dit ma façon de penser ! Les livres continuent à exister, alors que les bavardages des politiciens, c'est du vent. Il m'a répondu que les écrivains ne s'occupaient pas beaucoup de politique politicienne, qu'ils étaient trop occupés à écrire. Puis il est parti, aussi brusquement qu'il avait surgi, en disant qu'il avait l'intention d'aller espionner un peu les écrivains, à l'école de Biskops-Arnö*.

Il se sentait mal, son ventre était en effervescence et il avait du mal à suivre Lundmark qui ne cessait de bavarder, enivré par ce qu'il venait de boire et par sa propre voix. Soudain, il fut jaloux du vieux et de sa faculté d'expliquer les choses. De sa vie, de ses mains marquées par des années passées à mesurer, tailler, limer, coller, assembler. De l'ordre qui régnait dans son existence, avec ces outils soigneusement rangés dans l'atelier. Il regarda autour de lui dans la cuisine. Ces meubles, c'était le vieux qui les avait fabriqués, ces placards d'un genre ou d'un autre, tout cela était passé par ses mains, avait eu un sens et en avait toujours. Il bricolait un vieil arrache-souches encore en état de marche, démêlait, graissait, examinait les rouages et l'essayait. Il était même capable de préparer du hareng salé, malgré l'odeur qui planait dans la cuisine à la manière d'une brume.

— Il faut que je bouge, dit-il.

Lundmark mit un terme à son flot verbal.

— Encore un petit coup, suggéra-t-il en empoignant la bouteille.

— Non, ça suffit comme ça, je me sens vraiment pas bien.

— Il y a seulement une chose qui me tracasse : c'est pourquoi il est venu trouver un vieux comme moi. Il devrait aller parler aux jeunes. Il aurait dû aller chez toi et jusqu'à Storgrind, chez ta frangine.

— On ne comprendrait peut-être pas.

* L'une des plus célèbres parmi ces "Hautes Ecoles Populaires" typiquement scandinaves qui ont une telle importance dans la formation d'écrivains comme Fridegård.

— Non, peut-être bien. Il savait que je l'avais lu. Il s'est dit que j'aurais pas peur. J'ai vu pas mal de choses, dans ma vie, tu le sais.

Il se tut et regarda autour de lui dans la cuisine, comme si Fridegård allait de nouveau faire son apparition.

— Je me demande ce qu'il a conclu de sa visite à Biskops-Arnö, poursuivit Lundmark, et si les petits écrivains actuels ont pu lui redonner l'espoir. Tu les as vus sur la route, hein. Ils sont petits, ce n'est guère que des gars et des filles, ils ont pas l'air formidables. Je me demande ce qu'ils écrivent. Pas ce dont parlait Fridegård, bien entendu, mais que pense la génération d'aujourd'hui ? De mon temps, il n'y avait qu'une seule voie.

— Quel genre de voie ?

Le vieux le regarda avec une mine difficile à interpréter. Il comprit que Lundmark réfléchissait intensément et que la visite de Fridegård avait singulièrement perturbé la routine de son existence.

— Je ne sais plus, répondit Lundmark d'une voix hésitante. Ça paraissait tellement évident, alors. Tout était plus simple, les gens étaient plus unis, les imbéciles et les gens intelligents pêle-mêle. Les maisons étaient plus proches les unes des autres. On allait à l'école tous ensemble, on grandissait et on commençait à travailler dans les propriétés des environs. Il y en avait qui partaient à la ville, bien entendu, mais, si on regardait autour de soi, on trouvait certaines raisons de vivre. Quand les gens parlaient, on pouvait comprendre, prendre position.

Sa voix s'éteignit, comme s'il n'était pas très sûr de ce qu'il devait ajouter.

— Il reviendra, je suppose, conclut-il sur le ton de l'espoir retrouvé.

Le temps s'était refroidi, un âpre vent d'ouest ayant commencé à souffler. Les deux amis restèrent un moment dans la cour à regarder la neige tomber et couvrir le sol. Il rentra chez lui d'un pas mal assuré et ses nausées se dissipèrent sous la fraîcheur de l'air. Habillé trop légèrement comme à son habitude, il eut froid. Une fois de retour, il pénétra dans l'obscurité de la maison, avant de changer d'avis. Il prit une couverture, sortit et traîna un fauteuil de jardin abandonné jusqu'à l'abri relatif du pignon, balaya la neige et s'installa pour observer la marque de ses pas sur le pré légèrement convexe : les traces d'un solitaire. Il tira une cigarette, s'emmitoufla dans la couverture et se mit à fumer lentement, à petits gestes.

Pour la première fois, il se prit à douter de son plan et de sa réussite. C'était à la fin du mois d'octobre qu'il avait pris sa décision et dressé la liste. Au début, elle ne comportait que cinq noms mais, au bout d'une semaine, il en avait ajouté un sixième, celui d'un juriste du tribunal de première instance.

Il avait passé plus d'un mois à les surveiller, à épier leurs heures de service et habitudes. Pour la première fois depuis des années, il avait le sentiment d'avoir une journée de travail devant lui : se lever le matin, prendre son petit déjeuner, faire la vaisselle, organiser sa journée et monter dans sa voiture comme n'importe quel Suédois moyen se rendant au boulot. Il avait observé ses victimes avec soin, pris des notes et même dessiné des plans, après avoir reconnu le terrain et déterminé l'endroit où il pouvait garer sa voiture et l'itinéraire à emprunter pour prendre la fuite. C'était presque un travail normal et, à plusieurs reprises, il avait oublié de quoi il s'agissait en réalité. L'automne avait ainsi été occupé mais, au fur et à mesure que l'obscurité croissait, resserrait son étreinte sur les journées et les raccourcissait, il avait eu de plus en plus de mal à se lever le matin. A son réveil, il avait l'impression d'être couché sous une couverture poisseuse qui lui collait au corps. L'après-midi, les ténèbres ne faisaient pas que tomber à l'extérieur, elles l'envahissaient intérieurement. Il avait de plus en plus de mal à se concentrer et hâte de venir à bout de sa tâche.

Il lui semblait aussi que Lundmark changeait d'attitude envers lui et se montrait de plus en plus critique et taquin, lui reprochant de ne pas se faire embaucher. Quant à Mari, elle se manifestait de moins en moins souvent. Il lui était de plus en plus difficile de vivre avec le sentiment qu'il lui faudrait construire seul sa vie ; sans Eva, sans Chris, à quoi bon se venger ? Il écarta cette question. Il avait pris sa décision et voulait se prouver qu'il était capable de mener quelque chose à bien.

Deux noms avaient déjà été rayés de la liste. Il en restait quatre. Ces personnes avaient toutes, d'une façon ou d'une autre, contribué à ce que Chris soit enlevé à Eva, et donc à lui aussi. Pas une seule n'avait tablé sur lui, ce père qui passait son temps à boire et se droguer. Nul n'avait songé à l'inclure dans l'enquête.

La pointe de sa cigarette luisait dans le noir et de petits filaments enflammés s'en détachaient. Il observa sa trace, qui suivait son propre chemin, et nota qu'il avait effectué un détour sans s'en apercevoir. Il y avait un creux, environ à mi-chemin, et cela lui avait fait perdre la direction. La neige tombait de plus en plus dru.

Il alluma une nouvelle cigarette. La suspension extérieure oscillait lentement au vent, faisant entendre un grincement rythmé. Il avait envie d'une femme. Pas Regina mais quelqu'un d'autre, près de qui se blottir. Eva ? Aurait-il droit à une seconde chance ? Peut-être dans un autre lieu, une autre ville ? Où était-elle, en ce moment ? A Copenhague ? A moins qu'elle ne soit morte. Il se souvenait des bons moments qu'ils avaient passés ensemble et cela ne faisait que redoubler son désir. Avant que l'héroïne ne plante ses griffes en elle, c'était une belle femme. Elle avait porté leur enfant et lui avait donné naissance alors qu'elle était en état d'abstinence et c'était lui qui avait tout gâché. Eva seule avec Chris, ce n'était pas possible. Quand il était revenu du centre de cure, ils avaient connu une brève période de bonheur.

— Chris ! Quel gamin ! Où est-il ?

Il s'était mis à se parler à mi-voix dans les ténèbres de la nuit. Les minces flocons de neige s'amassaient sur sa silhouette recroquevillée et il serra la couverture un peu plus sur son corps. Si seulement il avait Eva près de lui, pour se blottir contre elle et se réchauffer.

Mais on ne se blottissait pas contre Eva, elle était telle un ressort tendu à l'extrême qui se détendait et vous repoussait dès qu'on le touchait. Il lui avait cogné bien des fois sur la figure, ce ressort.

Il avait senti la dureté de ce métal toute sa vie. Parfois, sous l'influence de la drogue, il lui était arrivé de le prendre pour de la chaleur. Mais il avait reçu de tels coups, alors, qu'il n'avait pu se relever qu'avec beaucoup de peine. Il fixait des yeux la trace de ses pas, maudissant sa solitude et cette existence misérable qui était la sienne.

Les relents du hareng salé lui donnaient envie de vomir. Il eut envie d'un joint, d'un peu de chaleur, mais de chaleur intérieure. Il pourrait alors rester assis la nuit entière sur ce fauteuil branlant. Au cours des six derniers mois, sa vie avait pris un tour qui allait à l'encontre de ses désirs. Il avait le sentiment de ne rien valoir. Désormais, il était un assassin, en plus. Le regard de la jeune femme ne cessait de le hanter. Il se refusait à lire le journal pour ne pas apprendre les détails de ce qui les concernait, elle et lui. Après le crime de Norby, il avait acheté tous les journaux possibles et écouté la radio. Mais cela ne l'intéressait plus, maintenant.

Au contraire, il refusait de savoir. Tout ce qu'il désirait, c'était rester assis près de ce pignon, à fumer, se laisser recouvrir par la neige et disparaître aux regards. Nulle femme ne viendrait le réchauffer. Pas plus que Chris. Il ne disposait plus d'aucune existence digne de ce nom, il le comprenait. Ces traces de pas, dans la neige, ne menaient que dans une seule direction. Il se pencha sur le côté et vomit le contenu de son repas.

Il passa la main sur le sol, préleva une poignée de neige et la fourra dans sa bouche. Puis il la recracha et alluma une troisième cigarette. Cela le soulagea un peu. Aller à Copenhague ? Tenter de retrouver Eva et partir avec elle quelque part, au chaud ? Laisser tout tomber, descendre du train en marche et tenter de repartir à zéro ? Mais il savait que ce serait pour retomber dans la drogue. Il lui restait un quart de million de couronnes sur l'argent du butin et il en était fier. Il n'avait pas fait l'idiot ni gaspillé le fric, se contentant d'acheter le strict nécessaire. Au début, il était convaincu qu'il allait entamer une nouvelle vie.

Ce n'était qu'au cours de l'automne qu'il avait compris que cela ne se passerait pas comme il l'avait pensé. Très exactement à la fin du mois de septembre, quand lui avait été notifiée la décision des services sociaux. Il l'avait contestée, avait résisté mais été incapable de trouver les mots qu'il fallait. Il avait tenté de faire un effort sur lui-même et personne ne l'avait écouté. Ah, ces enquêtes, ces gens qui fouillaient dans leur passé, à Eva et à lui ! Comme s'il ne savait pas comment il se présentait ! Ces bonnes femmes adoraient évoquer le passé, elles en avaient plein leurs papiers. Lui, il ne désirait parler que de l'avenir, mais ses paroles tombaient dans l'oreille de sourdes.

Au début de l'enquête, il avait été mis en fureur par tous ces tas de papiers, cela lui avait donné de l'énergie et permis de trouver les mots. Mais, au fond de lui, il savait que c'était le commencement de la fin. Eva, elle, n'avait pas donné le moindre signe de vie, alors que c'était elle que visait cette procédure, en réalité. Il était arrivé trop tard. Il s'était donc tu et laissé prendre Chris sans réagir.

A la fin de l'audition au tribunal, le juriste assis près de lui avait posé la main sur son bras. Cela lui avait fait l'effet d'une brûlure. C'était le seul contact humain qu'il ait eu au cours de toute la procédure et pourtant cela lui avait fait l'effet d'un acte d'hostilité. Il avait retiré son bras, haussé les épaules et s'était penché en avant.

Ce dont il se souvenait le mieux, c'était de tous ces yeux braqués vers lui. Il s'était senti rapetisser tandis que les autres grandissaient, enflaient, que les piles de papier débordaient, se mettaient en mouvement vers lui et menaçaient son existence.

Il avait vu tellement de saloperies, dans sa vie, qu'il était capable d'interpréter les signes, de lire dans leurs yeux qu'il était une fois pour toutes rangé au nombre des perdants. Les forces lui avaient manqué, il s'était laissé aller à l'ivresse et au désespoir. Il avait connu quelques mois d'espoir et ensuite cela avait été la longue glissade vers le bas.

Puis, au début du mois d'octobre, un abîme s'était ouvert sous ses pieds. Il avait fait un pas de côté pour éviter d'être entraîné, mais la faille n'avait fait que s'élargir. Un gouffre de ténèbres s'était creusé, dans lequel il n'y avait plus Chris, seulement Charlie, les squats et l'enfer de jadis.

Il avait perdu courage et s'était abandonné à l'angoisse et au désespoir. Il avait alors décidé d'entraîner autant de personnes que possible dans sa chute, toutes ces femmes bien habillées et aussi certaines de façon un peu moins soignée, un peu comme Mari. Elles avaient de petites mains et à la bouche des paroles prudentes et néanmoins blessantes. Elles n'avaient pas fait preuve de la moindre humanité. Comme s'il n'était pas un être humain, lui. Elles se contentaient de feuilleter leurs dossiers distraitement – et pourtant de façon fort décidée – et d'afficher un sourire compatissant et hypocrite.

Il se rappelait la visite qu'il avait reçue. Il était exact qu'il n'avait pas beaucoup fait le ménage, mais son logement n'était quand même pas une tanière. Du regard, elles en avaient fait le tour, sans afficher de curiosité excessive, et pourtant il n'avait pu s'empêcher de noter la réprobation qui s'affichait dans leurs yeux. Elles le jaugeaient.

Elles lui avaient parlé gentiment, ce qui ne les avait pas empêchées de l'ignorer, en fait. Elles avaient employé beaucoup de mots et lui très peu. Il avait tenté de leur offrir une tasse de café mais elles avaient refusé. Il avait alors poussé vers elles un plat de bananes qu'il avait achetées la veille, pour une raison ou pour une autre, et elles avaient expliqué qu'elles venaient de déjeuner.

Elles s'étaient plaintes de la route, certes sur le ton de la plaisanterie, mais quand même. Lundmark l'avait informé que, l'hiver précédent, on avait procédé à des coupes claires dans la forêt et que c'était les camions de transport qui avaient défoncé la chaussée. Cela ne les avait pas empêchées, elles, de se répandre en jérémiades et de demander si la voie était véritablement carrossable en hiver. Il leur avait répondu que Lundmark avait vécu là toute sa vie et qu'il avait toujours pu circuler, lui.

Le ramassage scolaire passe-t-il par ici ? avaient-elles demandé. Il n'avait su quoi répondre et avait vu qu'elles en prenaient toutes deux bonne note dans leurs carnets. Ce n'est qu'alors qu'il lui était venu à l'esprit que Chris devait commencer l'école dans deux ans. Cela l'avait perturbé au point de lui faire manquer la question suivante et il avait été obligé de leur demander de la répéter.

Elles voulaient savoir s'il avait l'habitude des enfants. Cette question l'avait laissé sans voix. Il avait repensé au peu de temps qu'il avait passé avec Chris et avait compris que cela ne pesait pas lourd.

Elles n'avaient cessé de l'interroger à propos d'Eva, comme si elles ne savaient pas qu'elle se droguait depuis dix ou quinze ans. Il avait cru faire preuve d'intelligence en ne défendant pas son mode de vie et tentant plutôt de leur inspirer l'idée que c'était lui qui se chargeait principalement de Chris. Si Eva pouvait se libérer de sa dépendance ce serait très bien, mais l'enfant avait le droit d'avoir un père.

— Moi, je suis clean, maintenant, je cherche un boulot, j'ai une maison et je me porte bien, avait-il assuré.

Il avait tenté de parler de papillons, de dire que, quand il était petit, il avait une grande passion pour les insectes, scarabées et papillons. Elles s'étaient contentées d'écouter poliment et n'avaient pas posé de questions. Il n'avait rien d'autre pour se faire valoir, quant à son expérience des enfants. Il s'était alors répandu en détails sur les différentes espèces de lycènes et empêtré dans ses explications sur les dytiques qu'il avait dans ses tonneaux à eau. Quel idiot ! Comme si ces bonnes femmes se souciaient des papillons.

Dès ce moment-là, il avait senti qu'il perdait la partie, effondré en sueur sur son canapé. Elles lui avaient parlé et pourtant pas vraiment. Pas comme Lundmark.

Il les avait vues tellement de fois, ces bonnes femmes des services sociaux, assistantes, inspectrices et autres. Il préférait encore les flics : eux, au moins, on savait quel était leur boulot. Pour eux, il était un camé et un voleur qu'il s'agissait de traquer et de coffrer. La partie était plus égale. Chacun y tenait son rôle et il était capable d'accepter de perdre, s'ils se montraient plus malins que lui ou plutôt s'il commettait la maladresse de laisser des indices derrière lui. Il était en mesure de faire face à cela, de se faire pincer, interroger et même mener en cabane sans passer par la case "Départ" ou quelque autre case que ce soit, et sans râler. Il connaissait les règles du jeu. Mais les services sociaux, il n'avait jamais pu les encadrer. Ils ne le voyaient pas, ne s'apercevaient jamais de son existence.

Une fois, il avait emmené Mari avec lui, pour qu'elle voie et se rende compte, peut-être aussi pour qu'elle lui apporte son appui. On avait aussitôt changé de ton, on leur avait servi le café et on les avait embobinés avec le genre de discours auquel Mari excellait, elle aussi. Et elle n'avait pas compris sa colère. "Tu es trop sensible, lui avait-elle dit, il faut écouter ce qu'ils te disent, pas seulement leur parler de tes affaires." Mais n'était-ce pas pour cela qu'il était là : pour parler de ses affaires et de Chris ? De leur vie. Peut-être de celle d'Eva, aussi.

10

Dès l'entrée dans la cour, on voyait qu'il se passait quelque chose. Les collègues en uniforme la saluèrent de la tête et l'un d'entre eux lui parla du temps qu'il faisait. Lindell y vit une sorte d'encouragement.

Quand elle arriva, dans le bureau d'Ottosson, Fritzén y était déjà. Ils levèrent les yeux et lui dirent bonjour. Le procureur avait la mine plus renfrognée que d'habitude. Elle prit place et sortit son carnet de notes.

— Conférence de presse aujourd'hui à cinq heures, dit-elle en guise d'entrée en matière.

Il n'y avait plus de temps à perdre en bavardage inutile.

— Vous en serez ? demanda-t-elle à Fritzén, qui afficha une mine dubitative.

— Comment ça se présente ? demanda Ottosson. A-t-on quelque chose ?

— Très peu. A franchement parler : rien du tout. Mais nous pensons que c'est le même type.

Elle évoqua alors la lettre au macabre contenu.

- Il faudrait lâcher ça aux médias dès que possible, pour mettre la puce à l'oreille des gens.

Les autres en convinrent et elle en prit note. Le point suivant était celui de savoir s'il fallait demander l'assistance de la brigade criminelle nationale. Au bout de quelques minutes de discussion, on tomba d'accord pour attendre encore un peu.

— J'ai besoin de renforts, déclara Lindell.

— Bien entendu, répondit Ottosson sans entrer dans les détails pour autant.

— Existe-t-il un lien entre les deux affaires ? demanda Fritzén en la regardant à travers ses grosses lunettes.

— Le lien, c'est le fait que les deux victimes s'appellent Veronika, même si le nom de l'une s'écrit avec un *k* et l'autre avec un *c*. Quant à Toiwo, je ne sais pas où le situer dans ce contexte. Je suppose qu'il a été pris dans la masse. A moins que ce ne soit lui qui ait été visé dans le premier cas et que l'homonymie ne soit le fait du hasard.

— Les lettres aux Hirmanen, à qui étaient-elles adressées ? coupa le procureur.

— Le facteur ne se souvient pas vraiment, mais il pense que c'était à Veronika. Si c'est le nom qui est le mobile du crime, on a affaire à un parfait cinglé.

— Qui risque de continuer à sévir, compléta Ottosson.

Lindell hocha la tête avant de poursuivre :

— Si la coïncidence des noms est le fait du hasard, il doit y avoir un autre lien entre les victimes. L'une est infirmière chirurgicale, l'autre est assistante sociale spécialisée dans les affaires familiales. C'est peut-être ça ? Mais, dans ce cas, que vient faire l'infirmière ? Peut-être s'est-elle trouvée mêlée à quelque chose ? Un patient qui estime avoir été mal soigné ? Il va falloir qu'on examine les plaintes qui ont été déposées à ce sujet. Sa sœur, Matilda Malmén est assez déprimée. Elle est hospitalisée chez les dingues et on est allé lui poser des questions. Elle devrait pouvoir nous fournir des informations, car la victime vit seule depuis sa rupture avec son petit ami il y a six mois. Il ne semble pas qu'ils se soient séparés en mauvais termes, mais on ne sait jamais. Beatrice est partie à Ulleråker.

— Les Hirmanen n'ont pas d'enfant ? demanda le procureur.

Lindell secoua la tête. Elle repensa à l'idée d'Edvard selon laquelle c'était peut-être Toiwo, le mari, qui était visé, dans l'affaire de Norby et qu'il n'était pas impossible qu'il ait un enfant d'une union précédente. Elle en prit note très rapidement.

— Il va falloir qu'on mette le nez dans le travail de cette Finlandaise, pour voir si on trouve quelque chose. Un cas qui aurait mal tourné ou des menaces qu'elle aurait reçues ces derniers temps. Ses camarades de travail pourront peut-être nous fournir des renseignements.

— Vous êtes allés sur son lieu de travail ? demanda le procureur.

“Je me demande s'il voit quoi que ce soit, pensa Lindell. On dirait que ses lunettes sont encore plus épaisses qu'avant”.

— Oui, on y est allé, mais on n'en a pas encore terminé.

Elle sentit la critique sous-jacente. Qui s'était chargé du lieu de travail de Veronika Hirmanen, déjà ? Il lui semblait que c'était Fredriksson. Pour la première fois, Lindell eut le sentiment qu'il y avait trop de questions qui restaient en suspens. Il fallait qu'elle en parle à Allan et elle en prit note.

Lorsque, vingt minutes plus tard, elle quitta le bureau du patron de la brigade, elle avait noirci deux pages de son carnet. Elle descendit lentement l'escalier en les relisant et s'efforçant de réfléchir de façon systématique. Elle faillit d'ailleurs heurter au passage Gösta Norman, qui débouchait à l'improviste dans le couloir.

Il n'était encore que huit heures moins dix mais la salle de réunion était déjà bondée. Lindell compta jusqu'à vingt-trois collègues. C'était l'une des assemblées matinales les plus importantes auxquelles il lui ait été donné d'assister. L'atmosphère était tendue et l'assemblée bourdonnait comme une résistance électrique.

Ellc nota l'intensité des regards et des gestes. Plus personne ne se souciait de réorganisation ni de démission. On avait remis à plus tard les critiques visant le patron de la police et les responsables municipaux. Chacun était sur le pied de guerre, avec son avis sur la question. Ottosson était posté sur le pas de la porte, à la façon d'un vigile ou d'un maître de cérémonie. Il adressait un salut de la tête à tout un chacun et prodiguait des paroles d'encoura-gement, mais il affichait une mine grave. Lindell eut droit à son petit salut, elle aussi, et à un sourire en coin. Sammy Nilsson se tenait près de Haver, Fredriksson se servait du café, en renversait sur sa veste et grognait de contrariété. Riis, lui, épluchait une banane qu'il dévora ensuite à belles dents. Sixten Wende était adossé au mur et regardait devant lui sans trahir la moindre émotion. Lundin ne cessait de vadrouiller, comme à son habitude, à bonne distance de ses collègues, par peur de la contagion. Lindell posa son carnet de notes et l'ouvrit à la page sur laquelle elle avait pris celles-ci un peu plus tôt le matin.

D'autres ne tardèrent pas à arriver, parmi lesquels Ryde et Larsson, de la scientifique, l'énorme Munke, Berglund et Norman, qui prirent place l'un à côté de l'autre. Le second prêta l'oreille, en fronçant les sourcils, à ce que lui disait le premier. Beatrice, elle, arriva au triple galop et alla s'asseoir près de Lindell.

— Du nouveau ? demanda-t-elle.

Lindell se mit à feuilleter son carnet. Les notes qu’elle avait prises étaient difficiles à déchiffrer, car son écriture d’habitude très claire ressemblait plutôt à des graffiti, ce jour-là. Beatrice l’observa d’un œil étonné et rejeta une mèche de ses cheveux derrière son oreille. Elle s’apprêtait à dire quelque chose lorsqu’elle vit arriver Fritzén.

— Fritte est là, dit-elle avec un hochement de tête. Je trouve qu’il commence à se faire vieux. Il est de plus en plus voûté. Il est peut-être malade.

Lindell leva les yeux. Comment Beatrice pouvait-elle tenir ce genre de propos sans importance alors que trois meurtres venaient d’être commis ? Elle ne put s’empêcher, pourtant, d’observer le procureur en train de s’entretenir avec Ottosson, qui avait l’air encore plus inquiet qu’à l’ordinaire et écartait les mains en un geste d’impuissance. Fritzén continua son discours tandis que l’autre regardait autour de lui, d’un air presque suppliant. Un instant, leurs regards se croisèrent. Ottosson fit mine de s’éloigner mais le procureur le rattrapa au vol et poursuivit son raisonnement. Il commençait à avoir l’air un peu âgé, en effet. Ottosson finit par se dégager et passer devant Lindell en lui adressant au passage un petit signe de tête et lui disant quelque chose qu’elle ne saisit pas.

Lindell ouvrit la séance en tapant sur la table avec son stylo. En un instant un silence de mort s’abattit sur la pièce. Tout le monde se figea, la regardant ou baissant les yeux vers le sol, la mine grave comme pour honorer la nouvelle victime sinon d’une minute de silence du moins d’un moment de recueillement. C’est ainsi que Lindell interpréta leur attitude : ils avaient une pensée pour Veronica Malmén. Chacun voyait là une manifestation de respect, mais aussi une façon de mobiliser les énergies. Puis on entendit une ou deux chaises racler le sol et quelqu'un se moucher. Chacun avait pris place, maintenant.

Comme à son habitude, Lindell embrassa l'assemblée du regard, avant de prendre la parole. Les yeux étaient braqués vers elle.

— J'ai peur que nous ayons affaire à un meurtrier en série. Mais je le dis bien haut : il faut mettre un terme à cela, plus un seul assassinat ici !

Elle se tut. Ces fortes paroles avaient fait monter d'un cran la température de la pièce. Le silence était total. Ottosson se racla la gorge. Avant qu'il ait pu dire quoi que ce soit, cependant, Lindell reprit :

— Je sais que chacun fait toujours de son mieux mais, cette fois, il faut vraiment qu'on se dépasse. Nous devons être à deux cent pour cent de nos capacités et oublier tout le reste, à partir de maintenant : les scrupules, les rumeurs de réorganisation, les velléités de démission et autres stupidités du même genre. On est vachement bons et on va le prouver en coinçant ce salaud ! Plus d'assassinat ici !

Elle se tut, baissa les yeux sur ses papiers et repoussa d'un geste vif une mèche de cheveux qui avait glissé sur son visage.

— Nous avons décidé de ne pas demander l'aide de la brigade criminelle nationale.

Elle crut discerner un mouvement, par-dessus la table. Quelqu'un prenait son stylo, tel autre ouvrait un dossier, comme pour souligner l'impact de ses propos et confirmer l'adhésion du groupe quant à cette décision de résoudre par lui-même cette affaire et ce dans les meilleurs délais. L'assemblée paraissait fermement résolue et ne plus former qu'un seul corps et un seul cerveau se préparant à livrer une chasse sans merci et décisive.

— Ce n'est pas une question de prestige mal placé et il peut se faire que nous soyons obligés de reconsidérer cette décision mais, pour l'instant, on se met au boulot en mobilisant toute notre énergie.

Soudain, elle eut la conviction que c'étaient les deux femmes qui étaient le facteur commun. Toiwo Hirmanen avait été victime par accident, peut-être par hasard ou pour détourner l'attention. Elle n'aurait su dire d'où lui venait cette certitude et pourtant elle s'imposait à elle avec la clarté de l'évidence.

— Je pense – je dis bien : pense – que le lien entre les victimes et le meurtrier est la personnalité des deux femmes, Veronika Hirmanen et Veronica Malmén. C'est là qu'il faut qu'on cherche l'assassin, qu'on le démasque et qu'on le mette sous les verrous.

Ottosson opina du bonnet mais telle était son habitude et cela ne signifiait pas grand-chose, à vrai dire. Lindell continua à résumer ce qu'ils savaient et à dresser le portrait des victimes et de leurs proches. Elle s'attarda un peu sur l'ancien petit ami de Veronica Malmén, en soulignant qu'il fallait qu'ils le retrouvent pour l'interroger. Elle regarda Sammy en disant cela, car c'était lui qui s'était mis en quête de Kristian Castillo, la veille.

Elle poursuivit en expliquant ce qu'ils avaient trouvé dans l'appartement de la dernière victime et demanda à Norrman s'il avait quelque chose à ajouter. Ce dernier secoua la tête en guise de réponse.

— Et maintenant : le lien ? Pourquoi quelqu'un envoie-t-il des excréments à ses victimes, à deux reprises dans le cas des Hirmanen et par trois fois dans celui de Malmén ?

— Manifestation de haine, laissa tomber Wende.

— La haine, répéta pensivement Lindell. Cela nous oriente vers la préméditation. Le coupable a mûri sa décision et suit un plan établi à l'avance. Va-t-il continuer à effectuer des envois aussi malodorants ? Il l'a peut-être déjà fait, d'ailleurs. Il faut donc divulguer cette information, dans le but de mettre en garde des victimes éventuelles.

— On a fouillé les ordures de Liggargatan mais on n'a rien trouvé, dit Norman.

— Et la voiture ? reprit Lindell. Je suis persuadée que celle qu'il a volée a bel et bien traversé Örsundsbro. Est-ce par là qu'il se trouve ?

— On a eu un peu de mal à trouver du personnel pour dresser le barrage routier à Örsundsbro, hier soir, dit Beatrice, et on l'a mis en place trop tard. On l'a levé ce matin à sept heures.

— A part les lettres, la voiture et un signalement très vague sont les seuls éléments dont nous disposions. Il n'y a pas d'autre solution que nous plonger dans le passé et la personnalité des victimes : leur emploi, leur vie affective, leurs loisirs, leurs penchants, leurs problèmes financiers, n'importe quoi. Ola, qu'est-ce que tu as trouvé sur Toiwo ?

Haver se redressa.

— Rien de sensationnel. Je me suis entretenu avec son supérieur et ses nouveaux camarades de travail. C'est une petite firme de quatre personnes, cinq avec lui. Il n'était employé que depuis un mois. Son patron m'a dit qu'il avait eu du mal à s'y mettre, qu'il était un peu rouillé, quoi. Il était chargé de la comptabilité, des impôts et de la TVA d'une vingtaine de petites entreprises. J'ai obtenu la liste et je l'ai portée aux services fiscaux en leur demandant de me dire s'ils trouvaient quoi que ce soit de bizarre ces deux ou trois dernières années. Vendredi dernier, ils n'avaient encore rien à signaler. Trois de ces firmes avaient quelques petits ennuis, un peintre était en retard pour s'acquitter de ses contributions mais ce n'était pas la première fois, d'après le contrôleur, et il a toujours fini par payer. Dans l'ensemble, il semble qu'il s'agisse de petits commerçants sans problèmes, principalement des artisans. Aucun dans la restauration ni dans l'automobile.

Lindell écouta avec satisfaction les explications d'Ola Haver, qui la surprirent agréablement. Elle lança un coup d'œil au procureur.

— Hirmanen n'a pas soufflé mot des lettres qu'ils ont reçues, à son travail. Il est vrai qu'il était nouveau et sans doute pas encore très familier de ses collègues. Mais il ne donnait pas l'impression d'être soucieux ni inquiet. Au contraire, il était heureux d'avoir obtenu ce poste et il n'hésitait pas à rester travailler après l'heure. Le seul élément d'ordre personnel dont les autres se souviennent est qu'il jouait au bowling et avait tenté de suggérer aux autres de l'accompagner à la salle de Fyrishov.

— Excellent travail, Ola !

— Autre chose, reprit Haver. J'ai vérifié les ordures de Migo. On a trouvé cinq empreintes digitales, principalement sur canettes. Pas une seule ne figure dans nos fichiers. Trois marques de cigarettes ont pu être identifiées : Prince, Blend jaune et Marlboro light. Trois tickets de caisse : un de chez Adapt, le magasin de téléphones, un de Hennes & Mauritz, et un du supermarché Maxi. Je vais voir ce que je peux en tirer. Je suppose que c'est celui d'Adapt et peut-être celui de la boutique de vêtements qui sont les plus susceptibles de nous fournir des indications. A condition que les vendeurs parviennent à se souvenir des clients à partir de la date et de la nature des achats.

Haver se tut et regarda Lindell, qui hocha la tête avant de se tourner vers Beatrice.

— Que dit la sœur de Veronica Malmén ?

— Nous savons certaines choses : par exemple que Veronica avait un petit ami du nom de Kristian Castillo. Cela faisait trois ans qu'ils étaient ensemble. Il est étudiant, en sciences économiques, je crois. Matilda exclut que ce soit lui le coupable. D'après elle, c'est un gars tranquille, un peu timide. Il vient de Gävle et vit ici depuis cinq ans. Il s'appelle ainsi parce que son père est espagnol. D'après ce dernier, Kristian est parti pour la Malaisie et y est peut-être déjà arrivé, ajouta Beatrice avec un regard en dessous à l'adresse de Sammy Nilsson.

— Quand est-ce qu'il est parti ?

— Le père ne le savait pas.

Sammy Nilsson toussa.

— Je sais, moi : le 9 décembre. Vol direct à destination de Kuala Lumpur. Deux jours après les premiers meurtres mais la veille du second.

Lindell nota une sorte de geste de la part de Beatrice, à côté d'elle. Elle avait déjà assisté à certaines prises de bec entre Sammy et Beatrice ; or, le fait qu'ils ne se parlent pas était encore pire. Elle lorgna en direction de cette dernière, qui avait les yeux braqués droit devant elle. Elle aurait dû être reconnaissante des renseignements obtenus mais, d'une certaine façon, elle avait placé certains espoirs en ce Kristian Castillo.

— Sais-tu s'il a une nouvelle copine ?

— D'après le père, oui. Elle s'appelle… dit Sammy Nilsson en observant une pause pour chercher dans ses papiers… Emma. Elle n'est pas partie avec lui en Malaisie. Je vais l'entendre aujourd'hui.

— Parfait !

Lindell se tourna vers Fredriksson, resté muet jusque-là. Il avait l'air absent, lui aussi. Lindell n'ignorait pas que c'était souvent une impression trompeuse.

— Quel genre de vie menait notre Finlandaise, Allan ?

Fredriksson leva brusquement les yeux, comme s'il avait été surpris par ce que la question avait de direct. Il se pinça le nez, ce qui lui donna l'air peu inspiré.

— C'est assez coton, dit-il. S'ils ne sont pas nombreux à travailler avec Toiwo, ils sont plutôt trop en ce qui concerne Veronika. J'ai demandé qu'on me fournisse la liste de tous ceux à qui elle a eu affaire ces six derniers mois mais je doute qu'on ait tous les détails, pour des raisons de confidentialité.

— Qu'est-ce que c'est que cette histoire, bon sang ! s'exclama Riis. C'est un meurtre, oui ou non ?

— Oui, ils en sont bien conscients et je crois qu'on finira par avoir ce dont on a besoin. Mais ce que je sais, c'est que Hirmanen était chargée des affaires familiales, telles que disputes, placements en foyer d'accueil, bref tout ce qui concerne les enfants. Ses collègues n'ont pas voulu m'en dire plus.

— Il faut dire qu'ils se sont déjà fait pas mal taper sur les doigts par la presse, coupa Wende.

Fredriksson baissa le nez vers ses papiers, perturbé.

— Je crois qu'ils ont peur, dit-il.

— Est-ce qu'elle a été l'objet de menaces, des gens qui sont venus l'engueuler à son bureau ?

— Pas tellement, répondit Fredriksson.

"Il ne va donc jamais se lâcher", pensa Lindell.

— Comment ça ? demanda-t-elle sur un ton inutilement vif.

Fredriksson se pinça le nez en baissant à nouveau les yeux sur ses papiers.

“Il est mal préparé, tout simplement, pensa Lindell. On a trois meurtres sur les bras et il tergiverse !”

— Un type qui s'appelle Johannes Ekman et qui est le supérieur de la Finlandaise, en quelque sorte, m'a donné une liste de cinq personnes qui ne se sont pas très bien conduites envers elle.

Pas très bien conduites ! Lindell tira son carnet vers elle, saisit son stylo et se prépara à noter. “Cinq, se dit-elle, c'est mieux que rien !”

— Il y a trois drogués, un chômeur et un poseur de parquet, tous des hommes, bien entendu, ajouta-t-il. Deux des drogués sont fichés chez nous et un est en prison – c'est exact, j'ai vérifié.

“Bravo !” pensa Lindell.

— Je vais en toucher deux mots à Nehlin, aux stups.

Lindell se tourna vers Munke, qui soutint son regard. Elle se doutait de ce que celui-ci, toujours très rapide en besogne, pensait de l'intervention de Fredriksson.

— On va les entendre le plus vite possible, soupira ce dernier.

— Il faut affecter des gens pour examiner la liste de ceux qui ont eu affaire à elle sans avoir causé de scandale. On y reviendra, dit Lindell, sentant qu'elle devait réfléchir à ceux qu'elle enverrait là-bas avec Fredriksson.

Pour l'instant, elle désirait poursuivre.

— Et la voiture ? Est-ce qu'il y a du nouveau ? Sammy, écoute un peu !

— On l'a identifiée. C'est une Volvo. Notre ami de couleur s'est montré persuasif. Il a été capable de dire la marque d'une voiture dans sept cas sur dix et était sûr de son fait à propos de Volvo. Il est probable que le meurtrier a pris la fuite vers le sud le long de Dag Hammarskjölds väg. Il ne sert à rien de faire du porte à porte à Sunnersta. J'ai appelé la station-service de Flottsund pour demander si on avait vu une Volvo, mais rien à signaler. Pour aller à Sunnersta, on peut soit bifurquer vers Ultunna, ce qui n'est pas très logique, soit prendre l'ancienne route de Stockholm et tourner à droite ou à gauche. La dernière possibilité – si on écarte Sunnersta, ce qu'il convient sans doute de faire – est d'appuyer à droite avant d'arriver à Flottsund. On peut alors gagner la campagne en passant par Lurbo ou revenir vers la ville. Mais je ne crois pas trop à cette solution, parce qu'on se retrouve vite à Norby.

— Donc, résuma Lindell, c'est soit la route de Stockholm, soit la cambrousse en direction de l'ouest.

Sammy Nilsson opina du chef. Ils avaient déjà parlé de cela mais il était important de résumer la situation, pour que chacun ait autant de renseignements que possible sur la question.

— Je penche pour Örsundsbro, dit Lindell. Le témoin de la station-service me paraît très fiable. Le tout est de savoir s'il faut approfondir cette piste et élargir les recherches dans cette direction.

— Ça paraît raisonnable, dit Sammy. C'est la seule à laquelle on puisse se raccrocher, en tout cas.

— Berglund, Norrman et Riis, vous vous chargerez de la piste Örsundsbro. D'accord ? Interrogez les gens le long de la route, prenez contact avec la Poste et les facteurs, il se peut qu'ils aient vu la voiture. Trouvez-moi le président de la section locale de la Confédération des agriculteurs et emmenez-le avec vous pour qu'il vous montre toutes les exploitations, les fermes, les baraques et qu'il vous dise qui vit là, qui est locataire, propriétaire, en vacances, bref : la totale !

— Pourquoi la Confédération ? demanda Norrman.

— Parce qu'ils connaissent le coin comme leur poche. Ainsi, ils nous serviront à quelque chose. La firme qui livre des glaces à domicile dessert peut-être le secteur, aussi. Prenez contact avec le chauffeur et demandez-lui s'il a vu une Volvo, des gens bizarres, des changements, tout.

Berglund prit note avec zèle.

— A part ça ?

Lindell n'était pas très sûre des autres tâches revenant à ce groupe de recherches de trois hommes. Sa mémoire lui faisait défaut sur ce point, tout simplement. Comme nul ne protesta, elle se dit qu'ils étaient tous trois contents de quitter un peu la ville et d'aller se promener à la campagne.

— Parfait, dit Norrman.

Lindell baissa les yeux vers ses notes. Normalement, quelqu'un aurait dû en profiter pour prendre la parole, mais personne ne fit mine de désirer s'exprimer. Elle s'était efforcée de conférer une tonalité détendue à ces réunions, pour favoriser la discussion et la créativité, mais on aurait dit que le meurtrier avait pénétré dans la pièce et était en train de vérifier la carte de police de tout un chacun : nul ne voulait se lancer dans une discussion ne menant nulle part. Il n'y avait pas de place pour les arguties et plaisanteries habituelles.

Lindell leva les yeux et observa plusieurs de ses collègues. Une atmosphère de sérieux allant jusqu'à la gravité, mais aussi d'espoir, planait sur la pièce. On attendait tout d'elle. Maintenant que l'idée de demander l'aide de Stockholm était écartée, la responsabilité pesait sur elle avec plus de poids encore que précédemment et elle se demanda un instant s'ils avaient pris la bonne décision, avant de se préparer à poser la question suivante.

— J'ai parlé à celui d'entre nous qui a été le premier sur les lieux. Il ne faut pas oublier que Veronika Hirmanen vivait encore peu après son entrée dans la maison. Il m'a affirmé qu'elle avait tenté de dire quelque chose et pensait que c'était un nom. Il a eu l'impression qu'elle disait "K" et que c'était la première lettre de ce nom. Qu'est-ce que vous en pensez ?

— Cela impliquerait qu'elle connaissait le meurtrier, dit Gösta Norrman.

— Notre collègue estime que c'est le cas, répondit Lindell.

— Sur quoi se base-t-il ?

— Sur ce qu'il a vu, répondit Lindell en regardant Norrman.

Silence dans la pièce. Norrman hocha la tête.

— Bon, dit-il, mettons. D'accord pour "K". Ce n'est pas sans importance, quand on examinera la liste des gens auxquels Veronika Hirmanen a eu affaire dans l'exercice de ses fonctions. "K", répéta-t-il.

— On recherche "K", dit Sammy Nilsson.

— Aujourd'hui, c'est la Sainte-Lucie, entendit dire Lindell.

Ils se séparèrent après un quart d'heure de discussion complémentaire. Lindell stoppa Fredriksson alors qu'il s'apprêtait à quitter la salle de réunion et lui demanda de venir la voir dans son bureau. Le procureur et Ottosson tardaient à s'en aller.

— Formidable cette idée de la Confédération et du livreur de glaces, dit Ottosson.

— En effet, répondit Fritzén.

Lindell eut un petit sourire modeste et fourra vivement ses notes dans son sac d'épaule.

— Il faut penser à tout, dit-elle simplement.

Quand elle arriva dans son bureau, Fredriksson l'attendait. Il était assis dans le fauteuil du visiteur et feuilletait le journal local. Lindell décida de ne pas y aller par quatre chemins, elle posa son sac sur la table mais ne prit pas place sur son siège. Au lieu de cela, elle alla se poster le dos à la fenêtre.

— Comment ça va ? demanda-t-elle.

Fredriksson replia soigneusement le journal, dans un grand bruit de feuilles froissées. Puis il se pinça le nez et la regarda avec des yeux plus assurés qu'elle ne l'aurait cru.

— C'est la merde, lâcha-t-il d'une voix ferme qui surprit encore plus Lindell.

— Comment ça ?

— J'ai cinquante-deux ans et j'ai été dans la police toute ma vie. Par goût et parce que je trouvais ça intéressant. J'ai laissé ma famille à la maison le matin, le midi et parfois la nuit. Je ne me suis jamais plaint, parce que je trouvais ça normal. Or, maintenant, je n'arrive même plus à me lever le matin.

A vrai dire, Lindell ne désirait pas en savoir plus sur ses doutes et ses tourments. Cela ferait trop d'ombre au reste, réclamerait trop d'énergie de sa part. Pourtant, elle se força à écouter.

— Je pense que je vais démissionner, dit-il.

Elle avait déjà entendu cela. Pendant tout l'automne, ce genre de discours avait retenti dans la maison, dans les couloirs, dans la salle de repos, bref partout où un membre de la police en rencontrait un autre. On ne cessait de se lamenter sur la situation et sur cette réorganisation mettant en péril l'efficacité de leur travail, de se plaindre d'une hiérarchie coupée de la réalité, d'une direction qui était rendue aveugle par l'amateurisme, la loyauté envers un parti et le manque de largeur de vues des politiciens locaux.

— On a déjà parlé de ça, dit-elle avec une brusquerie inattendue et inconsciente. Pour l'instant, on a un triple meurtre sur les bras.

Fredriksson hocha la tête, sans avoir l'air d'être convaincu, ni même troublé, par la sortie de Lindell.

— Je sais, dit-il, mais meurtre ou pas meurtre, j'en ai marre de ce boulot. Pas plus compliqué que ça.

— Tu as des problèmes à la maison ? demanda-t-elle en pensant à la femme de Fredriksson, qui ne désignait jamais Lindell autrement que par le mot "elle", de sa voix lasse et venimeuse.

— Il y en a, maintenant, mais c'est lié au boulot.

— Comment ça ? demanda-t-elle tout en regardant la pendule.

— C'est une longue histoire, répondit Fredriksson d'une voix lasse, en se mettant à nouveau en position défensive.

Cette histoire, elle n'avait aucun désir de l'entendre. Cela lui faisait de la peine de ne pouvoir faire preuve de plus de compréhension envers son collègue, qui avait tant besoin d'aide. Or, qui pouvait la lui apporter, sinon elle ?

— Il faudra qu'on en parle à tête reposée, dit-elle en allant poser la main sur l'épaule de Fredriksson. Plus tard, quand on aura pincé "K". On pourra peut-être même aller manger un morceau ensemble, non ?

— Bien sûr, dit Fredriksson en levant les yeux vers elle et tentant de sourire, ce en quoi il échoua pitoyablement.

Sa conscience à elle en prit un bon coup, une fois de plus, en voyant sa mine.

— Je me charge des camarades de travail de Veronika Hirmanen, si tu t'occupes de ces cinq clients, dit Lindell, qui eut l'impression de voir la mine de Fredriksson s'allonger encore.

Il quitta le bureau sans rien dire.

11

Allan Fredriksson regagna son bureau à pas décidés, furieux contre lui-même. Dire qu'il acceptait d'être traité de la sorte ! Cette femme ne connaissait pas la situation à la brigade des agressions. Elle n'entendait pas les cancans et ne savait pas ce qui se cachait derrière les manifestations de mécontentement. Elle vivait dans son propre monde, pleine du sens du devoir et du sentiment de ses immenses mérites ! Et Ottosson ! Lui, il se contentait de hocher la tête et d'approuver tout ce que Lindell disait ou faisait. Pas de doute : il en pinçait pour elle.

Pour la première fois, Fredriksson éprouva un réel dégoût, voire de la haine, envers son métier et ses supérieurs. Il se força à prendre place à sa table de travail. Mais pour quoi faire ? Sa femme avait suggéré un congé de maladie. "Personne ne te saura gré d'aller dans le mur, avait-elle dit. Fais-toi porter pâle et cherche un nouveau boulot !" Facile à dire ! Après trente ans dansla profession, il n'était pas si facile d'en changer. Qui voudrait employer un vieux flic sur les rotules ?

Il resta assis sans bouger pendant quelques minutes, à peser le pour et le contre.

Ce n'était pas lui qui avait changé. C'était la ville, le milieu tout entier, les voyous dans les rues. Il se sentait déphasé par rapport à la société et ses nécessités. Il en était là de son analyse, pour l'instant, et ces conclusions n'avaient rien de très original, elles étaient partagées par de plus en plus de membres de la corporation. Pourtant, il désirait dépasser ce stade, formuler une conclusion posant le doigt sur la racine du mal, sur ce qu'on attendait aussi bien de lui que de la police dans son ensemble. En serait-il capable ? Ou renoncerait-il simplement à la lutte ?

Son sens du devoir et son professionnalisme finirent par prendre le dessus et il se mit à penser à ce qu'il devait faire. Trois drogués, un poseur de plancher et un chômeur. Il lança un "hum" ironique, prit l'annuaire du téléphone et commença à passer des appels. D'abord aux services fiscaux, où il avait une vieille connaissance lui fournissant volontiers, sans poser de questions, les renseignements qu'il lui demandait. C'était un cousin de sa femme et il était euphorique chaque fois qu'il l'appelait. Il avait ainsi le sentiment de participer au travail de la police de façon clandestine et s'informait simplement à mots couverts de ce qui motivait les questions de Fredriksson. Cette fois, il était encore plus excité.

— C'est à cause de ces meurtres ?

— Pas exactement. Je suis sur une affaire de coups et blessures.

— Ah bon, dit son cousin des services fiscaux, déçu.

Fredriksson se demanda s'il aurait mieux valu dire la vérité. Cela ne l'empêcha pas d'obtenir les renseignements souhaités avec la promptitude habituelle.

Cinq noms, cinq numéros nationaux d'identification. L'un d'entre eux comportait en effet un "K". Celui-là, il avait l'intention de le garder pour la bonne bouche. Cinq hommes qui avaient eu le sentiment d'être victimes des services sociaux. Cinq hommes, mais une seule adresse connue avec certitude : Göran Johansson, domicilié à Eriksberg.

Fredriksson prit l'annuaire du téléphone et trouva aussitôt le poseur de planchers. Il composa le numéro et fut renvoyé à un portable.

Göran Johansson répondit à la cinquième sonnerie et fit preuve d'une certaine nervosité en apprenant que c'était la police.

Fredriksson prit note de ce qu'il disait. L'homme fournit des réponses claires et nettes qui semblaient indiquer qu'il avait la conscience tranquille. Le 10 décembre, il était allé dîner au restaurant Flustret. Le 12, il était chez lui avec sa compagne et les enfants de celle-ci.

A la question de savoir s'il connaissait le nom de Veronika Hirmanen, il ne put s'empêcher de répondre en pouffant.

— Celle-là ! s'exclama-t-il. Je n'ai pas l'habitude de souhaiter la mort des gens, mais je peux dire que c'est une sale chipie.

— Comment ça ?

— Complètement indifférente au sort d'autrui, voilà.

Fredriksson sentit le ressentiment rentré que traduisaient ces quelques mots.

— De quoi vivez-vous ?

Il fut encore plus étonné de sa propre question que son interlocuteur.

— Qu'est-ce que vous voulez dire ?

— Comment vous en tirez-vous, sur le plan financier ?

— Pas trop mal, finit par lâcher Göran Johansson, après un instant de silence au bout du fil.

Il fournit ensuite à Fredriksson les renseignements dont celui-ci avait besoin pour vérifier son alibi et il mit fin à la communication. Il avait devant les yeux une nouvelle liste de noms à vérifier. Il l'écarta pourtant et appela Nehlin, de la brigade chargée du trafic dans les lieux publics.

Celui-ci se trouvait dans une voiture, en planque près du centre commercial de Gottsunda.

— Bien sûr que je connais Nils Gunnar Skott, répondit-il. Un vrai filou. Tu te souviens de l'histoire de l'officier anglais de la garde ? Skott était dans le coup, mais on n'a jamais pu le coincer. Je crois que les collègues de Västerås l'ont pincé il y a environ un an, seulement pour recel. Depuis, il est revenu chez nous. Pourquoi me poses-tu cette question ?

Fredriksson le lui expliqua brièvement.

— Ah bon, mais je te rassure : les amphétamines peut-être, pas le meurtre. Il a beaucoup trop la trouille pour ça, Skott. C'est quoi, cette histoire avec les services sociaux ?

Fredriksson ne sut que répondre. Il avait oublié le motif des menaces proférées à l'encontre des services sociaux. Il fouilla frénétiquement dans ses notes.

— Rien de grave, finit-il par dire, Skott figure sur ma liste.

— Tu veux qu'on te l'amène ?

— Bien sûr. Il faut que je l'interroge. Et Torkel Wedin, le nom te dit quelque chose ?

— Hélas oui. Mais pas la peine de te donner du mal à le chercher, répondit Nehlin. Il est mort d'une overdose au cours de l'automne.

Fredriksson biffa le nom de sa liste.

— J'ai encore un nom : un certain Kurt Gotthard Manfredsson.

— Jamais entendu parler. On dirait un romano.

Fredriksson mit fin à la communication. Ce dernier nom ne lui rappelait pas plus de choses qu'à son collègue. Il alla donc jeter un coup d'œil dans le fichier des personnes ayant fait l'objet d'une enquête et l'y trouva.

En 1999, il vivait dans le quartier de Svartbäcken et avait été entendu dans le cadre d'une affaire de coups et blessures devant la restaurant Svensson, dans Skolgatan.

Fredriksson poursuivit son enquête par le chômeur, Patrik Blomberg. La caisse d'assurance lui permit de savoir que ce dernier avait travaillé dans le grand magasin B&W jusqu'à l'été mais avait ensuite été licencié. Il avait touché des indemnités de maladie pendant un mois, puis on perdait sa piste. Fredriksson appela donc B&W et s'entretint brièvement avec le chef du personnel. Il s'avéra que Blomberg avait à plusieurs reprises dérobé des outils. La première fois, l'entreprise s'était contentée d'un avertissement. La seconde, c'était Blomberg qui avait choisi de partir. Le syndicat avait été impliqué mais n'avait pas fait grand-chose pour défendre son adhérent. A ce que Fredriksson put conclure de l'entretien, Blomberg n'était guère apprécié de ses camarades de travail et personne n'avait pleuré de le voir partir.

Fredriksson remercia son informateur et prit note de ces renseignements sur son ordinateur. Non sans hésiter, il appela ensuite le numéro que ce dernier lui avait donné. L'adresse était Gärdets Bilgata, non loin du domicile de Veronica Malmén.

Patrik Blomberg répondit aussitôt. Fredriksson n'eut pas le sentiment d'avoir affaire à un voleur d'outils, mais l'homme fit preuve d'une certaine nervosité quand il apprit que c'était la police qui l'appelait. Il vivait toujours dans le quartier de Kvarngärdet et avait en effet entendu parler de ces meurtres.

A la question de savoir ce qu'il faisait le 10 décembre, il n'avait d'abord pas su quoi répondre.

— J'étais peut-être chez moi, dit-il. Il faut que j'essaie de réfléchir. Pourquoi me posez-vous cette question ?

Fredriksson évoqua à mots couverts un renseignement qui leur serait parvenu, bien conscient que ce n'était pas très joli comme procédé. Blomberg ne manquerait pas de se demander qui avait pu penser qu'il avait à voir avec ces assassinats, mais Fredriksson n'avait pas envie de débiter l'histoire des services sociaux.

Le soir du meurtre de Veronica Malmén, Blomberg savait parfaitement, en revanche, ce qu'il faisait.

— J'ai joué au billard toute la soirée, dans Sysslomangatan. Quand je suis rentré chez moi à vélo, j'ai vu qu'ily avait plein de flics près de Migo.

Blomberg fournit ensuite le nom de trois de ses camarades qui pouvaient attester qu'il était bien dans la salle de billard entre sept et onze heures. Le personnel de l'établissement ne manquerait pas de se souvenir de lui, en plus. Après s'être entretenu avec deux des personnes citées, Fredriksson acquit la conviction que les déclarations de Blomberg correspondaient à la vérité, même s'il n'est jamais mauvais de vérifier le plus possible.

En repensant au bilan de la matinée, il dut s'avouer qu'il était plutôt maigre. Mais ce n'était qu'une pièce du puzzle à ajouter à toutes les autres.

Au PC, c'était l'effervescence. Le patron de la brigade criminelle était en grande discussion avec celui du service des renseignements et avec Ottosson. Le téléphone n'arrêtait pas de sonner. Le public était maintenant en état d'alerte et ne cessait de se manifester : au cours des dernières vingt-quatre heures, on avait déjà reçu plus de trois cent cinquante appels ayant trait aux meurtres. Les plus fantaisistes, ceux qui étaient des encoura-gements ou des questions qu'on se posait à soi-même étaient aussitôt écartés au niveau du central mais, si l'appel présentait ne fût-ce qu'une once d'intérêt, il fallait l'enregistrer et y donner suite. C'était Haver qui, plus que tout autre, était chargé de ce travail. Il devait désormais être sans cesse disponible pour juger de l'importance du renseignement et servir plus ou moins de coordinateur.

Fredriksson salua de la tête Anneli, qui faisait fonction de secrétaire. Il ne lui enviait pas son rôle, mais celui-ci n'avait pas l'air de lui déplaire.

— Si le lien entre ces affaires est le nom de Veronika, où est-ce qu'on en est, bon Dieu ? s'exclama le patron du service des renseignements.

Fredriksson leva les yeux de ses notes. Walfridsson n'était pas coutumier de ce genre de propos.

— Il risque de frapper n'importe où et n'importe quand. Combien de Veronika y a-t-il, dans cette ville ?

Fredriksson ne put s'empêcher de voir intérieurement les différentes espèces de véronique qu'il connaissait – parmi les centaines existantes. Il aperçut Haver qui était en train de discuter avec un enquêteur.

— Tiens, lui dit-il en lui remettant la feuille de papier qu'il avait entre les mains.

Haver la prit sans interrompre sa conversation.

Le maître-chien chargé de suivre la piste du meurtrier dans le quartier de Kvarngärdet pénétra dans la pièce, tenant lui aussi des documents à la main.

Quel bazar, pensa Fredriksson. Il resta debout sur le pas de la porte, à observer ses collègues. Nul ne semblait nourrir le moindre doute et cette activité débordante cadrait mal avec ses propres scrupules et hésitations. On entendait même des rires en provenance du dehors.

Fredriksson gagna la cafétéria et acheta une tasse de café et un gâteau à la pâte d'amande sous plastique. Combien en avait-il mangé de la sorte ? Il prit place près de la grande plante verte, au milieu de la pièce. On aurait dit qu'il cherchait à se dissimuler sous sa verdure. Il se rejeta en arrière sur sa chaise, observa la coupole vitrée puis parcourut des yeux l'ensemble de la pièce et de ses collègues. Il s'arrêta sur le perroquet empaillé – et plutôt mal en point – au-dessus du réfrigérateur. Il était jaune et rouge, avec des yeux bleus au regard fixe, et n'avait plus qu'une aile.

Fredriksson avala lentement son gâteau, but son café et décida de donner sa démission après le nouvel an. "A moins de se mettre en congé de maladie", hésita-t-il l'instant suivant. L'enveloppe en plastique du gâteau, qu'il avait chiffonnée, était en train de reprendre d'elle-même sa forme. Il la froissa de nouveau et quitta la pièce sans placer sa tasse parmi la vaisselle sale.

"Kurt Gotthard Manfredsson", pensa Fredriksson en relisant son carnet de notes. Est-ce que ce pourrait être ce nom en "K" que Veronika Hirmanen avait tenté de prononcer ? Un drogué. Mais pourquoi se serait-elle donné le mal de le désigner par son prénom ? Si elle avait eu affaire à lui dans le cadre de ses fonctions, il était peu probable qu'il lui ait été familier à ce point. Cela cadrait mal avec l'idée qu'il s'était faite de cette femme, en plus.

D'un autre côté, qui pouvait savoir ce qui venait à l'esprit de quelqu'un qui était en train de mourir ? L'être humain est loin d'être toujours rationnel. Peut-être avait-elle des raisons de se souvenir de lui sous le nom de Kurt.

Il décida d'aller rendre visite à ce Kurt Gotthard. Il savait qu'il devait normalement se faire accompagner, mais il n'avait pas envie de parler à un collègue quelconque, même pas d'en prendre un à côté de lui dans une voiture.

La photo du personnage le laissa légèrement pantois. Il était en effet d'une gaieté éhontée. Il avait été interrogé dans le cadre d'une affaire de violences au cours de laquelle un jeune homme avait eu cinq dents cassées et la rate explosée d'un coup de pied. Manfredsson était sur les lieux mais il n'avait pas été possible de déterminer s'il avait pris part à l'agression. Toutes les personnes impliquées étaient en effet ivres et les témoignages confus et contradictoires.

Fredriksson quitta l'hôtel de police sans parler à qui que ce soit. Il aurait dû échanger quelques mots avec Norrman, afin d'avoir un peu plus de détails, et peut-être aussi avertir Haver, au PC, de l'endroit où il se rendait.

Dans la voiture, il repensa à ce qu'avait dit Lindell à propos d'aller dîner quelque part, une fois que "K" serait arrêté. Jadis, les collègues de la brigade des agressions se fréquentaient, leurs époux respectifs se connaissaient, ils allaient en Finlande ensemble et étaient proches les uns des autres, de façon générale. Maintenant, on aurait dit que leur travail ne leur laissait plus le temps, ou la force, de se fréquenter pendant leurs loisirs. Le boulot leur suffisait. Sa propre femme, par exemple, n'aurait pas bondi de joie à l'idée de sortir en compagnie de Lindell ou de tel autre.

Le pâté de maisons de Manfredsson était constitué d'un certain nombre d'immeubles de plusieurs étages en brique jaune qui étaient si proches les uns des autres que les cours étaient sinistres. L'adresse mena Fredriksson à un bâtiment situé au beau milieu. Il leva les yeux sur la façade. Une gardienne d'immeuble était en train de sabler l'entrée. Il la salua et elle lui répondit avec un sourire.

— Savez-vous où habite Kurt Manfredsson ?

La femme leva les yeux.

— Oh oui, répondit-elle.

— Qu'est-ce que vous voulez dire ?

— On ne peut pas éviter de le savoir.

— Ah bon ?

— Vous êtes des services sociaux ?

— Non, de la police.

La femme hocha la tête comme pour signifier que la différence n'était pas grande et que cela ne l'étonnait pas.

— Au second, dit-elle en répandant une pelletée de sable en forme d'éventail devant les pieds de Fredriksson. Comme ça, vous ne risquez pas de glisser, précisa-t-elle.

Kurt Manfredsson ouvrit au troisième coup de sonnette. Il était sobre, au moins apparemment. Parfait, pensa Fredriksson.

— Qu'est-ce que c'est ? demanda Manfredsson.

Fredriksson vit sur lui qu'il savait fort bien qui venait lui rendre visite.

— Allan Fredriksson, se présenta-t-il néanmoins. Je suis de la police et j'ai quelques questions à vous poser.

— A quel sujet ?

— Vous permettez ?

En pénétrant dans le hall et entendant Manfredsson refermer la porte derrière lui, Fredriksson éprouva une sensation désagréable. Son corps lui disait qu'il n'aurait pas dû venir seul.

Ils prirent place dans la cuisine, propre et bien rangée. Manfredsson lut l'étonnement dans le regard du policier.

— J'ai une copine, dit-il non sans une certaine fierté dans la voix. Elle donne un coup, de temps en temps. Les bonnes femmes aiment que ça soit nickel, hein ?

— J'enquête à propos d'un triple meurtre, dit Fredriksson en guise d'entrée en matière et en regardant gravement son interlocuteur. Cette fois, il ne s'agit pas seulement de coups de pied dans la rate.

— Et qu'est-ce que je peux pour vous ?

Fredriksson sortit son carnet, l'ouvrit et consulta ses notes. C'était parfaitement inutile, il connaissait cela par cœur.

— J'aimerais savoir où vous vous trouviez au cours de l'après-midi et de la soirée du 10 décembre.

Manfredsson eut un sourire.

— Ça fait des siècles ! Comment voulez-vous que je le sache, bon sang ?

Fredriksson ne put éviter de constater le mauvais état des dents de son interlocuteur, lorsque celui-ci découvrit ses gencives. Mais cette belle humeur fut de courte durée.

— Quelques jours seulement, rectifia Fredriksson. Faites un petit effort.

— Je suppose que j'étais en train de picoler.

— Ou ça ?

— Quelque part en ville, je ne sais plus.

— Vous êtes sobre, en ce moment.

— On peut pas être tout le temps pinté. Ça la fiche moche.

Fredriksson avait de plus en plus de mal à supporter les sarcasmes de Manfredsson.

— Vous avez entendu parler des meurtres de Norby et près de Migo ?

— Je me fous pas mal de ce qui se passe. Qu'est-ce que ça peut me faire, si des bonnes femmes se font buter ?

Comment devient-on ainsi ? se demanda Fredriksson. Comment peut-il le supporter lui-même ? Il sait pourtant qu'il est possible de mener une autre existence. Il a un logement et, apparemment, une copine qui a le goût de la propreté.

— Connaissiez-vous l'une ou l'autre des victimes ?

Manfredsson regarda Fredriksson.

— Vous m'avez pas à la bonne, hein ?

— Cela n'a rien à voir avec ce qui nous occupe. Si vous voulez bien répondre à la question.

— Je crois pas, répondit l'autre à la vitesse de l'éclair.

— Le nom de Veronika Hirmanen ne vous dit rien ?

Manfredsson leva les yeux. Sans doute le sens de la propreté de sa copine n'allait-il pas jusqu'aux carreaux, car il était difficile de voir quoi que ce soit à travers la vitre, tellement elle était sale.

— Peut-être, lâcha-t-il au bout d'un instant. C'est pour ça que vous êtes venu, hein ?

Fredriksson passa une demi-heure dans la cuisine de Manfredsson à poser des questions et prendre des notes, s'efforçant de négliger les commentaires parfois acerbes de son interlocuteur. Il avait l'impression d'être une machine, ou l'un des rouages d'une machine, effectuant de façon purement routinière les différentes phases d'une tâche programmée à l'avance. C'était sans le moindre enthousiasme qu'il s'acquittait de ce qu'on attendait d'un enquêteur comme lui.

Il s'avéra que Manfredsson avait eu maille à partir avec Veronika Hirmanen, au mois d'août, pour une question d'argent.

— Elle refusait d'aligner du pèze ! Elle était là à me regarder avec son air supérieur.

— Qu'avez-vous fait, alors ?

L'homme pouffa de mépris.

— Je lui ai dit ce que je pensais d'elle, que c'était une salope, une sale pute d'assistante sociale.

— C'est tout ? Pas d'acte de violence ?

— C'est marqué dans vos papiers, non, que j'ai foutu tout ce qu'elle avait sur sa table en l'air ?

— Avez-vous proféré des menaces ?

— Je m'en souviens pas.

— D'après ses camarades de travail, vous lui avez dit de "faire gaffe". Pouvez-vous préciser ?

— On dit tout un tas de trucs. Ce que je sais, c'est qu'elle a pas volé ce qui lui est arrivé.

Perturbé par l'attitude apparemment indifférente de son interrogateur, Manfredsson s'efforça de le provoquer mais ses efforts restèrent vains devant la mine imperturbable de Fredriksson.

Pendant cette audition, la conviction que Kurt Gotthard Manfredsson était le meurtrier s'imposa à l'esprit du policier. Il y avait quelque chose dans son attitude qui faisait à ce dernier l'effet de trahir une certaine inquiétude, combinée à une fierté allant jusqu'à l'arrogance.

N'était-il pas maladivement flatté d'être interrogé dans le cadre d'une enquête criminelle ? Etait-il tellement sûr de ne jamais risquer d'être confondu dans cette affaire qu'il puisse afficher ce masque d'arrogance indifférente ? Mais quelle était la raison de son inquiétude, alors ?

Fredriksson conclut l'entretien en restant sans rien dire et se contentant de feuilleter en tous sens son carnet de notes comme pour décrypter un grimoire ou y trouver des contradictions. Il levait de temps en temps les yeux vers Manfredsson, qui ne cessait de le dévisager. Fredriksson était passé maître dans cet art qui faisait de lui un excellent enquêteur, aux meilleurs moments. Son comportement à la fois posé et pointilleux lui permettait d'inspirer confiance à celui qu'il questionnait tout en le déstabilisant. Et il était capable de modifier la proportion de ces deux sentiments comme on règle une montre. Manfredsson, pour sa part, bouillait de colère.

Fredriksson finit par refermer son carnet de notes.

— Vous n'allez pas vous absenter, hein ? demanda-t-il comme s'il figurait dans un feuilleton américain.

— Comment ça ?

— Pas de voyage en perspective, n'est-ce pas ?

Manfredsson secoua la tête.

— Où est-ce que j'irais ?

— Eh bien, c'est parfait. Parce que je crois qu'on aura d'autres questions à vous poser, très bientôt.

Il regagna directement l'hôtel de police pour rédiger le procès-verbal de l'audition et en tira une copie à l'intention de Haver, au PC, ce qui lui procura son premier sentiment de satisfaction depuis fort longtemps. L'interrogatoire l'avait stimulé, la résistance qu'il avait rencontrée ayant réveillé en lui, au moins temporairement, l'ancienne flamme. Il était sûr que c'était Manfredsson le coupable. Il se rendait certes compte qu'il n'avait aucune raison d'être aussi affirmatif, mais son sentiment l'emportait sur le reste.

C'est bien l'impression qu'eut Haver en parcourant le document. Pas tellement du fait de son contenu, plutôt à cause de la conviction qu'y avait mise Fredriksson. Une fois qu'il eut achevé sa lecture, il regarda son collègue, qui tardait à quitter le PC et était resté assis sur le coin du bureau d'Anneli, à parler avec la secrétaire.

Fredriksson avait le sourire pour la première fois depuis un mois. Quand il vit que Haver en avait terminé, il se leva et se dirigea vers lui.

— Qu'est-ce que tu en penses ?

— Intéressant, répondit Haver.

— Je vais continuer à cuisiner ce type. Je crois qu'on tient quelque chose.

— Il avait peut-être d'autres raisons d'être nerveux ?

— J'ai envisagé cette hypothèse, mais il y avait quelque chose qui n'était pas net dans le ton de sa voix et dans son attitude.

Haver observa Fredriksson et nota la conviction qu'il mettait dans ses propos. Soudain, le visage du premier se fendit d'un sourire. Il se sentait heureux, malgré sa fatigue.

— Parfait, Allan, dit-il chaleureusement. On s'occupe de ça !

Fredriksson quitta la pièce un sourire en coin sur les lèvres. En sortant, il faillit buter dans Månsson.

— Te revoilà, constata-t-il.

— Il est pas encore foutu, le vieux.

Månsson avait été victime d'une attaque au mois d'avril et personne ne pensait jamais le revoir dans la maison.

— Je suis à mi-temps, pour l'instant, mais ça fait du bien.

— Chic alors, dit Fredriksson avec un peu de chaleur dans la voix.

Ils se séparèrent et, quelques mètres plus loin, Fredriksson sentit la conviction l'emporter avec la puissance d'une avalanche.

— A nous deux, Manfredsson, lança-t-il à haute voix en montant quatre à quatre l'escalier menant à son bureau.

12

Les camarades de travail de Veronika Hirmanen, trois femmes et un homme, étaient réunis dans la salle de repos et tous se levèrent en même temps lorsque Lindell pénétra dans la pièce. Elle inspecta rapidement les lieux et ne put éviter de noter leur pauvreté. Un ensemble de fauteuils autour d'une table en pin, des plantes vertes anémiques devant la fenêtre et une cafetière sur une étagère.

Elle salua chacun de ces travailleurs sociaux, de la gauche vers la droite. La première femme, qui avait son âge, s'essuya la paume de la main sur le côté de son pantalon avant de serrer la sienne. La seconde était plus jeune et ne devait pas avoir plus de vingt-trois ou vingt-quatre ans. La troisième portait un affreux tailleur brun sale et deux énormes boucles circulaires d'un jaune doré étincelant pendaient à ses oreilles. L'homme, lui, avait un pantalon de velours beige plutôt fatigué et un pull-over en laine. Il la salua avec beaucoup d'enthousiasme et ce fut lui qui prit l'initiative.

— Ekman, se présenta-t-il d'une voix forte. Nous sommes sous le choc, bien entendu. Veronika était une femme magnifique !

Lindell prit place. Elle sentait l'expectative qui régnait dans la pièce. La plus jeune des femmes eut une quinte de toux et Lindell dut attendre un instant avant de prendre la parole.

— Je m'appelle Ann Lindell, je suis inspecteur de police et, vous l'avez compris, je suis en charge de l'enquête sur les meurtres qui viennent d'être commis. Je sais que vous vous êtes déjà entretenus avec un de mes collègues, mais je désire me faire par moi-même une idée du milieu de travail de Veronika.

Elle promena le regard sur le groupe tout en parlant.

— Vous voulez du café ? demanda la femme au tailleur.

— Non, merci.

Lindell prit le bloc qu'elle avait posé sur la table.

— Comme je vous le disais, je souhaite avoir une vue d'ensemble de la vie de Veronika.

Elle observa une pause, ne sachant trop comment continuer.

— J'aimerais vous demander : quel genre de personne était Veronika Hirmanen ?

Ils se regardèrent tous les quatre avant de braquer les yeux vers elle.

— Eh bien, dit Ekman en se penchant en avant comme pour donner plus de poids à ses propos, j'ai déjà eu l'occasion de dire que c'était quelqu'un de fantastique, doté d'une énorme capacité de sympathie, une excellente camarade de travail et d'une parfaite loyauté.

— Je sais, coupa Lindell, mais…

— Ne venez pas prétendre autre chose ! Ne vous mettez pas à fouiller dans son existence pour la faire apparaître sous un jour défavorable.

— Il n'est pas question de cela, protesta Lindell. Nous désirons simplement parvenir aussi près que possible de la vérité.

— Oui, oui, c'est ce qu'on dit toujours dans ces cas-là, répliqua Ekman en cherchant l'appui des autres.

— Ah bon, dit Lindell.

L'une des femmes fit mine de dire quelque chose, mais Ekman lui coupa la parole.

— Nous avons sans cesse plus de travail et sans cesse moins d'argent. Les gens aiment dire du mal des services sociaux.

— Je ne sais pas ce que vous entendez par "les gens", ce n'est pas moi, en tout cas, rétorqua Lindell, qui commençait à en avoir assez d'Ekman. Je suis ici pour enquêter sur un triple meurtre. Point final. Alors on va faire comme ceci. Je vais auditionner calmement chacun d'entre vous, pour tenter de me faire une idée de votre travail et de l'existence de Veronika. Il n'est pas sûr que ceci nous permette de trouver quoi que ce soit qui ait un rapport avec le crime, mais je pense que vous comprendrez que nous ne pouvons pas procéder autrement, n'est-ce pas ?

Elle crut noter l'ombre d'un hochement de tête de la part de l'une des femmes, tandis que Ekman affichait toujours la même mine agressive et peu abordable. Il se rejeta en arrière sur son siège d'une façon qui en disait long sur ce qu'il pensait de la proposition de Lindell.

— Si vous n'y voyez pas d'inconvénient, nous allons commencer immédiatement, dit-elle sur un ton détaché en le regardant. Disons : un quart d'heure par personne.

Les trois femmes quittèrent la pièce sans dire un mot.

— Bon, dit Lindell en levant les yeux de son bloc.

Elle en eut pour une bonne heure. Comme prévu, elle ne put rien tirer d'intéressant d'Ekman, qui ne démordait pas de son attitude. Il doit avoir fait de mauvaises expériences, pensa Lindell, ou alors il y a quelque chose dont il ne veut pas parler.

La femme au tailleur brun lui succéda un quart d'heure plus tard. Elle dévisagea Lindell de près, comme pour lire sur sa figure ce qu'Ekman et elle avaient pu se dire. Lindell tourna rapidement la page de son bloc, s'enquit rapidement de l'identité de son interlocutrice et procéda ensuite comme précédemment.

— Veronika n'était pas une bonne assistante sociale, dit la femme sans hésiter et sans quitter Lindell des yeux.

— Ah bon.

— C'est une "filleule de guerre", comme on dit.

— Elle est venue de Finlande comme réfugiée pendant le dernier conflit mondial ?

La femme hocha la tête.

— Pas au sens de tant d'autres arrivés ici *pendant* la guerre. Elle est née après, vous ne l'ignorez pas. Mais son père a participé à la guerre d'Hiver et en est ressorti brisé. Sur le plan psychique, s'entend. Et la famille en a souffert.

Lindell comprit que le quart d'heure prévu ne suffirait pas.

— Veronika s'est enfuie de son foyer et est arrivée en Suède à seize ans. Elle avait eu le temps de s'endurcir et considérait donc que si elle avait été capable de s'en sortir, elle, les autres devaient également en être capables. Elle répétait souvent qu'elle n'avait pas eu la vie facile et c'est sûrement vrai. Elle était dure envers son mari, aussi. Je pense qu'elle l'aimait, à sa façon, mais elle disait beaucoup de mal de lui. Elle s'est lamentée, en particulier, quand il s'est retrouvé au chômage. Elle y voyait un signe de manque de caractère.

— Comment avez-vous réagi ?

— Nous en avons eu assez, très souvent.

La femme se tut et passa la main sur la surface de la table comme pour en enlever quelques miettes. Elle ne regardait plus Lindell mais uniquement ce qu'elle était en train de faire et en elle-même, en quelque sorte.

— Je sais que ce n'est pas bien de dire du mal des morts, surtout d'une camarade de travail, comprenez-moi. La vérité, c'est que Veronika n'était pas appréciée, ici. C'est aussi simple que ça.

Lindell revit la scène de la maison de Norby. La poitrine de Veronika criblée de balles, son corps affaissé sur lui-même dans une position très désavantageuse, son mari contre le mur et l'album de photos ouvert.

— Je crois que c'est pour cette raison qu'elle n'a jamais eu d'enfant. Elle avait compris qu'elle ne serait pas une bonne mère.

— Elle traitait mal les gens ?

Lindell regarda sa montre.

— Ça dépend de ce qu'on entend par mal. Elle manquait de souplesse, elle s'en tenait à la lettre des textes, si vous voulez. Il faut dire une chose à sa décharge, c'est qu'elle se comportait de la même façon envers chacun.

— Elle était toujours aussi dure ?

La femme hocha lentement la tête.

— Vous pensez que son attitude a pu inciter quelqu'un a la tuer ?

— Nous avons envisagé cette possibilité, entre nous, ici. Il arrive que nous soyons l'objet de menaces. Certaines des personnes que nous recevons sont frustrées dans leurs espoirs et nous en tiennent rigueur. Veronika, elle, ne tenait aucun compte de cela, elle ne se souciait pas que certains haussent la voix et se mettent à nous injurier. Il y en a qui piquent une crise pour des bagatelles et d'autres qui s'enferment dans le silence, quand ils voient leur existence s'écrouler. Il arrive aussi qu'ils se mettent à avoir des idées, une fois qu'ils se retrouvent assis chez eux, à la table de leur cuisine. Chacun son genre.

La femme sortit un papier de la poche de son tailleur, le déplia et le tendit par-dessus la table.

— Agnes, Sofie et moi avons dressé une liste. Ekman n'est pas dans le coup. Nous avons vu la sienne et nous avons trouvé qu'elle méritait d'être complétée.

— Je comprends.

— Ce sont des gens qui se sont tous sentis lésés. Il y en a sûrement d'autres et certains de ceux qui figurent sur cette liste ne sont peut-être plus dans le même état d'esprit maintenant que le temps a passé.

Lindell examina le papier. Cinq de ces noms figuraient sur la liste qu'Ekman avait remise à Fredriksson et il y en avait huit supplémentaires. Ils étaient écrits soigneusement à la main, avec leur adresse et une brève explication. Huit citoyens coincés dans la machine sociale.

Les quinze minutes s'étaient écoulées et on entendit frapper discrètement à la porte.

— Je ne sais pas si nous avons raison de faire ça, mais nous aimerions que l'assassin soit arrêté. Il faut nous promettre de ne montrer cette liste à personne !

Lindell leva les yeux du papier, réfléchit un instant puis hocha la tête.

— D'accord, dit-elle en se tournant vers la porte. Entrez !

La plus jeune des assistantes sociales ouvrit prudemment la porte et passa la tête par l'entrebâillement. Lindell glissa la liste dans son bloc.

— Tu peux entrer, Agnes, on a terminé, dit sa collègue.

L'audition des deux autres femmes ne fit que confirmer l'image de Veronika Hirmanen. En les écoutant, Lindell se demanda si ce n'était pas une version sur laquelle les trois camarades de travail s'étaient entendues qui lui était servie là. Au cas où Veronika n'aurait pas trouvé sa place au sein du groupe et aurait été l'objet de critiques injustes.

Elle observa de près les deux femmes sans pouvoir trouver trace de rancune ni de désir de revanche. Elles étaient sérieuses. Il était évident, aussi, qu'elles n'appréciaient guère la situation dans laquelle elles se trouvaient. Elles avaient dû en parler et décider de dire ce qu'elles pensaient être la vérité. Veronika Hirmanen n'était pas victime d'une conspiration.

Lindell quitta le bureau d'aide sociale avec un sentiment de déplaisir. "Elle s'en tenait à la lettre des textes", avait dit la plus âgées de ces femmes. Quels textes, au juste ?

Une fois dans la voiture, elle sortit la liste et la parcourut :

Georg Fransson, 52 ans, problèmes d'alcool, chômeur.

Tore Svensson, 34 ans, drogué, chômeur.

Johannes Lindeberg, 34 ans, violences conjugales, plombier.

Sven-Erik Roos, 37 ans, drogué, affaires familiales, chômeur.

Bo-Lennart Wiik, 48 ans, difficultés financières liées au chômage.

Gustav Fahlman, 39 ans, drogué, livreur de journaux.

Fredrik Solle, 31 ans, chômeur, affaires familiales.

Boo Hansson, 41 ans, chômeur, affaires familiales.

Huit hommes, pas un seul dont le nom commençât par un K. Le meurtrier figurait-il parmi eux ? Peut-être avait-il un surnom en K, d'ailleurs ? Lindell parcourut une nouvelle fois la liste avant de quitter le parking.

Le CHU avait une odeur particulière. Ann Lindell pensait que cela avait à voir avec la première fois où elle y était venue. C'était l'un des premiers jours de sa prise de service à Uppsala. Une jeune femme avait reçu des coups et Ann avait été chargée de recueillir son témoignage une fois qu'elle aurait repris conscience.

Elle n'avait encore jamais vu une femme humiliée à ce point, tuméfiée et couverte de bleus. Il n'y avait pas un endroit de son corps qui ne portait la trace des coups de poing ou de pied du mari. Elle aurait aimé la prendre dans ses bras. Elle se rappelait encore cette petite voix qui sortait à peine de ses lèvres couvertes de plaies, de ce regard qui perçait tout juste derrière les paupières enflées, du goutte à goutte dont l'aiguille bougeait quand la femme levait la main, comme en un geste de mise en garde, quand Ann faisait mine de poser la sienne sur son bras. Et puis l'odeur. Peut-être était-ce celle de la peur ? Ann n'avait jamais compris ce qui avait incité son odorat à réagir avec tant de force.

Depuis cette matinée au service des soins intensifs, elle en sentait l'odeur dès qu'elle approchait des nombreux bâtiments de l'hôpital.

Elle pilota lentement son véhicule à travers l'enceinte, en vieille habituée. Toute cette violence. Comme si les maladies ordinaires et les souffrances humaines ne suffisaient pas. Elle avait entendu à la radio qu'il n'y avait pas plus de violence maintenant que jadis, que les médias s'y intéressaient seulement d'une autre façon. Elle qui était au centre de ce genre d'événements ne pensait pas que ce soit vrai. Elle avait souvent envie de prendre la fuite, sous le coup de la peur, mais jamais quand elle était en service. Cela la prenait quand elle était chez elle, assise sur son canapé, dans son appartement faiblement éclairé, un verre de vin à la main.

Le service portant le numéro 70 se trouvait au milieu de la longue rangée de bâtiments formant l'artère principale de l'hôpital. Elle parvint à trouver une place de parking devant l'entrée, glissa quelques pièces dans l'horodateur et se hâta d'aller se mettre à l'abri sous la marquise. Dans le grand hall, un petit garçon était en train d'ôter l'enveloppe d'un caramel mou. Il le fourra goulûment dans sa bouche et chiffonna le papier pour en faire une petite boule. Puis il chercha du regard une corbeille à papier, en trouva une et lança habilement la boule dedans. En passant devant lui, Lindell le vit mâcher son bonbon à belles dents. Un peu plus loin, un homme amputé de la jambe querellait sa femme qui poussait patiemment son fauteuil roulant devant elle.

Sur la porte de l'ascenseur, un couple tenant un enfant par la main était représenté. Elle observa ces trois silhouettes stylisées, image de la famille heureuse, tout en attendant l'ascenseur.

Une fois parvenue au troisième étage, elle se trouva soudain plongée dans une réalité qui ne lui était pas familière. Elle n'avait jamais été sérieusement malade ni blessée, et n'avait donc pas eu l'occasion de séjourner à l'hôpital.

Une femme de forte corpulence, au visage résigné, était allongée sur une civière. "Premiers secours" était-il marqué sur un panneau apposé sur le mur, derrière elle. "J'en aurais besoin moi-même", pensa Lindell.

— Attendez ici, on va venir vous chercher, entendit-elle un membre du personnel dire à la femme au regard fixe sur la civière.

Lindell vit une infirmière qui arrivait, la héla et se présenta.

Cecilia Hansson avait de très beaux cheveux d'un roux intense rassemblés en queue de cheval. A plusieurs reprises, au cours de leur conversation, elle y porta les mains. Elle tirait dessus et secouait légèrement la tête pour mieux répartir cette masse sur sa nuque et ses épaules.

— Veronica et moi faisions équipe, dit-elle. Nous sommes arrivées ici en même temps, il y a un peu plus de six mois, et nous avions donc beaucoup de choses en commun. C'est toujours difficile de trouver sa place dans un nouveau milieu de travail et c'est bien d'être deux, alors.

Un sifflement retentit dans le couloir et Lindell supposa que c'était l'un des patients qui demandait de l'aide.

— Avez-vous un moment à me consacrer ? Pourrait-on trouver un endroit tranquille ?

— Allons dans l'une des salles de consultation, dit Cecilia Hansson.

— Comment Veronica s'est-elle insérée dans l'équipe ? commença par demander Lindell une fois qu'elles furent assises.

Cecilia parut réfléchir un instant. Elle prit le temps d'ajuster l'élastique argenté qui retenait sa queue de cheval avant de répondre.

— Bien, dit-elle, sans conviction. Elle était soucieuse de… enfin, comment dire…

Lindell attendit la suite. Une collègue de Cecilia entrouvrit la porte et la referma en se rendant compte que celle-ci n'était pas seule.

— Elle était en général de bonne humeur, reprit Cecilia, mais il y avait des moments où elle était déprimée et, dans ces cas-là, ce n'était pas très agréable de travailler avec elle. Dans un service comme celui-ci, il faut être en forme, parce que ça n'arrête pas.

— Pourquoi était-elle déprimée, selon vous ?

— Elle n'en parlait pas. J'ai essayé de le lui demander, à plusieurs reprises. Elle a toujours éludé la question. Elle n'évoquait d'ailleurs jamais le domaine privé.

— Il y avait des hommes, dans sa vie ?

— Elle en a eu un, mais c'était terminé. Elle l'a mentionné une fois, seulement en passant.

— Un nouveau à l'horizon ?

— Pas que je sache.

— Vous ne sortiez jamais ensemble ?

Cecilia secoua la tête.

— Comment était-elle, au travail ?

— Consciencieuse et très ordonnée, parfois presque un peu trop. Mais elle ne cherchait jamais à se défiler, c'est ce que j'appréciais en elle. On pouvait compter sur elle. Alors qu'il y en a qui n'arrêtent pas de se lamenter.

— Comment se comportait-elle envers les patients ?

Elles furent une nouvelle fois interrompues par la même personne.

— Est-ce que tu peux venir voir Målle, après ? Excusez-moi, ajouta-t-elle en se tournant vers Lindell avant de refermer la porte.

— Målle est un vieux monsieur qui s'est pris d'affection pour moi, expliqua Cecilia avec un sourire. Eh bien, poursuivit-elle avec une certaine hésitation, Veronica connaissait parfaitement son affaire et elle était très sûre dans sa façon d'administrer les soins, mais elle ne voyait peut-être pas toujours l'être humain derrière le patient, si vous voyez ce que je veux dire. Elle n'était pas méchante, non, et pourtant on pouvait parfois avoir l'impression qu'elle était bourrue.

Lindell pensa à l'intérieur si bien tenu de Veronica et eut l'impression de comprendre.

— A-t-elle jamais fait état de menaces à son encontre ?

— Non, elle ne parlait d'ailleurs guère d'elle-même. Mais si elle avait senti qu'elle était l'objet d'une menace quelconque, elle l'aurait sans doute mentionné.

— Elle ne s'est jamais plainte de quelqu'un qui la tracassait ? Je veux dire : elle était jolie et les hommes devaient s'intéresser à elle, non ?

Non plus.

— Il n'y a pas d'homme, dans le service ?

— Surtout des femmes.

— J'ai dû lire trop de feuilletons, reconnut Lindell avec un sourire.

— Nous n'avons pas de temps pour la bagatelle, ici. Et à peine, une fois rentrées chez nous, d'ailleurs.

— Se pourrait-il qu'un patient ait eu l'impression de ne pas recevoir les soins qu'il fallait et en ait gardé rancune envers elle ?

— Il y a quand même une différence entre nourrir de la rancune et aller tuer les gens, fit sobrement observer Cecilia.

Elle se quittèrent, Cecilia pour aller s'occuper de Målle et Lindell pour rencontrer l'infirmière en chef.

Elle consacra plus d'une heure à s'informer sur le service en s'entretenant avec la responsable et avec deux infirmières. On lui donna aussi le numéro de téléphone de deux autres, qui avaient eu l'occasion de travailler avec Veronica mais n'étaient pas sur place pour l'instant.

Au moment de quitter le service, elle aperçut à nouveau la femme à la toison rousse à côté d'un homme qui avançait d'un pas mal assuré dans le couloir, appuyé sur un déambulateur et avec un goutte à goutte accroché à un support. Cecilia lui fit signe d'attendre un instant et, une fois qu'elle l'eut rejointe, elle eut l'air assez gênée.

— Il y a une chose que je n'ai pas mentionnée, dit-elle en tirant de nouveau sur ses cheveux. C'est un peu délicat à dire. C'est vous qui avez abordé la question des relations sexuelles, n'est-ce pas ? Alors, je crois que Veronica préférait les femmes.

Elle leva les yeux, à la fois gênée et avec un air un peu coupable, comme si elle salissait la mémoire de sa camarade de travail.

— Vous voulez dire qu'elle était lesbienne ?

— Plutôt bisexuelle, mais je crois qu'elle était attirée par les femmes. Je ne sais pas si ça a de l'importance. Il n'est pas impossible que ça explique certaines choses.

Dans le fond, on entendait Målle appeler son infirmière favorite.

— C'est possible, répondit Lindell, et je suis heureuse que vous ayez eu le courage de m'en informer.

Cecilia Hansson se dépêcha de retourner à ses occupations. Lindell, pour sa part, resta immobile. Sur le mur, derrière elle, était accroché un grand tableau avec la photo des membres du personnel du service. Dans le rang du milieu béait un grand trou.

Lorsqu'elle sortit du bâtiment, des flocons de neige étaient en train de tomber lentement sur le noir de l'asphalte. Elle s'immobilisa un moment et repensa à ce qu'elle venait d'apprendre. Elle se demanda si les deux victimes féminines n'auraient pas eu une liaison, avant de se dire que c'était parfaitement invraisemblable et de chasser cette idée de son esprit avec un sourire.

13

Le "trio des ploucs", comme Riis avait surnommé le groupe chargé de passer au peigne fin le sud-ouest d'Uppsala, était assis dans la salle de repos.

— On dirait un petit orchestre de jazz, dit Norrman.

— Il faudrait peut-être qu'on porte le même veston, suggéra Berglund.

— A larges revers, ajouta Norrman.

— Soyons sérieux ! lança Lundin.

— Tu t'occupes du marchand de glaces ? demanda Norrman en regardant Riis avec un éclat de rire.

— Qu'est-ce qu'il y a de drôle ?

— Te goinfre pas trop d'esquimaux, c'est tout !

— Ça suffit ! maugréa Riis. Je me charge du glacier, point final.

— J'ai appelé la Confédération. Ils m'ont dit qu'ils avaient cinquante-trois sections.

— Je ne croyais pas qu'il y avait autant de péquenots, lâcha Riis.

— Je suppose qu'il n'y en a qu'une ou deux qui présentent un intérêt pour nous, poursuivit Berglund. J'ai réussi à toucher le président de celle qui couvre un endroit appelé Fittja. Ça m'a l'air d'un type bien.

— C'est comme chercher une aiguille dans un tas de foin, ce qu'on va faire, commenta Riis.

Tous étaient d'accord sur ce point. Envoyer trois policiers en reconnaissance dans la cambrousse sur la base du seul témoignage d'un pompiste d'Örsundsbro, alors qu'il y avait tant de vols, d'agressions à main armée et d'actes de violences en ville… Mais personne n'avait eu de meilleure idée, hélas…

Berglund et Norrman bifurquèrent pour prendre le pont en direction d'Örsundsbro. Norrman était au volant de sa vieille Sierra et Berglund scrutait attenti-vement les alentours en commentant ce qu'il voyait. Son collègue complétait parfois d'un mot, restant par ailleurs silencieux.

Ils aimaient travailler ensemble car ils avaient le sentiment de se compléter, connaissant parfaitement les qualités de l'autre, ses points forts comme ses faiblesses. Cette complémentarité se voyait dans tout ce qu'ils faisaient en commun et ils donnaient l'impression d'une très grande sûreté d'action.

Berglund avait parlé avec le président de la section de la Confédération englobant la région au sud d'Örsundsbro, jusqu'à la limite de celle de Håbo. Elle comptait plus d'une centaine de membres, la plupart des paysans en activité mais aussi certaines personnes privées.

L'homme en question était pressé mais avait indiqué un proche voisin, homme d'un certain âge "qui savait tout sur le secteur". Et celui-ci ne s'était pas trop fait prier pour leur servir de guide dans les alentours de Fittja. Berglund et Norrman avaient rendez-vous avec lui à l'église.

Ils passèrent devant la station-service à l'enseigne de Q8 dont l'exploitant avait donné le renseignement sur lequel reposait toute l'expédition. Son nom, Becke, était peint sur une voiture et Norrman se demanda si c'était à lui que Lindell avait parlé.

Ils prirent à gauche en direction de Hjälsta et, environ deux kilomètres plus loin, à l'église de Giresta, de nouveau à gauche vers Fittja.

A ce moment précis, le soleil fit son apparition et les nuages se mirent à disparaître en direction de l'ouest à une vitesse étonnante. Une belle lumière inonda le paysage, couvert d'une légère couche de givre, qui offrait un magnifique spectacle. La petite route zigzaguait à travers une terre à la fois belle et riche. De grands champs d'un seul tenant alternaient avec des fermes et des parties boisées.

Norrman conduisait lentement. Les deux policiers observaient attentivement le paysage, les maisons d'habitation aussi bien que les bâtiments utilitaires. Etait-ce là que se cachait le meurtrier ?

Vilhelm Magnusson, comme s'appelait leur guide, les attendait en effet à l'église, non pas à la grille mais près du mur du fond de l'enclos, de dos.

Il se retourna avec une vivacité inattendue, au bruit de leurs pas sur le gravier de l'allée, et vint vers eux main tendue. Berglund le trouva fort sympathique, il y avait quelque chose de très engageant dans sa façon d'être.

— Me voilà, dit Magnusson.

— Merci d'avoir pris le temps de venir, répondit Norrman.

— La vue d'ici est l'une des plus belles de la paroisse, expliqua l'homme en se tournant à moitié et désignant l'ensemble du paysage d'un vaste geste du bras.

Derrière le mur s'étendait un champ en pente douce dont la limite était indiquée par un groupe d'aunes formant des tâches d'un brun rougeâtre à la lumière du soleil, comme des torches se détachant sur la ceinture de roseaux, à l'arrière-plan. La crique de Lårsta était couverte d'une pellicule de glace grisâtre qui ressemblait un peu à une fourrure givrée avec un trou au milieu, là où la glace n'avait pas pris. De l'autre côté, le terrain se dressait en pente raide et ils voyaient son relief légèrement tourmenté se détacher sur le fond vert sombre de la forêt de sapins.

Les deux policiers ne purent faire autrement que lui donner raison.

— C'est là que je suis allé à l'école, dit l'homme en désignant une bâtisse grise jouxtant le cimetière. J'étais justement en train de lire la pierre tombale de mon vieil instituteur. Celui qui lui a succédé vit encore et approche des cent ans.

Il avait légèrement l'accent d'Enköping quand il parlait.

— De l'autre côté du lac, vous apercevez une des fermes du château de Wik, et il s'en faut de peu qu'on ne voie la pointe de son toit, aussi.

— C'est très beau, commenta Norrman.

Les trois hommes restèrent un instant dans cette position. Norrman alluma une cigarette et se trouva très bien dans son rôle.

— Alors vous êtes en chasse, reprit l'homme.

— C'est ça, en chasse d'une voiture dont nous pensons qu'elle peut se trouver dans le secteur.

— Et le conducteur ?

— C'est lui qui nous intéresse le plus, c'est vrai, lâcha Norrman avec un sourire.

Après avoir devisé un moment dans le cimetière, ils firent le tour de l'église et commentèrent sa couverture en lattes de bois. Puis ils prirent place dans la Sierra et se lancèrent dans leur odyssée à travers cette paroisse de l'Uppland à l'opulence apparente.

— On a pas mal de saloperies par ici, vous savez, confia Vilhelm Magnusson. Il y a une bande de drogués qui vit dans une vieille baraque. Ils font la java, traversent le village au volant à toute vitesse et hurlent parfois au point qu'on croit que l'un d'eux est en train de mourir.

— Vous les laissez là ?

— Ce genre de types, pas facile de s'en débarrasser. Ils ne sont que deux, mais ils ont souvent de la visite. Y a une femme, aussi.

Magnusson désigna soudain un groupe de maisons.

— Il y a eu un meurtre, là-bas, peu auparavant.

Norrman lança un coup d'œil en direction du vieux pour voir s'il plaisantait. Non : il était parfaitement sérieux.

— C'est là que vivait mon vieil instituteur, dans la petite baraque jaune, ajouta-t-il.

— Un meurtre, dites-vous ?

— Oui, là-bas, dit l'homme en désignant de la main la maison d'à côté. Ça a fait tout un raffut. Ils m'ont stoppé – je veux dire : la police – alors que j'arrivais sur mon tracteur. Les journalistes, eux, ils sont arrivés en hélicoptère pour prendre leurs photos.

— Quand était-ce ?

— En 64.

— Ah bon. Qu'est-ce qui s'est passé ?

— C'est un type qui a tué un employé de banque et brûlé le corps dans le poêle en faïence. Au début, la police n'y croyait pas. Mais ils ont fait l'expérience avec un cochon et ça a marché.

— Je me souviens de cette histoire, maintenant, dit Berglund depuis le siège arrière.

— Je crois qu'il en a pris pour sept ans. Mais il s'est bien conduit et il a fini par sortir. C'était juste là, dit le vieux, très excité, en désignant un beau bâtiment au sommet d'une hauteur.

Ils prirent la direction de Giresta. Magnusson leur indiqua chaque ferme et chaque maison en leur expliquant qui vivait là. C'était une sorte d'encyclopédie locale vivante. Puis ils mirent le cap sur Bålsta et passèrent à Bälsunda.

— Ce fossé, ici, c'est la limite de la section de la Confédération.

Sur le siège arrière, Berglund eut un sourire.

Ils poursuivirent encore un peu, firent demi-tour à l'entrée de la route menant à Biskops-Arnö et revinrent sur leurs pas pour tourner vers Kulla.

Ils sillonnèrent la région pendant une heure. Berglund avait du mal à suivre leur itinéraire sur la carte. Mais pas la moindre Volvo rouge à l'horizon ; presque pas d'êtres humains, d'ailleurs.

Leur guide, lui, était de plus en plus bavard.

— Je peux en causer aux gens du coin, dit-il, et leur signaler que vous cherchez une Volvo rouge. Au bout de quelques jours, on saura bien si elle est par là ou non.

— Excellente idée, s'exclama Norrman. Ce serait très gentil à vous, merci.

— Y a pas de quoi !

Ils se quittèrent à l'église et virent l'homme pénétrer de nouveau dans le cimetière. Norrman et Berglund restèrent un moment dans la voiture sans bouger. Norrman avait ouvert la fenêtre pour fumer une cigarette.

— Il est sympa, ce type, dit-il en voyant le dos du vieil homme disparaître au coin de l'église. Il est retourné voir le paysage, on dirait.

— Ces drogués, dont il nous a parlé, si on allait voir ça ?

— On va en parler aux "stups", répondit Berglund.

14

La conférence de presse fut bel et bien le chaos qu'avait prévu Ottosson. Il était venu des journalistes de tous les médias possibles. La cohue fut telle qu'ils furent obligés d'utiliser la grande salle de réunion.

Les quatre chaînes de télévision avaient des caméras sur place et les grands journaux, la presse locale et les agences avaient envoyé des correspondants. Sans compter certaines personnes travaillant en free-lance.

Ottosson embrassa l'assemblée du regard, malgré les projeteurs qui l'aveuglaient. Les flashs ne cessaient de lancer leurs éclairs et la rumeur enflait.

A côté de lui était assise Liselotte Rask, normalement chargée des rapports avec la presse. Elle avait l'air assez lasse. "Pas étonnant, pensa Ottosson, après cinq jours de lutte au couteau au téléphone et en réunion". Elle faisait en effet partie de l'état-major de crise et manquait rarement une séance.

Ils attendaient Aronsson, le patron de la brigade criminelle. Le procureur avait décliné l'invitation. Ottosson passa rapidement la main sur son front et, l'instant d'après, rejeta ses cheveux en arrière. "J'aurais dû aller chez le coiffeur", pensa-t-il. En se faisant aussitôt la réflexion qu'il avait à peine le temps de se raser le matin.

Liselotte était plongée dans ses notes, apparemment indifférente à cette agitation. Il y eut alors un mouvement au fond de la pièce et Aronsson fit son entrée en fendant la foule. Il prit place sur le dernier siège vacant, ouvrit un énorme dossier et tira vers lui le micro avant d'observer une pause, se rejeter en arrière et adresser un signe de tête à Liselotte.

— Bienvenue à tous, dit-elle. Je m'appelle Liselotte Rask. A ma droite se trouve le commissaire Aronsson, chef de la brigade criminelle et, à ma gauche, le commissaire Ottosson, en charge de celle des agressions.

Elle marqua un petit temps d'arrêt avant de poursuivre. Cette pause très étudiée eut pour effet d'installer un silence complet dans la salle.

— Il y a trois jours a été commis un double meurtre, qui depuis, vous ne l'ignorez pas, a été suivi d'un autre. Je n'ai pas besoin de préciser que nous avons mis en œuvre tous les moyens dont nous disposons pour mettre la main sur le coupable. Le commissaire Aronsson va nous rappeler ce qui s'est passé exactement, puis le commissaire Ottosson fera le point de l'enquête. Vous pourrez ensuite poser les questions que vous désirez.

Le patron de la brigade criminelle, dont le teint était d'une pâleur maladive sous la violence de l'éclairage, fit un résumé assez verbeux des événements des derniers jours. Comme ils étaient déjà connus de tous, les représentants de la presse ne tardèrent pas à perdre patience, ce qui ne perturba pas Aronsson. Liselotte le regardait de côté. Il parlait sans consulter ses notes et elle ne put que l'admirer pour la faculté qu'il avait de présenter une vue d'ensemble de cette histoire, même si elle était beaucoup trop détaillée.

Cela allait bientôt être au tour d'Ottosson qui, lui, ne cessait de tourner ses papiers et lançait des regards suppliants en direction de la salle, comme s'il pouvait en attendre une aide quelconque. Il avait l'impression d'avoir devant lui une horde de loups prêts à se jeter sur lui pour le dévorer. "Résumer la situation, c'est à la portée de n'importe qui, pensa-t-il, moi, ils vont me manger tout cru".

Aronsson cessa brusquement de parler et tourna la tête vers Liselotte, qui braqua à son tour les yeux vers son autre voisin.

— Notre collègue Rask a évoqué les moyens mis en œuvre et je vous informe que nous avons décidé de ne pas faire appel à la brigade criminelle nationale, commença par dire Ottosson. C'est donc la police d'Uppsala qui assume l'entière responsabilité de l'enquête. Cette mesure est révisable à chaque instant, mais le moment n'est pas venu de le faire.

— Pourquoi ça ? s'écria quelqu'un dans la salle.

Ottosson perdit un peu contenance.

— Ce n'est pas nécessaire pour l'instant, se contenta-t-il de répéter en s'approchant du micro d'un mouvement brusque et haussant la voix.

Ses paroles claquèrent au-dessus de l'assemblée, augmentant malgré lui l'impression qu'il avait décliné l'assistance de Stockholm. Il poursuivit en précisant qu'il n'y avait pas encore de suspect et qu'aucun mandat d'arrêt n'avait été lancé, mais qu'on avait de bonnes raisons de penser qu'il s'agissait d'un seul et unique meurtrier et que celui-ci était sans doute un homme d'allure suédoise, habitant Uppsala ou les environs.

— Ce qui nous en a persuadés, c'est le lien entre les trois victimes, poursuivit-il en faisant monter d'un cran l'attention de l'assistance. Veuillez avoir l'amabilité de ne pas prendre de clichés pendant que je parle, ajouta-t-il à l'intention de la horde de photographes massée devant le podium, avant de reprendre : Nous nous sommes demandé si nous avions raison de révéler ce détail et nous sommes parvenus à la conclusion que l'information peut sauver des vies humaines.

"Quel metteur en scène", pensa Liselotte Rask en lorgnant dans sa direction.

— En effet, le coupable a procédé à plusieurs reprises, avant ces meurtres, à des envois postaux analogues à ses différentes victimes. Il s'agit d'enveloppes matelassées de couleur jaune du modèle en vente dans tous les bureaux de poste. Le contenu en est peu ragoûtant, puisqu'il s'agit d'excréments, soit animaux soit humains.

— Comme si l'être humain n'était pas un animal, fit remarquer quelqu'un au premier rang de l'assistance.

Ottosson passa la main sur sa barbe et montra une enveloppe matelassée jaune. Les éclairs de flashs que déclencha ce geste aveuglèrent un instant les trois policiers. Quant au cliquetis des objectifs, il fit penser Liselotte Rask à celui de l'usine textile dans laquelle sa mère avait travaillé pendant trente ans.

La sensation que causa parmi le corps des journalistes le geste de montrer une banale enveloppe jaune causa une sorte d'onde de choc en direction du podium. Liselotte Rask perçut le déplacement d'air, suivi par l'onde sonore.

"Ils ont enfin leur os à grignoter", pensa Ottosson, très las. Cela faisait plusieurs jours que cette enveloppe était posée devant lui, sur son bureau, qu'il l'ouvrait en appuyant sur ses bords rigides et imaginait le meurtrier en train de la remplir de ses excréments, accroupi au-dessus. A supposer que ce soit bien ainsi qu'il ait procédé. Il n'avait pu s'empêcher de réfléchir à ce détail d'ordre pour ainsi dire technique. Peut-être l'assassin avait-il d'abord fait ses besoins sur une feuille de papier journal, après tout, et les avait-il versés ensuite dans l'enveloppe. Ou encore avait-il d'abord placé l'ensemble dans un sac en plastique, pour éviter que cela fuie ou sente un peu trop ? Cette dernière hypothèse lui semblait la plus vraisemblable.

Les questions se mirent alors à pleuvoir dru, bien qu'il eût encore pas mal à dire au cours de l'exposé qu'il avait projeté. Il regarda pensivement Liselotte qui l'exhorta à mi-voix à lâcher les chiens.

— Montrez-nous encore une fois l'enveloppe, s'écria quelqu'un.

Il s'exécuta, déclenchant une nouvelle salve d'éclairs de flashs, tandis qu'un silence inattendu se mettait à planer sur l'assemblée.

— Nous demandons à toute personne qui aurait reçu un envoi de ce genre de se faire connaître immédiatement de la police. Nous avons réservé à cet effet deux lignes directes dont les numéros sont affichés derrière nous et dans l'entrée.

Il accompagna cette information d'un geste, comme s'il pouvait y avoir la moindre ambiguïté sur ce point.

— Nous sommes maintenant parvenus à la conclusion que ces trois meurtres ont été commis par une seule et même personne disposant d'une voiture, poursuivit Ottosson. Celle-ci a été dérobée lors des deux premiers assassinats et nous n'excluons pas que le meurtrier l'ait encore. Il s'agit d'une Volvo rouge de cette année. L'arme est un pistolet calibre 45 de marque inconnue. Nous avons des raisons de penser que le meurtrier vit à Uppsala ou dans les environs.

Le patron de la brigade des agressions poursuivit en mentionnant les détails que la presse pouvait révéler.

Cela lui permit de donner le sentiment qu'ils disposaient de plus d'indices qu'ils n'en avaient en réalité.

Une fois qu'il eut terminé son exposé, Rask reprit aussitôt la parole.

— D'autres questions ? demanda-t-elle en faisant du genou à Ottosson, sous la table, en guise de félicitations.

— Qui mène l'enquête ? lança un représentant du journal local.

— L'inspecteur Ann Lindell, répondit Ottosson, qui regretta aussitôt ses paroles.

— La même personne que dans l'affaire Enrico, alors ? lança un journaliste de la presse du soir.

— Exact.

— Avez-vous une idée du mobile ?

— Nous avons formulé certaines hypothèses, mais nous préférons ne pas les évoquer.

— Avez-vous placé certaines personnes sous surveillance ?

— Pas de commentaire.

— Certaines des victimes avaient-elles des activités d'ordre politique ?

— Nous ne le pensons pas.

— Pourquoi dites-vous : penser ?

— Rien ne nous incite à croire qu'il y ait des mobiles d'ordre politique derrière ces meurtres, précisa Aronsson.

— Le fait que l'une des victimes ait un lourd arriéré d'impôts peut-il avoir contribué à son assassinat, demanda un homme relativement jeune, au fond de la salle, qui s'était levé et agitait son stylo.

— Nous passons évidemment au crible le passé des victimes, répondit brièvement Ottosson en se tournant vers un journaliste de la télévision qu'il connaissait.

— La réorganisation controversée de la police d'Uppsala peut-elle avoir eu une influence néfaste sur l'enquête ?

"On dirait un de nos membres", pensa Liselotte.

— Absolument pas, répliqua Aronsson. Nous sommes parfaitement en état de faire face à la situation.

— Si vous êtes tellement à court d'effectif, ici, du fait du véritable exode de policiers vers d'autres emplois, pourquoi refusez-vous l'assistance de la criminelle nationale ?

— Je conteste d'abord le terme d'exode et ensuite ce n'est jamais un but en soi de faire appel aux instances nationales. Nous ne le faisons qu'en cas de besoin et cela ne nous paraît pas l'être à l'heure actuelle.

La conférence dura encore une vingtaine de minutes, au cours desquelles Ottosson sua sang et eau et la fatigue d'Aronsson ne fit que s'accentuer. La chargée de presse y mit un point final en rappelant le numéro des lignes directes destinées à permettre la collecte d'informations. Les journalistes commencèrent à gagner la sortie et Aronsson poussa un soupir de soulagement qui s'entendit au micro.

Tandis que le local se vidait lentement de ses occupants, il prit son portable et composa le numéro abrégé de Lindell.

— Oui, se contenta de répondre celle-ci.

— Savais-tu que Toiwo Hirmanen était en retard dans le paiement de ses impôts ?

— Non, s'étonna Lindell. Je n'en avais pas la moindre idée. Cela ne figure nulle part, mais peut-être Haver est-il au courant. C'est lui qui s'occupe de tirer au clair la situation des Hirmanen.

— C'est curieux d'obtenir une place de comptable quand on n'est pas en règle avec le fisc, tu ne trouves pas ?

— Non, en fait, dit Lindell.

Ils mirent fin à la communication. Lindell avait garé sa voiture près de la pâtisserie Savoy, dans Ringgatan, et elle s'engagea à pas pressés dans Kyrkogårdsgatan, vers le sud et la boutique de téléphones à l'enseigne d'Adapt, au coin de Sankt Johannesgatan, afin d'en avoir le cœur net à propos de ce reçu trouvé près de Migo.

Elle aurait pu y aller au volant mais éprouvait la nécessité de se donner un peu d'exercice. Elle avait aussi besoin de voir des gens, autour d'elle, d'entendre leurs voix et de participer un peu à la vie ambiante, même si cela impliquait de cavaler un peu sur les trottoirs avec la pensée de ce triple meurtrier sans cesse en tête.

Il n'y avait guère de place dans la petite boutique. Un jeune homme se tenait au comptoir. Une femme de l'âge de Lindell était en train de feuilleter diverses enveloppes pour choisir son nouveau numéro d'abonnée.

— Je n'en veux pas qui comporte un sept, dit-elle d'une voix ferme. Qu'est-ce qu'il y a d'autre ?

— Il y en a pas mal, répondit le vendeur en se penchant pour prendre une nouvelle poignée d'enveloppes.

Il n'avait pas l'air ennuyé, plutôt blasé. Lindell ouvrit son manteau et alla se poster devant la notice explicative d'un fax. Elle parcourut la description de ses fonctions sans en retenir un seul mot. La femme finit par choisir son numéro et on lui remit son appareil dans une petite boîte. Ann approcha du comptoir.

— Bonjour. Je suis Ann Lindell, de la police criminelle, dit-elle à voix basse et en sortant discrètement sa plaque de police. Pouvez-vous me consacrer quelques minutes ? La femme au numéro dépourvu de sept sursauta, lança un coup d'œil soupçonneux à l'employé et fourra la boîte dans son sac.

— Oui, répondit le vendeur. C'est à quel sujet ?

— J'aurais besoin d'un ou deux renseignements, c'est tout.

Elle lui expliqua qu'elle avait entre les mains un reçu de sa boutique et désirait savoir ce qu'il pouvait lui en dire.

— Qu'est-ce qui figure sur le reçu ?

— C'est un achat de carte de téléphone.

— Bon.

— Pouvez-vous me dire qui y a procédé, à partir de cela ?

— S'il s'agit d'une carte non rechargeable, non.

Ann Lindell sortit la copie du reçu et l'employé l'examina.

— Il date de la semaine dernière, expliqua-t-il.

— Peter Karlsson, c'est vous ?

— Oui, c'est moi qui ai vendu cette carte, répondit-il en hochant la tête.

— Vous souvenez-vous à qui ?

— Impossible, on a tellement de clients, ici.

— Il n'y a que quelques jours de cela, insista Lindell. Vous rappelez-vous d'un client un peu particulier ?

Le vendeur regarda le reçu et se mit à réfléchir. Lindell garda le silence. Un nouveau client entra, manifestement un habitué car Peter Karlsson lui adressa un petit signe de tête amical.

— Comment serait-il, ce client ? Je suppose que c'est un homme.

— Oui, c'est un homme. Avez-vous vu quelqu'un, ces derniers temps, qui sorte de l'ordinaire ?

— Je ne sais pas trop. Il y a bien quelqu'un, mais quant à dire… Je ne sais même plus quand c'était.

Il regarda de nouveau le reçu.

— Qu'avait-il de particulier, ce client ? insista Lindell.

— Il avait l'air, comment dire… assez mal en point.

— Quel âge ?

— C'est difficile à préciser. Trente-cinq ou quarante.

— Comment était-il habillé ?

Lindell sentit la tension s'accroître et pourtant le vendeur déployait de réels efforts de mémoire.

— Je crois qu'il portait une simple veste. En tout cas, il avait froid. Il y avait plusieurs autres clients devant lui et je me souviens qu'il grelottait, en attendant son tour.

— Où était-il ?

L'employé désigna une vitrine dans laquelle étaient exposés divers modèles de portables.

— Là-bas, le dos tourné. Je me rappelle maintenant que sa veste était noire.

— Elle était en tissu ?

— Non, en cuir, je crois.

— Qu'est-ce que vous voulez dire par "mal en point" ?

— Peut-être que c'était simplement parce qu'il avait l'air d'avoir tellement froid. Mais je ne sais même pas si ce reçu lui appartient !

— Pouvez-vous me le décrire un peu ?

— Il me semble qu'il était un peu plus grand que moi, qui mesure un mètre soixante-dix-sept. Cheveux courts, l'air assez banal.

— Etait-ce un immigré ?

— Non, il était tout ce qu'il y a de plus suédois ! Peut-être un peu alcoolo, mais je ne pourrais pas l'affirmer.

Lindell vit que le jeune homme avait peur de beaucoup trop s'avancer.

— Les cheveux de quelle couleur ?

— Je ne me souviens pas. Pas longs, en tout cas.

— Qu'est-ce qu'il a dit ?

— Eh bien qu'il désirait acheter une carte.

— Il a payé comptant, en espèces ?

— Dans ce cas, ça figure sur le reçu.

Lindell examina le petit morceau de papier qu'elle tenait à la main. Il était en date du 3 décembre, à 11 h 03.

— Vous rappelez-vous quand cet homme est venu ici ?

— Il y a deux semaines environ, peut-être un mois, je ne sais pas vraiment. On voit tellement de monde, ici.

Lindell fourra le reçu dans sa poche.

— Environ un mètre quatre-vingts, la quarantaine, assez mal en point, peut-être un peu porté sur la bouteille, vêtu d'une simple veste de cuir noir, cheveux courts, l'air d'avoir froid : c'est ainsi que vous le décririez ?

Le vendeur hocha la tête.

— Avez-vous vu s'il est parti en voiture ?

— Non, il y avait d'autres clients et je ne me suis plus occupé de lui.

— Eh bien merci, dit Lindell. S'il y a autre chose qui vous revient, pouvez-vous m'appeler à ce numéro ? Je suppose que vous avez un portable ?

— Oui, avec deux sept dans le numéro, répondit l'employé avec un sourire.

Lindell sortit de la boutique euphorique. “On va te coincer”, se murmura-t-elle. Elle était persuadée que c'était l'assassin qui avait acheté cette carte, même si elle était obligée de reconnaître que l'indice était très mince et qu'elle ne faisait peut-être que prendre ses désirs pour des réalités. Elle considérait cependant que le témoignage du vendeur constituait un élément de poids. S'ils trouvaient le coupable, ce jeune homme serait sans doute capable de l'identifier. Cela établirait sa présence près de Migo. Elle ne put s'empêcher d'avoir une pensée de gratitude envers Haver, pour avoir si bien ratissé le sol près de ce centre commercial.

Elle regagna sa voiture. Il y avait un bon kilomètre mais elle se souciait peu de la distance et la couvrit rapidement en repensant aux renseignements que venait de lui fournir l'employé. Ce qui était un peu étrange, c'était qu'il n'y avait pas d'empreintes, sur le reçu. Il faudrait qu'elle demande à la scientifique d'y regarder d'un peu plus près.

La pâtisserie Savoy proposait des gâteaux de mardi gras, alors qu'on était encore à dix jours de Noël.

— C'est n'importe quoi, de nos jours, dit-elle à la vendeuse. Un pain aux raisins, comme d'habitude.

Elle s'installa dans un coin de la salle. A la table ronde à laquelle elle avait l'habitude de prendre place, un groupe d'enfants était en train de chahuter, avec leur jardinière. Dans un autre angle était assis un facteur et deux jeunes gens en bleus de travail. L'endroit la faisait penser à la pâtisserie d'Ödeshög où elle avait passé tant d'heures, au cours de son adolescence. L'ameublement un peu vieillot, le mélange des catégories de clients et le spectacle de ces friandises lui rappelaient de bons souvenirs.

Elle planta les dents dans son gâteau en pensant à Fredriksson. La dernière fois qu'elle était venue là, c'était en sa compagnie.

Son portable se mit à sonner. Elle le sortit rapidement de son sac d'épaule. C'était un journaliste de l'*Aftonbladet* qui voulait savoir quelle impression cela faisait d'être en chasse d'un meurtrier en série. Lindell raccrocha aussitôt mais la paix relative de cette visite à la pâtisserie n'était plus qu'un souvenir.

Il était maintenant sept heures et l'établissement fermait. Lindell rentra chez elle en voiture, après avoir appelé Haver. La scientifique venait de remettre un gros rapport sur la maison de Norby et un autre, encore provisoire, sur l'appartement de Veronica Malmén.

Il fallait maintenant mettre par écrit, résumer et replacer dans leur contexte toutes ces informations : les différents témoignages, les tuyaux recueillis, les notes prises sur le vif, les conclusions des enquêteurs, bref la masse de détails qui commençait à s'entasser.

Et puis il fallait qu'elle appelle ses parents, à Ödeshög, pour leur dire si elle viendrait à Noël avec Edvard ou non.

Son portable sonna de nouveau. C'était encore un journaliste mais, cette fois, elle eut la patience de ne pas raccrocher et de répondre à ses questions, même si elles tournaient surtout autour des lettres au contenu malodorant.

Elle en avait à peine terminé que l'agaçante sonnerie retentit de nouveau. Elle choisit de ne pas répondre.

Une fois rentrée chez elle, elle se laissa tomber sur le canapé, alluma la télévision au moyen de la télécommande et l'éteignit aussitôt. Elle n'avait pas la force d'enregistrer d'autres informations. Puis le téléphone sonna une fois de plus et elle se mit debout d'un bond. Mais son interlocuteur raccrocha au moment précis où elle portait l'appareil à son oreille.

Comme toujours en pareille occasion, elle se sentit un peu frustrée et eut un goût d'inachevé. Qui avait appelé et pourquoi ? Voilà ce qu'elle se demandait toujours, quand elle tenait ce combiné inutile à la main. Elle le ralluma d'un geste si vif qu'il lui échappa et qu'elle fut obligée de le rattraper au vol pour l'empêcher de s'écraser sur le sol. Etait-ce Edvard ? Non, il n'aurait pas raccroché aussi vite. Ses collègues de même. C'était sûrement sa mère, à Ödeshög, se dit-elle.

C'était sa vie : Edvard, le boulot et sa mère.

Elle passa dans la cuisine, ouvrit le réfrigérateur, en sortit un morceau de fromage et quelques légumes. Dans le placard, elle prit une bouteille de vin rouge déjà entamée qu'elle vida pour se rendre compte de ce qu'il y restait : deux verres.

15

Il s'éveilla avec un mal de tête carabiné, se leva d'un pas chancelant et gagna les toilettes. Il resta cinq minutes assis sur le siège glacé, fit couler de l'eau froide et en humecta son visage. Grelottant de froid et de gueule de bois, il enfila un gros pull, un de ceux que Lundmark lui avait prêtés en constatant la maigreur de sa garde-robe.

Il était resté assis dans le jardin bien après l'extinction de la lumière chez son voisin. Il avait aperçu le vieux à sa fenêtre juste avant la tombée de la nuit et ce dernier l'avait peut-être vu, lui aussi, à la lueur de la lampe extérieure.

Il avait vaguement la nausée et l'impression d'être lui-même un hareng salé, comme ceux qui fermentaient dans son estomac. Plus jamais il n'en mangerait ! Il dénicha une bière dans le réfrigérateur et l'ouvrit, debout contre le plan de travail, la joue appuyée contre la fraîcheur du placard.

— Mon petit Chris, dit-il à voix basse.

La pensée de son fils s'empara très vite de lui. Peut-être était-ce un rêve qu'il avait fait au cours de cette nuit agitée qui remontait à la surface ? Les larmes surgirent de façon aussi inattendue que soudaine. Il tenta de leur résister mais on aurait dit que le chagrin et la solitude qu'il avait accumulés emportaient ses derniers remparts.

Il lutta pour ne pas tomber encore plus bas, être brisé et incapable de mener ses projets à bien.

Il avait déjà vu des gens sombrer de la sorte, devenir fous et se laisser aller au désespoir et à l'hystérie. Pour sa part, il avait toujours réussi à s'en garder. Il était parti, avait cherché un autre abri provisoire et une autre compagnie. Il se rappelait en particulier une femme avec laquelle il avait vécu quelques mois. Elle avait perdu son fils de dix ans dans un accident. L'enfant avait percuté une voiture, à bicyclette, et avait été tué sur le coup. Il avait bien entendu compris la peine de cette femme mais n'avait pu supporter ses larmes. Le jour où le garçon aurait eu quinze ans, elle l'avait persuadé de se rendre au cimetière, quelque part dans la région de Norrköping. Pendant le trajet de retour, elle n'avait cessé de pleurer. Une semaine plus tard, elle était encore sobre et versait chaque jour des larmes. Il l'avait alors quittée.

Il n'avait plus pensé à elle depuis lors et, soudain, voilà qu'elle hantait son esprit. Il n'aurait su dire si ce qui l'avait le plus effrayé, c'était sa sobriété ou ses larmes. Or, voilà qu'il se mettait lui-même à pleurer.

Il écrasa la canette de bière dans sa main, le liquide en déborda et coula sur le sol. Il avait l'impression d'être une misérable carapace renfermant un corps encore plus pitoyable. C'était un sentiment qu'il connaissait bien pour l'avoir éprouvé dans les squats et autres logis temporaires. Il se laissa tomber sur le canapé de la cuisine et fit osciller lentement le haut de son corps, d'avant en arrière, sans s'en rendre compte. Puis il avala quelques gorgées de bière de la canette écrasée.

Il repensa à Eva. Il en fut le premier étonné car il était persuadé d'avoir rompu pour de bon avec elle et chassé cette cinglée de son existence. Cette femme qui avait tout gâché avec Chris, après ses promesses de s'amender. Il ne valait certes pas mieux lui-même, camé et pauvre petit voleur qu'il était. Combien de fois n'avait-il pas assuré qu'il allait changer de vie, promis-juré, à Mari, aux services sociaux, à l'assistante sociale du centre de cure, voire à Chris qui n'y comprenait rien ? Il allait vraiment entamer une nouvelle vie.

Au fond de lui, il ne pouvait guère condamner Eva. Les deux faisaient la paire, en matière de vie gâchée. Où était-elle, en ce moment ? Il savait où il pourrait débuter ses recherches, mais hésitait. Il était exact qu'il la voulait. Elle comprendrait car, à elle, il pourrait tout raconter.

Il prit encore une gorgée de bière. Sur la table, devant lui, était posé un morceau de pain rassis. Il le sortit de son sac, en brisa un morceau et se mit à le mâcher lentement.

Elle le réchaufferait. Sans poser de questions elle se glisserait entre ses draps crasseux et étreindrait son corps fiévreux. Elle l'exciterait, se mettrait à quatre pattes en riant pour le provoquer. Puis ils prendraient une bonne cuite, casseraient un peu de vaisselle et renverseraient quelques meubles, dans leurs tentatives maladroites de contact. Ils finiraient par s'endormir d'un sommeil sans grâce, la bouche ouverte et leurs membres blêmes enlacés.

Ce n'était pas vraiment une existence mais quoi, bon sang ? Qu'est-ce qu'il lui restait ? Ses bonnes résolutions étaient en train de fondre comme neige au soleil. Le plan qu'il avait échafaudé ne lui semblait même plus revêtir d'importance. Il en avait déjà conçu deux, plus un troisième en prime, mais il n'en était plus aussi satisfait. Etait-ce à cause des yeux de cette fille, de ses bras qui faisaient des moulinets ?

Il finit la bière et se sentit un peu mieux. Pourvu que Lundmark ne s'avise pas de venir ! Il ne le supporterait pas. Il alluma une cigarette et regarda la mince colonne de fumée grise se détacher sur la lumière, pourtant presque aussi grise, en provenance de la fenêtre. Il resta assis, immobile, pendant quelques minutes, en fumant une autre cigarette et pensant à Chris, à Eva et à Mari, qu'il aurait dû appeler au téléphone. Ses cogitations, perturbées par la gueule de bois et le sentiment que tout était en train de s'abattre sur lui et de l'écraser, le plongèrent dans une lourde et sourde mélancolie. Il eut le sentiment que la pièce rétrécissait, de même que lui. Il ne connaissait qu'un seul remède à cela et celui qui le détenait, c'était Charlie, à Ropsten.

La vie lui paraissait aussi vide et absurde qu'il l'avait redouté. Les bonnes résolutions de l'été et de l'automne s'étaient muées en leur contraire. Il fit le tour de la cuisine du regard : les rares objets qu'il possédait étaient le reflet de son existence en morceaux.

Cela lui rappelait ses dernières années à l'école et cette cour qu'il arpentait en tous sens. Il avait l'impression que quelque chose marchait – plus ou moins sur place – dans son corps, et faisait de temps en temps demi-tour. Et ce qu'il piétinait, c'était du gravier, de petits cailloux et non pas de la pierre qu'on pût prendre dans sa main, tâter, lancer, ou avec laquelle jouer. Tout n'était que sécheresse et poussière, autour de lui et même en lui. On aurait dit une cour de récréation déserte, la parodie d'une vraie vie.

A la différence qu'il ne pouvait faire l'école buissonnière et filer à l'anglaise ! Maudite Eva, qui avait pris la poudre d'escampette ! Si elle avait tenu quelques mois de plus, il aurait eu le temps d'arriver et Chris serait là maintenant, avec lui. Elle n'arrêtait pas de prendre la fuite, Eva. Et pourtant, ce qu'elle était belle et heureuse. Pas bête non plus, loin de là, mais peu fidèle et pas très sûre d'elle-même. Elle était soucieuse de faire plaisir et d'être aimée. Elle avait toujours ouvert ses jambes à ceux qui vantaient la beauté de ses yeux, de ses cheveux ou de son sourire – son sourire de jadis. Désormais, elle était de plus en plus bouffie et échangeait son corps stigmatisé contre un joint ou quelques comprimés. Combien de fois avait-elle avorté ? Peut-être certains de ces enfants étaient-ils de lui, qui pouvait le dire ? Le seul voyage à l'étranger qu'elle ait effectué, en dehors de Copenhague qui ne comptait pas vraiment, c'était en Grèce et elle en était revenue avec un pendentif au bout duquel il y avait une mèche de cheveux bruns dans une petite capsule. Il était évident qu'elle était enceinte. Mais il n'avait fait qu'en rire : quelle pute, bon sang ! Pourtant, comme il l'avait aimée !

Il se leva sur des jambes mal assurées, gagna le plan de travail et alla chercher une enveloppe matelassée jaune. Puis il prit un crayon, inscrivit un nom et une adresse en lettres pointues, avant de pénétrer dans les toilettes.

Il eut l'impression que cela sentait le hareng salé, dans la voiture, tandis qu'il prenait la E18, à Bålsta, et s'engageait en direction de Stockholm. Il lança un regard de côté à l'enveloppe posée sur le sol. Ses frissons s'étaient changés en tremblements secouant de temps en temps son corps à la manière d'un accès de fièvre. Il lui fallait du gros, pour franchir ce cap, mais il savait en même temps que ce ne serait qu'une solution à court terme. S'il se rendait chez Charlie maintenant, il y resterait au moins trois ou quatre jours, peut-être une semaine.

Non, il fallait d'abord trouver une boîte à lettres pour se débarrasser de son envoi malodorant. Ensuite, il irait au Monopole de vente de l'alcool et rentrerait chez lui. Pourquoi ne pas offrir une bouteille de cognac à Lundmark, en cadeau de Noël ? Une marque de qualité que le vieux n'aurait encore jamais goûtée.

La voiture vibrait et l'air sifflait par un interstice de la portière mal jointe. La circulation était dense, en direction de la capitale et il conduisait trop vite. Le paquet, vers lequel il ne pouvait s'empêcher de lorgner toutes les deux minutes, faisait monter l'adrénaline dans son corps. Cela lui faisait du bien de conduire trop vite, d'aller jusqu'aux limites des possibilités de la voiture et des siennes. Il approchait de la capitale, doublant presque tous les autres véhicules en zigzaguant d'une file à l'autre.

A hauteur de Solvalla il ralentit soudain, conscient des risques qu'un flic fasse son apparition. A un feu rouge, il se trouva à la hauteur d'une fourgonnette. La conductrice était une jeune femme. Il la regarda et elle fit de même, l'espace d'un instant, avant de se remettre à fixer droit devant elle. Pour sa part, il continua à l'observer, sachant qu'elle sentait ses yeux sur elle. Elle était belle, pas à la manière d'Eva mais d'une blancheur de lys plus raffinée. Une fille comme elle, ce n'était pas pour lui, il ne pourrait jamais lui adresser la parole, et pourtant il la voulait ! L'absurdité de ce désir le fit éclater de rire. Elle tourna la tête, vit son rictus, puis mit les gaz et le laissa loin derrière elle.

— Salope, marmonna-t-il.

Après avoir posté l'enveloppe jaune et erré une ou deux heures, au volant, dans les rues de Stockholm, il prit la direction de Norrtull, l'entrée nord de la ville, et pénétra dans la station-service. Il fit le plein sans descendre de voiture, incapable de chasser de son esprit l'image de la femme au feu rouge, qui ne faisait qu'accroître son émoi.

Il parcourut quelques mètres, sortit du véhicule et alla uriner contre une palissade. A ce moment un car de jeunes pénétra dans la station et il vit les passagers qui collaient le visage au carreau par curiosité. "Vous pouvez toujours bigler, pensa-t-il, vous risquez de vous retrouver vous-mêmes au poteau, un jour."

Il mit quarante minutes pour couvrir les soixante-dix kilomètres du retour à Uppsala et se trouva pris dans la circulation de fin d'après-midi. Il pesta devant le nombre de feux rouges et de fois où il dut s'arrêter, avant de prendre Vaksalagatan vers le centre. "Dire que les maisons sont toujours là, pensa-t-il. Ça n'a pas changé du tout". Il traversa Kvarngärdet en passant non loin de la demeure de Veronica Malmén. Et si j'allais voir là-bas ? se dit-il.

L'autoradio joua un de ses airs favoris, une chanson des Sex Pistols, et cela le mit aussitôt de meilleure humeur. Il prit la direction de l'hôtel de police. La chanson toujours dans les oreilles, il gara sa voiture le long du trottoir et regarda les gens passer d'un pas pressé.

Il n'était pas loin d'éprouver un sentiment de triomphe, de se trouver là, toujours libre, à regarder les flics en train de pourchasser une ombre et se dire qu'il menait un si grand nombre de gens par le bout du nez. Ils ne le prendraient jamais, jamais ! De là où il se trouvait, il avait une vue splendide sur l'entrée et l'affreuse façade du bâtiment. Ceux qui étaient captifs, c'était ceux qui pénétraient dans ce bâtiment, flics et autres. Lui, il était libre.

Il alluma une cigarette en continuant à observer les allées et venues. Le monde renversé, en quelque sorte : c'était lui qui épiait les flics et non le contraire.

Soudain, il aperçut une silhouette qu'il connaissait. Il se recroquevilla instinctivement, écrasa son mégot en scrutant des yeux les alentours, prêt à démarrer. "Non, je suis libre", pensa-t-il ensuite en se redressant.

Il n'avait jamais eu directement affaire à elle, mais il avait vu sa photo sur les affichettes des journaux. Elle était plus jeune qu'il ne l'aurait cru et pas mal de sa personne. Les cicatrices qu'il portait à la poitrine se mirent à le démanger. C'était toujours ainsi, quand il était excité.

Elle se tenait sur le pas de la porte en train de bavarder avec deux autres personnes, sans doute des collègues. Il avait le sentiment d'avoir déjà vu l'un des deux hommes, manifestement de la criminelle.

Ils étaient en grande discussion, tous trois, et soudain la mémoire lui revint : il s'appelait Sammy Nilsson, celui qui gesticulait tellement d'une main. C'était lui qui l'avait entendu, un jour, dans une affaire de coups et blessures. Il savait parfaitement qui était le coupable, mais n'avait pas mouchardé. Cela l'avait mis en fureur, ce flic.

Que faire ? Attendre et espérer qu'ils ne viendraient pas de son côté ? Car Nilsson ne manquerait pas de le reconnaître. En outre, s'il tentait de se dissimuler, cela ne ferait qu'attirer encore plus leur attention, ils se poseraient des questions et viendraient peut-être lui demander ce qu'il faisait là. Il trouverait toujours un bobard à leur débiter, et pourtant ce serait regrettable. Il voulait conserver l'initiative. Or, les flics n'étaient pas des idiots et, mobilisés comme ils l'étaient, ils iraient droit au but.

La femme parlait toujours avec fièvre. Quel dommage qu'il ne sache pas lire sur les lèvres ! Comme sur un signal convenu ils se séparèrent et la chance voulut qu'ils partent dans la direction opposée. Il poussa un soupir et se rendit compte qu'il avait eu une suée. Sans compter ces démangeaisons dans la poitrine qui persistaient.

Il vit les trois silhouettes s'éloigner et, au fur et à mesure qu'elles rapetissaient, la peur céda la place à la colère, en lui. Il les suivit du regard et se souvint de la lettre qu'il avait postée plus tôt dans la journée.

L'obscurité tombait et le nombre des passants ne faisait que croître. Tous ces gens, sur les trottoirs, qui regagnaient leur voiture ou longeaient les murs d'un pas lent, sous le poids de leurs sacs à provisions, appartenaient à une autre espèce que lui. C'était le sentiment qu'il avait : il n'était pas au nombre de cette humanité qui se déplaçait, allait faire des achats, formait des projets et rentrait chez elle pour préparer le repas en se demandant ce qu'il y avait à la télévision, avant de s'occuper un peu des enfants et d'aller les mettre au lit.

Ce sentiment d'étrangeté fut encore renforcé par un groupe d'hommes en bleus de travail et un ruban jaune en travers de la poitrine, certains portant un casque et d'autres tenant une pelle à la main, qui venaient vers lui. Ils se dirigeaient vers une baraque de chantier, pour se changer, et leur démarche était détendue. On aurait dit une équipe de sport aux couleurs de son club quittant l'arène après une victoire.

Il passa la fin de l'après-midi dans un centre commercial. Noël n'était plus loin, les achats avaient commencé et la rue piétonne était noire de monde. Il aperçut divers visages connus, un ancien camarade de classe et un drogué, mais se garda de se faire connaître.

Il erra un moment dans une boutique de vêtements et resta planté au rayon des sous-vêtements féminins devant un mannequin simplement vêtu d'un string et d'un minuscule soutien-gorge. Il promena le regard sur l'ensemble du rayon et éprouva une forte envie d'acheter un de ces ensembles noirs ou vert foncé. Il sentit le regard de la vendeuse peser sur lui, tandis qu'il tâtait la soie d'une petite culotte. Il fut contrarié d'être aussi excité et, voyant l'employée approcher, il prit la fuite et sortit.

L'Armée du Salut donnait un de ses concerts de rue et, cédant aux exhortations à la générosité, il sortit son portefeuille et déposa un billet de cent dans leur sébile. Une dame au visage ridé qui aurait pu être sa grand-mère le dévisagea avec chaleur et le remercia. Elle lui tendit un journal mais il déclina cette offre d'un simple signe de tête.

— Joyeux Noël, dit la femme.

Il passa son chemin. Puis, au bout d'une vingtaine de mètres, il s'arrêta pour se retourner. La femme était encore là et l'orchestre de cuivres entonnait un nouvel air, aussi confit en bondieuserie que le précédent. Il éveilla en lui un sentiment qu'il n'aurait pu identifier. Un souvenir du temps jadis, sans doute.

La bibliothèque était ouverte et il y entra afin de se réchauffer un peu dans la salle des périodiques. Le silence, seulement troublé par le bruit des feuilles de papier qu'on tournait, le perturba et il ressortit. Il erra encore une heure dans les rues et entra dans divers magasins en pensant à Lundmark et au cadeau de Noël qu'il devrait lui acheter. Cela faisait sûrement des années qu'il n'en avait pas eu. Pour sa part, Mari lui offrait chaque année un livre. Il lui était arrivé de tenter de le lire mais il n'avait jamais dépassé les dix premières pages.

La faim le poussa chez O'Connors. Une fois à l'intérieur et attablé devant son assiette, il perdit pourtant l'appétit et commanda une bière au lieu de la bouteille d'eau minérale à laquelle il avait d'abord pensé. L'alcool mit aussitôt son sang en ébullition. La lassitude s'empara de lui et il aurait aimé pouvoir s'allonger sur le siège qu'il occupait. En drogué de longue date qu'il était, il avait l'habitude d'errer dans les rues en tous sens, mais la promenade de cette journée dans le centre de la ville avait mis ses forces à rude épreuve.

Il y avait de plus en plus de monde dans le restaurant et le brouhaha ne faisait que croître. Il observa les clients assis non loin de lui. Tous étaient en couple, quand ils n'étaient pas quatre ou cinq ensemble. Et ils avaient tous quelque chose à se dire.

"C'est moi le meurtrier", eut-il envie de leur crier à la face.

Il prit une autre bière et demanda en même temps la note, mais à voix si basse que le serveur ne comprit pas ce qu'il disait. On aurait dit que sa voix ne portait plus. Il était maintenant un peu plus de sept heures.

Il décida de patienter jusqu'à huit et de se mettre ensuite en quête d'une femme.

Lundmark le vit quitter la voiture dans la cour de la ferme et comprit aussitôt qu'il avait conduit en état d'ivresse. Il le déduisit en voyant de quelle façon il descendait du véhicule et se mettait à zigzaguer en direction de la maison. "Pauvre gars", marmonna-t-il en enfilant un pull et une paire de bottes.

Il était allongé sur le canapé de la cuisine et fixait le plafond des yeux, lorsque Lundmark ouvrit la porte.

— Comment ça va ?

— J'ai vachement froid, parvint-il à articuler en serrant sa veste autour de lui.

Lundmark prit place sur une chaise.

— Tu es malheureux ? demanda-t-il.

L'autre se contenta de fermer les paupières.

— Regarde-moi, dit le vieux, dont la silhouette se détachait en ombre chinoise dans la pénombre de la pièce. Tu as besoin d'une fille.

Pour toute réponse il entendit pouffer, sur le canapé.

— Une fille qui pourrait s'occuper un peu de toi, te câliner. C'est pas bon, pour un jeune comme toi, de se balader seul.

— Ça va mal.

— Je vois.

— C'est encore pire que tu crois.

Il leva de nouveau les yeux au plafond.

— Je sais que tu t'es drogué, tout le monde le sait dans le secteur. Ce genre de bruit se répand vite, surtout quand on est connu. Tu vivais déjà ici quand tu étais gamin.

Il se tut, attendant que son voisin dise quelque chose, mais cela ne vint pas.

— Faut que tu comprennes que personne te juge pour ça. C'est sûr qu'on a peu jasé, au début, et puis le temps a passé, c'est oublié et on est contents de voir que tu te tires d'affaire.

Pas de réaction. Lundmark crut un instant que l'autre s'était endormi.

— Tu saisis ce que je te dis ? Tu es jeune et pas mal de ta personne, alors c'est sûr qu'il te faut une compagnie féminine. Tu connais personne ?

Il se mit soudain debout, mais le haut de son corps oscilla dangereusement et il tendit la main vers la table, en un geste mal assuré, pour se rattraper.

— Je crois qu'il faut que j'aille me coucher. La journée va être longue, demain.

— Les jours sont tous aussi longs les uns que les autres, objecta Lundmark. Je viendrai te voir demain matin. Fridegård m'a rendu visite à nouveau. Je te raconterai ça.

— Oui.

— Ne conduis pas quand tu es ivre. Tu risques de tuer quelqu'un, tu sais.

— Oui.

— Pense un peu à ce que je t'ai dit, à propos d'une femme.

— Y en a pas une seule qui voudrait d'un vieux camé. Tu comprends pas ça, quoi merde !

Une grimace déforma son visage et il tapa du poing sur la table au point de renverser un verre. Un liquide poisseux s'en écoula sur la nappe déjà tachée.

— Faut pas abandonner la partie, s'obstina Lundmark en s'écartant d'un pas dans la cuisine. Tu es un type bien.

— Je suis un tas de merde, oui !

Lundmark s'assit sur une chaise, ôta ses gros gants et les posa sur la table tout en observant son voisin.

— Je ne sais pas si tu te souviens que je t'ai parlé de Fridegård. Il a écrit une série de livres sur un personnage qui s'appelle Lars Hård* et qui n'est autre que lui-même, en fait. Il était connu comme le "pire voyou de la paroisse", il a fait de la prison et chacun le méprisait, dans le village. Il était malheureux, il ne savait pas quoi faire de sa peau et traînait sur les routes, comme toi.

* Ces livres sont hélas inédits en français à ce jour.

— Qu'est-ce qu'il a à voir avec moi ?

— Tu es un autre Lars Hård. Mais sache que lui, il s'en est sorti et il s'est forgé une existence. Tu en es capable toi aussi, seulement il faut que tu cesses d'avoir pitié de toi ! L'apitoiement sur soi, je connais rien de pire.

Lundmark se leva et gagna la porte en faisant semblant de ne pas entendre les sanglots qui montaient du canapé.

— Je te prêterai ses livres, dit-il en fermant la porte derrière lui.

16

Lorsque Lindell fit le bilan de l'intense activité de ces derniers jours, elle fut frappée par le fait qu'ils n'avaient pas avancé d'un millimètre vers la solution de l'énigme. Ce n'était peut-être pas absolument exact, mais tel était le sentiment qu'elle en retira. Ils avaient procédé à toutes les vérifications leur paraissant pouvoir présenter un intérêt et, bien entendu, avaient appris certaines choses et étaient en mesure d'en exclure certaines autres qui leur avaient auparavant encombré l'esprit. Au total, ils étaient encore loin du but, cependant.

Alors qu'elle était dans sa voiture pour gagner l'hôtel de police, le procureur l'appela. Il agita de nouveau l'idée de demander l'assistance de Stockholm. Elle déclina cette proposition, étant toujours d'avis d'attendre.

— C'est bientôt Noël, dit Fritzén, la laissant perplexe.

Etait-ce pour la paix de ses jours de congés qu'il avait peur ou voulait-il dire qu'il serait peut-être difficile de faire venir des renforts si on approchait trop des fêtes ?

Sa visite au CHU n'avait pas donné grand-chose. Veronica Malmén était appréciée de tous dans son service, ce qui n'avait rien d'inhabituel, pensa-t-elle en sortant de la cour de son immeuble au volant. On ne dit jamais du mal d'un mort, surtout de quelqu'un qui vient d'être assassiné. On oublie vite les vieux sujets de dispute, les rivalités et les propos peu amènes. Au lieu de cela, on dresse un portrait idyllique de l'ancien camarade de travail, qui est présenté comme un modèle d'esprit de collaboration, de ponctualité et de gentillesse.

C'était ainsi qu'il en allait au service de chirurgie. Veronica n'y travaillait certes que depuis six mois et n'avait pas encore eu le temps de trouver sa place exacte au sein de l'équipe, mais elle n'avait pas non plus eu celui de se rendre impopulaire. Lindell se demandait simplement comment ce goût presque maniaque de l'ordre si manifeste dans son appartement se traduisait sur son lieu de travail. Etait-elle rigide jusqu'à l'inflexibilité ? Lindell avait sondé le terrain sur ce point et seule Cecilia Hansson avait consenti à s'y laisser entraîner. Les autres avaient tous assuré qu'il était facile de travailler avec Veronica et qu'elle ne se distinguait pas de ses collègues sur ce point.

Selon toutes les personnes interrogées, Veronica vivait seule. Elle parlait rarement des hommes, il lui était arrivé seulement une ou deux fois d'évoquer Kristian Castillo, jamais en termes réprobateurs, cependant.

L'entêtement de Fredriksson au sujet de Kurt Manfredsson la surprenait quelque peu. Ce dernier était certes le seul, parmi tous ceux auxquels ils avaient eu affaire, dont le nom ou le prénom commençât par un K, mais elle estimait que ce qu'ils avaient pu découvrir sur son compte ne leur permettait pas de pavoiser.

Le fait positif était la métamorphose de Fredriksson et elle le laissait tranquille. Il lui était d'ailleurs déjà arrivé de défaire des nœuds paraissant inextricables et il pouvait, de ce fait, revendiquer le titre de meilleur enquêteur de la brigade depuis que le vieux Lundquist l'avait quittée.

Elle était arrivée tellement de bonne heure qu'elle trouva sans difficulté une place de parking dans la cour de l'hôtel de police. Dans la salle de réunion, une demi-douzaine de collègues étaient assis et elle échangea quelques mots avec Haver, qui semblait y avoir élu domicile, avant de gagner son bureau au quatrième étage.

Elle s'assit, tira le téléphone vers elle pour appeler Edvard mais changea d'avis et ouvrit à la place son carnet de notes. La sonnerie retentit alors : c'était le central qui demandait si on pouvait lui passer une communication.

— Oui, à condition que ce ne soit pas un journaliste. Je n'en peux plus, avec eux. C'est à Liselotte de subir le choc.

Il s'avéra que c'était une jeune femme.

— C'est Matilda, dit-elle, ct il fallut une seconde à Lindell avant de se rappeler de qui il s'agissait.

— Je suis désolée de ce qui est arrivé à votre sœur, dit-elle.

Comme elle n'obtenait pas de réponse à ces paroles compatissantes, elle se sentit obligée de poursuivre.

— Comment ça va ?

— C'est dur, répondit Matilda Malmén avec un accent qui rappela à Lindell un comique dont elle avait vu un sketch à la télévision la semaine précédente.

— Vous êtes chez vous ?

— Oui, je ne peux pas rester àÆlleråker, sinon je n'en sortirai jamais. Mon père et ma mère sont venus me tenir compagnie chez moi un certain temps.

Etait-ce ainsi que parlait Veronica ? Sur ce ton un peu prudent et avec une voix chaude à l'accent du nord-ouest de la Scanie ?

— J'ai repensé à une chose, poursuivit Matilda. La nuit dernière, je ne dormais pas et je me suis souvenue que, l'été dernier, Veronica s'était plainte de son travail.

— Au service de chirurgie du CHU ?

— Non, avant ça. Elle a travaillé un certain temps à l'Agence pour l'emploi, mais elle ne s'y plaisait pas et a démissionné pour se faire embaucher à l'hôpital. Elle était vraiment mécontente et avait l'impression de ne servir à rien. Dans le secteur médical, on peut guérir ou au moins atténuer les souffrances. A l'Agence, elle disait qu'elle avait l'impression de se battre contre des moulins.

— Avait-elle des raisons précises de dire cela ?

Sans s'en rendre compte, Lindell ne cessait de tripoter son stylo pour dessiner un moulin à vent.

— Veronica était une personne sensible qui prenait les choses à cœur et qui s'attristait facilement. A l'Agence, elle était vraiment déprimée. Je me souviens que, juste avant de démissionner, elle m'a appelée pour me dire qu'elle envisageait de se mettre en congé maladie, les dernières semaines.

La voix de Matilda se brisa, en disant ces mots.

— Je comprends, dit Lindell en continuant à griffonner sur son bloc.

A ce moment, son portable sonna et elle vit sur l'indicateur d'appel que c'était Ottosson.

— Encore une chose, Matilda, dit-elle en appuyant sur le bouton de réception de son portable. Veronica avait-elle un cheval ?

— Oui, dit sa sœur. Une jument. J'ai pris des dispositions pour qu'on s'en occupe. Moi, je ne peux pas, parce que je suis allergique.

— Où se trouve l'écurie ?

Lindell nota le nom et mit fin à la communication en regardant sa montre. “J'ai le temps d'y aller”, pensa-t-elle en prenant son portable.

— C'est à notre tour de recevoir une lettre malodorante, dit Ottosson.

Elle entendit qu'il appelait du PC.

— Ici ?

— Oui. Elle vient d'arriver. Et elle sent véritablement la merde.

— Je descends.

C'était l'effervescence. Sur la table se trouvait en effet une enveloppe jaune et une vingtaine de personnes étaient massées autour de l'envoi. Lindell ne put éviter de sentir la puanteur sitôt qu'elle pénétra dans la salle.

Un petit créneau s'ouvrit dans le cercle des présents et elle put approcher de la table. Haver éternua. Le bruit qu'il faisait dans ces cas-là était identifiable de loin.

— Bon Dieu, laissa échapper Lindell.

L'adresse était concise et écrite au crayon :

Police crimnelle d'Uppsala.
Salagatan, Uppsala.

— Il ne sait même pas écrire, fit observer Ottosson en montrant le i qui manquait.

— Le cachet est-il lisible ?

— Non, dit Beatrice, arrivée en compagnie de Lindell, qui examinait l'enveloppe de près. Ça pue vraiment, s'exclama-t-elle en reculant d'un ou deux pas.

Ryde entra, avança jusqu'à la table et observa l'envoi sans rien dire.

— Bon, finit-il par lâcher en sortant un sac en plastique.

“Pauvre diable, pensa Lindell, c'est à lui de fouiller dans la merde.”

“L'ADN”, entendit-elle quelqu'un dire depuis le centre de la pièce. Elle se tourna vers Ottosson.

— Qu'est-ce qu'on en pense ? demanda-t-elle.

— Je suppose que ça ne vise personne en particulier mais que c'est plutôt une sorte de mise en garde.

— Ou un petit bonjour de sa part, dit Beatrice. Il se rappelle à notre bon souvenir, pour se moquer de nous.

"Il ne faut pas le sous-estimer", pensa Lindell, en proie à un sentiment d'inquiétude. Cette nouvelle menace venait accroître sa contrariété. Le meurtrier se manifestait toujours masqué pour montrer qu'il était bien décidé à continuer. C'était à la fois un sarcasme et une provocation.

— Il va falloir qu'on s'en serve contre lui, dit-elle à voix basse et Ottosson l'observa d'un œil curieux.

— Il veut se livrer à une démonstration de force, et pourtant c'est plutôt un signe de faiblesse, de nous envoyer une de ces lettres.

— Il a l'air sûr de son fait, lança Beatrice.

— Oui, il sait qu'on peut identifier ses excréments, fit remarquer Lindell.

— A supposer que ce soit les siens, coupa le patron du service des renseignements.

— Où s'en serait-il procuré, sinon ? demanda Beatrice.

Lindell regarda Ryde, qui avait placé l'enveloppe dans le sac en plastique. Elle entraîna Beatrice à l'écart.

— Dis donc, j'ai une liste de huit noms que m'a remise le service social de Hirmanen. Est-ce que tu pourrais voir s'ils ne figurent pas dans nos fichiers ?

— Bien sûr.

— Elle est sur mon bureau. Parles-en à Fredriksson, aussi, dis-lui qu'on a huit noms de plus. Il s'occupe déjà des cinq premiers.

— Qu'est-ce que tu penses de ce Kurt Manfredsson ?

— C'est difficile à dire, répondit Lindell pour ne pas trop s'engager.

— Allan bosse comme un nègre sur son cas, mais il est très cachottier.

Lindell ne savait pas s'il fallait voir dans les paroles de Beatrice une critique voilée et si, dans ce cas, elle était dirigée contre elle ou contre Fredriksson.

— C'est bien qu'il s'y consacre, se contenta-t-elle de répondre.

— Il est… commença à dire Beatrice avant de s'interrompre brusquement.

— Quoi ?

Lindell s'efforça de ne pas avoir l'air d'attacher d'importance à ces propos et elle sentit les muscles de son visage se tendre.

— Rien, conclut Beatrice, sans parvenir à dissimuler sa gêne. Au boulot ! ajouta-t-elle pour détendre l'atmosphère.

Lindell quitta l'hôtel de police très frustrée. Il y avait d'une part cette lettre mais surtout, d'autre part, les critiques voilées de sa collègue. Si elle était allergique à quoi que ce soit, c'était à ce flou volontaire dans les propos. Elle pensait que c'était l'expérience de l'enquête sur le meurtre d'Enrico et sa situation personnelle qui l'incitaient à réagir aussi mal quand on ne jouait pas cartes sur table.

Cela réclamait beaucoup d'énergie de réussir à deviner ce que les autres pensaient d'elle et de sa façon d'agir. Il faut que je parle à Edvard, décida-t-elle dans la voiture tandis qu'elle sortait de la ville. A propos de ce qu'ils feraient pour Noël, naturellement, mais aussi du tour à donner à leurs rapports après cette date et peut-être pour les années à venir. Car c'était de cela qu'il s'agissait : des années à venir. Elle s'efforça d'imaginer son existence avec Edvard dans cinq, dix voire vingt ans. Cette idée lui donna le vertige, cependant. C'était trop. D'abord Noël. A supposer que le meurtrier soit arrêté avant.

L'écurie où Veronica hébergeait son cheval était située à la sortie est de la ville et elle ne mit que vingt minutes pour y parvenir.

Elle vint se garer dans la cour et aperçut une jeune fille, presque encore une fillette, dans l'embrasure d'une porte. Elle essaya d'imaginer la victime dans ce cadre. Etait-ce la jument, qui était l'objet de son affection ? Certaines jeunes filles ne se libèrent jamais de leur passion juvénile pour les équidés.

Elle sortit de voiture et se dirigea vers la porte entrebâillée. L'intérieur de l'écurie était plongé dans la pénombre et il lui fallut un moment avant d'apercevoir la jeune fille, dans un box. Elle était en train de panser un cheval, avec des gestes puissants qui allaient mal avec la minceur de son corps.

La jeune fille et le cheval tournèrent la tête vers elle au même moment.

— Bonjour, je m'appelle Ann et je suis de la police.

Elle s'interrompit dans son travail mais regarda Lindell sans trahir la moindre émotion.

— Je suis chargée de l'enquête sur le meurtre de Veronica, dont il a été question dans le journal.

— Voici son cheval.

— C'est toi qui en prends soin ? demanda Lindell en s'autorisant du jeune âge de la jeune fille pour la tutoyer.

Elle hocha la tête en passant la main sur la crinière de l'animal. La jument s'ébroua légèrement.

— Tu connaissais Veronica ?

— Oui, elle me permettait de monter Minerva.

Lindell vit des larmes couler sur ses joues et fut frappée par le fait que c'était la première fois qu'elle était témoin d'une manifestation de chagrin de la part de l'entourage de Veronica.

— Vous étiez amies ? demanda-t-elle en s'approchant.

La jeune fille hocha la tête en silence.

— Si on allait s'asseoir quelque part pour bavarder ?

Elles allèrent prendre place dans une pièce pleine de selles et de harnais. Pour Lindell, c'était un monde étranger et elle regarda avec curiosité autour d'elle.

— C'est bien rangé, commenta-t-elle.

La jeune fille avait le visage fermé, les jambes serrées l'une contre l'autre et les mains posées sur sa culotte de cheval moulante. Les rayons du soleil passaient par la fenêtre et venaient se poser sur ses cheveux blonds. Ann pensa à quelque tableau de la Renaissance italienne.

— Tu connaissais bien Veronica ?

— Je l'ai toujours vue ici, depuis que j'ai commencé à travailler, il y a cinq ans.

— Quel âge as-tu ?

— Treize ans, répondit la jeune fille en regardant Lindell comme s'il y avait quelque chose de blâmable à cela.

— Vous parliez souvent ?

Hochement de tête.

— Elle était gentille ? Elle te permettait de monter Minerva, m'as-tu dit ?

— C'est moi qui prenais soin de Minerva quand Veronica n'en avait pas le temps. C'était un peu difficile, au début, parce qu'elle était assez emportée.

Un instant, Lindell crut qu'elle parlait de Veronica.

— Et maintenant ?

La jeune fille leva les yeux.

— Je ne sais pas. Sa sœur parle de la vendre.

— Tu pourrais peut-être l'acheter ?

Lindell n'avait pas la moindre idée de ce que coûtait un cheval, en disant cela.

— Je n'ai pas le droit, répondit la jeune fille à voix basse.

— As-tu remarqué quelque chose de bizarre, à propos de Veronica, au cours de l'automne et de l'hiver ? Etait-elle triste, ou coléreuse ?

— Parfois.

— Comment ça ?

— Elle ne parlait pas beaucoup.

— A-t-elle évoqué quelque chose de particulier devant toi ?

— Il y a un vieux bonhomme qui est venu regarder, un jour. On était en train de nettoyer le box et Veronica a eu très peur. Elle attendait le vétérinaire, parce que Minerva n'arrêtait pas de tousser.

— Il a pénétré dans l'écurie, cet homme ? demanda Lindell en se penchant un peu en avant.

— Non, il est resté dehors à regarder mais, quand Veronica l'a vu elle a eu peur. J'en suis sûre.

— Elle a dit quelque chose ?

— Non, il a disparu. Veronica est allée jusqu'à la porte pour regarder au dehors et elle l'a vu partir en voiture.

— Et toi, tu l'as vu, cet homme ? Comment était-il ?

— Il n'est resté qu'un instant sur le pas de la porte, et pourtant j'ai trouvé qu'il avait l'air méchant.

— Quel âge avait-il ?

— Je ne sais pas. Cinquante ans, peut-être.

— Peux-tu le décrire un peu ?

— Grand, mince, les cheveux ébouriffés.

— Comment était-il habillé ?

— Je ne me souviens pas. Pas très bien.

— Ce n'était pas l'ancien petit ami de Veronica ?
— Kristian ? Non, lui, je le connais.
— Qu'a fait Veronica ?
— Elle a dit quelque chose comme "espèce d'idiot" et on a continué à travailler. D'abord, pour commencer, on croyait que c'était le vétérinaire.
— Elle n'a pas mentionné l'incident, par la suite ?
— Si, elle m'a demandé si je l'avais déjà vu, cet homme, et de la prévenir s'il revenait.
— Quand était-ce ?
— J'ai noté ça quelque part, dit la jeune fille en se levant et se dirigeant vers un vieux bureau sur lequel elle prit un cahier à couverture rigide.
— On inscrit ici tout ce qui concerne Minerva, expliqua-t-elle en feuilletant le cahier. Le 28 novembre, finit-elle par dire en montrant du doigt la mention de l'incident.
"C'est du Veronica Malmén pur jus", se dit Lindell. Il y avait même le nom du vétérinaire.
— Je peux regarder ce cahier ?
Elle le feuilleta lentement, bien que n'ayant pas le sentiment qu'il puisse lui fournir quoi que ce soit d'intéressant. Les pages assez épaisses faisaient un petit bruit, au fur et à mesure qu'elle les tournait. De son écriture très droite Veronica avait noté tout ce qui concernait Minerva. Huit années de travail sur une jument qui semblait en effet avoir été assez rétive, au début. Mais il était facile de lire la joie de la défunte à mesure que le tempérament de Minerva se calmait. A certains endroits, l'écriture n'était pas la même et Lindell se dit que c'était sans doute celle de la jeune fille.
— Comment t'appelles-tu ?
— Josefin.

Lindell resta un moment assise dans la voiture, à noter le nom du vétérinaire et le numéro de téléphone de Josefin. Qui était cet homme ? Veronica avait-elle eu peur ou simplement été contrariée qu'un inconnu entre dans l'écurie, où les étrangers n'avaient rien à faire ? Etait-ce quelqu'un qu'elle connaissait ?

Puis elle sortit de voiture et retourna dans l'écurie pour demander à Josefin le numéro de téléphone du vétérinaire.

Elle l'appela du milieu de la cour et il répondit presque aussitôt. Il se souvenait fort bien de cette visite. Lorsque Lindell lui demanda s'il avait vu un homme rôder dans les alentours, il resta un long moment silencieux, si longtemps qu'elle crut que la liaison avait été coupée.

— Non, je suis toujours là. Je me souviens d'une chose. J'ai croisé une voiture, sur la route d'accès. Comme vous avez pu vous en rendre compte, elle est très étroite et je la connais pour l'avoir empruntée de nombreuses fois. En arrivant dans la cour, près de l'écurie, elle contourne les hangars et c'est une chance que je conduisais lentement car, quand j'ai pris le virage, j'ai vu une voiture arriver à toute allure et il s'en est fallu d'un cheveu qu'on n'entre en collision.

— Avez-vous vu le conducteur ?

— Ce que je peux dire, c'est que c'était un homme, rien d'autre.

— Le reconnaîtriez-vous ?

— J'en doute fort.

— Qu'était-ce comme voiture ?

— Oh, je m'y connais très mal.

— Quelle couleur ?

— Noire. C'est au sujet du meurtre de Veronica, n'est-ce pas ?

— En effet. Je vous remercie de votre coopération et de votre bonne mémoire.

Sitôt la communication terminée, Lindell chercha dans son bloc le numéro de Matilda et l'appela. Elle répondit immédiatement.

— Bonjour, ici Ann Lindell, nous nous sommes parlé un peu plus tôt dans la journée et j'ai une question à vous poser. Quelqu'un dans l'entourage de Veronica avait-il une voiture noire ?

— Je ne sais pas, mais pas que je me souvienne. Elle n'avait pas beaucoup de connaissances, d'ailleurs. Peut-être un de ses camarades de travail, je ne saurais rien affirmer.

— Quelle voiture a Kristian ?

— Avant, il avait une vieille Saab rouge. Maintenant, je crois qu'il n'en a plus.

— S'il vous revient en mémoire quelqu'un qui ait une voiture noire, pouvez-vous avoir l'amabilité de me rappeler, s'il vous plaît ?

Puis elle appela l'hôpital, se fit passer le service chirurgical et parvint à joindre Cecilia Hansson, qui ne se souvenait pas d'une voiture noire, à propos de Veronica.

Ce fut ensuite au tour de Haver, toujours au PC, à qui elle fit part des déclarations de Josefin.

Une fois tous ces coups de fils passés, elle se rejeta en arrière sur le siège de la voiture, alluma la radio de bord et mit une chaîne musicale. Puis elle resta dix minutes sans bouger, à tenter de réfléchir.

17

Il la suivit de près, parfois presque au point de la toucher. Les autres passants de cette rue piétonne n'existaient pas, il n'y avait que lui et elle.`

Elle marchait d'un pas rapide et saccadé, pour éviter d'entrer en collision avec d'autres personnes stressées en quête de cadeaux de Noël. Il avait l'impression qu'elle était en colère. A un moment, ses cheveux furent soulevés par un souffle de vent s'engouffrant entre les immeubles. Elle s'arrêta pour les remettre en place avec la main et il faillit la bousculer. Il sentit au moins l'odeur de sa chevelure.

“C'est moi qui suis en train de te traquer, pensa-t-il non sans un sentiment de triomphe. Ce n'est pas toi le chasseur, c'est moi.” Il sentait le poids de son arme dans la poche intérieure de sa veste. Jamais plus il ne sortirait sans elle.

Elle réduisit l'allure à l'approche d'une pharmacie et y entra. Elle se retourna pour tenir la porte à l'intention de la personne suivante et il put ainsi voir son profil décidé et nettement plus beau que dans les journaux.

Il laissa passer plusieurs clients avant de suivre le mouvement. Elle se tenait près de l'étagère des remèdes contre la migraine et prenait un paquet de trois. “Tu vas en avoir besoin”, se réjouit-il en se dirigeant pour sa part vers le rayon de ceux contre le rhume.

Tout en choisissant un produit censé combattre les mucosités, il observa Lindell. Elle aussi regardait autour d'elle, au milieu de la queue. Il lui tourna le dos. Quand elle paya, il entendit sa voix pour la première fois. Ce ne furent que quelques mots mais ils suffirent à le mettre en joie, comme s'il la connaissait maintenant un peu mieux. Il aurait aimé la toucher, simplement l'effleurer du bras. Il résista cependant à cette envie et sortit de la pharmacie pour aller l'attendre à une dizaine de mètres.

Le vent, canalisé par l'étroitesse de la rue piétonne, soufflait fort et il remonta la fermeture Eclair du blouson qu'il venait d'acheter. La femme de l'Armée du Salut était à son poste et elle le salua d'un signe de tête amical au passage. Il lui rendit son sourire. L'espace de quelques secondes, il eut peur d'avoir perdu de vue son gibier, mais il ne tarda pas à apercevoir son dos près d'une boutique affichant les tuyaux de dernière minute pour les pronostics sportifs. “Tu peux oublier ça”, pensa-t-il.

Elle traversa Stora Torget à pas nettement plus pressés, maintenant. A un moment, elle se retourna et il eut l'impression qu'elle le regardait droit dans les yeux. Il n'était alors qu'à une demi-douzaine de mètres d'elle. Il s'arrêta net, craignant qu'elle ne le reconnaisse. Son regard n'était heureusement pas focalisé à la bonne distance. Elle avait plutôt l'air d'hésiter ou d'avoir oublié quelque chose. Elle poursuivit cependant son chemin au même rythme en direction de la galerie Forum.

Comment pourrait-elle le reconnaître ? Ils n'avaient jamais eu affaire l'un à l'autre. Les seuls témoins qu'il y avait eu étaient un groupe de jeunes dans la pénombre, derrière Migo, et il était persuadé qu'ils ne seraient pas capables de l'identifier. Ils l'avaient seulement aperçu quelques instants tandis qu'il faisait feu et prenait la fuite.

Il aimait la suivre ainsi. Cela lui procurait une sensation presque érotique et le sentiment d'être en chasse d'une femme dont il était en train de faire la connaissance, après l'avoir choisie lui-même, et dont il était convaincu de gagner les faveurs.

Il ne voyait plus qu'elle, tous les autres disparaissaient dans la cohue de Noël. Il était à nouveau juste derrière elle. Il savait que ce n'était pas prudent mais l'excitation ne faisait qu'accentuer sa curiosité. Il pourrait fort bien lui tirer dessus et disparaître dans la foule. Alors que c'était elle qui était censée être à ses trousses ! Pour l'instant, elle faisait le tour de la ville, apparemment dans l'idée d'acheter des cadeaux de Noël. Il allait lui en offrir un qu'elle ne serait pas près d'oublier. Elle regretterait de s'être mise à le traquer et même d'avoir choisi d'entrer dans la police. Il le savait maintenant, il avait pris sa décision sur l'escalier mécanique menant au second étage, par cet après-midi de décembre si venteux.

Il dut l'attendre au moins une demi-heure devant la grande librairie du centre de la ville. Peu lui importait. Il avait tout le temps qu'il fallait.

Il la suivit ainsi jusqu'à l'hôtel de police. La traque prit naturellement fin lorsqu'elle pénétra dans le bâtiment, mais il savait où elle vivait et il décida de l'attendre devant chez elle. En chemin, il acheta une pizza et quelques bières.

Le parking n'était qu'à moitié plein et il put choisir une place d'où il avait vue à la fois sur les fenêtres de son appartement et sur l'entrée de l'aire de stationnement.

Il dut attendre quatre heures. Il s'était endormi et se réveilla en entendant une voiture se garer à côté de la sienne. C'était un homme d'un certain âge dans une vieille Anglia. Il ne pensait pas que ce dernier se soit vraiment aperçu qu'il y avait quelqu'un au volant du véhicule voisin du sien.

Quand il leva les yeux vers les fenêtres de la femme, il vit qu'elles étaient éclairées. Il descendit de voiture dans une neige maintenant épaisse d'un pouce.

Que désirait-il ? La voir mourir ? En fait, elle ne lui avait rien fait, pas plus qu'à Chris. Elle effectuait simplement son boulot.

Une fois dans la cage d'escalier il hésita et lut les noms figurant sur les boîtes à lettres : Ann Lindell, 3e étage. Il monta au premier à grandes enjambées et lut au passage les noms d'Olsson et de Myhr. Il pensa alors à tous ces gens, derrière leur porte, en train de se préparer à passer à table. Au-dessus : Landström et Fridén. Je me demande ce qu'elle fait, pensa-t-il. Il tendit l'oreille en quête d'indice sonore, mais tout ce qu'il entendit fut un chien qui aboyait.

En montant au troisième étage, il baissa sa fermeture Eclair et glissa la main dans sa poche intérieure. Le colt était bien là. Il sentit le froid du métal et suivit avec le doigt le contour du cheval gravé sur la crosse. Il avait étudié son arme attentivement et s'était interrogé sur cet animal, qui semblait étrange dans ce contexte. Son unique expérience des chevaux datait de son enfance à Storgrind, où on voyait de temps en temps passer des cavaliers.

Désormais, le cheval n'était plus pour lui un souvenir de jeunesse mais un symbole de mort. Il savait que, chaque fois qu'il en verrait un, le cri presque muet de Veronica Malmén retentirait en lui. Elle avait en effet ouvert la bouche pour crier, et seul une sorte de sifflement s'était échappé de ses lèvres.

Il se tenait maintenant devant la porte de Lindell, le cran de sécurité ôté. Sa sueur coulait à grosses gouttes et il frissonnait. De la musique sortait de l'appartement, ainsi que le bruit de pas allant et venant.

Ce sentiment de proximité et de distance à la fois était renforcé par l'odeur de nourriture qui régnait dans la cage d'escalier. Le chien aboyait toujours. Il recula d'un pas, ferma un instant les yeux, tendit la main et appuya le doigt sur le bouton de la sonnette. Il regretta aussitôt son geste, devant la puissance du bruit qu'il déclencha. L'arme était dissimulée sous son blouson.

Il entendit des pas à l'intérieur de l'appartement et la porte s'ouvrit brusquement, sans l'ombre d'une hésitation, et avec une rapidité étonnante.

— Qu'est-ce que c'est ? demanda Lindell.

Elle avait les joues rouges et avait défait ses cheveux. Elle regarda le triple meurtrier avec curiosité, tenant à la main un ustensile de cuisine qu'il prit aussitôt pour une arme. L'autre main s'appuyait toujours sur le chambranle de la porte. Il fut incapable de dire quoi que ce soit et resta à dévisager cette femme, devant lui. Sa première pensée fut : comme elle est belle.

— Vous désirez ?

Le ton de sa voix avait changé et s'était fait un peu plus impatient. De la cuisine parvenait le bruit d'une casserole en train de déborder.

— Euh, réussit-il à dire à voix basse. Je crois que je me suis trompé.

— Qui cherchez-vous ?

— Je…

Lindell lui coupa la parole avant qu'il ait le temps d'en dire plus.

— Attendez une seconde !

Elle se précipita dans la cuisine et il l'entendit pousser un juron. Il en profita pour jeter un coup d'œil à l'intérieur de l'appartement. Le couloir, long et étroit, donnait sur une pièce pourvue d'une vaste fenêtre devant laquelle se trouvaient des plantes vertes. Il lui prit l'envie d'entrer. Il désirait parler à cette femme, entendre sa voix.

Lindell revint dans l'entrée, tenant à la main un torchon. Ce fut pour constater que son curieux visiteur avait disparu, elle n'entendait plus que le bruit de ses pas pressés dans l'escalier.

Elle en eut alors la certitude : c'était lui ! Elle sortit son portable de sa veste et composa le numéro abrégé de la permanence.

— Ici Lindell. Il y a un individu bizarre dans ma cage d'escalier. Envoyez-moi des renforts, débita-t-elle à toute allure en ajoutant son adresse.

Puis elle observa une courte pause avant de se lancer dans l'escalier en donnant le signalement de l'étranger.

— Appelez Haver, Fredriksson et Sammy ! Envoyez un hélicoptère, si possible. Et des chiens. Avertissez Ottosson !

Elle imagina l'effervescence que l'appel allait déclencher dans le PC et éprouva un vif sentiment de gratitude et une grande humilité à l'égard de cette institution dont elle faisait partie et envers laquelle elle était si loyale.

Le parking était désert. L'individu s'était volatilisé. Suis-je folle ? se demanda-t-elle. Il pouvait s'agir d'un type un peu perdu qui s'était trompé d'adresse, en effet. Etait-ce lui qui l'avait appelée, auparavant, sans se faire connaître ?

Une voiture quitta le parking, mais c'était un voisin qu'elle connaissait bien. Il avait l'air frigorifié, tenta-t-elle de se souvenir. Environ trente-cinq ou quarante ans, assez mal en point, en effet, un peu comme l'avait dit le vendeur de la boutique de téléphones. Pouvait-il vraiment être stupide au point de se présenter chez elle ?

Elle tourna au coin du pâté de maisons en courant et parcourut du regard la cour de l'immeuble. Un couple d'un certain âge se dirigeait vers elle et, au fond, elle vit le dos d'un homme disparaître dans l'entrée du numéro 5. Etait-ce lui ? Une autre voiture quitta le parking et Lindell revint rapidement sur ses pas. Elle avait déjà disparu. Elle se précipita jusque dans la rue : toujours rien.

Le couple avait maintenant contourné l'immeuble et Lindell courut les rattraper, alla se poster devant eux et leur demanda, le souffle court, s'ils n'avaient pas vu quelqu'un.

— Si, nous avons croisé un jeune homme, dit la femme, que Lindell reconnaissait pour l'avoir rencontrée lors d'une réunion de copropriétaires.

— Comment était-il ?

— Comment il était, répéta stupidement l'homme.

Lindell hocha énergiquement la tête. Au loin, on entendait un bruit de sirènes.

— Il n'était pas bien, répondit la femme, si on peut dire ça.

— Pas bien ?

— Il n'avait pas l'air dans son état normal, si vous voulez.

— Comment ça ?

— Pourquoi nous parlez-vous sur ce ton ? demanda l'homme.

— Je suis dans la police.

Elle commençait à en avoir assez et se faisait un peu dure.

— Il n'était pas soigné, poursuivit la femme.

L'homme se retourna en entendant les sirènes se rapprocher.

— Qu'est-ce qui s'est passé ?

— Rien, dit Lindell. Est-ce qu'il portait une veste mi-longue vert foncé ?

Le couple resta dubitatif. C'est à ce moment que la première voiture de police pénétra sur le parking en faisant crisser ses pneus, bientôt suivie par une autre. Lindell se précipita à la rencontre de la première patrouille, composée de Molin et de deux autres agents qu'elle ne connaissait pas.

Elle leur résuma brièvement la situation en s'efforçant de décrire l'homme aussi précisément que possible et en suggérant à Molin de vérifier auprès du poste de Johannesbäck. La voiture repartit aussitôt, laissant la place à la patrouille canine. Le téléphone portable de Lindell sonna. C'était Sammy, qui était tout près de là.

— Dirige-toi vers Brantingstorg, lui ordonna-t-elle. Et puis appelle Ottosson.

Au bout de quelques minutes, les quartiers de Sala Backe, Gränby et avoisinants grouillaient de policiers arpentant le secteur en tous sens.

Le chien, le vieux Viro, flaira près de la porte de Lindell une piste qu'il suivit jusque sur le parking, où elle prit brusquement fin. Lindell se traita intérieurement de tous les noms pour s'être précipitée dans la cour, au lieu de rester surveiller l'aire de stationnement. L'homme avait ainsi pu la voir s'éloigner et partir tranquillement au volant.

Le chien s'était arrêté près de la vieille Anglia et Lindell crut un instant que c'était Sund, l'homme au chapeau et le propriétaire de la Ford, que Viro avait flairé. Mais il habitait l'escalier voisin et pourquoi serait-il monté chez elle ? Mieux valait en avoir le cœur net, cependant, et elle demanda à un de ses collègues en uniforme d'aller l'interroger sur ce point. Il n'était pas absolument impossible, après tout, qu'il soit monté la voir. Il passait de temps en temps, souvent avec un pot de confitures ou une bouture, mais parfois aussi simplement pour échanger quelques mots.

Sur ces entrefaites, Sund arriva de lui-même.

— Etes-vous venu me rendre visite aujourd'hui ?

Il secoua la tête tout en regardant autour de lui, vaguement inquiet.

— Vous n'êtes pas monté chez moi en sortant de votre voiture ? C'est important !

— Je comprends, répondit doucement Sund. Sinon, vous ne me poseriez pas la question. Mais ça fait une semaine que je ne suis pas venu chez vous, comme vous le savez.

— Bien, merci.

Un petit attroupement s'était formé et certains voisins regardaient du haut de leur fenêtre ou balcon. Lindell sentit alors une main se poser sur son bras et elle se retourna.

— La voiture à côté de la mienne est partie il y a instant, ajouta Sund.

— Tout de suite ?

— Oui, elle était garée sur la place d'Arne. Je sais qu'il est absent en ce moment, mais quand même. Juste quand vous faisiez le tour de la maison en courant.

— De quel côté est-elle partie ?

— A droite, répondit Sund en joignant le geste à la parole.

Lindell poussa intérieurement un juron.

— Quel marque et quelle couleur ?

— Verte, il me semble, ou bien bleue. La marque, je ne sais pas. Mais elle m'a eu l'air d'un modèle assez récent.

Lindell se dit que, à côté de son Anglia vieille de quarante ans, cela ne voulait pas dire grand-chose.

— Etait-elle rouillée ? Avait-elle une galerie ou quoi que ce soit de particulier ?

Sund resta un moment à regarder le parking, les yeux dans le vague.

— Non, finit-il par dire. Il faisait sombre. Je crois qu'elle était verte. Pas très grande.

Lindell repensa alors aux spaghettis qui étaient toujours sur la plaque chauffante, là-haut dans son appartement. Avait-elle pensé à l'éteindre ? Dire qu'elle ne pouvait pas manger en paix. Même si sa faim ne se faisait plus tellement sentir, depuis quelques minutes.

Elle entendit annoncer l'arrivée de l'hélicoptère, sur la fréquence radio de la police. Et son portable sonna.

— Tu n'es pas blessée ? lui demanda aussitôt Ottosson.

Lindell lui raconta ce qui s'était passé et l'informa que Sammy était chargé de coordonner les recherches tandis que Haver assurait la liaison et qu'elle avait l'intention de remontrer chez elle manger ses pâtes.

— Qu'est-ce qui te fait croire qu'il s'agissait du meurtrier ? demanda le patron de la brigade, non sans un scepticisme perceptible dans la voix.

N'aurait-elle pas déclenché cette chasse à l'homme sur un simple fantasme ? Il pouvait parfaitement s'être trompé d'appartement, voire d'immeuble, puisqu'il y en avait quatre semblables dans le pâté de maisons.

— C'est un sentiment que j'ai eu. Il… Il m'a regardé d'une drôle de façon. En plus, son aspect coïncidait avec le signalement.

— Quel signalement ? demanda aussitôt Ottosson.

— Celui du client de la boutique de téléphones. Je suis persuadée qu'il s'agit de notre homme.

Pourtant, plus elle y réfléchissait, moins elle trouvait vraisemblable que le meurtrier vienne la trouver chez elle. Pourquoi le ferait-il ? Pour la tuer ? Elle eut un frisson. Il aurait pu le faire sans la moindre difficulté.

— Tu es toujours là ?

— Oui, oui. Je réfléchissais.

— Fredriksson a pu établir un lien entre Manfredsson, les services sociaux et le CHU.

— Quoi ?

— Tu m'as bien entendu, dit Ottosson. Le lien est établi sans contestation possible. Manfredsson a été soigné au CHU à l'automne et il se peut qu'il soit passé entre les mains de Veronica Malmén.

— Il n'est pas le seul dans ce cas.

Ottosson ignora cette remarque.

— Il est même possible que leurs rapports ne se soient pas arrêtés là. Il manque encore certains éléments, mais Fredriksson en est persuadé.

— Et toi ?

— Il y a pas mal d'indices concordants, en effet. J'en ai touché deux mots à Fritzén.

Lindell n'en crut pas ses oreilles. "Touché deux mots à Fritzén" ne pouvait vouloir dire qu'une seule chose : ils avaient envisagé de lancer un mandat d'arrêt.

— Quand ça ?

La réponse ne tomba pas immédiatement

— C'est en cours depuis hier. Allan m'a appelé tard le soir.

Lindell s'adossa à la voiture de Sund, en entendant cela.

— Hier ?

— Il a tenté de te joindre mais n'y est pas parvenu. C'est pour ça qu'il m'a appelé.

Mon œil, pensa Lindell en traversant le parking à grands pas, le téléphone vissé à l'oreille.

— Bon, alors je vais manger mes pâtes, dit-elle avant de raccrocher.

Elle promena le regard sur la façade de l'immeuble, où les voisins étaient toujours aux aguets et bavardaient d'un balcon à l'autre. Sund s'entretenait avec Edin, au rez-de-chaussée, en lui désignant Lindell, seule sur le parking. Les deux dernières voitures de police étaient en effet en train de sortir dans la rue. L'un de ses collègues en uniforme leva la main. Lindell eut l'impression qu'il souriait.

Elle était épuisée et avait légèrement le vertige. Ryde arriva alors au volant de sa vieille Opel. "C'est absurde, pensa-t-elle. Il n'a apparemment pas été informé que c'est Manfredsson qui est le meurtrier présumé."

18

Le pilote du bac leva la main pour le saluer et eut un geste qu'Edvard ne put interpréter. Il lui répondit cependant d'un grand signe.

La rampe du bateau fit un bruit de ferraille lorsqu'il la franchit et il éprouva un sentiment de soulagement et poussa un grand soupir. Les rares voitures qui avaient effectué la traversée formèrent une queue avant de se disperser sur les petites routes de l'île, vers le sud ou vers le nord.

Il avait déjà ressenti l'effet apaisant de Gräsö sur lui. La vue de ces visages familiers, au cours de la traversée, le bruit du ferry, le vent soufflant sur le détroit d'Öregrund et les contours de l'île, tout cela lui inspirait un sentiment de familiarité, d'appartenance. Il estimait que c'était surtout l'eau qui lui communiquait ce bien-être. Il avait tenté d'expliquer cela à Ann mais n'y était pas parvenu. Pas plus qu'à Marita, au cours de son existence précédente. Etait-il condamné à toujours échouer de la sorte ?

A Viktor et Viola, en revanche, il n'avait pas besoin d'expliquer quoi que ce soit. Tous deux parlaient des sujets les plus divers de la façon la plus naturelle et la plus détendue qu'on pût imaginer. Il y avait quelque chose de propre, de clair et net, dans les rapports qu'il entretenait avec ces deux vieux îliens, rien d'affecté, pas le moindre besoin de pose, de réserve mentale ou de précautions à prendre. Le calme de leur existence impressionnait Edvard. C'était vraiment la nature dans toute son ampleur et cela lui rappelait la terre qu'ils foulaient, la houle de la mer et les nuages qui passaient sur cette côte.

Ils avaient leurs problèmes, eux aussi, mais ils les supportaient avec tranquillité et stoïcisme. Il aurait eu bien besoin qu'ils lui en prêtent un peu. Il s'efforçait donc de les observer, de guetter leurs réactions et de les imiter.

Peut-être étaient-ils résignés ? Peut-être était-ce l'âge qui leur apportait cette faculté, cette sagesse ? Peut-être se contentaient-ils d'attendre la mort dans leur petite maison respective, sans rien espérer, sans demander quoi que ce soit à ce qu'il leur restait d'existence, en excluant ainsi les tempêtes et les aléas ?

Ni l'un ni l'autre n'avait d'enfant. Quand ils partiraient, ils ne laisseraient rien derrière eux, sinon un vide dans la maison, le bûcher, le poulailler et les alentours. Le bruit de leurs pas cesserait, c'était tout. Etait-ce le genre de vie qu'il souhaitait ?

Ce sentiment de paix ne résistait hélas pas au souvenir de ce qui l'avait tellement tracassé à Ramnäs. Il conduisit de façon un peu saccadée, sur la route en terre battue, mais se sentit un peu mieux lorsque la vieille maison apparut au détour du chemin.

Il aperçut Viola dans la cour. Elle entendait toujours bien, malgré son âge, et resta à attendre l'arrivée de la voiture. Elle portait sa jupe habituelle et sa veste d'hiver rendue grise par l'usage. Elle avait les jambes un peu arquées, dans ses bottes à la tige coupée. Edvard supposa qu'elle venait d'aller chercher du bois et, en effet, le panier était posé sur le sol, près de ses pieds.

Il gara la voiture, descendit et la salua. La vieille marmonna quelque chose. Il alla jusqu'à elle, prit le panier à bois et passa l'autre bras autour de sa taille, toujours aussi frêle.

— Comment va la vieille carcasse ? demanda-t-il sur le ton de la plaisanterie.

— Bien, merci. Viktor a appelé, ajouta-t-elle quand ils pénétrèrent dans la cuisine.

— Oui, je sais. J'aurais dû le rappeler.

Il empila le bois coupé dans le coffre, près de l'âtre. L'écorce blanche du bouleau et la surface poisseuse et tourmentée du sapin l'apaisèrent. Il rangea soigneusement les bûches, afin qu'il y ait de la place pour le contenu d'un autre panier. Il remarqua alors sa propre main et la laissa posée sur le dernier morceau de bois. Ses veines saillantes formaient une sorte de dessin, sur le revers. Il nota que la surface de sa peau avait vieilli notoirement, ces dernières années, et qu'elle n'était plus aussi lisse. Elle avait un aspect un peu écaillé, comme si elle s'en allait par petites particules ou pellicules, et ne lui semblait plus aussi familière. "C'est l'âge", pensa-t-il.

— Tu veux du café ?

Agenouillé sur le sol de la cuisine. Edvard se retourna et la regarda, avant de se relever.

— J'ai réfléchi à ce que tu m'as dit, à propos de la maison. J'accepte ta proposition avec joie. Je serai content de rester ici.

— Ce n'est pas une proposition, c'est une disposition testamentaire ! protesta Viola.

Edvard eut un sourire

— Je sais, dit-il.

Il s'assit en face d'elle. Le bois se mit à craquer, dans la cheminée, et la pendule de la salle à sonner neuf heures.

— Ann te souhaite le bonjour.

La vieille femme accepta ce salut d'un signe de tête. Il resta un instant à l'observer, se demandant ce qu'elle pensait. Cela lui était déjà arrivé bien des fois, tandis qu'elle grondait ses poules, remuait le liquide dans la cafetière, sortait des assiette ou gourmandait Viktor qui, d'après elle, venait trop rarement la voir. "Je crois qu'elle est contente, en fait", décida-t-il. Il pensa un instant ajouter quelque chose à propos d'Ann, mais s'abstint finalement.

— Je vais appeler Viktor, dit-il en se levant et quittant la pièce, mais seulement pour y revenir aussitôt.

Viola leva les yeux, les mains autour de sa tasse à café.

— Je pensais à une chose, dit Edvard. Est-ce qu'il y a quelque chose que tu désires, à propos de la maison ?

— Tu veux dire : quand je ne serai plus là ?

La vieille femme regarda Edvard d'une façon difficile à interpréter. Puis elle se leva lentement, prit sa tasse et se dirigea vers l'évier. Cela fit un bruit de porcelaine quand elle l'y posa.

— Je suis une vieille bonne femme toute ridée, dit-elle le dos tourné vers Edvard, qui se sentit mal à l'aise.

Il se souvenait en effet de sa conversation avec Marita, dans la cuisine de Ramnäs, de sa façon de se détourner et de sa douleur.

— Eh bien, je souhaite que tu restes vivre ici, que tu donnes à manger aux poules et que tu hisses le drapeau les jours de fête et celui de mon anniversaire. J'aimerais aussi que tu invites Viktor, de temps en temps.

Elle se retourna et il vit qu'elle avait les larmes aux yeux. "Pourquoi faut-il que ce soit aussi pénible, bon sang", pensa-t-il.

— Bien sûr que Viktor viendra ici. Les jours de fête, celui de ton anniversaire et d'autres encore.

— Je sais que tu pourras te plaire ici. Mais il y a ton amie, aussi. Elle est dans la police et c'est une citadine. Tu crois qu'elle aimerait vivre ici ?

— On est très bien, ici.

— Je suppose qu'elle n'a pas envie de devenir une vieille péquenaude comme moi.

— Je donnerai à manger aux poules, aussi.

— Assieds-toi une seconde, ajouta Viola, j'ai quelque chose à te dire.

Edvard approcha de la chaise. Avant de s'asseoir, il regarda la femme, qui eut un geste de la main. Il tira le siège vers lui, ne sachant trop quoi penser.

— Sais-tu quel âge j'ai ?

— Quatre-vingts ans, environ.

— Quatre-vingt-quatre. Je les aurai le 3 mars. Ça te rappelle quelque chose.

Edvard hocha la tête. Naturellement, c'était le même jour que Jerker, son fils.

— Quand tu es arrivé, j'ai rajeuni de dix ans. On n'est pas éternel, mais ma mère a vécu jusqu'à quatre-vingt-quinze ans et sa mère à elle, jusqu'à quatre-vingt-dix-huit. Alors, peut-être que… laissa tomber Viola en approchant de la table sans s'asseoir.

Au lieu de cela, elle se pencha, écarta le rideau et regarda à l'extérieur, comme tant de fois auparavant.

— Tu as peur de mourir ?

Viola hocha la tête.

— J'ai peur du silence, le silence de la mort. Qu'est-ce qu'on devient, d'après toi ? ajouta-t-elle en se tournant vivement vers Edvard.

— Je ne sais pas. Rien, je suppose. On retourne à la terre.

— Sans doute que oui. La terre. Le 3 mars, tu te souviendras ? J'ai pris soin de ma mère jusqu'à sa mort. Ça s'est passé ici, sur ce canapé. Elle a pu rester chez elle jusqu'à son dernier souffle.

Viola retourna près du plan de travail et se mit à s'occuper des tasses, dans l'évier. Sa frêle silhouette rappelait à Edvard celle de sa grand-mère paternelle. Le silence s'établit dans la pièce, maintenant qu'avait cessé le bruit de vaisselle. Les tasses étaient rangées, le pot à crème replacé dans le réfrigérateur. Pourtant, ce silence n'était pas tendu et la maison respirait le calme. Edvard était assis les mains jointes. Et Viola le regardait de ses yeux aqueux. Leurs regards se croisèrent un instant.

— Il y aura des coquilles Saint-Jacques pour dîner, dit-elle.

— Parfait.

— Mais je n'ai pas de betteraves.

— Je vais aller en acheter.

Lorsque Edvard tourna au coin de la maison, il fut accueilli par un fort vent du nord-est. Il y avait de la neige dans l'air et les feuilles tordues et brunâtres des érables balayaient la cour. Des betteraves. Il contourna la maison pour aller voir le large, mais le vent le força presque à reculer. Des oies étaient posées sur l'eau et il entendit le bruit du ressac sur la grève. Il décida d'y aller en premier. Les betteraves attendraient.

A cette époque, on ne voyait et n'entendait aucun vacancier, au bord de l'eau. Personne ne se baignait et les moteurs des hors-bord restaient muets. Rien que la mer et les rochers. Ce paysage n'avait rien d'hospitalier, quand soufflait le vent du nord-est.

— Le 3 mars, dit-il à mi-voix à la mer.

C'était la marée haute. Les vagues ne cessaient de déferler par-dessus l'écueil où il allait souvent se baigner et balayaient ce rocher nu avec une frénésie féroce. Il braqua le regard vers la passe débouchant sur la mer d'Åland.

"Est-ce vraiment un endroit pour moi ?" se demanda-t-il. La mer, qu'il avait si souvent appelée de ses vœux au cours de ses années en tant qu'ouvrier agricole lié à la glèbe, lui faisait l'effet d'être d'une dureté et d'une froideur impitoyables. C'était autre chose que le sol qui, même s'il était gelé, avec ses billons en forme de vagues figées, lui avait apporté le calme. Du moins le plus souvent. N'en aurait-il pas la nostalgie, maintenant ? Non, pas vraiment, et si c'était le cas, il ne disposait d'aucun moyen d'y retourner.

— Marita, dit-il à voix haute comme pour en faire l'essai, Marita. Le 3 mars, notre fils aura quatre ans. Heureux anniversaire, Jerker ! Marita.

Par les fraîches soirées d'automne et les matins de printemps frisquets les vols d'oies passaient au-dessus des sillons. Ils lui manquaient, ces oiseaux et leurs cris égarés, ainsi que l'odeur de terre. Il lui était arrivé, alors qu'il descendait du tracteur d'un mouvement qu'il avait effectué des milliers de fois auparavant, d'éprouver un très fort sentiment de recueillement. Pas toujours, cela aurait été insupportable, mais de temps en temps, surtout au cours des labours de printemps, il avait l'impression d'accomplir une sorte de rite. Cette terre sur laquelle il avait laissé sa marque lui donnait en échange son parfum et sa chaleur. Il avait alors contourné la machine pour se diriger vers le rouleau, la herse ou le semoir et ne plus faire qu'un avec le sol, la glaise riche en humus.

Les oies traversaient le ciel en adoptant leur formation en V et il s'était incliné humblement devant cette force qui tapissait le ciel et la terre telle un champ magnétique. Cela n'avait rien de religieux, c'était simplement le sentiment très profond de la bonté de la vie, de son ampleur, de tous les êtres qu'elle reliait les uns aux autres.

Cette impression, la mer ne la lui avait jamais inspirée. Elle n'avait été pour lui qu'un but à atteindre. Or, ce but, il y était maintenant parvenu.

Il se souvenait avoir jadis lu un poème – il s'agissait en fait d'une inscription runique – qui parlait de cette intimité avec la vie, mais aussi de la douleur liée au fait qu'elle devait fatalement prendre fin. Cette strophe datant d'environ un millénaire et exprimant le désespoir d'un père devant la mort de son fils lui avait parlé directement. Il lui arrivait d'ailleurs parfois d'en répéter les paroles, à voix basse, telles qu'il se les rappelait : “La terre peut s'ouvrir, ainsi que le ciel au-dessus”.

Edvard imaginait fort bien cela : un immense gouffre en train de se creuser et le ciel de s'effondrer, dans un horrible fracas et en un spectacle à la fois magnifique et effrayant.

S'il avait eu son canot, il l'aurait poussé dans les vagues et dans le vent et serait parti à la rame vers l'écueil, là-bas au large, pour tenter d'obtenir certaines réponses. Mais il ne disposait pas de la moindre embarcation. Viola serait d'ailleurs malade de peur s'il prenait la mer par un temps pareil. Elle nourrissait en effet un respect hérité de ces ancêtres envers ces forces. Heureusement, il pouvait toujours prétexter qu'aucun bateau n'était à l'eau.

— Qu'est-ce que tu cherches, bon sang ? se demanda-t-il.

La colère que lui inspiraient son indécision et son trouble le poussa à longer la grève, ou plutôt le bord de l'eau car toute son attention était braquée vers les flots. Les aunes, en revanche, ne l'attiraient aucunement. Les argousiers le contrariaient, à tendre leurs rameaux épineux au-dessus de l'eau. Il se surprit à avoir envie de prendre sa scie à moteur pour faire place nette, comme si la mer était un champ menaçant d'être recouvert par la végétation.

Il avançait à pas lents et trébuchants sur les galets et les cailloux, sautant de pierre en pierre. Une fois parvenu au hangar à bateaux de Viktor, il se calma soudain, réduisit l'allure et s'appuya du bras à la paroi en fermant les yeux.

"Tu ne peux pas te défiler ainsi, se dit-il. Va plutôt acheter des betteraves, manger des coquilles Saint-Jacques et faire une partie de cartes avec Viola. Vis, quoi, bon sang !"

Il laissa le froid s'emparer de son corps en pensant à Viola en train de préparer les coquilles et de couper de l'oignon en lorgnant en direction de la fenêtre pour voir passer son ombre. Il approcha encore un peu plus du hangar et sentit l'odeur du bois, vieux et veineux. La chaleur qui se dégageait de ce bois, ainsi que son âge, le firent penser à Anton-la-Tomate. Dans ces troncs embellis par le vent et par l'eau résidait une partie de ce qu'il cherchait, il le savait. Mais quoi et comment ?

Il ouvrit la porte du hangar. Le grincement des gonds rouillés se propagea sur le bras de mer telle la plainte d'un oiseau de mer égaré au-dessus des flots. A l'intérieur se trouvaient les outils de pêche de Viktor, ses lignes et filets, ainsi que quelques nasses suspendues au plafond. Des avirons vermoulus et à la peinture écaillée, faute d'avoir été utilisés depuis des années, étaient posés le long de l'un des murs.

Edvard s'assit sur une caisse. En dessous du plancher mal joint, il entendait l'eau clapoter. Que faisait Ann en ce moment ?

Il aurait aimé qu'elle soit sur l'île. Elle était trop loin de lui, trop prise par son enquête et par ces meurtres.

Peut-être était-il jaloux de sa vie professionnelle, des contacts que celle-ci lui procurait ? Pour sa part, il n'avait guère que Viola, à qui parler, comme s'il était un retraité las de la vie passant son temps à chantonner avec un autre vieillard de son espèce. Il avait en effet tendance à surtout fréquenter des personnes âgées. Il lui semblait que leurs paroles pesaient plus lourd que celle des autres. S'il repensait aux gens qui avaient influé sur le cours de sa vie et sur ses idées, il lui fallait admettre que c'était son grand-père paternel qui venait le premier à son esprit. Toute sa jeunesse avait porté l'empreinte de cet homme qui était le plus vieux de son village et de sa vision du monde, basée sur la sagesse autant que sur les préjugés.

Et puis il y avait eu Anton-la-Tomate, qui était à la tête de la section syndicale et auquel il avait souvent téléphoné pour discuter non seulement de leurs affaires mais aussi de toutes celles de la vie, de façon plus générale. Et puis Asta, la femme d'Anton. Et maintenant Viola et Viktor.

On aurait dit qu'il se complaisait dans ce qui était vieux et ancien. Parmi les jeunes, c'était surtout la compagnie de Fredrik Stark, le jardinier et camarade de section, qu'il recherchait. Il aimait discuter avec lui car il avait un certain culte de l'histoire, lui aussi, mais vivait plus que lui dans le présent. Il ressemblait un peu à Rosander, l'entomologiste qui avait donné asile à Enrico et Ricardo à Ramnäs. Il était passionné d'histoire et toujours prêt à commenter ce qui se passait dans l'actualité. Stark et Rosander étaient d'ailleurs de vieux amis, anciens activistes de gauche, l'un universitaire et l'autre simple jardinier syndicaliste, mais partageant la même vision du monde et de la société.

Malgré le savoir et l'engagement dont ils étaient dépositaires, Edvard n'avait pu éviter de noter qu'ils étaient tous deux de plus en plus las et blasés. Ils étaient de plus en plus prompts aux sarcasmes, comme si rien n'avait plus de valeur et que tout n'était plus que de l'histoire ancienne. Edvard était persuadé qu'ils allaient vieillir avec cette optique, amers et desséchés. Ils n'étaient plus en contact avec l'amour, celui-ci ne faisait plus partie de leur monde.

En allait-il ainsi de lui, qui n'avait même plus la force de prendre soin de ses êtres chers ? Il avait abandonné Marita et les enfants, largué les amarres et mis le cap sur Gräsö et sur la mer.

Il fallait qu'ils parviennent à une décision, Ann et lui. Il en sentait également le besoin, l'impatience, en elle. Elle tâtonnait, comme lui. Mais ils n'avaient rien d'autre qu'eux-mêmes et c'était la raison pour laquelle ils n'osaient pas poser les questions vitales, ayant trop peur des réponses. Désirait-elle vivre à Gräsö ? Voulait-elle avoir des enfants ? Il avait vu les regards qu'elle lançait, quand ils croisaient des enfants ou des femmes avec des poussettes. Il y avait comme une question non formulée, entre eux, et il attendait qu'elle la pose.

Lentement, à la manière d'une machine se remettant péniblement en marche, il se hissa sur les bras en prenant appui sur la caisse, se leva, quitta le hangar en fermant soigneusement la porte derrière lui, et rentra à la maison.

Il aperçut Viola dans la cuisine et put presque percevoir son soulagement. Elle se faisait trop de souci, derrière son air bourru. Chaque fois qu'elle le voyait prendre la direction de la mer, l'inquiétude se lisait dans son regard. C'est pourquoi il se mit à siffler gaiement, en montant l'escalier.

Une fois dans sa chambre, il alluma son ordinateur, se connecta à Internet et chercha l'adresse électronique de Fredrik Stark. Il lui envoya un bref message et referma l'appareil. Il fallait que Stark soit informé de la mort d'Anton et de la date de son enterrement, il l'avait promis à Allan.

Sur la table était posé le dernier numéro de Lantarbetaren, l'organe syndical des travailleurs de l'agriculture et assimilés. Il l'écarta et plaça divers papiers dessus pour qu'il ne soit plus exposé à sa vue.

Il acheta des betteraves mais aussi quelques bières et un paquet de chips. Il y avait des années qu'il n'avait pas mangé de ces dernières, pas depuis l'époque de Ramnäs. “Il faut qu'on passe une soirée agréable, Viola et moi”, pensa-t-il avec un petit sourire en coin.

Ils mangèrent en silence, tandis que l'obscurité tombait sur la maison.

— Elles étaient bonnes, les betteraves, dit Viola en débarrassant la table.

Edvard prit une douche, éteignit la lumière sauf celle de sa lampe de chevet et arpenta l'étage nu comme un ver. La curiosité le poussa vers la fenêtre, mais le ciel était couvert et on ne voyait pas les étoiles.

Puis il passa dans la chambre et alla prendre un livre sur l'étagère. Il ne lisait guère plus d'un volume par an, et pourtant il y en avait un auquel il revenait constamment sans pour autant le parcourir d'un bout à l'autre : c'était l'histoire du Syndicat des travailleurs de l'agriculture de l'Uppland, qu'il avait héritée de son grand-père Albert. Il l'avait en fait lu plusieurs fois, même si l'ouvrage était un exposé assez sec des douze premières années de la section.

Il lui avait toujours fait l'effet d'être sec au toucher aussi, mais sa reliure en toile brun beige lui était familière. Il avait l'impression de poser la main sur un vieux chiffon datant de l'enfance que l'on retrouve dans le fond d'une caisse, au grenier. Il éprouvait la même joie que d'avoir porté un vieux vêtement, de le reconnaître et de retrouver des souvenirs. A moins que ce ne fût la peau rêche d'un animal. Il rapprocha l'ouvrage de ses narines pour le renifler.

Il l'ouvrit ensuite pour en parcourir quelques lignes. Tant qu'il le lisait ou le relisait, la mémoire d'Albert restait vivante. Edvard en connaissait pourtant le contenu par cœur et ne s'intéressait plus guère à l'exposé très factuel des difficultés qu'avait connues la section. Mais c'était pour lui une question d'honneur que de le sortir du rayon de temps en temps et d'en lire un chapitre. Il avait ainsi le sentiment qu'Albert marchait sur ses pas, quelque part.

Il s'éveilla en sursaut. Le livre était posé sur son ventre. On entendait au loin, de plus en plus nettement, le bruit d'une voiture. Quelqu'un venait par là, ce qui fut bientôt confirmé par la lueur de phares.

Il se leva et regarda la pendule. Onze heures et demie. Sa première pensée fut qu'il était arrivé quelque chose à Viktor et que c'était l'un de ses cousins qui venait les en informer.

Sa pensée suivante se porta vers Ann. Il mit inconsciemment la main sur son sexe et gagna la fenêtre. Le faisceau de lumière balayait les arbres. Quand la voiture apparut, il reconnut aussitôt la forme carrée de ses phares. C'était bien Ann.

Il balaya la pièce des yeux. Il faisait souvent un peu de ménage, quand il savait qu'elle allait arriver. Cette fois, il n'en avait pas le temps.

Elle sortit une petite valise posée sur le siège arrière et la lampe de l'habitacle éclaira un instant son visage. Edvard, lui, s'assit sur le fauteuil en osier. Il grelottait, à la fois de froid et d'impatience, mais il tenait à être assis là quand elle arriverait.

Le fauteuil crissa sous son poids. L'escalier, lui, grinça sous celui des pas d'Ann.

— Tu es là, dit-elle en laissant tomber sa valise par terre.

Edvard embrassa ses genoux, d'abord le droit puis le gauche. Lentement, presque imperceptiblement, sa langue remonta le long de ses cuisses, sous les gémissements de volupté d'Ann. Il ouvrit les yeux et observa son visage. Comme il aimait cette femme ! Elle avait la bouche ouverte et les yeux fermés. Son parfum l'enivrait. Ses gestes se firent ensuite plus vifs, il la saisit par les fesses et attira son corps vers lui. Le doux duvet de sa peau caressait sa joue. Il approcha de son sexe sans quitter son visage du regard et en laissant courir sa langue. Elle gémit doucement et tourna légèrement le corps, tandis qu'il la regardait avec les yeux de l'amour. A travers les boucles de ses poils, il pouvait voir son ventre légèrement arrondi, son nombril qui avait la forme d'un paysage vallonné, puis les deux belles buttes de ses seins, qui se dressaient tels les champs de son ancien pays natal, au printemps, après les semailles, et où les tétons figuraient des bornes de culture sur lesquelles prunelliers et églantiers disputaient la place aux pierres couvertes de mousse et de lichens.

Ann pivotait lentement sur elle-même. Les mains d'Edvard parcouraient le paysage de son corps, explorant de ses paumes rugueuses ses champs ondulants. Elle pressait vers lui son sexe béant, de plus en plus fort, et il ne parvenait pas à détacher son regard d'elle. Comme il l'aimait ! Comme il aimait ce paysage !

— Je veux un enfant, murmura-t-elle le souffle court en saisissant ses mains. Je veux un enfant de toi.

Edvard entendit ses paroles, proférées comme sous l'effet de l'ivresse. Il leva la tête et la regarda.

— Je ne peux pas, souffla-t-il.

— Qu'est-ce que tu ne peux pas ?

Il prit son visage entre ses mains et l'attira vers lui.

— Etre père encore une fois.

Il tenta d'éviter ses yeux mais elle le tenait fermement en son pouvoir. Ils étaient tout près l'un de l'autre, face contre face. Il comprit qu'il ne pourrait y échapper. Il était certes un peu moins excité et pourtant la beauté de sa nudité et de sa détermination, dans la lumière de la salle de bains qui filtrait dans la pièce comme un clair de lune, l'incitait à larguer les amarres et se laisser aller.

— Je vis dans la honte de ne pouvoir vivre, dit-il.

— On est vivants, Edvard, murmura-t-elle.

— Mes fils...

— Ils sont vivants, eux aussi.

Il ne trouva rien à répondre à cela.

— Ne te sens pas coupable, dit Ann en caressant son front couvert de sueur.

— Il y a des moments où je n'ai qu'une envie, c'est de partir en mer, tout droit, dit-il en se libérant de son étreinte.

Elle secoua la tête.

— Je me rappelle un jour, à Ramnäs, il y a cinq ou six ans. C'était au mois de juin. Le blé était magnifique, puis une violente averse s'est abattue et il est tombé environ vingt millimètres de pluie en l'espace d'une demiheure. Bengt et moi sommes montés voir. Nous savions que ce ne serait pas beau, car c'était une parcelle qui poussait toujours très bien. Il a juré tout ce qu'il savait. Moi, je me suis attardé sur place. Le blé ressemblait à la houle, en mer, avec ses creux et ses crêtes. Il était vert, à la fois sombre et clair, également comme la mer, et les épis formaient une sorte de reflet transparent sur tout le champ.

Il se tut et tendit la main pour prendre les cigarettes posées sur sa table de nuit. Il en alluma une et tira une longue bouffée avant de continuer.

— Tandis que je regardais cette mer de blé, j'ai eu l'impression qu'elle se mettait à vivre, à onduler. A une centaine de mètres de là il y avait une petite butte qui constituait une sorte de bosse, sur ce champ, et j'ai eu l'impression que les épis se dressaient et allaient déferler sur moi, comme une vague qui se brise. C'était une illusion d'optique ; quand on observe longuement une chose, son aspect se modifie et prend d'autres formes. Je désirais disparaître dans cette mer.

— Est-ce que c'est ce jour-là que tu as décidé de quitter Marita et Ramnäs ?

— Non c'est beaucoup plus tard. Je l'aimais beaucoup.

Ces mots la rendirent soudain jalouse. Il avait rarement – voire jamais – parlé de son ancienne femme. Ils avaient vécu longtemps ensemble, en fait depuis l'adolescence, et avaient deux enfants. Elle désirait à la fois savoir et ne pas savoir. Elle ne voulait pas de ses souvenirs et de son amour pour Marita, mais elle souhaitait l'entendre en parler.

Elle lui prit la cigarette des mains et l'écrasa dans le cendrier, d'un geste décidé.

— On peut, dit-elle, je le sais. Je t'aime beaucoup.

Il hocha la tête.

Décembre 1999.

Le 3 mars, son fils fêterait son anniversaire.

Ainsi que Viola.

Il devait construire une maison à Norrskedika.

Elle devait, pour sa part, enquêter sur des meurtres, des attaques à main armée, des coups et blessures.

La mer gèlerait et la glace fondrait, les oiseaux migrateurs reviendraient.

Comment relier tout cela, en faire un ensemble ?

— Ramnäs te manque ?

La question d'Ann l'interrompit dans ses pensées. Il se leva brusquement du lit et alla se placer au centre de la pièce, ne sachant que faire.

— Ce qui me manque, ce sont les groseilles, le goût des groseilles. On se plaçait chacun d'un côté et on mangeait les baies directement sur ces gros buissons. Il y en avait des rouges et des noires. Les garçons étaient petits et ils dormaient. C'était au mois d'août.

Edvard se tut, ne sachant pas si Ann désirait en entendre plus. Il se retourna.

— Je parlais du blé, tout à l'heure. Sais-tu quel effet font les épis de blé, dans la main ? Ils sont rêches, dit-il de façon hésitante, incapable de décider s'il serait capable de lui faire comprendre la sensation des pointes des épis dans le creux de la main.

Il eut un geste dans lequel Ann vit une manifestation de désespoir. "Qu'est-ce qu'il veut ?" pensa-t-elle. Soudain, l'atmosphère lui parut lourde et elle regretta d'être venue sur l'île.

19

L'obscurité tombait rapidement sur la maison. Il sortit le dernier sac d'ordures et le jeta d'un geste puissant sur le tas assez impressionnant qu'il représentait déjà. Il y avait là des mois de détritus : vieilles assiettes en carton, bouteilles et canettes, journaux et vêtements. En dessous se trouvaient les cartons qui avaient jadis contenu le poste de télévision, l'ordinateur, les meubles de chez IKEA, l'équipement de cuisine et le reste de ce qu'il avait acheté quand il s'était installé à la ferme.

Il avait alors cru que la vie s'ouvrait devant lui et tenté de se constituer un foyer, un endroit où organiser sa vie et celle de Chris. Pendant les premiers mois d'été, il avait fait la vaisselle, rangé et passé l'aspirateur. La solitude lui avait parfois pesé, le désespoir l'avait ébranlé, l'angoisse l'avait tourmenté, mais il restait persuadé de tenir le coup. La vie était aussi faite pour lui, s'il se tenait à carreau et si sa maison ne se transformait pas en squat.

Mari était venue le voir et l'avait félicité. Elle avait même consenti à passer une nuit chez lui. C'était au mois d'août et ils étaient restés debout très tard, à partager une ou deux bouteilles de vin et causer. Il avait failli lui raconter l'attaque du bureau de poste qui rendait cette existence possible, avant de se rendre compte qu'elle ne pourrait jamais être dépositaire d'un tel secret.

Au fur et à mesure que l'automne avançait et que les ténèbres resserraient leur étreinte sur la maison, le désordre s'était peu à peu installé, il avait cessé de faire la vaisselle, préférant acheter des assiettes en carton et des gobelets en plastique qu'il se donnait à peine le mal de jeter, les bouteilles s'étaient accumulées le long des murs et les moutons de poussière avaient fini par devenir des éléphants. Il lui arrivait de renverser de la nourriture, de la bière ou du rhum, mais il ne se souciait pas de nettoyer.

Dans les toilettes, il y avait des piles de rouleaux de papier vides. Un des sacs contenait uniquement des vieux journaux et un autre des vêtements qu'il n'avait pas pris la peine de laver et ne porterait plus jamais.

Il revint dans la maison, prit une serviette sale, l'humecta sous le robinet et nettoya la table de la cuisine à grands gestes appuyés. Le monogramme de sa mère, brodé en rouge sur la serviette le fit penser à la caisse de linge, draps, serviettes et autres, que sa sœur lui avait apportée. Les draps étaient maintenant sales et les serviettes servaient de torchons voire de serpillières.

Il s'arrêta au beau milieu de son geste pour observer ces belles lettres, très décoratives. Il aurait voulu pleurer, mais n'en était pas capable, et préserver cette blancheur – il était hélas trop tard. Il prit rageusement la serviette, sortit dans la cour, alla la jeter sur le tas d'ordures, saisit son briquet, se pencha en avant et mit le feu à divers journaux coincés en dessous du reste.

Les flammes bleu clair s'élevèrent et les titres en lettres noires des journaux ne tardèrent pas à en être la proie. Il leva les yeux vers la maison de Lundmark avec le sentiment de se comporter en bourreau.

Le chat, auquel il avait donné à manger tout l'été et l'automne, sortit à pas de velours de la touffe d'asters qui luisait de tous ses feux peu auparavant, mais n'était plus maintenant qu'une masse noire et informe. Le brasier se réfléchit dans les yeux de l'animal, qui contourna prudemment les fleurs et gagna le coin de la maison en regardant sa silhouette.

— Va-t'en au diable, lança-t-il à la bête et faisant un geste des bras pour l'effrayer. C'est terminé, va voir chez Lundmark.

Le chat approcha de la porte à pas lents.

— C'est fini, je te dis.

Le feu brûla pendant une heure et, après cela, il ne resta plus qu'un grand tas de braises. Peu habitué aux efforts physiques, il était en nage. Il ouvrit une bouteille de rhum et en but quelques gorgées au goulot.

Le spectacle du feu l'avait requinqué et il se promena un peu entre l'intérieur de la maison et la cour. La radio jouait de la musique et la faconde immature et affectée du speaker l'incita à prendre le poste et aller le jeter sur le tas de braises, lui aussi. Il se tut au beau milieu d'une chanson des Back Street Boys. Il passa ensuite aux meubles. Le vieux banc fut la première victime, puis il vida le contenu des tiroirs et n'en conserva que quelques vêtements tandis que le reste allait rejoindre le brasier, qui reprit ainsi de l'énergie. Ce fut ensuite au tour de la commode, du lit et de la literie. Le matelas se recroquevilla sous la morsure des flammes, comme s'il se tordait de douleur.

Il vit le chat raser les murs et se mit à lui parler, pour tenter de le convaincre de quitter la ferme. Il employa tous les arguments, tant la persuasion que la menace, et finit par lui jeter divers objets. L'animal ne semblait pourtant pas décidé à abandonner l'idée d'aller se réfugier dans la chaleur de la maison.

Il passa dans la resserre, prit son colt, sortit et alla s'asseoir sur le fauteuil de jardin pour attendre. Quelques minutes plus tard, le chat fit à nouveau son apparition et vint se frotter en miaulant au vieux tonneau destiné à recueillir l'eau de pluie, à l'angle de la maison. Il brandit l'arme, prit la crosse à deux mains, visa soigneusement et pressa la détente. La détonation fut assourdissante. L'espace de quelques secondes, le corps de l'animal fut agité de soubresauts puis resta inerte.

Il retourna le cadavre avec la pointe du pied, se pencha en avant, prit le petit corps encore chaud et alla le jeter sur le feu. Le fauteuil suivit le mouvement et il eut un instant l'idée de jeter également son arme, mais se ravisa à temps.

Il fouilla ensuite la maison systématiquement et brûla ce dont il n'avait plus besoin. Le reste trouva place dans une valise et dans le vieux sac de sport.

Il sortit ensuite le tuyau d'arrosage et nettoya à grande eau le sol, les portes des éléments de la cuisine et les toilettes. Puis il trouva un paquet de détergent et frotta avec une serviette les surfaces qu'il venait de nettoyer. Cela sentait le citron. Une fraîcheur humide se mit à monter du parquet nu aux lames noircies.

Il contempla une dernière fois l'intérieur de la maison avant de jeter ses bagages dans la voiture. Une lumière bleue brillait à la fenêtre de chez Lundmark. Il s'était demandé s'il ne devait pas aller prendre congé du vieux, pour finalement décider de s'en abstenir. Il n'avait pas la force de s'expliquer, ni de lire la déception qui s'inscrirait dans les yeux de son voisin.

20

Il était éméché, furieux, fou de colère et pensait à Eva. Ils devaient pourtant être capables de s'aimer ! Il pourrait sûrement trouver un boulot et elle s'abstenir de se droguer. Et alors quelle vie ils mèneraient, bon sang !

Il conduisit comme un fou et faillit quitter la route près de Tuna, dans une ligne droite. C'était un peu à l'image de sa vie. Les virages, il s'en tirait mais, dans les lignes droites, la route se mettait soudain à zigzaguer et il perdait le contrôle de lui-même.

Les bagages posés sur le siège arrière glissèrent et la valise vint lui rentrer dans les côtes. Il pila au point de faire hurler les pneus.

Il sortit de voiture en chancelant, à peine conscient de l'endroit où il se trouvait. Une serre créait une île de lumière fantomatique dans ce paysage enténébré dans lequel les arbres découpaient leur silhouette tourmentée sur le fond du ciel. C'était si beau qu'il en eut des sanglots. Il se mit à hurler en direction du ciel en sentant l'air froid et humide le prendre dans son étreinte.

Puis il vomit dans le fossé, cria son désespoir, vomit de nouveau. Il eut l'impression que cela lui faisait du bien et que ses idées redevenaient claires. Il s'essuya la bouche, cracha et leva le regard sur la campagne avoisinante. Partout les ténèbres, pas une seule maison éclairée, rien que la lueur irréelle de cette serre.

Il regagna sa voiture, donna un coup de pied dans la portière, plongea sur le siège avant pour prendre une cigarette et l'alluma avec des mains qui tremblaient. Quand il tira dessus, l'extrémité se mit à rougeoyer comme une luciole.

— Calme-toi, bon Dieu, se dit-il à lui-même en prenant un peu de neige sur le revers du fossé, arrachant au passage un peu d'herbe fanée.

Il se rafraîchit le front puis se frotta le visage. L'herbe sentait la terre. Au fond de lui, il grelottait.

Il rebroussa chemin. Qu'irait-il faire à Uppsala ? Mieux valait prendre la E18. Au bout de quelques kilomètres, pourtant, il effectua un nouveau demi-tour.

Il traversa Örsundsbro à la vitesse d'un escargot. La plupart des maisons étaient plongées dans l'obscurité. Une fois sur la nationale 55, il croisa un poids lourd qui l'éblouit. Il poussa un juron et s'aperçut peu après qu'il était lui-même en pleins phares.

Maggan habitait un appartement au rez-de-chaussée et il passa d'abord lentement devant l'immeuble pour inspecter les lieux. Puis il fit marche arrière et coupa le moteur. L'appartement était masqué par une rangée de thuyas et il était difficile de dire s'il y avait de la lumière ou non.

Il descendit de voiture, inspecta le voisinage mais ne vit pas âme qui vive et n'entendit pas le moindre bruit. Il se glissa entre deux arbustes et s'arrêta sur la terrasse. Puis il fit un pas vers la fenêtre et heurta un vieux barbecue qui alla cogner contre le mur avec un bruit d'enfer.

Il resta presque immobile pendant dix bonnes minutes, hésitant sur la conduite à tenir et ne sachant plus trop ce qu'il voulait. Depuis que Maggan était venue le voir chez lui, l'été précédent, il l'avait rencontrée une demi-douzaine de fois. Ils étaient allés au restaurant et au cinéma ensemble. Pour sa part, c'était sa première visite dans une salle de spectacle depuis des années.

Il se laissa glisser contre le mur, alluma une cigarette et la fuma à petits gestes. Le calme s'installa en lui. "Je suis revenu à mon point de départ", pensa-t-il.

Puis il se remit debout, les jambes raides, alla frapper doucement au carreau et attendit. Pas de réaction. Il renouvela son geste, un peu plus fort, et vit une lampe s'allumer à l'intérieur. Soudain, une silhouette se détacha en ombre chinoise et il fut inondé de lumière par l'éclairage extérieur. Il se recroquevilla instinctivement.

Maggan ouvrit la porte de la terrasse, vêtue d'un T-shirt très long.

— Qu'est-ce qui se passe ?

— Est-ce que je peux entrer ?

— Tu es saoul ?

Il secoua la tête et tendit les paumes des mains comme pour prouver à quel point il était sobre. Maggan s'écarta et il pénétra à l'intérieur en se glissant près d'elle.

— Assieds-toi, dit-elle.

Il se laissa tomber sur le canapé et elle revint, une cigarette allumée à la bouche.

— Il est arrivé quelque chose ? répéta-t-elle.

— Mais non, bon sang !

Il poussa un grand soupir, se sentant soudain très las. Elle l'observait, debout, la cigarette aux lèvres et l'épaule contre le chambranle de la porte. Elle avait des cernes sous les yeux et paraissait mal en point, elle aussi.

— Tu as une bière ?

— Tu sais bien que je n'en ai jamais.

— Quelque chose de non alcoolisé, alors ?

Maggan pouffa.

— Qu'est-ce que tu veux ? Il est deux heures et demie.

Il se mit à frissonner, serra les genoux l'un contre l'autre et se pencha en avant. Il avait l'impression que son corps n'était plus qu'une carcasse vide.

— J'ai vachement froid. Est-ce que je peux dormir ici ?

Il l'observa mais elle n'eut pas la moindre réaction et se contenta d'aller écraser son mégot sur la table basse. C'est ainsi qu'il vit ses seins, sous son T-shirt. Il perçut aussi l'odeur de coton et de poudre à laver. Ah, comme il avait envie de respirer à pleins poumons cette propreté ! Sa propre odeur corporelle, chargée de sueur, et celle qui régnait chez lui, où se mêlaient fumée, relents d'alcool et restes de nourriture en train de pourrir sur des assiettes et dans des casseroles, avaient bouché ses pores à la manière d'une pellicule de moisissure qui se serait posée sur sa peau. Quant à son haleine, elle l'entourait d'une sorte de nuée de saleté.

— J'ai bu un peu, avoua-t-il, mais maintenant je ne suis plus ivre.

— Ah bon ? lâcha-t-elle d'une voix sans complaisance.

Il la dévisagea et soutint son regard sans pouvoir y lire quoi que ce soit, sinon froideur et indifférence.

— Enfin quoi, merde, Maggan !

Elle regagna son poste contre la porte.

— Je bosse à sept heures. Je travaille, tu comprends ?

— Je peux dormir sur le canapé, je ne te dérangerai pas.

— Et tu voudrais que je te laisse seul ? Ce n'est pas un squat, ici. C'est mon appartement, j'y vis, figure-toi, laissa-t-elle tomber d'une voix qui se brisait.

— Je partirai dès que je serai réveillé. Je m'en irai, très loin. Promis, bon sang.

Elle ne lui demanda pas où il avait l'intention de se rendre et se contenta de sortir de la pièce. Elle ne tarda cependant pas à revenir avec une couverture et un oreiller qu'elle jeta sur le canapé.

— Gare à toi si tu n'as pas fichu le camp quand je serai de retour. J'appelle les flics, je te garantis.

— Promis. Est-ce que tu as des nouvelles d'Eva ?

Maggan le regarda.

— Laisse-la tomber, dit-elle sur un ton plus sévère qu'il ne l'aurait souhaité. Si tu veux faire quelque chose de ta vie, ne t'occupe pas d'elle. Elle ne pourra jamais mener une existence normale, tu saisis ? Elle est grosse et moche, elle est camée, c'est plus qu'un gros tas de merde et de mensonges. Elle est morte, Eva.

Il attrapa une cigarette mais ne parvint pas à l'allumer. Il s'effondra sur le canapé et s'étendit de tout son long, vaincu, vidé, uniquement rempli de désespoir.

— Chris va bien, c'est l'essentiel. Je crois qu'il ne pouvait rien arriver de mieux.

Elle s'approcha de lui, s'accroupit, souleva sa tête et glissa l'oreiller dessous, avant de tirer la couverture sur son corps qui tremblait de froid. Puis elle resta à regarder son visage grisâtre.

— Tu te souviens, murmura-t-il d'une voix à peine audible.

— Je me souviens.

— J'ai tué, chuchota-t-il encore un peu plus bas.

— Qu'est-ce que tu dis ?

Il ouvrit les yeux et la regarda en face.

— Est-ce que je peux dormir avec toi ?

Elle secoua lentement la tête.

— Non.

— Je ne te toucherai pas.

Elle posa la main sur son front baigné de sueur et en écarta une mèche de cheveux.

— Dors, dit-elle. Tu verras après.

— Allume-moi une cigarette, demanda-t-il. On peut bien en griller une ensemble, hein ?

Maggan l'observait, allongé sur le canapé. Il dormait la bouche ouverte et ses traits durs et marqués s'étaient quelque peu adoucis. Elle aurait dû retourner se coucher, mais cette visite inattendue l'inquiétait. Pourquoi avait-il surgi ainsi et où allait-t-il ? C'était toujours les mêmes questions, depuis l'époque où Eva et lui erraient un peu partout, s'installaient quelque part, se faisaient expulser ou disparaissaient, parfois ensemble, parfois seuls.

Que lui avait-il dit, déjà ? Qu'il avait tué ? Que voulait-il dire par-là ? Cela faisait longtemps qu'elle le connaissait et il n'avait jamais donné de signes de violence, même pas sous l'emprise de l'alcool.

Peut-être parlait-il de façon figurée, pour dire qu'il avait le sentiment d'avoir ruiné l'existence de Chris ? Ou celle d'Eva ? Cette pensée l'inquiéta au point de la pousser à allumer une nouvelle cigarette.

Elle s'installa à la table de la cuisine. Avait-elle bien fait ? Elle se leva et alla jeter un coup d'œil dans la salle de séjour. Il avait écarté la couverture. Il ne savait rien. Sinon, il ne serait pas venu chez elle quémander un peu de sommeil.

Comment pourrait-il jamais se charger de Chris ? La solution actuelle était la meilleure possible pour l'enfant, s'efforça-t-elle de se persuader.

21

Lindell était décidée, elle allait tenter de lire la plus grande partie des documents concernant l'enquête, soit au total quatre gros dossiers. Il s'agissait surtout de témoignages, d'auditions de voisins et de parents, de rapports du service scientifique et des patrouilles circulant en ville – c'est-à-dire d'informations qui ne prendraient un sens que lorsqu'elles seraient replacées dans un contexte plus vaste.

Il y avait aussi une note de la main de Ryde sur l'arme utilisée. Lindell en prit connaissance avec beaucoup d'intérêt. Dans les deux cas, il s'agissait d'un calibre 45. D'après Ryde, cela signifiait que la liste des modèles possibles était longue. Parmi les marques les plus vraisemblables il citait cependant Smith&Wesson, Colt, ainsi que Glock. Au total, neuf balles avaient été tirées et toutes les douilles avaient été retrouvées. En revanche, aucune empreinte digitale.

Elle avait alors demandé à Wende de lui fournir la liste des armes volées récemment et l'avait parcourue. Des Colt et des Smith & Wesson y figuraient en effet, mais cela ne signifiait pas grand-chose. Il y avait tellement d'armes en circulation.

Une liste des patients du service chirurgical était jointe. Dans sa version initiale, elle était tellement longue qu'on avait été obligé de la restreindre à ceux dont le nom ou le prénom commençait par un K. L'un des enquêteurs appelés en renfort était en train de l'éplucher.

Elle prit connaissance de la dernière en date des auditions de Manfredsson. Il était manifeste que ce dernier n'était pas en mesure de fournir des explications précises sur ce qu'il faisait le soir des meurtres, mais il s'abritait derrière son état d'ivresse et disposait d'un certain nombre de camarades qui attestaient qu'ils avaient en effet forcé sur la bouteille, ces soirs-là. Il apparaissait aussi qu'un des membres de la bande avait mis la main sur une cargaison d'alcool de contrebande d'origine mystérieuse qu'ils avaient décidé d'écouler le plus vite possible.

Lindell sentit la contrariété monter en elle, au fur et à mesure de la lecture du rapport de son collègue. Celui-ci était maintenant à la recherche de l'arme du crime dans le cercle des connaissances de Manfredsson.

Elle se demanda si elle n'allait pas devoir s'expliquer avec Fredriksson à ce sujet. Cela ne risquait-il pas de le briser définitivement ? D'un autre côté, on ne pouvait pas mener des recherches aussi importantes sur des bases aussi fragiles, qui n'étaient que pures spéculations. C'était du gâchis. Norrman, et dans une certaine mesure Sammy Nilsson, étaient de plus en plus enclins à suivre la piste de Fredriksson. Le procureur l'avait lui aussi appelée pour en discuter. Elle lui avait déconseillé delancer un mandat d'arrêt, considérant que ce serait plus nuisible à l'enquête qu'autre chose. Elle décida d'évoquer tout cela avec Fredriksson.

Elle continua à feuilleter le dossier et s'absorba dans cette foule de documents divers. Elle avait éteint son portable habituel et en avait emprunté un autre, dont seuls ses collègues les plus proches connaissaient le numéro. Le nombre des appels en provenance de journalistes avait en effet crû dans des proportions considérables. Son nouvel appareil n'en sonna pas moins et elle répondit sans quitter des yeux le témoignage du père de Kristian Castillo.

— C'est moi, dit Ola Haver. Nous venons de recevoir un tuyau, à propos de la voiture.

"Je le savais", pensa-t-elle en refermant le dossier.

— Où et comment ?

Le camion-grue était sur la digue reliant Arnö à la terre ferme. Le vent soufflait et le chauffeur, homme assez âgé au visage renfrogné, remonta la fermeture Eclair de sa combinaison.

— J'ai près de trente mètres de câble, dit il en regar dant Lindell.

Ils allèrent se mettre à l'abri de la puissante machine.

— Quelle est votre capacité ? demanda-t-elle.

— Oh, pas mal de voitures. Quand les plongeurs vont-ils descendre ?

— Dès que possible.

Sur la glace, elle vit Sammy Nilsson et les policiers en uniforme, ainsi que deux plongeurs de chez Boström, en train de se préparer. Un gros câble d'acier serpentait de façon menaçante jusqu'au trou, à la surface de la glace. Il neigeait et pourtant on voyait luire un pâle soleil.

En tournant le regard, elle voyait les bâtiments de la Haute Ecole Populaire, sur la pente douce descendant vers le lac. A l'extrémité de la digue, une foule de gens s'était massée, sans doute des élèves. A l'autre bout, les voitures se faisaient de plus en plus nombreuses.

Le grutier suivit son regard.

— C'est l'événement de l'année, ici, commenta-t-il en allumant un cigarillo.

Lindell l'observa. Il arborait un calme imperturbable, malgré ce que la situation pouvait avoir d'inhabituel et d'excitant. Il était arrivé au volant de son énorme machine et avait été accueilli par la police, qui lui avait ensuite donné les instructions. Il avait paru écouter à peine ces voix enfiévrées et suggestions contradictoires. Il était alors descendu sur la glace, jusqu'au trou béant au milieu de celle-ci, puis avait regagné son véhicule et l'avait avancé sur la digue, avant d'abaisser le bras de la grue et de tirer le câble, avec l'aide d'un des policiers en uniforme. Lindell soupçonnait une longue expérience professionnelle, derrière ce calme. Sans doute s'était-il déjà trouvé dans les situations les plus diverses et n'était-ce qu'en conservant son calme qu'il parvenait à effectuer sa tâche.

Elle redescendit sur la glace. Les plongeurs étaient en grande discussion avec Sammy Nilsson. L'angle sous lequel la voiture sortirait de l'eau serait assez obtus et on s'interrogeait pour savoir si la glace serait assez résistante.

— Il faudrait peut-être agrandir l'ouverture à la scie, entendit-elle Sammy suggérer.

Elle s'avança jusqu'au bord du trou. Au fond, on apercevait le toit de voiture. C'est un pêcheur à la ligne qui avait découvert l'épave. Son attention avait été attirée par le fait qu'il n'y avait qu'une mince couche de glace fraîche à cet endroit. Il avait percé un ou deux trous, constaté qu'elle n'avait que quelques centimètres d'épaisseur et aperçu ce qui lui avait paru être une voiture, au fond. Il avait alors donné l'alerte.

Il vint à l'idée de Lindell qu'il y avait peut-être un cadavre, à l'intérieur de l'épave. Et si c'était le meurtrier ? Elle recula de quelques pas et regarda derrière elle, vers la terre ferme.

Le parking était maintenant plein et elle entendait les éclats de voix des conducteurs qui désiraient passer. De l'autre côté lui parvinrent des éclats de rire. Norrman et Berglund étaient déjà sur l'île, en quête du directeur de l'école.

Soudain, on entendit un grand bruit d'eau. C'était l'un des plongeurs qui descendait. Lindell en fut très excitée, presque euphorique. Elle approcha de nouveau du trou. Le spectacle du second plongeur, qui s'apprêtait à suivre son collègue, lui inspira curieusement certaines pensées pas très chastes. Il avait environ la trentaine et était fort bien bâti. En plus, sa combinaison moulante mettait ses formes en valeur. Une nouvelle gerbe d'eau et il disparut à son tour au milieu des bulles.

Quel spectacle les attendait ? Y avait-il un cadavre, au fond de cette eau glaciale ? Elle se surprit à serrer les poings d'impatience et avança aussi près du bord qu'elle l'osa. Sammy Nilsson se tenait près d'elle et, pour une fois, il ne disait mot.

“Il se passe enfin quelque chose”, pensa-t-elle. Les plongeurs se déplaçaient maintenant autour de la voiture, au fond de l'eau, semblables à des ombres – ou plutôt à des phoques. On alluma un projecteur. Un agent jeta l'extrémité du câble dans l'eau et elle vit l'un des plongeurs s'en saisir et s'éloigner.

Au bout d'environ une minute il remonta à la surface, s'accrocha au bord du trou et ôta son masque.

— On ne voit personne, ni dans la voiture ni à côté, dit-il. Mon collègue est en train d'attacher le câble.

Il disparut à nouveau mais ne tarda pas à remonter, suivi par l'autre. Quelques mouvements vifs et lestes et ils furent de nouveau debout sur la glace. Ils firent un signe au grutier et le câble se mit lentement en mouvement. Fascinée,

Lindell le vit courir sur la glace, rencontrer presque aussitôt de la résistance et se tendre. Le bord du trou se fendilla en claquant, sous la morsure du câble, et on vit bientôt la voiture remonter. Ce fut d'abord le coffre arrière, puis celui qui était arrimé sur le toit, et le reste de la Volvo rouge ne tarda pas à apparaître lui aussi à la surface.

Une demi-heure plus tard la voiture était sur un camion de dépannage, la grue partie et la circulation rétablie.

Lindell et une poignée de collègues se trouvaient sur le parking, du côté de l'île. Tous avaient froid et l'offre que leur transmit Norrman de venir prendre le café à l'école fut accueillie avec gratitude. Le seul à rester près de la voiture fut Ryde.

Ils montèrent lentement la côte, les frênes qui la bordaient de chaque côté avaient été sévèrement taillés. Il s'était de nouveau mis à neiger et le crépuscule tombait. Ils vinrent se garer devant le bâtiment principal.

— Tu as apporté les cartes ? demanda-t-elle à Norrman qui répondit par un simple hochement de tête.

— C'est ton ancien terrain de chasse, par ici, hein ? Berglund et toi êtes venus ici, je suppose ?

— On a fait demi-tour au carrefour. A un kilomètre, quoi. Ici, c'est une autre section de la Confédération, répondit Norrman avec un rien d'amertume sur le visage. La limite passe là-bas, près de ce fossé.

— Quel fossé ?

— Non, rien. C'est quelque chose que nous a dit le type de Fittja, celui qui nous a servi de guide.

Lindell se laissa légèrement dépasser par les autres, sortit son téléphone et composa le numéro d'Edvard. Pas de réponse. Elle resta l'appareil à la main et leva les yeux vers le bâtiment principal de l'école. Les grands arbres qui bordaient sa façade la firent penser à un cimetière.

Et si le meurtrier se trouvait là, après tout ? Elle promena le regard sur les autres bâtiments, dispersés sur l'ensemble du terrain. Ses collègues, eux, pénétrèrent dans l'école. Elle hésita, fit quelques pas puis s'arrêta. Elle détourna les yeux vers le lac et crut encore apercevoir le noir du trou. Pourquoi s'engager sur la glace au volant d'une voiture ? La réponse qui se présentait à l'esprit était : pour la dissimuler aux regards. Mais cela supposait aussi que le chauffeur connaisse assez bicn les lieux pour savoir que la couverture était fragile à cet endroit. A moins qu'il n'ait simplement tenté sa chance. Ou qu'il ait été ivre, ait voulu franchir la petite digue et perdu le contrôle de son véhicule.

Il faut qu'on drague le lac, pensa-t-elle. Il est peut-être toujours au fond, après tout. Elle se dirigea lentement vers l'école. A ce moment, elle entendit un bruit de moteur, se retourna et vit le véhicule de dépannage quitter le stationnement et disparaître en haut de la côte, du côté de la terre ferme. “La voiture rouge, pensa-t-elle, on a fini par la trouver”. Et elle ne put s'empêcher d'avoir une pensée de gratitude pour ce pompiste si observateur d'Örsundsbro.

22

Asta Lundin, veuve d'Anton-la-Tomate, les attendait devant l'église. Le vent s'engouffra sous son manteau et révéla une robe d'une blancheur surprenante. Ses cheveux gris dépassaient de son chapeau et sa voilette noire flottait dans le vent, qui soufflait de plus en plus fort. Sa silhouette, très fine comparée au mur de l'église, exprimait l'affliction et donnait une image émouvante de la perte qu'elle venait d'éprouver. Peut-être était-ce surtout dû à son chapeau, en fait. Edvard ne lui en avait jamais vu de semblable.

En approchant d'elle, il ne put éviter de se dire qu'elle était bien frêle. Elle était entourée de vieilles connaissances mais aussi de bon nombre de gens qu'il n'avait jamais vus. Il supposa qu'il s'agissait de membres de la famille et peut-être de voisins. La femme qui se tenait à ses côtés devait être sa sœur.

Il entendit les pas d'Allan sur le gravier, derrière lui, et se retourna. Il marchait en traînant les pieds, de façon différente de son allure habituelle, beaucoup plus énergique, et il baissait la tête.

On aurait dit qu'Edvard venait de se rendre compte véritablement de la mort d'Anton. Il s'avança vers Asta en lui tendant la main. Elle la prit, l'attira vers elle et le serra brièvement dans ses bras. Il sentit son petit corps trembler en posant les siens derrière son dos.

— C'est ainsi, dit-elle brièvement. Merci d'être venu.

Edvard s'écarta en regardant autour de lui et observant de près les personnes venues assister à l'enterrement. Il y avait là Fredrik Stark, un peu plus en forme que la dernière fois qu'ils s'étaient vus, mais le crâne dégarni et vêtu d'un manteau noir un peu trop petit pour lui.

— Salut, Edvard, dit-il en lui tendant la main.

Ils auraient dû parler d'Anton. Pourtant, ni l'un ni l'autre ne se sentait capable de dire quoi que ce soit de sensé, hormis les banalités d'usage, et ils se turent pour regarder les autres participants à la cérémonie. Edvard identifia une douzaine d'anciens camarades. Berger, le vieux vacher, sans manteau, arborait fièrement l'insigne du mérite syndical à la boutonnière et portait le drapeau de la section. Il se tenait bien droit, serrant contre son corps la housse lie de vin de celui-ci, comme si quelqu'un risquait de le lui prendre.

Vera était là, elle aussi. Edvard avait lu dans le journal qu'elle venait d'avoir cinquante ans. "Dans le temps jadis, on n'aurait pas manqué de fêter ça", pensa-t-il.

L'ancien secrétaire de section était là, également, de même que le nouveau. Deux ouvriers agricoles venus de l'une des grandes exploitations situées au nord de la ville se tenaient un peu à part. Fridell, du golf de Vråby, arriva du parking en boitant. Une fermière remplaçante qu'Edvard avait seulement rencontrée en passant à la fin de l'existence autonome de la section parlait avec Lundström, l'éternel comptable.

— C'est agréable de revoir des visages connus, commenta Fredrik Stark.

C'était la première fois que tant de membres de l'ancienne section 47 étaient rassemblés, depuis que celle-ci avait tenu sa dernière réunion. La joie de revoir les vieux amis était naturellement réelle, mais assombrie par la triste occasion de ces retrouvailles. Le fait que c'était à leur ancien président, Anton-la-Tomate, incarnation de leur solidarité, qu'ils venaient dire adieu conférait aussi à cet enterrement une valeur de symbole.

Le pasteur parla d'Anton en termes émouvants et chacun trouva qu'il rendait justice à ce vieux jardinier et ouvrier agricole. Il évoqua le travail de la terre, les tomates qui lui étaient si chères, son affection pour les chiens, et avant tout son amour pour Asta et cette union conjugale qui avait duré une vie entière. Il mentionna aussi la bonté qui émanait d'Anton. Aucun des membres de l'assistance ne trouva quoi que ce soit à redire à ses paroles. "Pas mal, pour un curé", commenta par la suite Lundström.

Berger abaissa le drapeau orné d'un crêpe au-dessus du cercueil. Edvard put ainsi lire, l'espace d'un instant, les mots "La terre à ceux qui la cultivent", brodées en lettres d'or sur fond rouge.

Edvard et trois autres de ses camarades de section portèrent ensuite le cercueil. Derrière lui venait Allan et, de l'autre côté, Lundström et Stark. Sur le porche de l'église, le vent les accueillit, faisant tourbillonner des feuilles mortes et les éparpillant sur le gravier de l'allée, avant qu'une nouvelle rafale ne s'empare d'elles à nouveau. Cet hiver étonnamment pauvre en neige avait laissé diverses taches noires sur les pelouses. Le triste cortège serpenta entre les tombes pour trouver l'endroit où Anton Lundin pourrait jouir du repos éternel. C'était tout près d'un grand arbre et Edvard fixa du regard les rides de son tronc, à la fois pour marcher d'un pas ferme et pour écarter de lui le poids du chagrin qu'il sentait peser sur ses épaules.

Puis les cordes filèrent entre les doigts de ces hommes qui avaient l'habitude de porter des charges, retenir, laisser aller, reprendre et parer. Par-dessus la tombe Edvard croisa le regard de Lundström, dont le visage se refusait à exprimer l'émotion. Ils se dévisagèrent un instant. Puis il se concentra sur la manœuvre consistant à laisser lentement descendre le cercueil. Quand ils sentirent qu'il touchait le fond, Allan et lui lâchèrent la corde, comme convenu, pour que Lundström et Stark la tirent de leur côté. Une motte tomba sur le couvercle du cercueil avec un bruit sourd, suivie d'une autre. On aurait dit que la terre nourricière, cultivée par la main de l'homme, voulait se refermer d'elle-même autour du corps d'Anton. Edvard crut y voir le signe qu'elle l'accueillait.

Les porteurs restèrent immobiles quelques secondes, tête baissée. Edvard vit que la main de Stark serrait très fort la corde et que ses phalanges étaient blanches de froid. Autour d'eux régnait une odeur de forêt de conifères mêlée à un doux parfum de fleurs. Etonné, mais avec une grande joie, Edvard remarqua un bouquet de rameaux de tomates, parmi les fleurs et les couronnes. Il les désigna d'un signe de tête à Allan, qui eut un petit sourire. Son visage ressemblait à un masque ridé et aux traits figés.

Ils reculèrent d'un ou deux pas pour laisser la place à Asta, qui vint jeter un bouquet de roses rouges dans les profondeurs de la tombe en disant quelque chose que personne ne comprit.

L'un après l'autre, les participants avancèrent ensuite jusqu'à la tombe, marmonnèrent quelques paroles d'adieu et jetèrent leurs fleurs sur le vieux jardinier. Berger, le moins disert de tous, y alla de son petit discours. On voyait qu'il avait longuement médité chacune de ses paroles, dans le but d'évoquer un ou deux épisodes de la vie de la section. Anton-la-Tomate et lui avaient le même âge et avaient connu bien des choses ensemble.

Edvard ne fut pas capable de regarder le vieux vacher pendant sa brève allocution, il continua à fixer des yeux l'écorce striée de l'arbre qu'il avait en face de lui, en serrant les mâchoires. Il éprouvait une immense gratitude envers Berger pour avoir la force de formuler les mots que chacun aurait voulu prononcer.

Le groupe vêtu de noir s'attarda un moment autour de la tombe avant de regagner le parking. Il était prévu de prendre le café chez Asta. Puis la caravane automobile s'éloigna, tel un serpent légèrement ondulant, sur le fond noir du paysage hivernal.

Les chiens se mirent à aboyer et Stark dut aller jusqu'au chenil, en compagnie d'Edvard, calmer les bêtes excitées.

— Je suppose qu'Anton leur manque, à eux aussi, dit-il en ouvrant la porte grillagée et pénétrant à l'intérieur.

Il fut aussitôt entouré de trois ou quatre chiens-loups qui bondissaient bruyamment. Un jeune se mit à hurler de joie en se roulant sur le sol. Il se baissa et le caressa à grands coups de mains en le laissant les mordiller.

— Comment ça va, sur ton île ? demanda-t-il en se tournant vers Edvard.

— Très bien. Je me sens un peu seul, parfois, mais je travaille beaucoup. En fait, je n'arrête pas. Et toi ?

Fredrik Stark tarda un peu avant de répondre, occupé qu'il était à se défendre des attaques des chiens.

— Je travaille trop.

Il se leva lentement, les chiens s'étant un peu calmés.

— Je suis à Stockholm, au nord de la ville. Il y a beaucoup de boulot. Tout un tas de trous à creuser.

Edvard passa la main sur le grillage.

— Et le syndicat ?

— Plus rien ! Terminé ! Je suis allé à une réunion, l'automne dernier. On était une douzaine, sans compter le responsable, bien entendu.

Le jardinier poussa un soupir à ce souvenir.

— Eh bien alors : tu as participé !

— Pas assez. Je n'ai pas été assez mordant et offensif. On a laissé faire ! On s'est laissés avoir ! On a tenu le coup un certain temps, mais ensuite tout nous est tombé dessus et on a touché terre avec les deux épaules.

— Tu en parles comme d'un combat de lutte.

Stark ne se laissa pas démonter par le commentaire d'Edvard et poursuivit :

— On aurait dû protester, gueuler très fort, mobiliser les membres et pousser les choses jusqu'au bout.

— Et si on fondait le nôtre, de syndicat ? Un nouveau Syndicat des ouvriers agricoles de l'Uppland ?

— Tu vois où on en est : on a un syndicat qui est à cent ou cent cinquante kilomètres d'ici. Ceux de Skärplinge ou Tierp sont encore plus loin. Ce que n'ont pas réussi à faire les propriétaires terriens, au sud, et les maîtres de forges, au nord, pendant les années 10 et 20, c'est-à-dire diviser le mouvement des ouvriers agricoles de cette province et le briser, c'est nos propres responsables qui y sont parvenus. Alors qu'on a dû résister à la menace des licenciements, des expulsions et même de la prison, bon Dieu !

— Je sais, dit Edvard.

— Les délégués n'ont pas arrêté de nous harceler, de prêcher la solidarité et l'efficacité, alors que c'est en fait la passivité qu'ils répandaient. On nous racontait des salades.

— Mais on n'était pas nombreux, objecta Edvard.

— C'est pourquoi il était d'autant plus important qu'on se tienne les coudes. Tandis que maintenant, on est comme des graines qui s'éparpillent au vent.

Ils sortirent du chenil, fermèrent soigneusement la porte et se dirigèrent lentement vers la maison. A mi-chemin, ils s'arrêtèrent. Edvard avait beau être frigorifié, il n'était pas pressé et désirait poursuivre la conversation. Cela faisait si longtemps qu'il n'avait pas entendu de telles voix.

— Qu'est-ce qu'on aurait dû faire ? reprit-il.

— Avant tout, dire les choses comme elles étaient. On voyait bien ce qui était en train de se passer. Il n'y avait pas besoin d'être malin pour prévoir comment ça tournerait. On avait déjà vu ce qui arrivait dans les autres branches. Les ouvriers agricoles étaient à la traîne mais c'est ce retard, cette inertie et cette naïveté qui étaient l'âme du syndicat de jadis. C'était Anton, toi et moi, Vera, Julle, Berger et les autres ! On était des amateurs de la parole et pourtant on se faisait entendre. On n'avait que quelques centaines de balles pour dédommager le bureau, alors on se réunissait chez nous. On n'était pas de notre temps, quoi. On n'est plus assez militants, dans le mouvement ouvrier d'aujourd'hui. Il faut des bureaux magnifiques, des indemnités journalières, des frais de déplacement, des séminaires et une collaboration entre le milieu syndical et le politique.

Edvard ne sut quoi répondre à ce feu d'artifice que tirait Stark. Il observa cet homme qui travaillait maintenant sur des chantiers et avait retrouvé une partie de son ancienne vigueur en tant qu'agitateur. Il se mit à frissonner, sans trop savoir si c'était à cause du froid ou de ces propos familiers, enflammés et enivrants. Ils se remirent à marcher. Les autres étaient déjà entrés et ils pressèrent le pas.

— Il faut qu'on continue cette discussion, eut le temps de dire Edvard.

Asta et sa sœur avaient préparé des canapés chauds et cela sentait le pain frais. De la salle leur parvenait un brouhaha de voix et un bruit de tasses et de soucoupes. Une trentaine de personnes avaient répondu à l'invitation d'Asta et les conversations battaient leur plein.

Le prêtre, homme jeune à l'énorme double menton, avait pris place à table près d'Asta. C'était lui qui parlait alors qu'elle restait silencieuse, les mains posées devant elle sur la table. On voyait qu'elle était fatiguée et Edvard aurait aimé que le pasteur parle un peu moins. Ne pouvait-il la laisser en paix ? Avait-elle besoin de ses paroles, de son bavardage apparemment détendu et insouciant ?

Edvard alla trouver la remplaçante, dont il ne se rappelait pas le nom, et lui serra la main. Le brouhaha ne faisait que se renforcer et on entendait même des rires plus ou moins étouffés. Edvard lança un coup d'œil à Asta, toujours immobile sur sa chaise, sans toucher à sa tasse de café. Il fit le tour de la table, s'avança, se pencha vers elle et passa le bras autour de ses épaules.

— C'était très bien. Et tu t'es donné beaucoup de mal.

Asta tourna la tête en souriant.

— Tu as vu les canapés, hein ?

Il hocha la tête et parcourut l'assemblée du regard. Il fut frappé par l'idée que Marita aurait dû être là. N'avait-elle pas rencontré Anton et Asta bien des fois, en particulier lorsque le bureau du syndicat se réunissait à Ramnäs ?

Dans ces cas-là, elle aidait grand-père Albert à descendre de l'étage, pour qu'il puisse y participer. Elle aurait donc dû être présente ! Ainsi que Jens et Jerker.

— A quoi penses-tu, tu rêves ?

C'était Lundström qui venait de lui donner une bourrade comme pour le réveiller. Edvard alla chercher du café et prit place près de lui, de Vera et de Stark. Comme toujours, c'était ce dernier qui faisait les frais de la conversation.

— J'ai relu les procès-verbaux de nos congrès à partir de 1976. C'est édifiant. Des paroles en l'air, des promesses et du baratin.

— On aurait pu survivre, mais il y avait des sections qui marchaient sur des béquilles, conviens-en, objecta Vera.

— On en était conscients, surtout ici, en Uppland. Prends le nord de la province et les îles du Mälar. Comment faire sans apport de sang neuf et personne pour faire partie des instances dirigeantes ? Eh bien, repartir à zéro ! Il n'y a pas d'autre solution, pour maintenir un mouvement populaire en vie. Suffit de faire de la propagande, organiser les gens.

— Ça suffit ? ironisa Vera.

— C'est du boulot, c'est vrai, mais ce n'est pas ça qui a cloché. La Fédération manquait de volonté, elle n'était pas motivée pour reconstruire. Vous vous souvenez de ce délégué qui faisait la tournée du nord de la province et dont la seule mission était de dire aux gens que ça ne valait pas la peine de continuer. Son message, c'était : "La section locale est morte – rejoignez la grande section régionale".

— Qu'est-ce qu'on aurait dû faire, alors ?

— Reprendre à la base, même avec un bureau de trois personnes : un président, un secrétaire et un trésorier.

— Et les statuts ? objecta Lundström.

— Les statuts, ça se modifie. On le fait bien lors des congrès. Il fallait former un petit groupe, obtenir l'appui d'en haut et des sections voisines. Est-ce que ce n'est pas nous qui avons assumé les négociations de la section de Tierp ? Ces négociations à l'échelon local que le délégué a traitées par-dessous la jambe car il s'en moquait complètement ? Personnellement, je suis allé jusqu'à Karlholm, au fin fond de la cambrousse, obtenir près de vingt mille balles pour un de nos membres. Il n'était pas très futé, le pauvre, et se laissait exploiter par le patron sans opposer de résistance. C'est alors qu'on a besoin d'un syndicat. Le délégué, lui, il avait donné son aval à un contrat qui réduisait ce pauvre diable à l'esclavage. Je crois qu'il ne s'était même pas donné la peine de le rencontrer !

— C'est vrai qu'on a connu pas mal de choses de ce genre, convint Lundström, et qu'il lui est arrivé de s'amener sans qu'on lui ait rien demandé et de négocier derrière le dos de la section et des membres concernés.

— Il n'existait aucune volonté de sauver la section, tout simplement, parce qu'il aurait fallu une autre idéologie et une autre conception de la démocratie. Les délégués et les responsables à l'échelon supérieur auraient été obligés de changer totalement de style. Or, ils n'en avaient pas envie.

Fredrik Stark se tut. Pendant quelques années, il avait été membre des instances centrales de la fédération. Mais il avait été constamment en minorité et n'avait été qu'une voix prêchant dans le désert.

— C'est plus facile de réduire les membres au rôle de gens payant leur cotisation et de créer de grosses unités disposant de bureaux, d'informatique et tout le bataclan !

Vera avait écouté Stark avec une irritation croissante, moins envers ce qu'il disait que parce qu'il retombait dans son vieux travers de trop parler.

— Tu n'as pas besoin d'enfoncer le clou comme ça, dit-elle, on est d'accord avec toi sur l'essentiel.

Edvard éclata de rire.

— Continue à enfoncer le clou, fit Lundström.

Stark baissa les yeux, puis les leva vers Vera et un petit sourire s'esquissa sur sa mine en général bien sévère.

— Tu as raison de me rappeler à l'ordre. Mais ça fait si longtemps que je n'ai pas parlé à quelqu'un qui se soucie de ce genre de choses. Pensez un peu à tout ce qu'on a perdu. Tout ce qu'on a perdu, répéta-t-il.

“Il commence à être un peu usé, lui aussi”, se dit Edvard.

— On a déjà perdu Anton, vous voyez, reprit Stark pour les ramener à la raison de leurs retrouvailles.

Edvard tourna la tête vers Asta. Elle avait toujours le même air un peu absent, comme si elle était ailleurs, peut-être avec Anton.

— Ton amie travaille sur les meurtres qui viennent d'avoir lieu ? demanda Vera en posa la main sur son bras.

— Oh oui, elle n'arrête pas.

— C'est drôlement moche, commenta Lundström.

Edvard détacha le regard d'Asta.

— Oui, c'est… commença-t-il avant de s'apercevoir qu'il n'avait rien à dire, au juste.

— Qui peut commettre des choses pareilles ?

— C'est justement ce que se demande Ann.

— C'est sûrement une vengeance, intervint Stark. Quelqu'un qui en veut terriblement aux autres.

Edvard le regarda.

— Qu'est-ce que tu veux dire ?

— Je ne crois pas que ce soit des meurtres en série au sens habituel. Ça cache quelque chose. C'est un type qui a perdu les pédales, qui a l'impression de ne plus être dans le coup. Comme nous, en pire encore.

Personne n'objecta quoi que ce soit. Lundström se leva pour aller aux toilettes.

— Y en a de plus en plus qui se sont perdus, reprit Stark.

Edvard crut qu'il allait continuer sur le chapitre des meurtres, mais il revint à ses chères affaires syndicales en évoquant le déclin du militantisme de base au profit d'une bureaucratie sans cesse croissante et se lança dans une longue harangue, exemples précis à l'appui. Soudain, il s'interrompit, comme saisi par le doute, en regardant Vera d'un air coupable.

— Excuse-moi, dit-il, voilà que je suis reparti.

— Et ces délégués chargés des contacts, reprit Edvard, soucieux de poursuivre la discussion. Ça n'a jamais fonctionné. Ça devait être le bras tendu par la Fédération vers la base, ses oreilles et sa voix. Des nèfles, oui !

— Quand on supprime l'assise locale, avec un président, un secrétaire et des finances propres, c'est la fin de tout car c'est là-dessus que repose l'ensemble, précisa Stark.

— Et un drapeau, ajouta Lundström.

Edvard regarda le vieux conducteur de tracteurs, dont les grosses mains étaient posées sur la table. Les poils légèrement roux de ses bras avaient l'air encore plus fournis qu'auparavant. On aurait presque dit un tapis de haute laine qui dépassait de ses manchettes.

— Quand j'amène la récolte avec le tracteur, de nos jours, poursuivit-il, je ne sais même pas s'il y a d'autres ouvriers agricoles devant moi, dans la queue. Jadis, je connaissais tout le monde. On pouvait causer.

Edvard comprit le sens des paroles de Lundström, qui se cachait derrière ce petit fait. Et il crut le voir, sur son tracteur, avec son chargement en remorque, en train de faire la queue et d'observer cette file d'engins comme le sien. Un instant, il eut le sentiment de revenir à l'époque où il y était lui-même et ressentait la fatigue dans ses bras, ses jambes et sa tête. Combien de fois était-il resté là à attendre, rejeté en arrière sur son siège et un pied sur le tableau de bord ? Puis ses pensées s'envolèrent pour aller retrouver Marita, pour la seconde fois au cours de cet enterrement. Elle aurait dû être là !

Stark continua à pérorer. Edvard n'était plus concentré et n'écoutait plus que d'une oreille. Il sentait la distance le séparant du syndicat et de ses anciens camarades. C'était vrai pour tous mais encore plus net dans son cas, depuis qu'il était allé vivre sur l'île.

— Pensez donc ! reprit Stark. En Scanie, avec ses trois mille cinq cents membres, puisque c'est notre plus grande région agricole, vingt-cinq viennent à l'assemblée annuelle. Il ne reste que deux ou trois cercles d'études et le délégué considère la section comme son bien personnel.

— On n'a plus aucune valeur, ajouta Lundström. Le mouvement ouvrier ressemble à une coupe claire, en forêt, on est les souches qui restent sur le terrain.

— On avait pourtant un programme, hein ? interrogea Vera. Toi qui as lu les anciens documents, tu dois savoir ce qu'il y a dedans, ajouta-t-elle en se tournant vers Stark.

Celui-ci hocha doucement la tête.

— On a été vendus, conclut Vera.

Les invités avaient commencé à bouger, on entendit des chaises qu'on repoussait et des tasses qu'on rassemblait.

Bref, l'ambiance était au départ. La sœur d'Asta et une ou deux voisines emportaient déjà la vaisselle sale dans la cuisine et quelqu'un faisait couler de l'eau au robinet.

Asta s'était levée mais restait debout près du pasteur, qui l'avait prise par la main. Elle se dégagea en lui adressant un sourire. Edvard s'approcha d'elle et vit que la fatigue menaçait de l'emporter.

— Tu es sûre que tu te sens bien ? dit-il en passant une main sous son bras pour l'éloigner doucement de la table

La veuve, d'une pâleur à faire peur, se libéra de son étreinte, mais ce fut pour passer le bras autour de lui. Il sentit cette main décharnée sur son avant-bras. Asta avait toujours aimé le contact physique. C'était le cas avec Anton, qu'elle n'arrêtait pas de serrer dans ses bras et d'embrasser, même en présence d'autrui. Edvard avait toujours été touché par cette façon de se comporter et peut-être un peu jaloux, au fond de lui, du spectacle qu'offrait ce couple, encore capable, après tant d'années, de témoigner d'une telle chaleur l'un envers l'autre.

— Anton aurait été heureux de vous voir tous, dit-elle. Je veux dire les anciens de la section. Il la plaçait très haut, tu le sais.

Edvard hocha la tête sans rien dire et serra la veuve dans ses bras. Celle-ci le repoussa mais laissa ses mains posées sur ses avant-bras pour le regarder dans les yeux.

— Je te demanderai ton aide, par la suite, pour les papiers. Tu veux bien ?

— On s'entraidera, l'assura-t-il. Je t'appellerai après Noël.

23

Lindell se réveilla en sursaut. Elle ouvrit rapidement les yeux et les referma aussitôt. Quelque chose qu'elle avait rêvé, mais dont elle ne se souvenait pas, s'attardait dans sa conscience sous la forme d'un voile diffus. Elle parvint presque à le fixer l'espace d'un instant. Hélas, les fugaces silhouettes du rêve lui échappèrent à nouveau. Tout ce qu'elle savait, c'était qu'il s'agissait de gens qui lui étaient proches. Elle se recroquevilla et jeta un coup d'œil à la pendule. Elle souhaitait se rendormir, bien consciente que ce serait impossible. Il y avait des matins où elle doutait d'elle-même et de sa capacité à assumer la responsabilité qui pesait sur ses épaules. Pourquoi n'avait-elle pas un travail beaucoup moins compliqué, auquel il suffisait de se rendre, où les regards n'étaient pas braqués sur elle, où il n'y avait pas de questions non formulées, d'attentes et d'exigences sans cesse suspendues au-dessus de sa tête ? Ce genre de boulot existait-il ? Et serait-elle capable de tenir le coup, alors ? Car, en réalité, cette éternelle chasse était ce qui la maintenait en vie.

Au fond d'elle-même, elle savait que ce n'était pas tant son travail qui était en cause. Ce sentiment de ne pas être à la hauteur surgissait toujours à des moments décisifs de sa vie privée. Elle ne ressentait pas cela si tout allait bien pour elle, même si elle était stressée au travail. Il en avait été ainsi au cours de la plus grande partie des années quatre-vingt-dix, pendant qu'elle vivait avec Rolf et avait, de ce fait, eu des masses d'amis. Depuis qu'il avait disparu de son existence et, avec lui, l'essentiel de sa vie sociale, elle manquait de plus en plus souvent de confiance en elle. Elle détestait l'idée d'avoir autant dépendu de quelqu'un. Maintenant, elle vivait seule et était, en surface, beaucoup plus forte, jouissant d'une position solidement établie dans sa brigade et au sein de l'hôtel de police de façon générale.

Elle avait Edvard, cette âme en peine très mal assurée, au contraire, et toujours le plus faible des deux dans leur relation de couple vivant séparément. Il avait plus besoin d'elle qu'elle de lui, n'est-ce pas ? Au début de leur relation sa façon de faire le beau, un peu comme un chien, avait failli l'inciter à renoncer. Elle s'irritait de voir son visage au carreau, à l'étage de la maison de Viola, en train de guetter son arrivée. La vieille femme en bas, derrière ses rideaux et ses pélargoniums, et lui en haut.

Les choses s'étaient stabilisées. L'existence d'Edvard avait pris un tour plus normal à partir du moment où il avait commencé à quitter la maison de l'île pour aller travailler et se forger une nouvelle identité.

Pour sa part, elle avait grandi en fille unique accaparant l'attention et centre tout désigné de l'existence de la famille Lindell. Elle avait été une jeune fille autonome, à l'ego très marqué et pleine du sentiment de son intégrité, sans pour autant se comporter de façon arrogante envers ses camarades de classe. Elle était le genre de personne avec qui on désirait être ami en restant pourtant sur ses gardes, conscient de ce que la relation avait de conditionnel. Dès l'adolescence, elle avait compris avec la clarté de l'évidence ce qu'il en était sous ce rapport. Quand elle avait rencontré Rolf, par la suite, c'était lui qui avait pris les choses en mains mais elle n'avait pas eu de mal à s'adapter à la situation et l'avait trouvée agréable. Après leur rupture, survenue de façon aussi brusque qu'incompréhensible, elle s'était dans un premier temps apitoyée sur elle-même. Cette réaction n'avait pas tardé, cependant, à céder la place à ce vieux sentiment de confiance et de force solitaire.

Edvard était tout le contraire de Rolf. C'était à nouveau elle qui avait le dessus, à une exception près : il avait des enfants et elle ne pouvait s'empêcher de se réjouir des relations problématiques qu'il entretenait avec Jens et Jerker. Ce n'était pas chic de sa part, elle l'admettait volontiers, mais ce sentiment était réel. Aurait-elle redouté la concurrence ? Ou était-ce son propre sentiment de ne pas être à la hauteur qui motivait des pensées aussi peu charitables ? Quoi qu'il en soit, chaque mois qui passait sans qu'elle parvienne à décider si elle désirait ou non un enfant d'Edvard, accentuait son mal-être. Et s'il partait de son côté, comme l'avait fait Rolf ?

"Il faut sortir de cette situation", pensa-t-elle en sentant le froid l'envahir et serrant très fort ses bras autour de ses jambes remontées sur son ventre.

Au moment où elle quittait la douche, le téléphone se mit à sonner. Elle n'arriva pas à temps et resta avec l'appareil en train d'émettre sa sonnerie lancinante à la main. Elle pensa que c'était Ottosson car il était toujours le premier à arriver et souvent le dernier à partir. Elle composa son numéro à l'hôtel de police et il répondit aussitôt.

— Non, lui dit-il, ce n'est pas moi qui t'ai appelée.

— Pourtant, ça a sonné, répondit-elle stupidement, faute de trouver autre chose à dire.

— Tu devrais te procurer un indicateur d'appel.

— Peut-être, en effet, conclut-elle, avant de mettre fin à la communication.

Elle se vit dans la glace, avec ses cheveux mouillés, porta la main à sa poitrine, la tâta prudemment en soulevant un peu ses seins dans ses paumes et se tournant d'un quart de tour pour se placer de profil. Les aréoles formaient des taches sombres. Etant jeune, elle avait eu honte de leur grosseur. Elle promena le regard sur les lignes de son corps, ôta ses mains de ses seins, pivota d'un demi-tour, cette fois, et s'examina par-dessus l'épaule. Elle fut assez satisfaite de ce qu'elle vit. Elle se considérait en général comme attirante et savait que les hommes la regardaient avec plaisir. C'était sûrement le cas d'Edvard, en particulier. Il la désirait beaucoup plus des yeux que Rolf ne l'avait jamais fait.

Une demi-heure plus tard, elle était dans sa voiture. Son portable sonna. C'était Haver, qui avait l'air bien fatigué.

— Tu as bossé, cette nuit ?

— Oui, je suis resté debout à tenter de démêler tout ça, en dessinant des croquis et des flèches, dit-il d'une voix en effet très découragée.

Il y avait quelque chose de nouveau dans sa façon de travailler. Lindell avait noté qu'il avait mûri et surmonté une partie de son ancienne timidité. Il lui semblait aussi qu'il l'observait d'un œil plus critique, pas au point de juger sévèrement ce qu'elle faisait, mais pour l'analyser de façon plus analytique et le mettre en question d'une manière qui contribuait à faire avancer la réflexion et l'enquête.

— Tu as trouvé quelque chose ?

— Pas beaucoup. Tu es partie de chez toi ?

— Oui, je suis prise dans un embouteillage.

— Passe me voir, si tu as un moment.

Les stores étaient baissés et la table de travail de Haver éclairée par une lampe. Il était penché sur un dossier et leva rapidement les yeux lorsque Lindell fit son entrée.

— Quelle atmosphère laborieuse ! s'exclama-t-elle.

Haver se contenta de marmonner en refermant son dossier d'un geste vif.

— Je suis en train de m'occuper de la voiture qui a été vue près de l'écurie. A Biskops-Arnö, il y en a quatorze de couleur noire appartenant à des enseignants, des élèves et des visiteurs réguliers. J'ai passé au peigne fin tous les propriétaires ou utilisateurs. Je n'ai pas l'impression qu'il y ait là un meurtrier plausible. Cinq sont des femmes, sept des hommes ne correspondant pas au signalement et les deux autres ont des alibis. En fait, ils en ont tous.

— Et si on élargissait le champ des recherches ?

— C'est déjà fait. On a huit collègues qui font du porte à porte dans le secteur.

— L'homme de l'écurie, marmonna Lindell.

Elle était restée debout, appuyée contre une armoire de rangement. Elle actionna un des tiroirs : des chemises en quantité industrielle. Elle le referma avec un bruit sec qui fit sursauter Haver.

— On a parlé à ceux qui ont un rapport quelconque avec l'écurie : propriétaires de chevaux, parents, maréchaux-ferrants, etc. *Nada* !

— Et au service chirurgical ?

— On a vingt-huit noms commençant par un K. C'est Norrman qui a la liste. Sammy a promis de l'aider avec un ordinateur. Tu sais comment il est.

— Se pourrait-il que le meurtrier ait expédié la voiture dans ce lac simplement pour semer une fausse piste ? Et qu'il en ait laissé une autre sur Arnö – peut-être une noire – pour repartir ?

— J'ai aussi pensé à cette hypothèse, mais je n'y crois pas. La façon dont il a pris la fuite, à Norby, ne paraît pas avoir été très préméditée. Pourquoi s'exposer au risque de voler une voiture et de tuer quelqu'un ? Et pourquoi Arnö, s'il n'a aucune attache avec le coin ? Il aurait mieux valu aller se débarrasser de la voiture ailleurs. L'île est située à l'intérieur des terres et les gens sont assez méfiants et observateurs, à la campagne.

— C'est exact, dit Lindell en se détachant de l'armoire et s'asseyant en face de Haver.

— J'ai réfléchi à une chose, ajouta ce dernier en sortant une feuille de papier. C'est à propos de l'hypothèse de Fredriksson au sujet de Manfredsson. Norrman et Berglund sont allés faire un tour du côté d'Örsundsbro, comme tu sais, et ils ont recueilli un tuyau sur une bande de drogués vivant dans le secteur. Norrman en a parlé aux stups, qui connaissent bien la baraque. Ça fait plus d'un an que trois drogués vivent là-bas. J'ai donné les noms à Allan et il pense que l'un d'eux est un copain de Manfredsson. En tout cas, il a été mêlé à cette histoire de coups et violences devant chez Svensson.

— Tu veux dire qu'il y aurait un lien entre Manfredsson et le secteur d'Örsundsbro ?

— Pas impossible. Supposons que Kurt Gotthard ait pris la Volvo rouge pour voir son pote à Fittja. Il a été obligé de passer par Örsundsbro, où le pompiste a remarqué la voiture. Et Arnö n'est qu'à quelques kilomètres de là.

Lindell ne répondit pas, réfléchissant à ce que Haver venait de dire.

— Fredriksson a-t-il progressé ?

— Il devait vérifier ça. Il n'est plus très bavard, Allan.

Lindell ne commenta pas ces propos. Elle avait abordé à mots couverts, avec Fredriksson, les doutes qu'elle nourrissait quant à la piste Manfredsson. Depuis, il lui avait à peine adressé à la parole, pas plus qu'à Haver.

Avait-elle tiré trop hâtivement des conclusions ? Le simple fait que ce ne soit pas Manfredsson qui soit venu lui rendre visite ne suffisait pas à le mettre hors de cause. Fredriksson n'avait peut-être pas beaucoup d'arguments à produire à l'appui de sa thèse, mais elle en avait encore moins en sens inverse. Elle n'avait qu'un simple sentiment, un vague lien entre Migo et le reçu de la boutique de téléphones, et le fragile signalement fourni par l'employé.

— Il faudrait que j'aille acheter mes cadeaux de Noël, dit Haver en se rejetant en arrière sur sa chaise. Je n'ai pas été beaucoup chez moi, ces derniers jours.

Son visage était en effet d'une pâleur inhabituelle, à la vive lueur de la lampe. Le nombre des papiers, dossiers et chemises étalés sur sa table cadrait avec l'image d'un policier en train de se tuer à la tâche.

— Qu'en dit Monica ?

— Bah, qu'est-ce qu'elle peut dire ? Elle sait bien qu'on essaye de mettre la main sur un meurtrier.

Haver se pencha de nouveau sur sa table de travail et ouvrit le dossier qu'il avait refermé peu auparavant. Lindell reconnut ce geste et observa en silence son collègue penché sur les notes qu'il avait jetées sur le papier. Il les feuilleta et, soudain, leva les yeux.

— Tu penses à quelque chose ?

— Au meurtre près de Migo. Pourquoi tuer une jeune fille ? Le mobile le plus plausible, c'est la jalousie. Kristian Castillo est en train de se baigner en Malaisie. Mais il peut avoir engagé un tueur à gages. Et puis, non : les meurtres par vengeance, on les commet soi-même. Une raison d'ordre financier ? Non.

— Et le lien avec la Finlandaise ? coupa Lindell.

— Bien sûr, mais à supposer qu'on ne s'attache qu'au meurtre de Veronica Malmén.

— Le lien entre les deux est la clé de l'affaire.

— Je sais, répondit Haver, et pourtant…

— La vengeance, reprit Lindell. C'est manifeste. Les lettres malodorantes sont assez éloquentes. Sans compter celle que nous avons reçue.

— Tu crois toujours que c'est le meurtrier qui est venu te rendre visite ?

Lindell nota un certain scepticisme dans la voix de son collègue.

— Oui. Il a lu dans le journal que c'est moi qui mène l'enquête et il a voulu voir quelle tête j'avais.

— Quelle impression t'a-t-il fait ?

— D'être à côté de ses pompes.

— Tu as la trouille ?

— Un peu.

— Il est en liberté quelque part dans le secteur.

En réalité, Lindell avait plus peur qu'elle ne voulait se l'avouer, et encore moins à quelqu'un d'autre. Cet homme pouvait revenir. Or, il était assez décidé et exaspéré pour se livrer à un nouvel acte de violence. Quand Ottosson avait évoqué l'idée d'une protection rapprochée, elle avait décliné cette proposition. Même si elle avait sans cesse des collègues à proximité et observait toutes les mesures de prudence possibles et imaginables, il risquait de frapper à nouveau, n'importe où et n'importe quand.

— Il y a des gens qui meurent, au service de chirurgie, mais les morts ont du mal à se venger. Alors, les vivants s'en chargent parfois à leur place.

Lindell comprit qu'ils tournaient en rond. Ils avaient déjà passé cela en revue. Elle se leva sans quitter la table.

— Peut-être est-on aveugles ? dit-elle.

— Oui, répondit Haver en souriant pour la première fois de la journée. Je ne comprends pas ! On dispose pourtant de pas mal d'éléments.

Lindell regagna son bureau. La lassitude s'empara d'elle dès qu'elle fut assise à sa table de travail. Ne devraient-ils pas solliciter l'aide de Stockholm, après tout ? Des forces nouvelles et fraîches qui pourraient relancer l'enquête.

Elle lut le rapport de Norrman sur le rapprochement entre la liste du CHU, d'une part, et celle du service social, d'autre part. Il déclarait ne pas voir de lien mais ajoutait un bref PS pour dire que Sammy continuait à suivre la question, persuadé pour sa part qu'il y avait une relation.

Le rapport suivant concernait Toiwo Hirmanen. Ses arriérés d'impôts étaient de plus de quatre mille couronnes. Pourtant, personne n'imaginait qu'il y ait là le mobile d'un assassinat. Lindell mit le rapport de côté.

La liste du personnel et des élèves de la Haute Ecole Populaire de Biskops-Arnö, non plus, ne fit rien apparaître d'extraordinaire.

Elle repoussa ces papiers d'un geste las, se leva et regarda à l'extérieur. Le ciel était en train de s'éclaircir. Dieu seul savait depuis combien de temps elle n'avait pas vu le soleil, mais voilà qu'il perçait. "C'est toujours ça", se dit-elle.

24

Il y avait du verglas, sur la E4. Un semi-remorque avait dérapé et son chargement était maintenant dispersé sur une surface assez vaste.

La boue ne cessait de lui faire perdre la maîtrise de son véhicule. Il savait qu'il aurait dû avoir des pneus à clous et craignait de quitter la chaussée. Il ne voulait surtout pas mourir dans un fossé ni être pris dans un contrôle de police quelconque. Il décida donc de s'arrêter sur un parking et peut-être d'y dormir un peu avant de reprendre le volant au petit matin.

Les eaux du lac Vätter étaient noires. Il descendit de voiture et marcha une dizaine de mètres, jambes raides, avant de regagner la chaleur de la voiture en grelottant.

Un sentiment d'irréalité s'empara de lui quand il se mit à fixer les ténèbres. Le mur de celles-ci était déchiré de temps à autre par les phares des voitures et poids lourds passant sur la route. Cela formait des cascades de lumière qui s'enflammaient rapidement et se reflétaient sur la neige, créant des formes fantomatiques sur le fond noir de la forêt avoisinante. C'était irréel, pour lui, d'être en voyage. La vie qu'il avait menée à la ferme lui avait malgré tout donné l'illusion d'avoir un foyer, une place pour le présent et le futur, même si, au cours de l'automne, ce rêve s'était révélé de plus en plus illusoire. Désormais, il n'avait plus d'avenir, il n'y avait plus que le présent. Pourquoi était-il parti, alors ? Que pensait-il pouvoir trouver ?

Il avait quitté Lundmark sans un mot d'adieu. Le vieux ne manquerait pas de se poser des questions, car il avait parlé de Noël et de la possibilité de le passer ensemble. Cela lui faisait mal d'y penser et de se dire qu'il l'avait laissé tomber, lui aussi. Au matin, il descendrait sûrement à la ferme, verrait le tas de cendres, jetterait un coup d'œil par la fenêtre et comprendrait qu'il avait été abandonné. Que penserait-il ? Il pourrait appeler le vieux, mais pour lui dire quoi ? Comment motiver un départ aussi brusqué ?

— Je me fous pas mal de toi, dit-il tout haut sans grande conviction.

Il monta légèrement le volume de la musique, alluma une cigarette et se mit à penser à Eva. Que lui dire, à elle aussi ? Il était probable qu'elle ait un autre compagnon. Comment réagirait-il ?

Il avait décidé de partir sans bien comprendre pourquoi. N'était-ce pas une façon d'échapper à ses projets ? Il avait de plus en plus de mal à voir clair dans ses motifs, après coup. L'absurdité de sa conduite lui apparaissait de plus en plus nettement, au contraire. Sur ce parking, au milieu des ténèbres hivernales, la solitude, la pauvreté et l'absence de perspectives semblaient se moquer de lui en ricanant.

Il avait été tenté par les flammes qui s'échappaient du canon, par la puissance du recul du colt, par l'odeur de poudre et la puissance avec laquelle l'arme avait déchiré le silence près de la maison et derrière le centre commercial. Mais le recul s'était propagé dans son bras et avait traversé douloureusement son corps. L'écho de ces détonations résonnait encore dans ses oreilles.

Avant d'attaquer ce bureau de poste, il n'avait jamais eu recours à la violence et, dans ses moments de lucidité, il avait compris qu'il avait franchi une limite et ne pourrait revenir en arrière, pas plus que ressusciter les morts. Avait-il des regrets ? Il refusait de se poser la question en ces termes mais se doutait que, tôt ou tard, il y serait forcé. Le moment viendrait, qu'il le veuille ou non.

— Je m'en fous, se dit-il en engageant la première et reprenant la route.

Il ne dormirait donc pas, en définitive, et ne prendrait pas de repos avant d'avoir retrouvé Eva. Et Chris ? se demanda-t-il. Est-ce que je ne souhaite pas le voir, lui aussi ? Cela lui faisait mal de penser à son fils, mais, curieusement le désir de le revoir s'était atténué peu à peu. C'était comme si le but originel de son plan avait été remplacé graduellement par quelque chose qui lui échappait. Le mobile, la cause efficiente de ses meurtres, ne lui paraissaient plus aussi évidents.

Il n'avait plus procédé à d'autres envois malodorants, malgré le fait qu'il avait encore trois noms sur sa liste. Peut-être s'occuperait-il d'eux plus tard, quand il aurait revu Eva et se serait expliqué avec Lundmark.

Au cours de la matinée, il approcha de Copenhague. La circulation du début de journée l'avait fortement contrarié. Il conduisait par à-coups, las d'être au volant, affamé et pas très sûr de lui. Il quitta l'autoroute et gagna la route de la côte, où il fut surpris de rencontrer une circulation au moins aussi dense.

Il lui prit soudain l'envie d'aller se garer sur le parking d'un hôtel. Il sortit de voiture et traversa la route. Le vent soufflait de la mer. Il gagna le bord de l'eau à travers un petit parc et s'immobilisa. Il ferma les yeux pour mieux entendre les vagues du Sund et les cris des mouettes.

Il longea lentement la grève. De l'autre côté du détroit se trouvait la Suède, qui lui paraissait bien étrangère, dans la brume.

Un panneau installé par la commune de Sollerød interdisait de casser les branches des arbres, de jeter des ordures et de camper. Il n'avait pas l'intention de faire quoi que ce soit de cela mais prit une poignée de cailloux et les jeta l'un après l'autre dans la mer.

A une centaine de mètres de là il vit une enseigne au nom de Rosenhuset. Il s'y rendit et s'assura qu'on acceptait l'argent suédois.

Il était le premier et seul client. La femme au comptoir travaillait rapidement et efficacement pour disposer ses pâtés et pâtisseries. Il étudia ses mouvements, irrité de cette fièvre, d'une certaine façon. Elle était concentrée sur son travail et levait seulement les yeux de temps en temps pour observer ce Suédois fatigué. Elle lui adressa même un sourire et lui posa une question. Il ne comprit pas vraiment ce qu'elle disait* mais se douta qu'elle lui demandait si c'était bon. Il se racla la gorge et parvint à émettre un son pouvant être interprété n'importe comment. Il tenta de sourire et échoua lamentablement.

Il tourna ensuite le regard vers la mer, hésitant à poser à son tour une question à la femme. Il s'efforça de trouver un sujet qui le justifierait, par exemple lui demander où loger ou une banalité sur le temps qu'il faisait, mais hésita à ouvrir la bouche. Et s'il n'était plus capable de

* Si un Danois comprend assez facilement un Suédois à l'oral, l'inverse est loin d'être vrai, du fait de la phonétique très particulière de la langue danoise.

parler ? Des clients entrèrent, sûrement des connaissances de la femme et habitués. Ils se mirent à bavarder rapidement, en riant, dans cette langue incompréhensible. “Ils font aussi partie de la réalité, pensa-t-il amèrement. Ce sont des êtres humains comme moi.”

Au bout d'une heure il se leva, laissa un billet de cinquante couronnes en pourboire et regagna sa voiture. Une épicerie était ouverte. Il entra acheter deux bouteilles de vin, un paquet de gâteaux et des bonbons. Une fois au volant, il avala un gâteau au chocolat, sans toucher au vin.

Il était déjà venu à Copenhague pour se procurer des amphétamines dans le quartier de Vesterbro et avait logé une semaine dans la “ville libre” de Christiania, chez un Belge drogué. Cela lui permettait d'avoir une idée assez précise du chemin à suivre pour s'y rendre.

Il gara sa voiture devant une maison barricadée et sortit le sac contenant l'argent. Etait-elle près de là ? Il se rendit compte qu'il s'était fixé un but difficile à atteindre mais espérait rencontrer quelqu'un capable de lui fournir des indications. Avec de la chance, ce serait une vieille connaissance sachant aussi où elle était.

A supposer qu'il la retrouve, que lui dirait-il ? Au début de l'automne, toute sa colère avait été dirigée contre elle. Depuis, ce sentiment s'était peu à peu atténué. Maintenant, il n'avait plus qu'un seul désir : la voir, passer ses bras autour de ses épaules, lui raconter ce qui était arrivé et lui dire qu'il ne la jugeait plus.

Et ensuite ? Peut-être partir vers le sud. Il avait assez d'argent pour traverser l'Europe. Il pouvait même abandonner la voiture et prendre l'avion.

En tout cas, Ann Lindell ne mettrait jamais la main sur lui. Pas plus elle que quiconque, d'ailleurs.

Il erra dans Christiania pendant quatre heures. Au cours de la première, il accosta diverses personnes, leur décrivit Eva et leur demanda si elles l'avaient vue. Toutes secouèrent la tête. Personne n'était particulièrement soucieux de venir en aide à un Suédois paumé en quête de Dieu seul savait quoi.

Il pénétra alors dans un local aux faux airs de bodega dont l'ameublement brun et l'odeur de bière éventée et d'urine s'accordaient assez bien avec son état d'esprit. Il but trois bières et mangea un mélange de saucisses et de salade de pommes de terre baignant dans la graisse.

Il éprouvait une immense lassitude paralysante. Il ne comprenait pas la langue qu'on parlait autour de lui et les rires lui parvenant des autres box le rendaient presque furieux. Il n'était pas jusqu'au serveur qui ne fût l'objet de sa colère. Sa puissante cage thoracique, ses bras tatoués qui avaient l'air maladifs dans cette lumière mate, son aplomb et son air de satisfaction l'incitèrent à se lever et aller jeter quelques billets de cent sur le comptoir.

L'homme prit l'argent sans le regarder, cria quelque chose à d'autres clients venant d'entrer, au lieu de s'adresser à lui, et lui rendit la monnaie en argent danois.

— Est-ce que tu connais une Suédoise qui s'appelle Eva ? demanda-t-il.

L'homme se tourna vers lui comme s'il venait enfin de s'apercevoir de sa présence, tout en passant un chiffon jaune sale sur le comptoir.

— Ah ça, tu peux en être sûr, mon gars, répondit-il en danois. Y a des tas d'Eva, ici. Comment est-elle, la tienne ?

Comment la décrire ? Maggan avait dit qu'elle était devenue grosse et laide. Etait-ce vrai ?

— Elle est blonde, ou du moins elle l'était, je ne sais pas maintenant. Elle a les yeux bleus et une petite cicatrice au menton.

— C'est ta petite amie ?

— C'était. Jadis.

— Elle en a trouvé un autre ?

Le serveur cessa d'essuyer. Le serpent tatoué serpentait le long de son bras, jusqu'au poignet, et sa langue bifide allait jusqu'à ses phalanges.

— Peut-être, un bougnoul dans ce cas.

— Y a une Eva qui vient parfois ici avec un bronzé.

— Elle est grosse ?

— Un peu, oui.

— Où est-ce qu'elle habite ?

Il dévisagea intensément son informateur.

— La troisième maison à gauche, avec d'autres Suédois qui viennent pas mal ici. J'ai vu cette Eva avec eux.

Il sortit un billet de cent et le posa sur le comptoir avec sa monnaie. L'homme repoussa le billet.

— Donne-le plutôt à Eva, je crois qu'elle en a besoin.

Au moment où il ouvrait la porte, il entendit l'homme qui lui criait :

— Reviens me dire comment ça s'est passé, j'aime bien les histoires.

La rue était presque déserte. Près de la maison que lui avait indiquée le serveur se trouvait une voiture d'enfant en fort mauvais état. A l'intérieur, il y avait une seringue et un journal portant de grosses taches sombres. Il supposa que c'était du sang.

Il tenta de pousser la porte et se rendit aussitôt compte qu'elle était barricadée de l'intérieur au moyen de grosses planches. Il recula de quelques pas dans la rue pour examiner la façade. La plupart des fenêtres étaient bouchées au moyen de plaques de contreplaqué mais, à l'une d'elles, on apercevait un rideau et une plante verte.

Le long de l'un des pignons de la maison s'ouvrait une étroite ruelle dans laquelle il s'engagea. Le crépi s'était détaché en plusieurs endroits et gisait sur le sol. Une douzaine de bacs de bière étaient empilés contre le mur. Un chien passa la tête par l'ouverture de la cour.

Il s'enfonça dans ce passage non sans un serrement de cœur. C'était certes un univers qui lui était familier et il avait vu des endroits encore pires que celui-là, mais la tension lui fit éprouver cette sensation à l'estomac qu'il connaissait si bien. Il était vraiment de retour chez lui.

La cour était encombrée de meubles hors d'usage et d'une vieille citerne dont le rouge de la rouille conférait un peu de couleur à ce milieu assez déprimant.

La maison ne possédait qu'une seule entrée et elle était plongée dans le silence absolu. Il resta un instant debout devant la porte de l'appartement, avant de frapper. Un morceau de papier était apposé sur le bois fendillé mais il n'était pas possible de lire le nom.

Il lui fallut quelques secondes avant d'entendre une voix qui criait quelque chose. Il appuya alors sur la poignée et ouvrit prudemment la porte. La puanteur des lieux, faite de relents d'égout et de pipi de chat, lui monta à la face.

Il entendit une voix en provenance d'une des pièces. La tapisserie était déchirée et pendait sur le sol en lambeaux humides. Sur un matelas gris était étendu un homme extrêmement maigre au regard voilé et comme fuyant.

Il se mit à tousser et des glaires restèrent collées à son menton.

— Est-ce que tu connais une Suédoise qui s'appelle Eva ? Je crois qu'elle habite ici.

L'homme le regarda mais ne parut pas avoir compris la question.

— Eva, répéta-t-il, une Suédoise blonde, qui vit peut-être avec un Iranien.

L'homme eut un sourire inattendu et lui demanda une bière. Sa voix trahissait l'héroïnomane.

— Eva ! dit-il en faisant un effort pour redresser le haut de son corps et retombant aussitôt sur le matelas.

Il quitta l'appartement. Trois des autres portes qu'il tenta d'ouvrir étaient fermées à clé.

Il monta l'escalier assez raide et fut accueilli par une douce lumière, en haut. Le soleil perçait et pénétrait par la fenêtre donnant sur la rue, révélant une bonne couche de poussière sur ce palier où gisait une bouteille de Carlsberg vide. Celle-ci reflétait certains des rayons du soleil.

Il ouvrit l'une des deux portes sans frapper et pénétra directement dans une cuisine meublée d'une table et de deux chaises. Le désordre était indescriptible. Il s'engagea un peu plus avant et pénétra dans l'unique chambre.

La photo épinglée sur le mur lui porta un coup au cœur. Elle n'était pas grande mais il la reconnut aussitôt. Il avait la même dans son portefeuille. Il eut l'impression d'avoir reçu un coup de pied dans le ventre et tomba à genoux, sans pouvoir détacher les yeux du cliché.

— Chris, sanglota-t-il.

Au bout d'une demi-minute, il se releva et examina les lieux : un lit dépourvu de draps sur lequel une couverture tachée était chiffonnée, les inévitables bouteilles de bière, une commode dont deux tiroirs étaient sortis, un poste de télévision posé sur le sol, un tas de linge sale. C'était tout.

Il avança jusqu'à la photo, se plaça près d'elle et observa le garçon qu'elle représentait. Celui-ci souriait. Son pantalon bleu à bretelles était trop court pour lui. Il avait les mains dans les poches et regardait l'appareil photo avec des yeux qui n'avaient pas peur. A l'arrière-plan, on apercevait une balançoire et un buisson en fleurs.

Il appuya la tête contre le mur pour que son visage soit près de l'autre, sur la photo. Puis il passa l'index sur la surface mate de l'image.

Il resta immobile sur le matelas pendant une heure, à regarder par la vitre striée de bandes grises. Le fait de se trouver dans un squat le révoltait et le calmait à la fois.

Il observa à nouveau le visage de l'enfant. Cela aurait pu être lui-même. Quelque part, il y avait une photo de lui à l'âge de cinq ans, en train de sourire. Il en vint à penser à sa collection de papillons. Où était-elle, maintenant ? Avait-elle été rangée quelque part puis jetée lors d'une opération de nettoyage ? Les ailes avaient-elles perdu leurs couleurs, se réduisant à une poudre blanche ? Les coléoptères avaient-ils été dévorés par ces animaux microscopiques qui menacent toutes les collections ? Peut-être ne restait-il plus que les épingles, dans les boîtes ?

Il se rappela le premier scarabée qu'il avait attrapé, un carabe aux reflets violets qu'il avait endormi à l'éther et placé dans une vieille boîte de pastilles pour la gorge, sur un lit de coton. Combien de fois n'avait-il pas ouvert cette boîte pour observer le corps noir et les frêles antennes de ce petit animal ?

Le soir commençait à tomber. La circulation n'était pas intense et nul bruit ne parvenait de l'intérieur de la maison. Il se leva et alla jusqu'à la fenêtre pour regarder dans la rue. Le courant d'air le fit frissonner.

Il vit quelque chose bouger, en dessous de lui. Un couple arrivait à pied. Il lui fallut quelques secondes pour comprendre que c'était elle. L'homme qui l'accompagnait était ivre ou sous l'influence d'un stupéfiant quelconque. Il avait du mal à rester debout et trébucha, mais Eva le retint et l'adossa au mur, de l'autre côté de la rue.

Elle avait beaucoup grossi, en effet. Il ne vit d'abord que son dos, avant qu'elle ne se tourne pour dire quelque chose à quelqu'un, sur le trottoir opposé. Ses cheveux blonds étaient mal peignés et, quand elle les écarta du revers de la main, il eut un choc. Ce visage bouffi, déformé par un gros bleu sur la joue et le front, n'était pas celui d'Eva. Pourtant, il reconnut son attitude et ses gestes.

Elle éclata de rire, regarda l'homme adossé au mur, qu'elle tenait fermement par son blouson de cuir. On aurait dit qu'elle le plaquait contre la façade de la maison avec une main pour lui asséner une gifle de l'autre.

La personne qui se trouvait en face traversa la rue et, à elles deux, elles se chargèrent de l'Iranien et le traînèrent dans la ruelle.

Il sortit alors de l'appartement et resta une seconde à hésiter sur la conduite à tenir avant de dévaler l'escalier et d'ouvrir en coup de vent la porte de l'appartement dans lequel il avait pénétré un peu plus tôt.

L'homme était toujours sur le matelas, en train de ronfler. Eva et son compagnon montèrent à l'étage. Une fois qu'ils furent passés, il ouvrit la porte. Un rire, celui d'Eva, retentissait sur le palier.

Il sortit de la maison et descendit rapidement la rue.

Quatre heures plus tard il était sur l'autoroute, près de Helsingborg, à bord d'une nouvelle voiture, cap au nord. Il avait garé la précédente dans une rue près du terminal du ferry et s'était enfoncé dans la ville jusqu'à ce qu'il trouve une firme de voitures d'occasion qui avait l'air assez modeste pour ne pas poser trop de questions. Sans marchander ni passer son temps à discuter avec le vendeur, il avait fait l'acquisition d'une Toyota de dix ans. "Vous croyez qu'elle va tenir jusqu'en Hollande ? " avait-il demandé et, sur l'assurance de l'autre qu'elle ferait encore des dizaines de milliers de kilomètres, il avait conclu le marché.

Il savait que les flics trouveraient l'ancienne dans un jour ou deux. Une voiture abandonnée, immatriculée à l'étranger, garée dans une rue d'un quartier résidentiel où le stationnement était interdit, ne pourrait manquer d'attirer rapidement l'attention. Ils ne seraient pas longs, non plus, à constater qu'elle n'était pas assurée ni en règle du point de vue fiscal.

Il sourit intérieurement en constatant qu'il sentait mauvais. Il passa la main sur ses cheveux coupés court. Sur son menton, les poils formaient maintenant le début d'une barbe. Il se demanda s'il n'allait pas faire l'acquisition d'une paire de lunettes pas très fortes dans une station-service quelconque. Il avait l'impression d'être un autre homme, dans cette nouvelle voiture, et était convaincu que Lindell elle-même ne le reconnaîtrait pas.

Le temps avait changé et il tombait une petite pluie fine.

25

Fredrik Stark avait le sentiment d'être un représentant de commerce, en s'engageant sur cette route en terre battue. Il était dans sa chère campagne pour des motifs syndicaux, comme pendant les années au cours desquelles il avait sillonné la moitié de l'Uppland pour "démarcher" les ouvriers agricoles chez eux et sur leurs lieux de travail. Il avait fait œuvre de propagandiste recruteur pour le compte du syndicat, tenté de convaincre les tièdes et les réticents, enregistré de nouveaux membres et pris soin des anciens. Il avait parfois été mêlé à des disputes, des conflits non résolus avec l'employeur l'entraînant dans de difficiles négociations. Mais c'était dans ces circonstances qu'il se plaisait le mieux. Il aimait faire valoir les lois, règlements et conventions, et recherchait volontiers l'affrontement qui lui permettait de défendre la dignité humaine. Tel avait été le moteur de son engagement syndical.

Quand il arriva, Edvard l'attendait dans la cour. Ils ne s'étaient pas vus très souvent, seulement par hasard, de temps en temps. L'enterrement d'Anton avait été l'occasion d'une reprise de contacts plus réguliers.

— Sois le bienvenu, dit Edvard en lui tendant la main.

La première chose qui frappa Stark quand il la prit fut : il a l'air heureux. Edvard et lui avaient souvent partagé les même idées sur les questions touchant au syndicat et le passé d'Edvard, petits-fils du légendaire Albert Risberg et troisième de sa lignée à travailler dans la même exploitation, lui conférait un certain poids.

Ils firent le tour de la maison en bavardant. Edvard la lui présenta en détails en joignant le geste à la parole. Le soleil brillait et l'île faisait de son mieux pour offrir son meilleur visage.

Edvard avait le sentiment de vivre un grand moment. C'était la première visite qu'un ami lui rendait en ce lieu. Pendant deux ans il avait vécu coupé de son existence précédente et de son ancien cercle d'amis.

Ils prirent le café chez Viola. Edvard comprit que la situation était exceptionnelle également à ses yeux mais qu'elle y voyait presque une menace. Stark ne risquait-il pas de détourner Edvard d'elle ? C'est en tout cas le sentiment qu'il eut. D'un autre côté, Viola ne s'était jamais montrée très empressée envers les nouveaux venus.

Au bout d'une demi-heure, ils montèrent. Edvard tira deux fauteuils en osier vers la fenêtre pour qu'ils aient vue sur la mer et Stark ne le quitta pas des yeux, tandis qu'il évoquait sa nouvelle vie. Il comprenait le désir de son ami de s'entourer d'un certain calme mais ne pouvait, pour sa part, imaginer de s'isoler sur une île. Et on pouvait se demander si Edvard l'avait trouvé, ce calme. On aurait dit que son ancienne existence couvait en lui sans avoir vraiment été remplacée par une autre.

Il demanda des nouvelles des garçons, auxquels il s'intéressait depuis leur naissance. Edvard répondit de façon évasive et Stark évoqua Rosander, leur ami commun de Getberget, à Ramnäs. Ils se voyaient souvent. Rosander avait terminé sa thèse sur les névroptères et se trouvait maintenant sur l'archipel d'Åland, dans une petite maison balayée par le vent qu'il avait louée. Il disait être en train d'écrire un livre. Il vivait toujours seul et vieillissait rapidement, même s'il entretenait toujours des contacts sporadiques avec Eva-Lena Vitros, avec qui il avait formé un couple à distance pendant environ six mois. Elle était maintenant partie vivre à Gotland, où elle avait beaucoup de succès avec ses textiles imprimés.

Edvard écoutait d'une oreille distraite ce que lui disait Stark. C'était une curieuse façon d'avoir des nouvelles de son ancien pays. Il s'impatientait pourtant un peu et se leva pour aller chercher l'organe de leur fédération syndicale.

— Tu as lu ça ? demanda-t-il en montrant le journal, pour renouer le fil de leur entretien lors de l'enterrement, ce qui était la raison première de la venue de Stark.

Edvard connaissait assez son ami pour savoir que c'était surtout la perspective d'une discussion politique qui pouvait l'attirer sur son île.

— Oui, c'est navrant. Tu as lu l'édito ?

Edvard hocha la tête et ouvrit le journal.

— "Une organisation syndicale qui a dû réduire peu à peu ses effectifs en mettant à la retraite anticipée une partie de son personnel ne gagnera pas pour autant en efficacité. Tout ne peut être fait par ordinateur. Un syndicat est une collectivité – un certain nombre de gens s'unissant afin de lutter pour l'amélioration de leur condition. Et alors, il est nécessaire de disposer d'une excellente technique en matière d'informatique", cita-t-il. Où sont les membres, là-dedans ? Pour lui, il n'y a plus que des permanents. Les membres, eux, ils fichent le camp.

— T'as vu qu'il parle de "bonne renommée" ? demanda Stark. Où ça ? Pas auprès de nous, pour sûr !

— Ils ont tout foutu en l'air et ils viennent pleurnicher parce qu'ils ne peuvent plus engager de personnel et ils rejettent la faute sur l'informatique. Tu te souviens de quoi il s'agissait, lors des réunions ? De nouveaux fauteuils de bureau, de portables – téléphones et ordinateurs – pour les délégués, alors que les rares membres qui avaient encore la force de figurer dans le bureau des sections régionales se sentaient mis totalement hors-jeu. Ils n'ont pas tardé à comprendre que ce n'était pas pour eux, ce truc-là.

— Oui, je suis drôlement désillusionné. Comme tu sais, je me suis engagé politiquement mais ce projet est tombé à l'eau, même si on a beaucoup appris et on est parvenu à certains résultats. Et maintenant, c'est le syndicat.

— C'est comme si on n'existait plus, dit Edvard en jetant le journal de côté.

Ils restèrent silencieux et regardèrent le crépuscule commencer à dévorer la lumière et resserrer de plus en plus les ombres autour des aunes et des fourrés.

— J'ai été trop prudent, dit Stark. Je voyais pourtant ce qui était en train d'arriver et qu'on s'écartait de l'idée de ce que c'est vraiment qu'un mouvement populaire. Ces petits changements nous ont bouffés de l'intérieur. J'en ai eu marre des beuveries, des affaires de cul et manigances. Je voyais les membres du bureau venir aux réunions sans avoir pris connaissance des documents et la peur se répandre parmi eux. J'ai rarement eu des exemples de courage. Si quelqu'un avait un avis divergent, il ne l'exposait qu'en cachette, dans la salle à manger ou aux toilettes, après la séance.

Il se tut brusquement. Edvard lança un coup d'œil en coin à son ami et comprit qu'il se reportait par la pensée à ces quinze années pendant lesquelles il avait été membre des instances dirigeantes de la fédération. Il y avait fait figure de loup solitaire, d'illuminé et de Don Quichotte affrontant des moulins à vent. Il avait eu sa place en son sein tant que ceux qui assistaient au congrès n'étaient pas des permanents mais des membres ordinaires qui avaient toujours les pieds dans le monde de la production huit heures par jour. Dans d'autres fédérations, il n'aurait jamais pu être élu, avait-il souvent fait valoir.

— Je me rappelle une réunion au cours de laquelle deux délégués ont levé des putes, les ont baisées sur le balcon de l'hôtel et renvoyées avec quelques billets de cent.

— Bah, ça se produit partout, objecta Edvard.

— Bien sûr, mais c'était le signe que ça allait mal. L'un se vantait de son portefeuille d'actions et l'autre n'avait accepté ses fonctions que pour pouvoir tromper sa femme et faire le malin. Il n'y avait pas la moindre idéologie, dans tout ça, ce n'était qu'une question d'intérêt personnel. Ils se souciaient peu de bosser dans des sections locales, ça n'a rien de glorieux. Ce qu'ils voulaient, c'était des bureaux, des voitures, des conférences et des voyages. Nous, on se réunissait chez Anton-la-Tomate pour savoir comment on pouvait faire venir nos membres aux réunions et accroître notre présence sur les lieux de travail.

— Deux mondes différents, quoi, dit Edvard.

— C'est ça : deux mondes différents. Après une autre de ces réunions au sommet, il a été question de terminer la journée au champ de courses de Solvalla. J'ai arrêté le montant de mes frais de voyage lors de la séance de la clôture en me disant que ce serait bien d'aller là-bas et de rencontrer certains de nos membres qui travaillent dans les écuries. Je t'en fiche ! On nous a installés dans une loge pour VIP, d'où l'on pouvait suivre les courses. Un type du PMU est venu nous souhaiter la bienvenue et les permanents se sont pavanés. Les membres de notre organisation étaient réduits à de petits points noirs, en bas. Et nous on était là, on se faisait compter ça comme une journée de travail complète pour les indemnités. Le lendemain, on repartait chez soi et rebelote. Et chacun jouait aux courses, en plus.

— Tu y joues bien, toi.

— Oui, mais pas avec l'agent des autres. Il aurait mieux valu le détourner. C'est un délit, c'est vrai, pourtant ç'aurait été plus franc. Là, c'est la morale qui trinquait. On n'a pas le droit de faire ce dont on ne peut rendre compte devant la base. Le reste, il faut s'en abstenir, même si ce n'est que des broutilles. C'est le début des grandes trahisons.

— C'est ça le genre de société qu'on a maintenant. Celle de l'arrivisme.

— A vrai dire, poursuivit Stark, je commençais à me dire moi-même que j'étais cinglé.

Edvard se leva pour remonter le thermostat. Le vent avait forci et la température avait baissé.

— Tu veux une autre bière ? demanda-t-il sans attendre la réponse pour aller chercher deux autres canettes.

— Je pense à la façon dont on vit, dit Stark.

Edvard lui tendit une bière.

— Qu'est-ce que tu veux dire ? demanda-t-il.

— On reste assis sur notre cul et on laisse pisser.

— Tu parles comme Rosander.

— C'est comme si le brouillard s'était abattu sur le pays tout entier. On ne se voit plus.

Les bières sortirent l'une après l'autre du réfrigérateur. Ils entendirent Viola se préparer à aller au lit. L'obscurité était maintenant compacte et la pièce seulement éclairée par un lampadaire, dans l'un des coins.

— On a toujours le choix, poursuivit Stark. On n'a pas le droit de rejeter la faute sur les circonstances. C'est vrai que je me suis posé la question : est-ce qu'il ne serait pas plus simple de laisser filer, se calmer, accepter les compromis ? Combien de fois ne me suis-je pas demandé ça, le soir, à l'hôtel, lors des congrès ? Aimer faire partie d'un groupe, c'est humain et je peux comprendre les mécanismes qui sont derrière, mais ça ne saurait excuser de fermer sa gueule pour ne pas s'attirer d'ennuis.

— C'est terminé, pour toi, hein ?

Stark tourna vivement la tête pour regarder Edvard.

— Oui, convint-il d'une voix lasse, tu as raison. Je n'en suis plus, alors je n'ai plus rien à dire, hein ? Je n'avais plus la force. Quinze ans, c'est long. Et je ne supportais plus le genre de boulot de la grande section régionale.

La discussion s'arrêta là. Ils restèrent assis en silence à regarder dans le noir, tous deux en proie à leurs pensées.

Stark pensait à ses années de syndicaliste et Edvard à Ann. Il lui avait parlé au téléphone et elle lui avait demandé de venir vivre avec elle, en ville, pendant quelques jours.

— Ils ont progressé, dans l'enquête sur les meurtres, dit-il. Ils viennent de retrouver la voiture que le coupable a utilisée pour prendre la fuite.

— Ah bon, je n'ai pas vu ça dans le canard.

— Non, je crois que c'est voulu. Mais je ne sais pas trop. Ann ne m'en dit pas beaucoup.

— Vous allez vous mettre en ménage ?

Edvard fit la grimace et avala une gorgée de bière. Stark eut le sentiment qu'il préférait éviter la question, mais il était trop curieux de nature pour s'abstenir.

— Qu'est-ce que ça fait de vivre avec un flic ?

Edvard posa sa canette avec un sourire.

— Qu'est-ce que tu crois ? Qu'on passe la nuit à parler de meurtres et d'attaques à main armée ?

Stark ne répondit pas et, à sa grande surprise, c'est Edvard qui reprit la parole.

— On est bien ensemble quand on se voit, mais ça n'arrive pas très souvent. Pas aussi souvent que je le voudrais. Je ne sais pas ce qu'elle souhaite. Il y a des fois où je me dis qu'elle s'est lassée de moi et d'autres où je pense qu'elle a envie de venir vivre ici.

— Elle n'a jamais eu d'enfant ?

Edvard secoua la tête.

— Tes fils, est-ce qu'ils s'entendent avec elle ?

— Ils se sont à peine vus.

Edvard sentit l'alcool commencer à lui monter à la tête. Soudain, il n'eut plus envie de parler d'Ann. Il regarda Stark et se demanda ce qu'il en était de son côté, sur le plan sentimental. Il savait fort peu de choses sur lui, en fait. Pas plus que sur qui que ce soit, désormais. Il ne savait même pas comment allaient Marita et les enfants.

A part Ann, c'était à Viola et Viktor que se résumait son univers, s'avisa-t-il soudain. Il ne l'avait jamais ressenti avec autant d'acuité que maintenant.

26

Il faillit manquer la route en terre battue, la prenant pour un passage pour tracteur ou plutôt un accès à une coupe en forêt. Il passa devant, s'arrêta quelques mètres plus loin pour regarder à nouveau la carte et finit par conclure que cette petite voie devait être celle qui figurait sur la carte.

Il la prit, s'engagea profondément dans la forêt, longea les restes des fondations d'une maison, monta une côte où les arbres penchaient dangereusement sur la route et parvint finalement en terrain plus découvert.

Il vit d'abord le toit de la ferme puis, en approchant, les parcelles de suie dispersées sur une vaste étendue. Il baissa la vitre et crut sentir une odeur de brûlé.

Il avança lentement. Il n'y avait pas de rideaux aux fenêtres ni de fumée montant de la cheminée. Un vieux hangar, dont la porte claquait au vent, s'était affaissé d'une vingtaine de centimètres à l'un de ses angles et penchait dangereusement. Tout avait l'air inhabité et abandonné.

Une centaine de mètres plus loin, il aperçut une maison plus vaste. De la cheminée de celle-ci une fumée s'élevait non sans réticence.

Sammy Nilsson décida de gagner celle des deux qui était habitée. A sa descente de voiture, il fut accueilli par des aboiements. Il avait peur des chiens et scruta donc les alentours. Il ne voyait pas le moindre animal mais il y en avait pourtant un, car le concert ne fit que redoubler quand il ouvrit la portière.

— Ta gueule, entendit-il crier, tandis qu'un homme contournait la maison en tenant un chien de berger en laisse.

Le chien faisait le beau, à ses pieds, l'air terrorisé. Sammy se dit qu'il avait sans doute reçu une correction.

Il descendit de voiture et l'homme vint aussitôt vers lui.

— N'ayez pas peur, il fait plus de bruit qu'autre chose. Vous désirez ? C'est la mairie qui vous envoie ?

— Vous vivez ici ?

— Pas moi, mais le menuisier le plus têtu de la paroisse. Un vieux filou que vous ne réussirez jamais à mettre dans une de vos résidences avec services. Vous êtes prévenus !

— Ce n'est pas la mairie qui m'envoie, dit Sammy, je suis de la police.

— Pour moi, c'est la même chose, répondit l'homme en le toisant.

Le chien tournait autour d'eux et Sammy tendit la main à titre d'essai. Le chien s'avança craintivement et vint la lui lécher. Il frétillait de la queue et tout son corps était comme secoué d'excitation.

— Vous voyez bien, dit l'homme.

— Qui est-ce qui habite ici ?

— Il s'appelle Lundmark et ne va sûrement pas tarder. Je suis venu chercher une chaise qu'il a réparée.

— Quel âge a-t-il ?

— Je ne sais pas. Plus de quatre-vingts ans, sûrement.

— Il vit seul ?

— Sa bonne femme a filé il y a au moins vingt-cinq ans. Si ce n'est pas trente.

Sammy hocha la tête et sortit son carnet de notes. Il aimait bien ce type. Et même son chien.

— Et là-bas ? C'est inhabité ?

— Oui, maintenant.

— On dirait que quelqu'un a fait du feu.

— Oui, mais j'en sais pas plus. Y a un drôle de type qui a vécu là pendant quelque temps, cet été, quand je suis venu apporter la chaise. Je ne suis pas revenu depuis. Il travaille bien, Lundmark, mais on ne peut pas dire qu'il soit rapide.

— Comment vous appelez-vous ?

— Helmer Gran.

Le bruit d'un vélomoteur parvint aux oreilles de Sammy en même temps qu'à celles du chien. L'homme semblait ne rien avoir entendu.

Un homme assez âgé – qui ne pouvait être autre que Lundmark – descendit de l'engin et fut accueilli par les salutations très sonores du chien. Il alla appuyer son vélomoteur contre le mur et ôta son casque d'un autre âge.

— Bonjour. Sammy Nilsson, de la police d'Uppsala.

Lundmark ne fit pas mine de l'avoir entendu.

— Ta chaise est prête, dit-il à Gran.

— C'est pas trop tôt ! Ça fait six mois que je l'attends. Tu l'as recouverte d'or ?

Lundmark lui adressa un sourire puis se tourna vers Sammy Nilsson.

— Ah bon, vous êtes dans la police ?

— J'enquête sur les meurtres qui ont eu lieu à Uppsala et, comme vous le savez, on a trouvé une voiture pas très loin d'ici.

— Ah, fit Lundmark.

Sammy Nilsson perdit un instant contenance puis continua en disant qu'ils exploraient le secteur pour savoir si quelqu'un n'avait pas remarqué quelque chose.

— Qui donc ? dit Lundmark, l'air modérément intéressé.

— Je suis passé devant la petite maison, là-bas. Elle est inhabitée ?

— C'est ça, lâcha le vieux. Inhabitée.

— Depuis longtemps ?

— Je ne sais pas, moi.

— C'est vous qui êtes le plus proche voisin, Vous devez savoir combien de temps ça fait qu'elle est vide.

— C'est pas là que vivait ce drogué ? coupa Gran.

Sammy Nilsson se tourna vers Lundmark.

— Comment s'appelle-t-il ?

— Hård.

— Prénom ?

— Lars Hård, tiens ! lâcha Lundmark en lançant un regard courroucé à Sammy.

Il se dirigea vers son atelier et jeta son casque sur le sol, au passage, près du vélomoteur.

— Tu veux ta chaise ?

— Attendez une seconde, je n'en ai pas terminé, dit Sammy Nilsson en suivant Lundmark, dont la mine était de plus en plus renfrognée.

— Quand est-ce qu'il est parti ?

— Il y a quelques jours.

— Combien de temps a-t-il vécu ici ?

— Depuis cet été.

— C'est un toxicomane ?

— Ça, c'est des calomnies, tu le sais très bien, Helmer ! Tu devrais t'abstenir de répandre ce genre de bobard. Il a eu des ennuis, c'est vrai, mais il s'est bien comporté, ici, dit Lundmark en ôtant son bonnet d'un geste rageur et passant la main sur ses cheveux blancs.

— Allez chercher votre chaise et on parlera, fit Sammy.

Lundmark remit sa chaise à Gran, qui lui donna un billet de cent et s'en alla. Les deux autres restèrent silencieux un moment et regardèrent la voiture s'éloigner avant d'entrer dans la maison.

Pendant une vingtaine de minutes, Sammy interrogea Lundmark, avant de ressortir dans la cour pour regarder la ferme abandonnée. Lundmark resta sur le seuil.

— Vous voulez voir la baraque ? l'entendit dire Sammy.

— Vous avez la clé ?

— Pas la peine, c'est ouvert.

Lundmark cracha sur la plate-bande, disparut dans sa maison et claqua la porte derrière lui.

Sammy s'interrogea. Un toxicomane et meurtrier se donnerait-il vraiment la peine de faire le ménage derrière lui ? Il traversa la cuisine pour pénétrer dans l'une des chambres, qui était vide à l'exception d'un vieux fauteuil à bascule. Sammy le mit en branle et resta debout à côté pendant quelques secondes. Puis il alla regarder par la gueule béante du poêle de faïence. Rien que des cendres et du noir. Il jeta ensuite un coup d'œil par la fenêtre. De la cendre là aussi. Un gros chèvrefeuille masquait en partie la vue. Longtemps auparavant, quelqu'un avait accroché une boule de suif dans ses branches, mais il n'en restait plus que de minces fils qui flottaient au vent.

La seconde pièce était également vide, à part un vieux chromo dans un cadre doré. Par la fenêtre, on voyait le pignon du bûcher. Une faux était suspendue et une échelle à laquelle il manquait des barreaux était appuyée contre le mur.

Sammy sortit dans la cour. Ce type semblait vraiment avoir fait place nette, avec son feu. Dans le tas de cendres il vit des restes de vêtements et il tâta du pied ces bouts de tissu calcinés. Il y avait une manchette de chemise et un morceau de serviette, entre autres. Sous cette dernière il crut apercevoir quelques petits os calcinés. Il conclut que ce devait être des restes de poulet.

Un peu à l'écart du tas de cendres gisait ce qu'il restait d'un matelas. Sammy trouva que cela ressemblait surtout à du vomi ou à un gros champignon qui aurait coulé et figé en une sorte de pâté.

Pourquoi brûler tout cela ? Sammy fit lentement le tour du terrain, ouvrit les portes de divers bâtiments et jeta un coup d'œil. Rien n'attira son attention. Il revint lentement en direction de sa voiture, s'arrêta à mi-distance et porta les yeux vers la maison du vieux menuisier. Lundmark était au coin de celle-ci et surveillait la ferme. Il avait dit qu'il pensait que Hård était parti au Danemark avec son amie. Il avait accepté de lui louer la ferme parce qu'il y avait vécu étant jeune, mais maintenant il était loin. Pour de bon, pensait-il.

Sammy observa les champs et les prés. Derrière les arbres, il aperçut la surface mate du lac et le haut des chênes de Biskops-Arnö.

Haver répondit aussitôt, sur son portable.

— Tu peux regarder si on n'aurait pas un certain Lars Hård sur la liste du CHU ou des services sociaux ?

Haver lui donna aussitôt la réponse : pas de Lars Hård.

Sammy Nilsson, pourtant si bavard ordinairement, resta silencieux quelques instants.

— Y a quelque chose ? demanda Haver.

— Bah, je suis près d'une ferme d'où un type est parti en quatrième vitesse après avoir brûlé des vêtements et des meubles. D'après le voisin, il a filé au Danemark.

— Où ça ?

— Près de Biskops-Arnö. Je crois que j'aperçois l'île depuis la cour.

— Manfredsson a joué la fille de l'air. La filature n'a pas dû être fameuse. Fredriksson est dans tous ses états.

Sammy Nilsson crut presque discerner le brouhaha que cela causait dans le PC.

— Il semble que la maison avait deux entrées. Comme les collègues ne surveillaient qu'un côté, Manfredsson a pu s'en aller tranquillement de l'autre.

— Qui est-ce qui le surveillait ? demanda Sammy.

— Je ne sais pas, dit Haver.

Sammy comprit que c'était un gros mensonge.

— Que fait Lindell ?

— Elle est chez Fritzén. Fredriksson veut absolument un mandat contre Manfredsson.

— Bon, je m'en vais d'ici, dit Sammy. Mais note ce nom, Lars Hård, au cas où on le retrouverait.

Lindell sentit la fatigue s'emparer d'elle et étouffa un bâillement. Elle jeta un coup d'œil sur la pendule en se demandant si elle allait appeler Edvard. Il avait mauvais moral, la veille au soir, quand il lui avait parlé. Elle se dit qu'il avait peut-être parlé de Noël avec son ancienne femme. Il avait en effet évoqué ses enfants. Juste avant de raccrocher, il avait dit quelque chose, à propos de la mer, qu'elle n'avait pas vraiment compris.

Elle quitta le PC et passa dans la cafétéria. Celle-ci était plongée dans le noir et déserte, à part deux collègues en uniforme en train de manger une pizza, dans le coin des fauteuils. Elle alla se placer derrière le sapin illuminé.

Edvard répondit dès la première sonnerie. Il était couché, en train de lire.

— Je pourrai peut-être venir quelques heures, demain.

Elle savait que c'était de la folie de sa part, en tant que chargée d'enquête, de se rendre sur la côte pour des raisons d'ordre privé. Elle ne put éviter de noter son étonnement mais crut aussi discerner de la joie. “Il faut qu'on se parle plus que ça, bon sang !” pensa-t-elle.

— Tu veux que je vienne ?

Il mit une ou deux secondes à répondre.

— Naturellement, ce serait bien.

“Bien”, pensa-t-elle en lançant un regard en direction des collègues en train de chiffonner le carton de la pizza et de se préparer à partir. “Bien” ! Il aurait dû sauter de joie, dire “oh oui”, “magnifique” ou quelque chose comme cela. Mais il s'était contenté de “bien”.

— Je pense beaucoup à toi, dit-elle à voix basse, contre le micro de l'appareil.

— On se voit peut-être demain, alors, conclut Edvard.

Elle resta l'appareil à la main et décida de partir immédiatement. Elle était certes fatiguée mais il ne pouvait pas se passer grand-chose au cours de la nuit et elle pourrait être de retour le matin.

Elle retourna au PC, fit signe à Haver qu'elle désirait lui parler et ils sortirent tous deux dans le couloir. Lindell s'adossa à une armoire et lui dit qu'il fallait qu'elle parte immédiatement pour Gräsö. Si Haver fut surpris, il n'en laissa rien paraître.

— Bien sûr, vas-y ! Tu en as besoin.

Lindell sentit le rouge lui monter aux joues. Elle était touchée de la compréhension dont faisait preuve son collègue, mais celle-ci lui inspirait aussi une certaine honte. S'il y avait quelqu'un qui avait besoin de prendre l'air, c'était Haver. Il n'avait pratiquement pas cessé de travailler au PC depuis plus d'une semaine. Lindell savait à quel point la charge de coordinateur dans une affaire de cette importance était lourde. Il aurait donc eu bien besoin d'aller voir sa Monica.

— Ola, dit-elle en lui posant la main sur l'épaule. Tu es un excellent collègue et un chic type.

27

Tore Sigvard Svensson se dirigea vers le quartier de Löten. Il se gara sur le parking de Heidenstams torg. Il n'y avait pas âme qui vive. Il avait conduit sans discontinuer depuis le Danemark, avec un seul arrêt pour faire le plein.

Au cours du trajet, il avait pensé aux propos rassurants de Maggan à propos de Chris : c'était la meilleure solution pour lui. L'idée lui vint, alors qu'il traversait le Småland, qu'elle avait certainement dit la même chose aux bonnes femmes des services sociaux. Elle avait aussi calomnié Eva en la qualifiant de "grosse et moche". C'était exact, mais pourquoi le dire de façon aussi méchante ? N'avaient-ils pas été amis, tous trois ? Il est facile de monter sur ses grands chevaux quand on est à l'abri du besoin.

La voiture puait la sueur. Il fuma une cigarette en regardant fixement par le pare-brise. La fatigue agitait ses pensées en tous sens, un peu à la manière de la gueule de bois. Rien n'était plus en ordre.

Il lança son mégot par terre d'une pichenette. Maggan n'habitait qu'à cinq cents mètres de là. Il se rappela aussi qu'il devait aller voir Lundmark. Dans la boîte à gants se trouvaient son arme et une cartouche de munitions. La dernière boîte, mais il y en avait assez, il ne lui restait plus que quatre noms.

Peut-être aurait-il dû parler à Maggan. Le donnerait-elle aux flics ? Il n'en était plus très sûr et cela ne lui paraissait pas très important.

Il pensait de plus en plus souvent à l'un d'eux : Lindell. L'image qu'il avait gardée d'elle, dans l'embrasure de sa porte, la louche à la main, le fit hésiter. Elle avait quelque chose d'attirant. Etait-ce parce qu'elle le traquait ?

— Ann Lindell, grogna-t-il, tu me cherches.

Un meurtrier, un homme, un vieux drogué, un père, un frère, un type qui avait commis une attaque à main armée. Il alluma une nouvelle cigarette et mit le moteur en marche.

La voiture démarra. "Nils-Einar Svärd", marmonna-t-il. "C'est ton tour, hein ? Tu es le troisième sur la liste."

Il traversa la E4 et pénétra sur le parking de l'hôtel Scandic. Le restaurant était ouvert et quelques clients matinaux se servaient au buffet du petit déjeuner.

Tore mangea avec bel appétit. Il vit un exemplaire du journal local sur la table d'à côté et eut le réflexe d'aller le chercher mais décida finalement de s'abstenir.

Après sa seconde tasse de café, il sut ce qu'il allait faire. Il acquitta les soixante-quinze couronnes du repas, acheta des cigarettes à un distributeur automatique et partit en direction de l'ouest. Il était six heures moins le quart du matin. Il avait le temps d'arriver chez Lundmark et revenir avant que Svärd n'aille chercher son journal.

Il vit tout de suite qu'il y avait quelque chose qui n'allait pas. Surtout des traces de voitures sur la route descendant vers Arnö. En temps ordinaire il n'y avait presque pas de circulation, par là. Or, la route était presque défoncée. En outre, un véhicule très lourd avait laissé une marque large et profonde sur la berme. Quand il arriva au carrefour du chemin menant à la ferme et chez Lundmark, il n'eut plus le moindre doute. Là aussi, les traces étaient nombreuses alors que, en hiver, il passait peut-être une voiture par semaine sur cette voie étroite et à peine carrossable.

Quelques centaines de mètres avant la maison, il prit un chemin forestier. Celui-ci n'était que provisoire, pendant la durée de la coupe, et il eut quelques difficultés à piloter la voiture entre les rochers et les ornières qu'avait laissées la machine des forestiers. Il savait qu'ils en avaient terminé à cet endroit et ce ne pouvait donc être leurs voitures ni leurs engins qui avaient causé ces marques récentes. Il n'y avait qu'une seule alternative plausible.

Il sortit son portable et composa le numéro de Lundmark. Le vieux répondit à la seconde sonnerie. Tore se dit qu'il était sans doute dans sa cuisine et eut un petit coup au cœur en entendant la voix rauque de Lundmark.

— Salut, c'est Tore.

Lundmark ne répondit pas immédiatement.

— Où est-ce que tu es, bon sang ?

— Au Danemark.

— Les flics sont venus. Et pas seulement ici mais dans tout le secteur.

— Qu'est-ce que tu veux dire ?

— Ils cherchent quelqu'un. Ce serait pas toi, par hasard ?

— Ils sont venus chez toi ?

Lundmark pouffa et Tore comprit dans quel état d'esprit il était.

— Hein ?

— Bien sûr que oui. Y en a partout dans le secteur.

Il semblait à la fois triste et mortifié. Tore se sentit mal à l'aise, sur le siège de sa voiture. Il ouvrit la portière et sortit sur ses jambes engourdies.

— Tu es un chic type, dit Tore d'une voix qui avait du mal à contenir son émotion. Quoi qu'il puisse arriver…

— Ils sont allés chez toi, aussi, ils ont fouillé jusque dans les cendres. Pourquoi est-ce que tu as tout brûlé ?

— C'était des vieilleries.

— Tiens, mon œil ! Les meubles, tu les as achetés l'été dernier.

— Quoi qu'il puisse arriver, je t'aime bien. Tu es un chic type. Le seul, à vrai dire.

Il s'assit sur un rocher et sentit aussitôt l'humidité de la mousse à travers son pantalon.

— Qu'est-ce que tu vas faire ?

— Partir encore plus loin, dit Tore, qui se sentait de plus en plus mal à l'aise de devoir mentir aussi effrontément au vieux Lundmark.

— Ils cherchent un assassin, mais je leur ai dit que c'était pas ton genre. Pas vrai ?

— En effet.

— Tu devrais appeler la police pour ne plus avoir d'embêtements.

— Peut-être bien. Si je reviens, est-ce que je peux loger chez toi ?

Lundmark mit un instant pour comprendre la question.

— La ferme est toujours là, fit-il remarquer. Tu lui as pas foutu le feu, à elle.

— Tu es fâché ?

La réponse du vieux se fit attendre.

— Je leur ai pas dit comment tu t'appelles.

— Ils ne te l'ont pas demandé ?

— Si, mais j'ai eu l'idée de leur répondre Lars Hård, quand ils m'ont posé la question.

Tore éclata de rire.

— Lars Hård ! Où est-ce que tu es allé chercher ça ?

— Tu te souviens pas ?

— Non.

— Fridegård ! lança Lundmark.

Soudain, Tore se rappela ce que le vieux lui avait dit de cet écrivain.

— Merde alors !

Il jugea bon de dire cela sur le ton de la plaisanterie pour masquer le fait qu'il n'avait pas saisi l'allusion. Mais tout allait de travers et il crut voir la déception de Lundmark s'inscrire sur son visage.

— Bon, il faut que je raccroche. Prends soin de toi !

— Attends une seconde, dit Lundmark.

Tore avait déjà coupé la communication.

28

Le juriste vivait à Sunnersta. Il était marié et avait au moins un enfant. Tore s'en était assuré lors de ses tournées de repérage au cours de l'automne. Il avait l'air plutôt âgé, pour être père d'un enfant qui jouait encore dans les bacs à sable et qu'il poussait parfois sur les balançoires.

La maison était située au fond du terrain et entourée de haies et buissons de tous côtés. A l'abri de cette végétation Tore avait pu, au cours des semaines qui précédaient, l'observer de près. Maintenant, c'était une autre histoire : les voisins pourraient le voir très facilement, à travers les branches dénudées.

L'important, c'était le côté donnant sur la rue. Il rangea sa voiture le long du trottoir alors qu'il n'était pas encore sept heures du matin. Il savait que c'était à peu près à ce moment que Svärd sortait prendre le journal dans sa boîte à lettres. Chaque fois qu'il était venu l'observer, le juriste s'était comporté avec la régularité d'une horloge. Ce serait la dernière, aujourd'hui, qu'il effectuerait ce bref trajet et ouvrirait sa boîte, car elle contiendrait sa mort.

Tore se fit tout petit, au passage d'une voiture, pour ne pas que le conducteur le voie. Quand il se redressa, Nils-Einar Svärd était sorti de chez lui et presque à mi-chemin de l'allée dallée conduisant à la boîte. Il s'arrêta un bref instant pour écarter du pied une pelle d'enfant.

Tore saisit son colt, qu'il avait dissimulé sous un pull posé sur le siège avant. Puis il baissa la vitre. L'homme, qui avait serré autour de lui sa robe de chambre, leva les yeux vers le ciel.

Tore posa le coude gauche sur la portière et appuya le canon sur le pli de celui-ci. La sueur perlait sur son front.

Nils-Einar Svärd souleva le couvercle de la boîte et plongea le bras dedans pour en retirer le journal. Du coin de l'œil, il remarqua la voiture garée dans la rue et leva un instant le regard. Il était clair qu'il ne reconnaissait pas l'homme au volant. Tore lui trouva l'air nettement plus âgé qu'à l'automne et il avait les cheveux encore ébouriffés. Tore hésita. L'homme referma le couvercle en le laissant claquer et entama son retour vers la maison. Tore prit sa respiration, glissa son arme dans sa poche intérieure et cria, en ouvrant la portière :

— Hé !

L'homme se retourna, à quatre ou cinq mètres de la barrière, et vit Tore traverser la rue.

— Quoi ? demanda-t-il

— Vous ne me reconnaissez pas ?

— Non. Que désirez-vous ?

— J'ai quelque chose à vous dire. Vous êtes bien Nils-Einar Svärd, hein ? Nous nous sommes vus au tribunal.

Tore crut percevoir l'ombre de la peur passer dans ses yeux, à moins que ce ne fût de l'étonnement.

— Ah bon, dit-il en reculant peu à peu vers la maison.

— Tu n'es qu'un sac de merde, dit Tore en sortant le colt.

Les traits de l'homme se figèrent, en voyant l'arme.

— Espèce de salaud, c'est toi qui m'as pris Eva !

Il brandit le pistolet, Svärd eut un haut-le-corps et ouvrit la bouche comme pour dire quelque chose. La première balle l'atteignit à l'aine mais la seconde lui perfora la joue droite, sa tête fut projetée en arrière et il pivota sur lui-même pour tomber face contre terre. Tore attendit une ou deux secondes puis visa soigneusement sa nuque d'une main ferme. L'homme bougea lentement, parvint à se tourner et à se dresser sur son coude en regardant Tore et tentant de dire quelque chose. Sa bouche n'était plus qu'une masse sanglante. Il porta la main à son visage et s'effondra de nouveau.

Tore entendit alors un cri perçant et leva les yeux. Une femme se tenait sur le pas de la porte. Il baissa son arme, tandis que le juriste se mettait à gémir. Puis il pivota sur ses talons et regagna sa voiture en courant. Il entendit la femme hurler le nom de son mari.

Deux coups de feu. Deux détonations dans un quartier résidentiel du sud de la ville. Il ne fallut pas longtemps pour que des portes s'ouvrent et que des visages apparaissent sur le seuil, scrutant les alentours avec anxiété.

Onze minutes plus tard, la première voiture de police et l'ambulance arrivèrent sur les lieux. Au bout d'une autre dizaine de minutes, cette rue d'habitude si tranquille grouillait de gens et de gyrophares.

Lindell entendit Haver s'exclamer, au bout du fil, et ne comprit d'abord pas ce qui s'était passé. Elle débarqua du ferry à Öregrund avec un sentiment d'irréalité. Sa première pensée fut : "ce n'est pas vrai, ce n'est pas possible". Mais elle savait trop bien que c'était le contraire.

Elle lança un dernier regard à Gräsö avant de traverser la place au volant, monter la côte, tourner à angle droit, passer devant le Monopole de l'alcool et continuer en direction d'Uppsala. En quelques minutes, elle fut loin de ce petit coin idyllique.

Tore réduisit l'allure en voyant le panneau de limitation de vitesse à 30 à l'heure, à Svamptorget. L'arme était glissée sous le siège. Il s'arrêta pour laisser des écoliers traverser au passage protégé. Ils le remercièrent d'un signe de la main et Tore leur répondit de même.

Quelques centaines de mètres plus loin, il rencontra deux voitures de police, gyrophares allumés et sirènes hurlantes. Il s'écarta docilement pour ne pas les gêner.

Auraient-ils pu empêcher cela ? Cette question ne cessait de tarauder l'esprit de Lindell. Qui était la victime ? Tout ce qu'elle savait, c'était qu'il s'agissait d'un homme d'un certain âge qui avait été abattu de deux balles devant chez lui. Il était encore vivant quand la police était arrivée. L'était-il encore maintenant ? Elle regarda sa montre.

Aurait-il reçu une de ces lettres malodorantes ? Etait-il dans la police ? Elle tenta de se remémorer s'il y avait des collègues qui vivaient à Sunnersta mais ne put en trouver. Elle traversa à toute allure Norrskedika, Gimo et Alunda.

Tore traversa la ville et regagna Heidenstams torg en passant par Gamla Uppsala. Il gara la voiture et s'éloigna.

En traversant Rasbo, Lindell obtint d'autres précisions au bout du fil : la victime était un certain Nils-Einar Svärd, cinquante-cinq ans, juriste auprès du tribunal d'Uppsala. Le coupable avait pris la fuite à bord d'une voiture de marque inconnue.

— Dans quelle direction ? demanda-t-elle à Haver.

— Peut-être vers le centre, par Gottsunda ou Dag Hammarskjölds väg.

— Ou vers l'extérieur, par le même itinéraire, répliqua Lindell en pensant à la façon dont l'assassin avait dû prendre la fuite après le meurtre des Hirmanen.

Lindell se tenait près de la barrière de la maison de Svärd, maintenant masquée par des panneaux mobiles. Immobile, elle observait ses collègues en train de travailler. Elle aperçut Sammy, en partie caché par le dos de Ryde et en grande discussion avec Beatrice. Quand il remarqua la présence de Lindell, il se dirigea vers elle.

— Alors ? lui demanda-t-elle.

— Les voisins ont entendu les coups de feu mais personne n'a vu qui les a tirés. Il est parti dans une petite voiture verte. Un passant en train de promener son chien déclare avoir vu celle-ci garée près de chez Svärd tôt dans la matinée. La victime a reçu deux balles dans la tête, sans doute tirées depuis la barrière.

— Est-ce qu'il va s'en sortir ?

— Il a perdu beaucoup de sang, comme tu vois, et était dans le coma à l'arrivée de l'ambulance. Une des balles l'a touché au ventre et a dû sectionner l'aorte, selon Sammy.

— A-t-il reçu une de ces lettres ?

— D'après sa femme, non. Elle est sous le choc, bien entendu, mais elle a l'air très affirmative sur ce point.

— Peut-être au bureau, dit Lindell. Ont-ils des enfants ?

— Une petite fille, plus deux d'un autre lit.

— Il est juriste au tribunal de première instance, hein ?

Sammy hocha la tête et ils restèrent un moment sans rien dire. Lindell comprit qu'il n'y avait pas grand-chose à ajouter. Haver avait fait mettre en place des barrages routiers, selon les dispositions arrêtées en commun.

— Bon sang, lança Lindell d'une voix désespérée.

Elle n'avait pas les idées très claires. On aurait dit que ses fonctions ordinaires étaient déconnectées. Sammy ne manqua pas de s'en apercevoir et passa le bras autour de ses épaules.

— Foutu métier, lâcha-t-il.

— Je crois que je vais aller vivre sur l'île, dit Lindell.

Elle franchit la barrière de la maison avec le sentiment d'être arrivée trop tard, une fois de plus. "C'est d'ailleurs dans la nature de notre boulot", pensa-t-elle.

Ryde avait les mains derrière le dos et observait la maison d'un air grave, comme s'il se demandait quel prix en proposer.

— J'en ai terminé, dit-il quand Lindell arriva à sa hauteur. Où étais-tu ?

Elle ne répondit pas.

Ils ne s'étaient pas vus depuis leur rencontre sur le parking de la maison de Lindell.

— Tu devrais faire plus attention, dit Ryde. Aujourd'hui, il s'en est pris à la justice, à un niveau assez élevé. La prochaine fois, il frappera peut-être plus bas.

Lindell regarda son collègue de la scientifique.

— Tu sais que tu peux être extrêmement désagréable ? Je te signale que Manfredsson a réussi à échapper à ceux qui étaient censés l'avoir à l'œil. Tu n'étais peut-être pas au courant. Alors, ça peut très bien être lui.

Ryde soutint son regard.

— Trois meurtres et une tentative, dit-il. Quand est-ce que vous allez l'alpaguer ?

Il serra les mâchoires, en disant cela, comme s'il avait vraiment eu un très mauvais goût dans la bouche.

— Merde, lâcha-t-il encore avant de contourner Lindell pour gagner le trottoir.

— Les baveux sont déjà là, l'entendit-elle marmonner tandis qu'il s'éloignait en direction de sa voiture.

— Tu devrais dire "nous" au lieu de "vous", eut-elle pourtant le temps de lui lancer.

Sammy Nilsson vint à nouveau vers elle.

— Il a hésité, cette fois. La femme de la victime nous a dit qu'il avait braqué son arme vers elle avant de la baisser.

— A-t-elle été capable de donner son signalement ?

— Oui, mais très vague. Taille moyenne, la quarantaine, d'après elle.

— Est-ce que c'est Manfredsson ?

— Aucune idée, répondit Sammy en secouant la tête.

— Où est Fredriksson ?

— Toujours à l'affût, dit Sammy. Si tu savais comment il a gueulé, hier soir, bon Dieu ! Je ne l'ai jamais vu dans une telle rage. Il en voulait à toute la brigade des mandats et recherches. Tous dans le même sac, selon lui.

Lindell fut satisfaite de la réaction du placide Fredriksson : il n'était pas totalement au bout du rouleau.

— Qu'en a dit Ottosson ?

— Il a essayé de calmer le jeu, mais peine perdue.

Sammy se tut et regarda Lindell. Le fait qu'elle soit allée retrouver son ouvrier agricole, sur son île, avait fait l'objet d'intenses discussions. Comme d'habitude, Riis avait proféré quelques idées sexistes en parlant du taureau de Ramnäs et d'insémination pas artificielle du tout. Haver avait adopté un profil bas, pour sa part. Pourtant, lorsque le patron de la brigade lui avait posé la question, il avait été obligé de dire que la responsable de l'enquête se trouvait à une centaine de kilomètres de là, sur la côte. Ottosson n'avait rien répondu mais avait filé dans son bureau. Haver croyait que c'était pour passer un coup de fil à Lindell et lui dire ce qu'il en pensait.

— Est-ce que Otto t'a appelée, hier soir ?

— Non, pourquoi ça ?

— Je me demandais, seulement.

Lindell se détourna de son collègue pour observer la maison.

— Il n'a pas osé, alors, dit-il en l'air.

La réunion, à l'hôtel de police, une heure et demie plus tard, ne fut pas des plus sereines. Les esprits étaient assez échauffés. Fritzén passa un savon aux hommes chargés de la filature, pour avoir laissé filer Manfredsson.

— Et si c'est lui ! Vous voyez d'ici le scandale, bon Dieu !

Les barrages n'avaient rien donné, sinon l'arrestation de deux conducteurs en état d'ivresse, d'un receleur objet d'un mandat et d'embouteillages mémorables.

Un avis de recherche avait été lancé à propos de la voiture verte, mais on n'était plus très sûrs, désormais, qu'elle était bien de cette couleur. Le voisin de Svärd avait maintenant des doutes quant à ses souvenirs.

29

Il traversa la place à grands pas. Au loin, on entendait le hurlement des sirènes. Les gens marchaient courbés en avant, sous la violence du vent. Personne ne semblait se soucier des autres. A l'abri d'un sapin orné d'une guirlande électrique qui se balançait fortement, deux écoliers étaient en train de fumer. Tore estima qu'ils ne pouvaient guère avoir plus de onze ou douze ans.

Il se glissa entre les arbres de von Bahrska häcken, ressortit de l'autre côté et mit le cap sur l'appartement de Maggan. Près du pignon, il passa à côté d'un grand trou dans le sol et vit le casque d'un employé de voirie. C'était un homme assez mince qui maniait son marteau-piqueur à la manière d'une arme automatique. Il en braquait la pointe contre un mur en béton et noyait le voisinage dans un fracas assourdissant. Tore se retourna, traversa la pelouse et se glissa sur la terrasse à travers les buissons, comme il l'avait déjà fait quelques jours auparavant. Tout était calme, pas une seule lampe n'était allumée à l'intérieur. Il frappa doucement à la porte à plusieurs reprises.

La machine se remit en marche. Tore en profita pour briser le carreau d'un coup de coude, près de la poignée de la porte vitrée. Il vola en éclats dont une partie retomba sur le sac qu'il avait posé à ses pieds. Le trou était assez grand pour passer la main et ouvrir.

Il resta un moment à regarder les fragments hérissés de la vitre. Pas plus difficile que ça, question d'habitude. Il s'étonna d'ailleurs que les cambrioleurs ne soient pas plus nombreux.

"Eva", pensa-t-il en pénétrant dans l'appartement. Les souvenirs lui revenaient de plus en plus souvent. "Ma chérie", marmonna-t-il. C'était si loin, désormais.

Il s'installa sur le canapé sur lequel il avait passé une nuit. Cela aussi paraissait dater de pas mal de temps. Il fit le tour de la pièce des yeux et remarqua une étagère sur laquelle étaient placés divers bibelots en verre, quelques livres et des photos dans des cadres dorés. Tout cela lui parut bien étranger tellement il était vide intérieurement. Avait-il vraiment commis un nouveau meurtre, oui ou non ? Il ne se souvenait que très vaguement de ce qui s'était passé le matin, devant chez Svärd. L'avait-il tué ? Il se rappela qu'il avait visé la nuque de sa victime pour tirer un troisième coup de feu et la terrasser définitivement grâce à la puissance du colt. Qu'est-ce qui avait pu entamer sa détermination ? Un cri ? Ou alors un manque de résolution, le fait que la chose ne lui paraissait plus aussi importante.

"Eva", marmonna-t-il de nouveau. L'image qu'il avait gardée d'elle, dans la rue, en compagnie de son amant pris de boisson, le poursuivait. Si au moins cela avait été lui. Il serait capable de passer sa vie en viles beuveries, si seulement elle était à ses côtés. C'était la pure vérité. Avait-il tué pour elle ?

Depuis le meurtre des Hirmanen, la pensée d'Eva lui revenait de plus en plus souvent à l'esprit. Il s'était imaginé qu'elle aurait aimé cela et l'aurait félicité d'avoir fait preuve d'une telle fermeté. Ils auraient d'ailleurs pu le faire tous les deux, en vengeurs. Ou se contenter d'échafauder les plans en commun et lui laisser le soin d'administrer la punition. Puis lui permettre de revenir vers elle.

Elle avait épinglé la photo de Chris sur le mur. Cela voulait dire qu'elle ne l'avait pas oublié. Et qu'elle aurait été prête à rendre coup pour coup, elle aussi, et à tuer.

Le premier travail qu'elle avait effectué avait consisté à prendre soin d'un vieil homme, un ami de sa mère qui était à la tête de pas mal de forêt. Elle n'avait encore que seize ans, à l'époque. Chaque matin, elle devait lui servir du chocolat chaud au lit. Dès le deuxième jour, il lui avait demandé de rester dans la chambre et ils avaient parlé de sa mère à lui. Eva s'était postée près de la fenêtre pendant qu'il buvait sa boisson chaude à petites gorgées. Après cela, il avait posé la tasse et lui avait dit d'approcher. Puis il avait écarté le drap et exhibé sa nudité. Il lui avait ensuite plus ou moins ordonné de relever sa robe et de s'asseoir à califourchon sur lui. Elle était vierge. Elle avait eu très mal et avait beaucoup saigné.

Tous les matins, c'était le même cérémonial. D'abord le chocolat, puis cette séance d'équitation un peu particulière. Toujours le dos tourné vers lui, comme s'il ne voulait pas la voir. Elle avait ensuite raconté qu'il avait de gros pieds striés de veines, avec des ongles recourbés.

Elle était restée pendant trois mois et ensuite retournée chez sa mère, à une cinquantaine de kilomètres de là. Enceinte, bien entendu. Sa mère l'avait engueulée mais Eva était persuadée qu'elle avait rendu le même service à cet homme.

Eva s'était fait avorter après quinze semaines de grossesse et avait quitté sa mère pour ne plus la revoir.

Elle aurait pu tuer cet homme, lui avait-elle dit ensuite. Et elle refusait de tourner le dos à Tore, quand ils faisaient l'amour. Elle voulait regarder son partenaire dans les yeux.

Puis elle était partie. Un jour, sans rien dire, elle l'avait quitté pour un autre homme. Elle était ensuite revenue, parfois couverte de bleus, au début toujours sans rien dire et très obéissante mais, petit à petit, en affichant de plus en plus un air fanfaron. Elle s'était moquée de lui, de ses souffrances et de sa jalousie, en ôtant ses vêtements et lui demandant : “tu veux de moi ?”

Et, naturellement, il avait capitulé, à chaque fois.

Eva. Chris. Se souciait-il de l'enfant ? Il désirait le faire, même s'il n'était plus très sûr de lui. On lui avait pris jusqu'à cela : son affection et son désir de se forger une nouvelle vie en compagnie de son fils.

Avait-il vraiment cru en son propre projet ? Ne voulait-il pas simplement pouvoir rejeter la faute et donner le change pour ses échecs passés ?

Il s'allongea sur le canapé, tira un coussin vers lui, s'endormit mais se réveilla presque aussitôt, de froid.

Les heures passaient. Quand Maggan allait-elle rentrer ? Il savait maintenant qu'elle l'avait trahi, elle aussi. Quelque chose qu'elle lui avait dit lors de sa précédente visite le lui laissait penser. Peut-être était-ce en fait ce qu'elle n'avait pas dit, qui l'avait convaincu. Cette trahison allait d'ailleurs de soi. A quoi d'autre pouvait-il s'attendre ? Il comprenait maintenant qu'il s'était comporté comme un imbécile, qu'il s'était fait des illusions en pensant que Maggan leur viendrait en aide, à Eva et lui. Derrière leur dos, elle avait fait le jeu des services sociaux. Il fallait vraiment qu'il ait été bête.

Maintenant, il n'avait plus qu'à attendre.

30

Il était près de trois heures. Lindell observait la progression de l'aiguille noire des secondes sur le fond blanc du cadran. On entendit claquer une porte et elle conclut que le patron du service des Renseignements était arrivé. Fritzén était plongé dans un dossier. Ottosson se caressait la barbe et regardait le mur. Haver feuilletait ses papiers avec frénésie. Le procureur le regarda.

— Vous cherchez quelque chose ?

— Oui, répondit Haver, l'air perturbé, en soutenant le regard de Fritzén avant de reprendre sa recherche.

Lindell ne put s'empêcher de sourire, de façon à peine perceptible, heureusement. Haver venait de remettre le procureur en place. La conférence de presse dura une heure. La seule bonne nouvelle fut l'annonce que Nils-Einar aurait la vie sauve. Le patron des Renseignements entra dans la pièce.

— Excusez-moi, marmonna-t-il en s'asseyant près de la porte, à trois sièges du procureur qui ne lui fit même pas l'aumône d'un regard.

Lindell regarda de nouveau la pendule. L'aiguille des secondes poursuivait sa course. Ottosson renifla. Fritzén referma son dossier et leva le regard.

— Manfredsson, dit-il en toisant l'assemblée.

Fredriksson toussa.

— Evaporé.

Lindell sentit un malaise s'emparer d'elle. Elle savait que Manfredsson n'était pas le coupable. Elle avait montré en vain au vendeur de téléphones dix photos différentes, parmi lesquelles la trogne réjouie de Manfredsson. Aucun de ces visages ne correspondait à ce client. Pourquoi donc s'obstiner sur ce reçu trouvé par terre et se fier à la mémoire très floue de ce jeune homme ?

Haver avait appuyé sa théorie. Fredriksson avait alors marmonné quelque chose pour dire que c'était uniquement parce que c'était Haver qui avait trouvé ce reçu.

Fredriksson pouvait-il être dans le vrai ? Cela lui était déjà arrivé assez de fois auparavant pour que Lindell se pose la question.

Fredriksson expliqua les efforts que la police entière avait déployés pour retrouver l'alcoolique disparu.

— Pourquoi a-t-il pris la poudre d'escampette ? demanda Sammy sans s'adresser à qui que ce soit de précis.

Fredriksson ne répondit pas. C'était inutile. Fritzén tourna le regard vers Lindell.

— Il a la trouille, dit-elle. Il a un truc en vue.

— Quoi donc ?

— Un lot d'alcool, je suppose. On sait qu'il est en cheville avec les Baltes.

— Il a une sœur à Rimbo, coupa Fredriksson. Elle a disparu elle aussi.

Lindell percevait le tic-tac pourtant presque inaudible de la pendule. Il ne restait plus que trois quarts d'heure avant la conférence de presse.

— Est-ce qu'on va dire qu'on a un suspect ?

Liselotte Rask, chargée de la communication, regarda Fritzén. Lindell savait qu'elle en tenait pour Manfredsson. Cela l'étonnait. Fritzén hocha la tête.

— L'étau se resserre, dit paisiblement Ottosson, sans que Lindell parvienne à savoir si c'était ironique ou non.

Le patron de la brigade des recherches et mandats eut un sourire en coin, aussi curieux que cela puisse paraître, puisque c'étaient ses hommes qui avaient laissé filer Manfredsson. Or, il souriait.

Lindell se surprit à penser à Edvard. Elle regarda Haver, qui rendait compte de l'enquête interne. Ses pensées, elles, étaient toujours à Gräsö.

— Nous avons tiré au clair le cercle des connaissances de Manfredsson, commença Haver, mais Lindell estima que c'était de l'histoire ancienne et cessa de s'y intéresser.

La veille au soir, ils avaient fait l'amour comme jamais encore auparavant. Ils avaient eu l'impression que leur relation s'était approfondie et elle avait hâte de retourner là-bas.

— Et ce type qui a filé au Danemark ? demanda Sammy. Il ne faut pas le lâcher. Il a l'air un peu cinglé d'avoir brûlé ses meubles et le reste mais, d'un autre côté, il n'est pas vraiment dans les habitudes des meurtriers en série de faire le ménage derrière eux.

— A moins que ce ne soit pour cacher quelque chose, objecta Ottosson.

— Comment s'appelle-t-il ? demanda Lindell.

— Hård. Lars Hård. Il ne figure sur aucune des deux listes ni dans nos fichiers. Il n'y a même pas trace de son nom auprès des autorités fiscales ni de la caisse d'assurance maladie.

— Etrange, fit le patron de la brigade.

— Lars Hård, marmonna le chef du service des Renseignements. Ce nom me dit quelque chose.

Quatre heures moins dix.

— Qui se charge de la conférence de presse ? demanda Ottosson en faisant bien comprendre que ce n'était pas du tout dans ses intentions.

— Moi, dit Fritzén. Peut-être avec Liselotte ? ajouta-t-il sans un regard en direction de Lindell.

Ils levèrent la séance en silence.

31

Maggan Andersson comprit aussitôt, à l'odeur, qu'il y avait quelque chose de bizarre. De fortes et âcres effluves de sueur étaient venues chatouiller son odorat sitôt qu'elle eut ouvert la porte d'entrée.

L'appartement était plongé dans l'obscurité. Il était quatre heures et demie de l'après-midi. Il ne lui restait plus qu'une demi-journée de travail au cours de ce siècle, avant la fermeture de l'école, et ils avaient préparé le déjeuner de Noël du lendemain. Le dernier jour avant les congés de fin d'année avait toujours quelque chose de spécial et, cette année-là, ils avaient fait cuire du jambon et préparé des boulettes de viande.

— Y a quelqu'un ? demanda-t-elle.

Elle fut saisie de peur en entendant l'écho de sa propre voix. Elle fit pourtant quelques pas, avant d'entendre un léger bruit rappelant celui des pages d'un journal que l'on tourne. Elle tendit la main vers le téléphone placé sur la table du hall et souleva doucement le combiné en tentant de se remémorer le numéro d'urgence. La tonalité bourdonna dans ses oreilles et elle eut l'impression qu'elle retentissait dans toute la maison. Ah oui : le 112 ! Elle composait le premier chiffre lorsqu'elle vit une silhouette sortir de l'obscurité de la salle de séjour. Elle poussa un cri et laissa tomber le combiné.

— Salut. Tu ne me reconnais pas ?

Maggan s'effondra sur le tabouret, près de la table du téléphone.

— Qu'est-ce que tu fabriques là ? Comment es-tu entré ?

— De la bonne vieille façon.

— Tu t'es introduit chez moi par effraction !

— Effraction, c'est un grand mot. Tu n'étais pas chez toi, j'ai dû trouver un moyen. Je le réparerai, ton carreau.

— Mon carreau ! s'écria Maggan. Je me moque pas mal de mon carreau ! Fiche le camp immédiatement !

Elle prit Tore par le bras pour le tirer vers la porte.

— Ne me touche pas !

Ses paroles lui firent lâcher prise et la colère céda la place à la peur, en elle.

— Si tu veux bien avoir la gentillesse de partir, corrigea-t-elle. Peu importe comment tu es entré.

Un sentiment d'impuissance s'empara d'elle. Il lui répugnait de voir ainsi son passé lui revenir à la face. Cela faisait maintenant huit ans qu'elle travaillait à la cuisine de cette école, huit ans de solitude, à s'abstenir de la drogue. Et voilà que Tore se présentait devant elle, avec cette éternelle et épouvantable odeur qu'elle détestait. Et les mêmes propos à la bouche.

— Tu as changé. Je veux dire : avec cette barbe et les cheveux coupés court.

Il tourna les talons et disparut dans la salle de séjour.

— Je vais appeler la police, lui cria-t-elle.

— Tiens, mon œil, répondit-il d'une voix à peine audible. Viens plutôt ici. J'ai des nouvelles d'Eva.

Sa voix n'avait rien d'agressif, elle était plutôt d'un calme qu'elle n'avait pas l'habitude d'associer à Tore. Elle pénétra donc dans la pièce. Il était assis sur le canapé.

— Non, n'allume pas la lumière.

— Elle est morte ?
— Qui ça ?
— Eva !
— Non, qu'est-ce que tu crois ? Elle vit toujours.
— Alors, elle risque fort de mourir.
Il lui parla du voyage à Copenhague, d'une voix calme, les mains sur les genoux, sans la regarder une seule fois. Elle eut le sentiment qu'il était resté dans cette position toute la journée, attendant son retour pour pouvoir parler. Soudain, il se tut.
— Elle m'a quitté, dit-il après un moment de silence et en regardant Maggan, cette fois.
— Il y a longtemps que c'est fait.
— C'est la faute de ces bonnes femmes. Eva et moi, on avait des projets. On allait s'en sortir.
— Je n'en crois rien. Pas elle.
— Moi, peut-être, avec Chris.
— Tu le penses ?
— Je le leur ai dit.
— Et elles ne t'ont pas cru.
Il secoua lentement la tête.
— Qui ajouterait foi aux propos d'un type comme moi ?
— Il me semble que Chris est en sécurité.
Il leva le regard et la dévisagea intensément. Elle fut obligée de détourner le regard.
— Tu as cassé le carreau, constata-t-elle.
— J'ai ramassé les morceaux et j'ai posé mille balles sur la table pour la réparation.
Maggan se leva.
— Toi non plus, tu n'as pas confiance en moi.
Tandis qu'elle se dirigeait vers la porte-fenêtre, elle s'arrêta au milieu de la pièce pour le regarder.
— Ça suffit, Tore. Il est temps de tourner la page.

— Arrête tes conneries !

— A toi d'arrêter. Peu importe le carreau. Tu peux dormir ici cette nuit mais ensuite, tu files. Ce sera tout pour moi.

— Pas pour moi. Je veux t'entendre dire que tu as confiance en moi. Que tu avais confiance.

Un courant d'air filtrait par la vitre grossièrement rebouchée au moyen d'une couverture qui pendait comme un rideau de couleur sombre.

— Tu as faim ? J'ai ramené des boulettes de viande de la cantine.

— Je ne veux pas de tes foutues boulettes !

— Il faut que tu manges.

— Qu'est-ce que tu as dit aux bonnes femmes des services sociaux ? Réponds-moi et je te laisse tranquille.

Elle s'assit sur le canapé et posa la main sur son genou.

— Va t'en, Tore. Chris est très bien là où il est.

— Qu'est-ce que tu leur as raconté ?

— Ce que je viens de te dire. J'ai pensé à Chris. N'oublie pas qu'il a vécu ici assez longtemps. C'est moi qui le menais au jardin d'enfants, en courant comme une idiote. Il dormait à côté de moi. Parfois pendant des mois, tandis que toi, tu te droguais à Stockholm et Eva disparaissait Dieu sait où. Tu comprends. Je l'aimais, Chris, moi aussi. Je voulais qu'il ait une vie décente.

— Salope.

— Toi, tu ne te soucies pas de lui.

— De qui alors, bon Dieu ?

— Je ne sais pas. Est-ce que tu te rappelles que je suis venue à Hägersten, quand tu vivais là-bas, dans un squat grand comme une maison entière. Qu'est-ce que tu m'as dit, alors, quand j'ai suggéré qu'il fallait que tu fasses un effort. Qu'est-ce que tu m'as répondu ?

— Ta gueule !

— Ça aussi tu me l'as dit quand je t'ai demandé de venir à Uppsala.

Tore se leva d'un bond.

— Tu avais le choix, dit Maggan.

Il se balançait d'avant en arrière, les yeux fermés et les poings serrés. L'odeur de sueur qu'il exhalait était toujours aussi forte.

— Tu m'as trahi, toi aussi. Je le savais. Même toi.

Le coup s'abattit alors qu'elle ne s'y attendait pas. Le poing fermé de Tore l'atteignit juste au-dessus de la tempe et elle fut projetée contre le bras du canapé. Il contempla son corps inerte. Sa langue lui sortait de la bouche comme si elle la lui tirait pour lui dire : "bernique, Tore !"

Dans la cuisine, il trouva une corde à linge et du ruban adhésif pour congélateur. Il fut frappé de l'ordre qui régnait dans la pièce, où tout était à sa place et brillait comme un sou neuf.

Il la ligota sur le canapé, avant qu'elle ne reprenne ses sens et ne se mette à bouger. Un filet de sang coulait de sa tempe, à l'endroit où elle avait heurté le bras du canapé. Il l'entoura de plusieurs tours d'adhésif, jusqu'à lui couvrir la bouche.

Tout d'abord, les yeux de Maggan n'exprimèrent guère que de l'étonnement, mais celui-ci laissa vite la place à une frayeur qui se traduisit par des secousses nerveuses dans chacun de ses membres. Tore crut un instant qu'elle avait des crampes. Il avait déjà vu cela auparavant.

Il paracheva son œuvre méthodiquement et rapidement comme s'il s'agissait de n'importe quel travail, sans pouvoir la regarder dans les yeux, cependant. Elle ne bougeait pas mais ne cessait de le dévisager. L'odeur de sueur était plus forte que jamais et il sentit que ses yeux se couvraient d'une pellicule mate qui lui brouillait la vue.

Il alluma une cigarette et parcourut Maggan des yeux de haut en bas. “Pourvu qu’il ne me viole pas”, pensa-t-elle. Elle sentait de grands coups dans sa tête, sans doute par manque d’oxygène. Le pire était de ne pouvoir parler. Si seulement sa bouche avait été libre de ses mouvements, elle serait peut-être parvenue à le convaincre, à l’aider à comprendre. Mais quelque chose, dans les gestes et le regard de Tore, lui disait qu’il était au-delà de tout contact.

— Je pourrais te tuer, lança-t-il d’une voix qu’elle ne lui connaissait pas. Je devrais, ajouta-t-il, mais je m’en vais. Je te laisse, pour l’instant. J’ai encore une chose à faire.

Elle bougea lentement et tenta, au prix d’un gros effort, d’ouvrir la bouche. Le ruban était hélas collé trop fort et le seul résultat fut une violente douleur aux joues.

— Ce matin, j’ai abattu un homme. Oui, j’ai tué, mais, n’aie pas peur, je ne vais pas faire pareil avec toi. Tu es…

Il n’acheva pas sa phrase.

Elle le savait, maintenant. C’était lui qui avait tué à Norby et devant Migo. Elle avait aussi appris la tentative de meurtre qui avait eu lieu le matin même. Les émissions de la radio locale ne parlaient guère d’autre chose.

— Comme ça, tu es au courant, dit-il. Tu sais ce qui s’est passé mais pas pourquoi. Je vois que tu te poses la question. Moi aussi, d’ailleurs. J’ai vécu dans ma petite baraque à me taper la tête et cogner les poings contre les murs. J’ai vécu seul, dans un unique espoir : qu’Eva revienne, qu’elle pose sa main sur mon bras.

Il s’assit sur le fauteuil et alluma une nouvelle cigarette.

— Peut-être pas seulement elle, peut-être même pas elle. Ça aurait pu être toi, Maggan. Mais j’étais seul et ça épuise les forces, ça vous fiche en l’air. Je me fous pas mal de la vie. Quand on mène une existence comme la mienne, on n’a pas d’espoir. Ça a commencé par de la haine. J'avais lâché la drogue, mais on n'a pas compris ça. Je voulais vivre comme les autres. Travailler.

Il se tut et tira quelques bouffées.

— Parfois, j'allais m'asseoir sur le perron, à fumer et boire du café avec les grives litornes pour compagnie. J'ai même connu des moments de bonheur.

Les larmes coulaient sur les joues de Maggan, mouillant son bâillon. La corde cisaillait ses poignets, l'appartement était maintenant totalement plongé dans l'obscurité.

— Je pourrais desserrer ton bandeau, mais je ne veux pas entendre tes paroles. Je sais ce que tu veux dire. Je l'ai déjà dit moi-même. Mari, Lundmark et toi, vous étiez les seuls que j'avais. Mari m'aime comme une sœur, c'est vrai, mais elle n'a jamais rien compris. Tu m'as débiné devant les services sociaux et je l'ai admis. Qu'est-ce que tu aurais pu faire d'autre ? Prendre mon parti ? Lundmark vit seul, lui aussi, mais dans la dignité. Moi, je n'en ai pas été capable. Il a son métier, les gens viennent le voir pour ce qu'il est capable de faire. Et il a menti à la police. Il voulait que je sois un personnage d'un livre qu'il connaît.

Tore se leva et gagna les toilettes. Elle l'entendit faire couler de l'eau dans le lavabo et pensa qu'il se rinçait le visage.

— Je m'en vais, dit-il sur le pas de la porte. Si tu as besoin de pisser, tu n'auras qu'à faire sur toi. J'ai mis dix mille couronnes dans l'armoire de toilette, pour le cas où tu serais obligée de t'acheter un canapé neuf. Je suis obligé de procéder comme ça. Tu ne pourrais jamais fermer ta gueule ou mentir comme Lundmark.

Il la regarda une dernière fois avant de disparaître. Elle entendit la porte se refermer derrière lui.

Il était neuf heures lorsque Lindell quitta l'hôtel de police. Sa nuit passionnée avec Edvard, son départ brusqué pour Uppsala et les treize heures de travail qui avaient suivi avaient laissé des traces. Elle posa à plusieurs reprises le pied de travers. Le froid de la rue lui fit du bien et elle se dirigea à pas lents vers sa voiture.

"Où est-il ?", telle était l'idée qui hantait son cerveau fatigué. Elle s'arrêta près du véhicule, posa la main sur le toit et leva les yeux vers le ciel. Elle se souvint des fois où Edvard et elle avaient contemplé les constellations, dans la cour de Gräsö. Viola était parfois venue les rejoindre. Edvard leur avait expliqué ce qu'elles voyaient. Ann aurait souhaité qu'il en soit ainsi en ce moment et qu'il soit là, à lui parler de la voûte étoilée.

Elle passa le doigt en cercle sur la peinture couverte de givre. Une voiture passa non loin d'elle, peut-être celle d'un collègue. Puis elle entendit un groupe de personnes, un peu plus loin, dans Sankt Olofsgatan. Quelqu'un entonna une chanson d'une voix étonnamment belle. Les autres applaudirent.

Elle composa le numéro d'Edvard sur son portable et il ne répondit qu'à la cinquième sonnerie.

— J'étais en bas, chez Viola, en train de jouer aux cartes, dit-il encore essoufflé.

Elle voyait très bien la maison et la chaude lueur de ses fenêtres. Deux silhouettes assises l'une en face de l'autre à la table de la cuisine. Peut-être en train de boire un verre de cognac.

— Je ne sais pas si tu l'as appris, mais il y a encore eu des coups de feu. Je suis épuisée. Tu ne peux pas venir ici, toi ? J'ai besoin de toi, Edvard.

Ils avaient en effet bu du cognac et il ne pouvait donc conduire. Elle monta dans sa voiture, jalouse de Viola qui partageait la soirée avec Edvard, tandis qu'elle la passait dans des locaux mal aérés à entendre et dire des âneries.

— Je vais peut-être venir, alors, dit-elle en prenant en fait sa décision. Mais il faut que je passe chez moi d'abord. Tu m'attendras ?

Attendre, pensa-t-il. Que pourrais-je faire d'autre ? Prendre la fuite ? A vrai dire, Edvard commençait à caresser l'idée d'aller vivre en ville. Peut-être pas sérieusement, mais le simple fait qu'il fût tenté devait bien avoir une raison, il ne restait plus qu'à savoir laquelle. Il ne pourrait jamais laisser tomber Viola en déménageant. Jamais, vraiment ? N'avait-il pas agi ainsi vis-à-vis de Marita et des enfants ? La vieille femme était capable de vivre encore une dizaine d'années.

Il mit fin à la partie de cartes et sortit dans la cour. La nuit était étoilée. Au loin, des chiens donnaient de la voix. Cela lui rappelait les Canaries. Il était heureux d'entendre leurs aboiements furieux. Il faudrait probablement deux bonnes heures à Ann pour arriver. Et s'il dormait un peu ? Il désirait avoir la force de lire. La nuit précédente, ils avaient fait l'amour à trois reprises. “J'en suis encore capable”, pensa-t-il avec un sourire. Ses sentiments envers Ann le rendaient fragile. Si elle le quittait, il n'aurait d'autre solution que de se jeter à l'eau. C'était l'impression qu'il avait. Elle était la seule qui puisse lui inspirer le désir de quelque chose d'autre que la vie qu'il menait. C'est dire s'il était mal en point, non ?

Il avait eu l'occasion de discuter avec Rosander, jadis, et récemment avec Stark, quant au sens de la vie sur terre. Pour eux, la réponse était simple : il s'agissait de lutter pour la justice. Ce n'était pas une mauvaise idée.

Il rentra dans la maison et monta dans sa chambre. Il savait qu'il ne pourrait pas dormir. Le désir qu'il éprouvait pour Ann le rendait incapable d'autre chose que d'attendre passivement.

Elle arriva à onze heures et demie. Il avait fini par s'endormir, malgré tout, et avait rêvé d'une maison au bord de la mer. Mais rien ne ressemblait à Gräsö, dans ce rêve. Il s'agissait plutôt d'une grande maison en pierre, presque un château. Le parc était planté de magnifiques feuillus, des espèces étrangères qu'il ne parvenait pas à identifier. Il s'était penché par la fenêtre. Il était encore tôt et une douce lumière matinale filtrait à travers une légère brume. Cela lui rappelait le temps des moissons, à Ramnäs, le mois d'août, les meuglements en provenance de l'étable. La rosée dont on devait attendre l'évaporation. Il n'y avait ni bruit ni activité, dans ce rêve. Il avait simplement aperçu une femme qui allait d'arbre en arbre pour en caresser le tronc, tantôt rugueux, tantôt plat, d'un geste fugitif de la main. Elle était vêtue de blanc et planait au-dessus de la pelouse d'un vert émeraude, sans la toucher.

Il y avait aussi eu un bassin orné de nénuphars et de plantes aux tiges pulpeuses et aux feuilles de cinquante centimètres de long. La femme avait fendu la surface mate de l'eau et disparu. Ce qu'il avait vu d'elle en dernier, c'était ses cheveux bruns qui avaient flotté un instant, puis tout était redevenu aussi paisible qu'avant. L'ensemble n'avait guère duré plus d'une seconde.

Ce fut la présence d'Ann au bord du lit qui le tira de son sommeil. Il lui tendit la main en un geste de supplication assez maladroit. Sans un mot, elle ôta ses vêtements. Il lui fut reconnaissant de son silence. Il écarta le couvre-pieds pour la laisser se glisser et elle se lova contre lui, posa l'une de ses jambes sur sa cuisse et blottit son visage contre son cou. Il sentit le contact glacial de sa peau et perçut une odeur de sueur mal évacuée. Il la serra très fort entre ses bras et lui caressa la nuque.

Ils firent l'amour en silence. Il saisit ses fesses entre ses mains comme sous le coup du désespoir et la serra contre son corps. Au bout d'une demi-heure, ils se levèrent et, drapés dans la couverture, allèrent s'asseoir près de la fenêtre. Ann se mit à parler. Edvard regardait la voûte céleste et n'écoutait que d'une oreille distraite. Il alluma une cigarette. Elle s'écarta de lui et le laissa près de la fenêtre, toujours enveloppé dans le couvre-pieds.

— Qu'est-ce que c'est que ça ?

Edvard se retourna. Elle tenait un livre à la main.

— Un livre, tiens, répondit-il stupidement.

Elle avait les yeux fixés sur la couverture.

— Mon Dieu.

— Quoi donc ?

— Quelle histoire !

Edvard alla la rejoindre.

— Qu'est-ce que c'est ? Eh bien, un des livres de mon grand-père.

— Tu l'as lu ?

— Il y a longtemps de ça. Je l'ai sorti pour le relire.

— De quoi parle-t-il ?

— Comment dire ? C'était l'un des livres favoris d'Albert, parce qu'il parle d'un homme issu du prolétariat agricole.

— C'est lui, Lars Hård ?

Edvard hocha la tête.

— Grand-père aimait bien Fridegård. Ils se sont même rencontrés.

— Il est toujours vivant ?

— Non, ça fait une trentaine d'années qu'il est mort.

Anna prit son téléphone, composa un numéro et se laissa tomber sur le fauteuil en osier.

— Salut, Sammy. Excuse-moi de te déranger à cette heure. Peux-tu me rappeler le nom du type qui vivait dans cette ferme abandonnée, d'après son voisin ?

Le livre était posé sur la table, devant elle, et elle le feuilleta discrètement.

— Est-ce que tu peux me retrouver à la station Hydro, sur Råbyvägen, dans une heure et demie ?

Elle raccrocha et Edvard la regarda.

— Il est si important que ça, ce livre ?

— Parle-moi de Fridegård, dit-elle en commençant à s'habiller.

Edvard lui dit ce qu'il savait. Elle l'écouta avec attention.

— Tu files encore une fois, dit-il.

Elle hocha la tête.

32

A plusieurs reprises, il fut obligé de mettre le moteur de la voiture en marche pour réchauffer l'habitacle. Cette fois il s'était garé derrière une grosse camionnette d'où il jouissait d'une excellente vue sur l'appartement. Les lumières de l'immeuble s'étaient éteintes les unes après les autres et il n'en restait plus qu'une allumée, au rez-de-chaussée. Peu après minuit, il chiffonna un paquet de cigarettes vide et en ouvrit un autre. Etait-elle toujours au bureau ou passait-elle la nuit chez l'une de ses connaissances ?

Il alluma une nouvelle cigarette à celle qu'il venait de fumer. La faim le taraudait. Il changea l'orientation du rétroviseur et se retrouva face au spectacle de deux blancs d'yeux. "Mon vieux, pensa-t-il non sans apitoiement sur lui-même, tu es maintenant au bord du gouffre". Dans l'ensemble, il était satisfait. Il avait échafaudé un plan et l'avait suivi à la lettre. Jusque-là, tout s'était bien passé. Personne n'avait été capable de se mettre en travers de lui. Même pas cette femme présentée comme la meilleure de sa profession. En plus d'être belle et svelte, d'après le journal.

L'écouterait-elle ? Si elle était aussi intelligente que cela, elle devait parvenir à comprendre, non ? Il adressa un sourire narquois au rétroviseur.

Il pouvait encore prendre la fuite. Il n'avait besoin de rien d'autre que d'une grande valise pour mettre son argent. "Mari", murmura-t-il, en pensant aussitôt à Maggan. Mais il écarta rapidement cette idée de son esprit.

Les ténèbres de décembre n'étaient dissipées que par l'éclairage du parking. Il sortit de voiture et alla s'accroupir près de la palissade. L'odeur qui montait de ses vêtements lui rappelait Charlie, à Ropsten. Il passa les doigts sur la surface écaillée du bois, en détacha un petit morceau et esquissa quelques traits sur sa jambe, avant d'en tester la pointe contre sa cuisse.

Que recherchait-il, au juste ? Une revanche ? Aurait-il des remords ? Le moment n'était pas au repentir. Quand on a un joint entre les mains, on n'a plus rien d'humain. Il voulait tuer tout le monde – et personne. Il enfonça l'éclisse plus profondément dans sa jambe. Renoncer. Quinze ans de taule à Kumla. Vivre. Bon nombre de ses amis étaient déjà morts, dans des squats, dans la rue, dans des toilettes ou des parkings en béton. Si seulement il avait eu le bon sens de mettre un terme à ses propres jours. "Pourquoi ce froid ? pensa-t-il. Qu'est-ce que tu en penses, Mari ? Je suis ton frère. Ma sœur". Il balbutia ces mots, comme pour en faire l'essai, et marmonna son nom.

La dernière lampe s'éteignit, le parking était maintenant comme mort. Même pas l'ombre d'un noctambule en train de promener son chien. Chacun était au lit, à se reposer. Combien de gens faisaient l'amour, dans l'immeuble ? se demanda-t-il en promenant le regard sur la façade. Et combien étaient seuls dans leur lit ?

Il se releva brusquement et fit quelques pas. Le parking était balayé par des rafales de neige. Et si elle ne venait pas ? Il pourrait toujours s'introduire dans son appartement par effraction et l'attendre dans son lit. Il regagna la voiture. Si elle n'était toujours pas de retour dans une demi-heure, il irait à l'hôtel de police.

Elle arriva un quart d'heure plus tard mais ne pénétra pas sur le parking avec sa voiture, laissant celle-ci près de l'entrée. Tout alla si vite que Tore eut à peine le temps de la voir en sortir et s'engouffrer dans l'entrée. Peu après la lumière s'alluma dans l'appartement, pour s'éteindre à nouveau presque aussitôt.

Elle quitta l'immeuble aussi vite qu'elle y était entrée et fit marche arrière. Tore vit les feux du véhicule disparaître au bout de la rue. "C'est maintenant", pensa-t-il. Dans sa hâte, il roula sur un îlot directionnel et la Toyota fit un bond. Ann Lindell avait pris la direction du centre et il la suivit à distance. Le froid intérieur fit trembler ses mains, sur le volant. Il réussit pourtant à allumer une cigarette.

Elle prit la direction du nord et Råbyleden. Pour ne pas perdre sa trace, Tore grilla un feu rouge, ce qui l'amusa beaucoup. Au feu suivant, il l'avait rattrapée. La nuque de la conductrice était masquée par l'appuie-tête. Le colt était posé sur le siège, près de lui. Une troisième voiture vint se ranger à la hauteur de Lindell, qui tourna la tête.

Où allait-elle ? Retrouver un homme ? A ce moment, le feu passa au vert et Tore cala malencontreusement. Quand il parvint enfin à franchir le croisement, il vit Lindell pénétrer dans la station Hydro. Il approcha lentement. Les érables du bord de la route dressaient leurs troncs noirs et leurs cimes nues sur le ciel, tels des signes impossibles à déchiffrer.

Il vint se ranger le long du trottoir. La sueur perlait sur son front et il était presque paralysé par le doute. Pendant l'automne, il avait agi avec détermination et suivi son plan, persuadé qu'il était bon. Maintenant, il avait l'impression que rien n'avait plus d'importance. Pourquoi mener à son terme un plan qui avait échoué ? Pourquoi suivre Lindell ? Il aurait tant voulu lui parler, mais il savait qu'il ne disposait plus des mots. Il n'avait plus que ce poids au-dessus de sa tête et son arme.

Il sortit de voiture. L'entrée de la station se trouvait à une trentaine de mètres de lui. Il entendit le moteur de la voiture de Lindell tourner, elle n'était donc pas en train de faire le plein. Il approcha doucement, en s'abritant derrière une remorque. Cela sentait l'huile et les feuilles pourries. Quinze mètres. La lumière de l'habitacle était allumée et on entendait un léger bruit de musique.

Il entendait encore sa sœur lui demander comment il pouvait vivre ainsi et la voyait devant la ferme de Storgrind, l'été précédent. Elle s'était mise à lui parler de meubles et de choses de ce genre. L'héritage de leurs parents n'avait pas encore été réparti et elle avait évoqué un buffet ancien, des assiettes et un vieux baromètre qu'elle estimait devoir revenir à Tore. Qu'avait-il répondu à sa question ?

Soudain, Lindell ouvrit la portière de sa voiture, sortit et se redressa en regardant sa montre. Tore plongea la main dans sa poche intérieure et ôta le cran de sûreté de son arme. A ce moment, il se mit de nouveau à trembler. "Je ne veux pas la tuer", pensa-t-il. Pourtant il brandit le colt et le posa sur la housse de la remorque en appuyant le pied sur le timon. Une voiture passa sur la rocade et Lindell tourna la tête pour la suivre du regard. A ce moment, il la vit de profil et crut qu'elle souriait. "Pourquoi souris-tu, Ann Lindell ?" Il sentit ses doigts s'engourdir sur la crosse de son arme, la fourra dans sa poche et glissa la main sous son aisselle. Elle lui fit l'effet d'une serre, contre son corps. A ce moment, une voiture pénétra dans la station par l'entrée opposée et vint se garer près de celle de Lindell.

Tore reconnut immédiatement le conducteur. Sammy Nilsson. Ils se tenaient l'un près de l'autre et Lindell parlait avec fièvre. Sammy regarda sa montre. Tore entendit Lindell dire, avant de refermer la portière :

— On appelle Ola de la voiture.

Le second policier gara son véhicule près de la remorque, puis sauta dans celui de son collègue et ils partirent en direction de l'est, par Luthagsleden.

Depuis la route, la demeure de Lundmark avait l'air d'une maison fantôme, avec sa grosse masse noire et le pâle reflet de l'ampoule extérieure dans ses nombreuses fenêtres. Les phares de la voiture de Lindell déchirèrent l'obscurité et vinrent soudain illuminer la cour pour aller ensuite se perdre dans le rideau de sapins, de l'autre côté.

Les coups que Sammy frappa à la porte résonnèrent très fort dans la nuit. Il était près de deux heures. Il appuya sur la poignée en grelottant. Elle s'ouvrit lentement. Sur un signe de tête de Lindell, il entra. Cela sentait la cuisine, une odeur à la fois de graisse et de renfermé.

De l'une des pièces provenait le tic-tac obstiné d'une horloge. Il prêta l'oreille quelques secondes vers l'intérieur, mais ne perçut aucun autre bruit que celui de la pendule.

— Y a du monde ? demanda-t-il d'abord prudemment puis un peu plus fort.

Il alluma sa lampe de poche et vit un escalier, devant lui. Il eut un mouvement presque imperceptible de la tête et s'enfonça dans la maison en renouvelant son appel.

L'escalier grinçait. Lindell posa la main sur la rampe peinte. On entendit un léger bruit, à l'étage.

— Monsieur Lundmark, c'est Sammy Nilsson. Je suis déjà venu vous voir l'autre jour !

Les deux policiers étaient maintenant sur le palier.

— C'est toi, Jan ?

— Non, c'est la police. Nous nous sommes déjà vus.

Une lampe s'alluma et, par l'ouverture de la porte, ils virent Lundmark, en sous-vêtement gris, se mettre sur son séant. Lindell eut un choc en voyant sur le visage du vieil homme à quel point il était perturbé. Il chercha quelque chose, à tâtons, sur sa table de chevet et Lindell se sentit à la fois honteuse et très excitée.

— C'est toi ? répéta Lundmark.

— Police, dit Lindell. Nous vous prions de nous excuser de vous déranger au milieu de la nuit.

— La police ?

— Vous vous souvenez de moi ? demanda Sammy.

Lundmark réussit à mettre ses lunettes sur son nez et dévisagea ses deux visiteurs avant de hocher la tête.

— Je vous ai pris pour un revenant, dit-il.

— Vous nous avez indiqué que l'occupant de la ferme voisine s'appelait Lars Hård. Mais quel est son vrai nom ?

Lundmark eut l'air de s'interroger.

— Celui qui a brûlé toutes ses affaires, ajouta Sammy.

— Comment s'appelle-t-il ? répéta Lindell. Ce n'est pas Lars Hård, n'est-ce pas ?

— Vous voulez parler de Tore ? dit soudain Lundmark.

— C'est son prénom ? Et son nom ?

— Svensson.

— Pourquoi nous avez-vous parlé de Lars Hård, alors ?

— Ça m'est venu comme ça. Les choses sont parfois un peu embrouillées, dit Lundmark.

Lindell sentait l'impatience monter en elle mais décida de faire preuve de patience.

— Ça fait longtemps qu'il est triste. Comment savoir ?
— Vous le connaissez bien ?
Lundmark leva les yeux vers Lindell puis les détourna rapidement et répondit sans la regarder.
— On mangeait souvent ensemble. L'été dernier, on est allé pêcher. On parlait d'un tas de choses. C'est un bon gars, j'ai peine à croire qu'il ait commis des malhonnêtetés.
"“Malhonnêtetés”", pensa Lindell. Il est soupçonné de meurtres et ce vieux nous parle de “malhonnêtetés”.
— Quand il a mis le feu à toutes ses affaires, je me suis dit que ça n'allait pas.
— Comment ça ?
— Il avait le vague à l'âme. C'était comme une maladie. Au lieu de se trouver une nouvelle femme, il n'arrêtait pas de penser à l'ancienne. Après l'été, il s'est mis à boire ferme. Quand je me relevais pour pisser, la nuit, je voyais de la lumière à sa fenêtre. Son fils lui manquait beaucoup.
— Comment s'appelle-t-il ?
— Chris.
— Et la mère ?
— Eva. C'est tout ce que je sais.
Il baissa les yeux, l'air triste, et posa les mains sur la couverture.
— Et maintenant on se met à raconter des histoires sur son compte, dit-il.
— De quoi vivait-il ? Comment se procurait-il l'argent ?
— Il ne m'a même pas dit au revoir !
— Vous n'avez pas son portrait ?
— Une photo, vous voulez dire ?
— Oui. Quand vous pêchiez ensemble, cet été, vous ne lui avez pas tiré le portrait ?

— Je n'ai même pas d'appareil. J'enregistre tout là-haut, dit le vieil homme en se frappant la tempe avec l'index. C'est là que je les mets, mes photos, moi.

— Savez-vous si ce Tore a de la famille ?

Lundmark leur donna le nom de sa sœur en ajoutant que son mari et elle passaient l'été à Storgrind, à environ un kilomètre de là.

— Vous croyez que Tore pourrait y être, en ce moment ?

Lundmark secoua la tête.

— Oh non, dit-il et Lindell n'eut pas de mal à le croire.

— Pouvez-vous vous habiller ? Il faut qu'on vous parle.

Sammy tripotait l'assiette posée sur la table. Lundmark avait préparé son petit déjeuner à l'avance et sorti un couvert complet. "De la bouillie de gruau, pensa Lindell. A trois heures du matin", ajouta-t-elle en regardant sa montre.

— Il figure sur la liste des services sociaux, dit-elle.

Elle appela de nouveau Haver, qui répondit aussitôt. "Il sait que c'est urgent", se réjouit-elle en imaginant le spectacle que devait offrir le PC. Elle lui donna le nom et le pressa de trouver le plus vite possible la sœur de Tore Svensson et de tâcher de se procurer une photo de lui.

— Je te rappelle dans un quart d'heure. J'en saurai plus.

— On a retrouvé Manfredsson. Il était à Åland.

— Åland ? s'exclama-t-elle en éclatant de rire.

Haver lui expliqua que Manfredsson et sa sœur étaient allés boire un bon coup à Åland. Il avait tout simplement pris le bus et elle l'avait rejoint à Rimbo, au passage.

— Je te laisse annoncer ça à Fredriksson ce matin, dit-elle en mettant fin à la communication.

Lundmark descendit l'escalier. Il avait l'air un peu perdu et ne prit pas place à table. Au lieu de cela, il alla cracher dans l'évier. Puis il sortit de la pièce et ils l'entendirent refermer la porte des toilettes.

Sammy ne put s'empêcher de sourire en entendant le petit bruit caractéristique. Quand le vieux revint dans la pièce, son caleçon long portait des traces de gouttes.

— C'est Tore ? demanda-t-il.

Sammy repoussa l'assiette. Son crayon se mit à courir sur son bloc de papier. Il utilisait toujours un crayon quand il prenait des notes.

— Décrivez-le nous, demanda-t-il.

La ferme n'avait plus rien de familier, comme s'il n'y avait jamais habité. Il se rappelait la première nuit, la joie, les odeurs. C'était l'été.

Un froid humide montait des lames du parquet lavé à grande eau. Il fit à pas lents le tour de la pièce, celle au poêle de faïence. Comme Sammy Nilsson, il fit osciller le fauteuil à bascule. Celui-ci grinçait toujours légèrement quand il passa dans la cuisine puis dans la chambre. Il longea les murs à la manière d'un prisonnier, s'arrêta près de la fenêtre et regarda dehors. Son haleine laissa une marque de vapeur sur le carreau. Il y écrivit "Eva". Qu'y avait-il eu de beau dans leur vie ? Leur sale existence. Une non-existence, basée sur la fuite. Au plus profond des ténèbres, il eut l'impression qu'il l'avait passée à courir, éternellement pourchassé. Jamais Eva et lui n'avaient pu se laisser aller, se réchauffer mutuellement. Toujours l'angoisse, la saleté, la pisse, la trahison.

Il avait ouvert grand la bouche, et Eva encore un peu, mais c'était comme si elles étaient pleines de leur pourriture. Il n'était pas possible de la dissimuler, la laideur leur sortait de la bouche telle une odeur nauséabonde. Cela leur donnait la nausée et ils vomissaient.

Quand ils ôtaient leurs vêtements, c'était pour révéler une nudité repoussante, avec leurs membres d'une pâleur maladive, leurs bourrelets de graisse, leurs muscles atrophiés et leurs plaies infectées. Ils ne se regardaient que très brièvement et allaient très vite se dissimuler sous les draps crasseux. Il n'y avait rien eu de beau, entre eux, et ils avaient eu honte de leurs paroles, de leurs gestes mal contrôlés et de leurs interminables arguties.

D'un geste vif, il effaça son nom de la vitre. Qu'était-il allé croire, bon sang ? Qu'il était capable d'être père ?

Il revint dans la cuisine et leva les yeux en direction de chez Lundmark, où il y avait toujours de la lumière. Il pouvait encore prendre la fuite, mais où et pour quoi faire ? Il crut voir bouger à la fenêtre de la cuisine de son voisin et s'écarta instinctivement, bien que nul ne puisse le voir, plongé comme il l'était dans l'obscurité.

Et s'il allait simplement chez le vieux, prenait place à table et lui racontait son histoire ? Les événements de l'automne pesaient sur lui de tout leur poids. Si seulement il pouvait parler un peu, employer des paroles qui aient du sens, son corps perdrait un peu de sa raideur. Il étalerait l'ensemble sur la table, arracherait du fond de lui-même ces saletés et ces pensées abominables. Son corps serait soulagé de ce qui pesait sur lui et, après cela, il serait pour toujours à l'abri des fadaises de la police et des services sociaux. Ses mots seraient tels qu'il n'y aurait rien à ajouter.

Ce serait la longue ritournelle des interrogatoires, du procès et de l'examen psychiatrique. Et ensuite ? La prison. Pourrait-il jamais retrouver la liberté ? Peu lui importait, en réalité. Mais était-ce bien sûr ?

Il revint vers la fenêtre, comme si le spectacle des lumières brûlant chez Lundmark lui permettait de retrouver l'atmosphère de l'été dernier. Il pouvait se reposer à cette lueur. Elle était fallacieuse et pourtant elle lui apportait un peu de calme.

La ferme était d'un noir d'encre. "Existe-t-il quelque chose d'aussi triste qu'une maison vide, glaciale, où personne ne vit ?" se demanda-t-il. Pas de bois qui craque dans l'âtre, pas d'ombre sur les murs, pas d'odeur de cuisine, pas de voix en provenance du monde extérieur. Rien que quatre murs, des tapisseries défraîchies et un sentiment d'enfermement.

"Je suis au milieu de tout cela", marmonna-t-il, encerclé par le froid. Il aurait voulu taper des pieds, crier et frapper, mais il comprit que sa douleur n'en serait que plus grande.

Il alla se placer dans un des coins de la cuisine et se laissa lentement glisser le long du mur, jusqu'à atteindre le sol. La lune répandait une pâle lueur dans la pièce. Il passa les bras autour de ses genoux et se mit à compter à haute voix les lames du parquet. Son haleine formait un nuage devant sa bouche. Il alluma une cigarette, puis une autre.

Lindell observait le vieil homme qui se trouvait devant elle. La fatigue formait une sorte de masque sur son visage. L'une de ses mains ne cessait de toucher une cicatrice. Il n'avait pas grand-chose à dire sur Tore Svensson, en réalité. Elle se doutait pourtant qu'il revivait par la pensée les six mois où il avait eu un meurtrier pour voisin. Car elle était persuadée que c'était lui le coupable. Il fallait donc agir vite et entendre, dès le matin, les témoins du centre commercial et le vendeur de téléphones.

Ils avaient décidé de mobiliser le service technique mais d'attendre pour cela qu'il fasse jour, malgré tout.

Le portable de Lindell sonna. C'était Haver. On venait de trouver une femme ligotée chez elle, dans le quartier de Löten. Elle avait réussi à gagner la fenêtre, sectionner son bâillon sur un tesson de vitre brisée et appeler les voisins au secours. Elle avait le visage sérieusement entaillé, mais ses jours n'étaient pas en danger. Elle avait indiqué aux policiers le nom de Tore Svensson.

— Essaie de trouver une photo de lui et de savoir s'il y a des adresses où il est susceptible de se cacher, dit-elle à Haver avant de raccrocher.

— Il est complètement cinglé, ajouta-t-elle à l'intention de Sammy.

Puis elle garda un moment le silence.

— Je fais un saut jusqu'à la ferme, dit-elle ensuite. Tu veux bien me prêter ta lampe de poche ?

Sammy accepta d'un signe de tête.

— Je pense à ce “K”, dit-il. Est-ce que ça pourrait être Chris ?

Lindell leva les yeux.

— Le nom de son fils, oui, peut-être.

Ils se regardèrent un bref instant.

Elle n'osa pas prendre un raccourci, dans l'obscurité, et suivit la route jusqu'à la ferme. Que ressentait le vieux Lundmark ? De la honte ? Il les avait certes abusés mais Lindell n'arrivait pas à lui en vouloir. Elle comprit que Sammy veuille poursuivre la conversation avec lui, non qu'il y eût grand-chose à en espérer, plutôt par égard pour lui. Il avait l'air d'une victime, pensa-t-elle.

La lueur de sa lampe de poche la mettait mal à l'aise, d'une certaine façon. Elle l'éteignit donc, pour juger de ce qu'il en était, et la ralluma aussitôt.

En entendant le bruit du vent dans les arbres, elle se mit à penser à Noël. Quel Noël vont avoir les parents des Hirmanen et de Veronica Malmén ? Et Edvard, viendra-t-il avec moi à Ödeshög ?

Puis ses pensées la ramenèrent à l'enquête. Quelles erreurs avaient-ils commises ? Auraient-ils pu sauver la vie de Veronica Malmén ? Elle savait que cette question ne manquerait pas de venir sur le tapis, par la suite.

Soudain elle se trouva devant la ferme. Avec sa lampe, elle éclaira le bûcher et l'appentis. Des touffes d'herbe haute de l'année passée se dressaient contre les parois blanches de givre. Elle crut alors entendre un bruit et se retourna brusquement. La silhouette bombée de la cave extérieure la fit penser à un bunker et elle perçut une vague odeur de brûlé. C'est là qu'avait vécu l'assassin. Elle tenta de l'imaginer debout dans la cour. D'après Lundmark, Tore Svensson avait été joyeux et optimiste, au cours de l'été. Puis il était passé à l'acte meurtrier.

Elle ouvrit la porte et se retrouva dans une toute petite entrée. Une vieille chemise pendait à un clou ; à part cela, c'était le vide.

Un petit claquement, à peine audible mais qui semblait amplifié par l'obscurité de la maison et par son silence, retentit. Des souris ? Figée dans son mouvement, Lindell prêta intensément l'oreille en direction de l'intérieur. Elle crut percevoir un léger bruissement, comme lorsque deux morceaux d'étoffe frottent l'un contre l'autre. La porte qui se trouvait devant elle était poussée mais pas vraiment fermée. Elle était fendillée par les ans et la peinture en était écaillée. Elle éteignit sa lampe et resta absolument immobile, les oreilles aux aguets, respirant à petits coups.

Je me fais sans doute des idées, pensa-t-elle. Pourquoi serait-il ici ? Elle revit rapidement son visage, tel qu'elle l'avait aperçu au cours de leur bref tête-à-tête, chez elle. Etait-il là, à l'intérieur de cette pièce ? Pour ouvrir son sac d'épaule et prendre son arme, elle était obligée de poser la lampe de poche. Elle s'accroupit donc et la plaça sur le sol, devant elle, avec des mouvements d'une lenteur infinie.

L'odeur de cuir et de graisse accéléra le rythme de son pouls. Elle perçut à nouveau le petit claquement et ôta le cran de sûreté de son arme. Et si ce n'était que des souris ? Elle en rirait bien, par la suite. Enfin, peut-être, car cette maison abandonnée n'avait vraiment rien de drôle.

S'il était à l'intérieur, elle constituerait une cible parfaite quand elle ouvrirait la porte. Elle se tapit contre le mur et posa la main sur la poignée. Au même moment, elle regretta de ne pas avoir appelé Sammy sur son portable.

— Police, dit-elle en poussant un peu la porte.

Silence total, simplement troublé par le bruit du vent dans les arbres, au dehors.

— C'est moi, Ann Lindell. Je sais que vous êtes là.

Silence.

— Si on parlait ?

La réponse claqua comme un coup de feu.

— De quoi ?

Sa première réaction fut de prendre la fuite. Elle aurait voulu être loin de cette ferme et laisser derrière elle cette situation. Elle tremblait de tous ses membres et cela l'empêchait de parler. Mais elle avait reconnu sa voix, à lui.

Elle l'entendit respirer et soupirer.

“C'est un tueur, pensa-t-elle, un assassin. Il est peut-être à cinq mètres de moi, je suis seule et il fait noir.”

— Je peux entrer ?

Elle l'entendit pouffer.

— Vous pouvez m'abattre, mais je ne crois pas que ce soit ce que vous voulez, dit-elle en ouvrant entièrement la porte et restant soigneusement à l'abri derrière l'angle qu'elle formait, pour ne pas qu'il l'ait dans sa ligne de mire.

Elle sentit une odeur de sueur, derrière son dos. C'était la chemise accrochée au mur, le clou était entré en contact avec son omoplate. Elle se pencha pour prendre sa lampe.

"Il faudrait que j'appelle Sammy", pensa-t-elle. A ce moment, il se mit à parler.

— Je vous aime bien, Lindell.

— Parfait, réussit-elle à dire d'une voix à peine audible.

Elle devait faire un effort sur elle-même pour respirer.

— Je vous ai suivie. Mais vous aussi, ajouta-t-il au bout d'un instant.

Quelle allure avait-il ? A quel endroit exact de la maison se trouvait-il ? Sa voix paraissait si proche qu'elle supposa qu'il était dans la pièce voisine, peut-être une cuisine. Elle tenta de se le représenter, se forçant à réfléchir de façon rationnelle pour ne pas se laisser submerger par la peur. "Je devrais sortir de la maison", pensa-t-elle, en sachant que c'était impossible. Elle était près du but et de l'assassin et c'était le moment qu'elle attendait depuis qu'elle avait pénétré chez les Hirmanen, à Norby.

— Pourquoi ? demanda-t-elle d'une voix dont elle parvint à contrôler la fermeté.

Elle prit sa respiration et attendit. "Je veux l'entendre parler, il faut que je le fasse parler", pensa-t-elle.

— J'ai vécu, hésita-t-il... sans penser aux autres.

Il prononçait chacune de ses paroles lentement et en observant de petites pauses entre elles, ce qui leur donnait presque un autre sens. Lindell eut l'impression d'assister à une lecture à haute voix de poésie avant-gardiste sur fond surréaliste de ténèbres et de froid. Ce sentiment d'irréalité fut encore accentué par le rire qui ponctua ce propos.

— Mais ensuite vous avez commencé à le faire ?

— C'est ça. J'ai dit adieu à mon existence de merde et j'ai renoncé à la drogue en l'espace d'une nuit.

Il avait l'air extrêmement fatigué, comme si cela représentait pour lui un très gros effort de s'exprimer.

— Vous êtes arrivé ici l'été dernier ?

"Vas-y, parle, fais-le parler", pensa-t-elle.

— Je…

— Vous avez bu ?

Il émit une sorte de grognement méprisant.

— Pourquoi Veronica Malmén ?

— Elle refusait de me donner du boulot. Et, sans boulot, on n'est rien.

— Vous êtes allé en demander à l'Agence pour l'emploi, alors ?

Lindell se souvenait que Malmén y avait travaillé avant d'avoir repris son ancien métier d'infirmière. Elle pensa à ces listes et aux vérifications qu'ils avaient effectuées. Non sans un sentiment d'embarras. Ils auraient dû fouiller un peu plus profondément.

Il ne répondit pas.

— Savez-vous où est votre fils ?

Elle regretta aussitôt ses propos. Pourtant, il répondit immédiatement, à son grand étonnement.

— Non ! J'ai posé la question, mais personne n'a voulu me le dire.

"Sammy ne va pas tarder à arriver, pensa-t-elle. Il ne peut pas rester éternellement à bavarder avec le vieux."

— Je ne sais pas pourquoi tout ça est arrivé.

— Mais pourquoi avoir expédié ces excréments ?

— Je voulais les mettre un peu sur le gril. Rendre les saloperies qu'on m'a faites.

— C'est vous qui avez choisi votre mode d'existence, dit Lindell en se penchant pour prendre son portable dans son sac.

Elle mit sa main en écran, pour qu'il ne voie pas la lueur de l'écran, composa le numéro de Sammy et appuya sur le bouton d'appel en serrant l'appareil contre son corps. Il répondit à la première sonnerie. Elle l'entendit dire son nom, d'une voix étouffée.

— Qu'est-ce que vous voulez ?

— Je ne sais pas.

— Vous nous avez suivis depuis Uppsala.

— J'aurais pu vous descendre à la station-service. Où avez-vous passé la soirée ?

— Chez un ami. Pourquoi n'avez-vous pas pris la fuite ?

— Où est-ce que j'irais ?

— Acceptez-vous de nous suivre ?

— Je veux vous parler, dit-il.

Lindell commençait à s'impatienter. Elle ne désirait plus parler, mais partir de là.

— Nous aurons l'occasion de le faire.

Elle crut alors entendre les pas pressés de Sammy.

— Quel genre d'ami ?

— Un homme.

Son attention était maintenant braquée vers l'extérieur. Il ne devrait pas tarder à arriver. Soudain, elle entendit la voix de Lundmark. Il était tout près et criait le nom de Tore. Un mouvement vif, quelque part à l'intérieur de la maison, l'incita à se tapir un peu plus contre le mur et braquer son arme devant elle.

“Il ne faut pas qu'il arrive”, pensa-t-elle en commençant à paniquer et entendant la voix de Lundmark percer l'obscurité.

— Lundmark, dit Tore.

— Doucement ! lança Lindell.

“Pourquoi Sammy n’empêche-t-il pas le vieux de faire ça ?” se demanda-t-elle, craignant de le voir pénétrer dans la ferme et rendre la situation encore plus ingérable.

— Mettez le cran d’arrêt de votre arme et posez-la par terre.

Il ne répondit pas.

— Vous n’avez pas d’alternative, Tore.

Lindell sentait la sueur lui couler dans le dos et coller sous ses aisselles. Et pourtant, elle avait froid. Son visage était secoué de tics et elle tenta d’empêcher ses jambes de trembler en se frottant la cuisse avec sa main libre.

— Il n’y a pas d’autre solution. C’est fini, les meurtres, maintenant.

On entendit à nouveau Lundmark crier et elle se retourna pour tenter de percer les ténèbres. L’espace d’une seconde, elle discerna une silhouette derrière le grand arbre porte-bonheur, à une cinquantaine de mètres de la maison. Où était Sammy ?

D’un mouvement vif, elle gagna l’embrasure de la porte et regarda à l’intérieur de la cuisine. Elle devina une ombre, accroupie dans le coin opposé, à quelques mètres. Elle resta immobile, le bras tenant l’arme le long du corps.

— Bonjour, Tore, dit-elle.

Un sentiment d’impuissance – sans qu’elle puisse dire si c’était de sa part ou de celle de l’assassin – la fit hésiter. La chasse à l’homme était terminée, mais elle n’en éprouvait aucune joie. La tension qui régnait dans la pièce établissait une sorte de champ électromagnétique entre eux. C’était la première fois qu’elle se trouvait face à un homme armé. Pourtant, elle avait déjà eu affaire à des meurtriers. Le dernier en date, Ricardo, elle l'aimait bien. Elle avait été émue par son histoire, en l'écoutant, et avait changé d'avis à son sujet.

Mais celui-ci était un meurtrier en série qui avait abattu quatre personnes de sang-froid et la scène était si absurde – deux êtres à peu près du même âge, face à face dans une maison abandonnée dans la forêt, au milieu de la nuit, chacun avec une arme de mort à la main – que tout cela semblait presque irréel.

Elle savait ce qu'elle devait faire ou plutôt aurait dû faire. Elle n'aurait pas dû pénétrer dans cette maison mais attendre, appeler des renforts. Etait-ce parce qu'elle tenait à prendre les décisions elle-même ou quelque chose l'avait-il incité traîtreusement à s'exposer devant un meurtrier ? Qu'éprouvait-elle ? Elle ne ressentait rien pour cet homme et n'avait pas pitié de lui, au contraire. Mais elle désirait comprendre.

Se comportait-elle en bon policier, en ce moment ? Elle avait peur, une peur panique, et s'efforçait de respirer calmement.

— Posez votre arme et on va sortir d'ici, aller se mettre au chaud, dit-elle.

Tore leva la tête et la regarda. Elle vit le blanc de ses yeux dans l'obscurité.

— Vous vouliez parler, n'est-ce pas ? C'est pour cela que vous êtes venu chez moi, non ? Je suis capable de vous écouter.

— Je peux mourir ici, répondit-il.

Lindell comprit à quel point ces mots avaient du mal à franchir ses lèvres.

— Pourquoi ça ? Il vaut mieux parler.

Soudain il se leva. Lindell braqua son arme d'une main tremblante.

— Posez votre…

Elle n'eut pas le temps d'en dire plus avant qu'il ne sorte la sienne de sa poche intérieure.

— La voilà, dit-il posément.

Lindell le vit lever l'avant-bras et un éclair passa dans sa main.

— Je peux mourir ici, répéta-t-il.

Un léger mouvement de la main. Le reflet du canon. A ce moment, Lindell entendit crier dans la cour.

— Attention, Tore ! disait cette voix.

Tore Svensson leva lentement le colt. Elle vit le visage barbu du meurtrier, tel une statue de pierre, apparemment dépourvu de tout sentiment humain et le regard figé dans sa direction. Elle comprit que c'était la mort qu'elle avait en face d'elle et pivota inconsciemment sur elle-même pour réduire la cible qu'elle constituait.

Le coup de feu claqua de la gauche et atteignit Tore Svensson à la gorge. Il était 3h17.

Sous le coup de l'explosion et du fracas de la vitre, Lindell appuya elle aussi sur la détente, le tout en l'espace d'une seconde. Tore s'était déjà effondré et sa balle l'atteignit au front.

Ce fut alors son tour à elle de s'effondrer. La joue contre le sol, elle posa prudemment son arme. Tore n'était plus qu'à deux ou trois mètres. Malgré l'obscurité, elle voyait le sang s'écouler de son corps et elle ne tarda pas à en percevoir l'odeur, également.

Sammy entra en coup de vent et vint la relever sans ménagement pour la tirer dans la cour. Elle se cogna la tête au chambranle de la porte, au passage.

— J'ai fait sur moi, gémit-elle.

Il l'entraîna jusque derrière le grand arbre. A la lueur du clair de lune, elle vit une silhouette, un peu plus loin, et comprit que c'était Lundmark.

— Pourquoi as-tu tiré ?

Sammy s'agenouilla et posa la main sur son front.

— Je voyais simplement son ombre et il avait braqué son arme vers toi.

— Je crois qu'il était sur le point de me la donner.

— J'ai été obligé, tu comprends ? dit Sammy d'une voix brisée par l'émotion.

— Peut-être voulait-il mourir, murmura Lindell.

Elle saisit la main de son collègue et la pressa contre sa joue.

33

La mer était presque d'huile. Seule une légère brise du sud-est parvenait à rider sa surface gris bleu. Une eau qui dormait presque.

Lindell regarda dans la direction d'Edvard, en train de charrier des pierres. Elle observa ses gestes, admirant sa détermination. Le travail. Ce travail qu'il effectuait de façon réfléchie et avec une sorte d'évidence, pour monter sur le vieux tracteur, le piloter vers la grève et déverser le contenu du godet en soulevant une gerbe d'eau – tout cela lui faisait chaud au cœur.

Il renforçait et rallongeait la digue qui protégeait le petit mouillage de Viktor. C'était la deuxième fois qu'il se levait de bonne heure pour gagner le bord de la mer.

Pour sa part, elle avait dormi d'un sommeil très lourd. On lui avait donné des somnifères et elle en avait pris. Au réveil, elle était restée longtemps allongée sur le lit. Elle ne savait pas si elle désirait se réveiller seule ou si elle préférait qu'il soit près d'elle.

Edvard s'était montré encore plus tendre que jamais et pourtant elle avait du mal à accepter ses attentions. "Que sais-tu, avait-elle pensé, de la vie qu'on mène dans les rues ? Tu n'arpentes que ta petite île bien tranquille. C'est un luxe, une pareille existence." Les questions qu'elle se posait finissaient par se changer en contrariété. Ses petits tracas personnels et ses propos incohérents sur les mouvements populaires et les ouvriers agricoles lui portaient peu à peu sur les nerfs. “Fais quelque chose, alors ! avait-elle envie de lui lancer à la face. Et commence par t'occuper de tes fils, pour qu'ils ne se retrouvent pas à la rue comme Tore, envoie un courrier au journal, n'importe quoi, mais arrête de bougonner comme ça.”

En le regardant charrier ces pierres, pourtant, elle sentait qu'elle l'aimait. Son travail, ses mains, ses gestes sûrs, la façon dont il regardait les champs, les prés, la mer, ses paroles formulées avec prudence sur la terre, l'agriculture et le sens de tout cela. Sans oublier cette fièvre de gamin qui s'emparait de lui, parfois. C'était cela qu'elle avait vu et dont elle était tombée amoureuse.

Elle comprenait qu'il soit heureux, sur son île. Ou, au moins, qu'il puisse éloigner de lui le malheur. Quand il était en train de déplacer des pierres, d'estimer leur poids et leur forme, il avait le sentiment de vivre. Il n'avait pas besoin de ce travail qui ne lui était d'ailleurs pas payé et qui mettait son dos à rude épreuve, en plus. Viktor lui était certes reconnaissant, mais sortait-il très souvent son bateau ?

N'aurait-il pu faire venir ses fils et leur demander de lui prêter la main ? Au lieu de se tuer ainsi à la tâche.

Elle était jalouse du naturel avec lequel il saisissait ses outils. Les bêtes elles-mêmes étaient plus proches de lui que les humains. Un jour, ils étaient allés se promener à la pointe nord de l'île et avaient rencontré un troupeau de génisses. Edvard avait pénétré dans le pré et était allé flâner au milieu d'elles. Pour sa part, elle était restée sagement derrière le fil de fer barbelé. Les animaux étaient venus faire cercle autour de lui et il n'y avait pas eu la moindre hésitation dans ses mouvements, au milieu de ces corps velus. Il leur avait gratté la nuque et leur avait donné des tapes sur la croupe, si elles le serraient d'un peu trop près. Elle l'avait même entendu leur parler à voix basse.

Après cela, il lui avait parlé du bétail de Ramnäs et de Widegren, qui avait reçu un coup de corne. Puis il lui avait raconté des histoires datant de sa vie d'ouvrier agricole, à ce qu'elle avait compris. Il y était question de camarades de travail et d'événements remarquables, bref : un tableau en miniature d'une province entière.

Elle était jalouse de cela, et même de Viola, cette vieille femme qui était investie de toute sa confiance. Edvard et elle partageaient des choses qui lui restaient étrangères.

"J'ai tué un homme." Ces mots ne cessaient de la hanter et elle remuait légèrement la tête pour chasser cette pensée. "J'ai tué un homme."

Le coup de feu de Sammy avait été soudain et inattendu. Il avait vu le colt briller dans le noir et en avait conclu que sa vie à elle était en danger.

— J'ai tiré au jugé sur une simple silhouette, mais je ne pouvais pas faire autrement, lui avait-il expliqué à plusieurs reprises, lorsqu'ils étaient revenus sur les événements de la ferme.

Ses collègues lui avaient donné raison et avaient ainsi apaisé ses scrupules. Pourtant, il ne cessait de le répéter.

C'était en réalité le coup de feu tiré par Lindell qui avait tué Tore Svensson. Le fait que Sammy revendiquait une part de responsabilité ne changeait rien à la chose.

Elle repensait souvent aux dernières paroles du meurtrier : "Je peux mourir ici." Etait-ce une façon de la provoquer ?

Pour sa part, elle avait tiré par pur réflexe. Lorsque le premier coup de feu avait retenti, elle avait été persuadée que c'était Tore qui faisait feu et elle n'avait donc fait que répondre, en situation de légitime défense, en quelque sorte. Elle savait qu'elle avait visé ses jambes mais, comme il s'était effondré au même moment, la balle l'avait atteint juste au-dessus de l'œil droit.

Ottosson avait conclu qu'il n'y avait rien à lui reprocher, en aucune manière. Qui d'autre que lui, d'ailleurs, était capable d'utiliser cette expression : "en aucune manière" ? Fritzén avait approuvé cette conclusion. Il y aurait bien entendu une enquête interne mais nul ne pensait que Sammy ou elle ferait l'objet d'un blâme.

La presse avait vanté son exploit avec des titres qui lui avaient donné la nausée au point qu'elle avait cessé de lire le journal et d'écouter les informations. Elle sentait que, pour les autres, elle serait à jamais celle qui avait abattu l'assassin de trois personnes. Et le fait était que certains de ses collègues lui parlaient maintenant sur un autre ton. On avait évoqué les meurtres de Malexander et exprimé l'idée qu'il était temps de "rendre coup pour coup", comme si elle avait vengé ses collègues du Småland sauvagement assassinés et que c'était bien fait si la racaille tâtait un peu du même traitement.

Fredriksson avait appelé la veille de Noël. La conversation n'avait pas été très facile. Il la félicitait, alors qu'il avait mis tout son prestige dans la piste Manfredsson, mais il regrettait qu'elle ait été contrainte de faire feu et de prendre une vie humaine. Sa voix était pensive, dépourvue de l'agressivité de naguère. Il n'avait soufflé mot d'une éventuelle démission, non plus. Lindell pensait que sa décision était prise, en fait, et qu'il estimait donc qu'il n'était plus nécessaire d'en discuter. Haver l'avait d'ailleurs vu faire le ménage dans ses tiroirs d'une façon qui laissait présager un départ. Lindell s'abstint de lui poser la question et se contenta de lui souhaiter un joyeux Noël et d'ajouter qu'ils se contacteraient après le nouvel an.

Elle avait tué. Pendant tout l'automne, elle avait caressé l'idée de donner la vie, d'avoir un enfant. Or, elle venait d'en prendre une. Elle avait revu des centaines de fois ses deux face-à-face avec Tore Svensson. Pourquoi était-il venu la voir chez elle ? Que voulait-il ? Elle comprit qu'il avait sans doute désiré lui dire quelque chose. Elle aurait aimé qu'ils puissent se parler. Peut-être aurait-elle mieux saisi, alors, quelle avait été sa vie et comment il avait pu devenir un assassin. Et elle aurait pu faire son travail de policier de façon plus satisfaisante. Maintenant il était mort, l'affaire était résolue et le trait tiré.

Moralité : elle avait rendu tout dialogue impossible.

Il y en avait qui pensaient que cet homme avait perdu le droit à l'existence du fait qu'il avait tué lui-même. Elle n'était pas de cet avis. Pourtant, elle était loin d'en être sûre.

Elle fit quelques pas sur la grève, en proie à une soudaine inquiétude. N'aurait-elle pas attaché trop peu d'importance à la vie et à la mort de Tore Svensson ? Etaient-ce seulement sa propre angoisse et le fait d'avoir tiré le coup mortel, qui l'incitaient à se poser toutes ces questions sur elle-même ? Ne faisait-elle pas semblant ?

Pourquoi ne l'avait-il pas abattue, à la station-service ? Elle était retournée sur place, par la suite, avait fait le tour de l'endroit et s'était demandé où il se trouvait. Etait-il posté derrière le portique de lavage automatique ou près du kiosque à saucisses ? Il n'était pas loin, en tout cas. Elle avait regardé autour d'elle, avait vu un homme faisant le plein et une femme poussant une voiture d'enfant. Elle avait entendu le vacarme de la circulation, observé ces décorations de Noël pas très réussies, dans la vitrine, et un autre homme qui passait en portant péniblement un sac de bois. Elle aurait fort bien pu mourir à cet endroit, comme l'avait dit Tore.

Edvard disparut derrière un buisson, sur son tracteur. Elle l'entendit lui faire difficilement grimper la pente, pour remonter de la grève, et elle eut soudain peur qu'il ne se renverse. Il était pourvu d'un arceau de protection, mais pas d'une cabine. Edvard risquait d'être jeté à bas et écrasé par le poids de son engin.

Elle longea le bord de l'eau à grands pas. Le bruit du moteur s'atténua et elle revit le bleu du tracteur derrière les sapins. Edvard avait donc réussi à remonter, bien entendu, comment avait-elle pu penser qu'il en irait autrement ?

Elle s'immobilisa. Elle aurait aimé qu'il vienne vers elle, passe sa grosse main dans ses cheveux, la prenne par la nuque et la regarde. Elle pourrait alors fermer les yeux et se réchauffer à son amour. Plus que jamais, elle avait besoin de cette main.

Ce travail qu'il avait entrepris n'était-il pas seulement un prétexte pour ne pas l'entendre parler de Tore ? Elle avait évoqué le vain combat que celui-ci avait mené pour obtenir la garde de son enfant. Maggan, de son côté, lui avait dépeint la situation en des termes qui laissaient penser que le couple n'avait jamais mené une vie normale, en s'abstenant de la drogue, et ne s'était pas occupé de Chris. Elle avait, en ce qui la concernait, abandonné depuis longtemps l'espoir qu'ils puissent se sortir de leur situation d'avilissement et de perpétuels reniements et lâchetés.

Edvard avait écouté cela sans rien dire. Il l'avait regardée avec ses yeux de chien fidèle et s'était éloigné. Quelques heures plus tard, pourtant, il avait soulevé à nouveau la question en disant que Tore désirait sans doute mourir. Il avait perdu son enfant et son amour. Personne ne pouvait vivre sans cela.

Ann ne savait pas s'il avait prononcé ces paroles pour la consoler, mais elles l'avaient perturbée. Elle y voyait la preuve de sa lâcheté à lui, de même qu'elle s'irritait de le voir debout au bord de la mer sans mot dire ou errer à l'aventure dans la campagne. Sa passivité, sa résignation devant la vie et face à ses deux enfants, elle avait du mal à les supporter. Elle soupçonnait en lui une colère sourde et rentrée du genre de celle que Tore avait dû connaître. La différence était que ce dernier n'avait d'autre refuge que le monde de la rue et qu'il s'en était donc remis à la violence. Edvard, lui, s'isolait sur une île.

Mais pourquoi tuer ? Tore n'avait pas été le premier cinglé venu. D'après sa sœur et ceux qui le connaissaient, il était en fait intelligent. C'était un toxicomane qui n'avait encore jamais usé de violence et un voleur qui n'avait fait de mal à personne. C'était là l'énigme.

Lundmark, son voisin, avait parlé de lui comme de quelqu'un de chaleureux, capable de regarder les fleurs et les papillons avec des yeux émus. Et il avait utilisé le mot de sincérité. Elle avait alors tenté de se représenter ce regard sans y parvenir. Ce qu'elle avait vu, c'était les yeux d'un assassin.

“Il aurait fallu qu'il puisse venir ici et charrie des pierres avec Edvard”, pensa-t-elle en observant la mer. Le vent avait quelque peu forci et viré au nord-est. C'était le genre que Viktor n'aimait pas. Edvard coupa le moteur du tracteur. Ann se retourna et scruta le petit bois, mais tout ce qu'elle vit, ce fut le visage de Tore. "J'ai pris sa vie."

Serait-il en train de chercher d'autres pierres ? "S'il remet le tracteur en marche, je remonte, je fais mes valises et je pars chez mon père et ma mère. S'il vient à ma rencontre, je jette mes pilules contraceptives."

Elle resta sur la grève sans bouger, à attendre. Une minute s'écoula. Il n'avait pu manquer de la voir. Elle fit quelque pas, jeta un coup d'œil en direction des sapins, s'accroupit et pria pour qu'il se passe quelque chose. N'importe quoi. Les pierres étaient en tas, devant elle, comme si on les avait soigneusement disposées pour qu'elles forment un dessin. Elle vit qu'un éclat de couleur noire s'était détaché de l'une d'elles et elle le prit dans sa main. A ce moment, le tracteur démarra. Elle remit le morceau en place en s'efforçant de lui redonner sa position initiale.

"Perdre la vie", tels furent les mots qui lui passèrent par la tête. Elle tourna le visage vers la mer. Les oies se dirigeaient vers le rivage, en bandes incessantes.

Elle vit les mains d'Edvard. Personne n'avait touché son corps comme lui. En ce moment, c'était autour de pierres que ces mêmes mains se serraient.

— Edvard ! cria-t-elle en direction de la mer. Edvard !

BABEL NOIR

Catalogue

1. FIRMIN MUSSARD
   Fausse passe

2. ALAIN WAGNEUR
   Terminus Plage

3. PHILIPPE COLIN-OLIVIER
   Festival de came

4. PASCALE FERROUL
   David sur ordonnance

5. MAURICE ATTIA
   Alger la Noire

6. PATRICK DELPERDANGE
   Coup de froid

7. MICHEL MAISONNEUVE
   Le Chien tchéchène

8. DOMINIQUE SIGAUD
   L'Inconfort des ordures

9. PETER MAY
   Meurtres à Pékin

10. KERSTIN EKMAN
    Crimes au bord de l'eau

11. LUIZ ALFREDO GARCIA-ROZA
    Le Silence de la pluie

12. HERVÉ CLAUDE
    Mort d'une drag-queen

13. MAURICE ATTIA
Pointe Rouge

14. ALAIN WAGNEUR
Hécatombe-les-Bains

15. PETER MAY
Le Quatrième Sacrifice

16. MICHÈLE LESBRE
Une simple chute

17. MICHÈLE LESBRE
Que la nuit demeure

18. ANDREW MCGAHAN
Derniers verres

19. PETER MAY
Les Disparues de Shanghai

20. JEAN-FRANÇOIS VILAR
C'est toujours les autres qui meurent

21. FRÉDÉRIC H. FAJARDIE
Gentil, Faty !

22. A.D.G.
J'ai déjà donné…

23. FRANÇOIS MURATET
Stoppez les machines

24. LEIF DAVIDSEN
L'Epouse inconnue

25. ANDREA MARIA SCHENKEL
La Ferme du crime

26. PETER MAY
Cadavres chinois à Houston

27. LUIZ ALFREDO GARCIA-ROZA
Objets trouvés

28. MAURICE ATTIA
Paris blues

29. FRANCIS ZAMPONI
In nomine patris

30. JEAN-PAUL JODY
Stringer

31. ANNE SECRET
La Mort à Lubeck

32. SERGE QUADRUPPANI
Colchiques dans les prés

33. KJELL ERIKSSON
Le Cercueil de pierre

34. PETER MAY
Jeux mortels à Pékin

35. LUIS ALFREDO GARCIA-ROZA
Bon anniversaire, Gabriel !

36. JULIA LATYNINA
La Chasse au renne de Sibérie

37. STIEG LARSSON
Millénium I – Les hommes qui n'aimaient pas les femmes

38. CARLOS SALEM
Aller simple

39. JÓN HALLUR STEFÁNSSON
Brouillages

COÉDITION ACTES SUD – LEMÉAC

Ouvrage réalisé
par l'Atelier graphique Actes Sud.
Achevé d'imprimer
en avril 2011
par Normandie Roto Impression s.a.s.
61250 Lonrai
sur papier fabriqué à partir de bois provenant
de forêts gérées durablement (www.fsc.org)
pour le compte
des éditions Actes Sud
Le Méjan
Place Nina-Berberova
13200 Arles.

Dépôt légal
1re édition : octobre 2010
N° d'impression : 11-1410

(Imprimé en France)